NOUS SAVONS TOUT

DU MÊME AUTEUR
CHEZ LE MÊME ÉDITEUR

Je te vois

Gregg Hurwitz

NOUS SAVONS TOUT

Roman

Traduit de l'anglais (Etats-Unis)
par Jacques Martinache

PRESSES
DE LA CITÉ

Titre original : *Trust no One*

ISBN 978-2-258-07394-4

A Robert Crais

En dépit de tout

1

Je me réveillai en sursaut à 2 h 18, sous les yeux rouges des chiffres qui me fixaient de la table de chevet. Pendant des années j'avais été tiré du sommeil chaque nuit à cette heure précise, quel que soit le fuseau horaire où je me trouvais. Au bout de dix-sept ans, je recommençais tout juste à faire des nuits de sommeil complètes, j'avais enfin échappé aux vieilles peurs. Du moins, je m'en étais convaincu.

Des sirènes lointaines ululaient. Je pensai d'abord que c'était dans ma tête, la bande sonore de mon rêve, mais les lamentations crûrent au lieu de diminuer. C'étaient elles qui m'avaient réveillé.

Je passai mentalement en revue ce que je me rappelais de la veille : le débat présidentiel avait clos le prime time et après les jacasseries des commentateurs je m'étais endormi en regardant une poursuite effrénée aux informations : un type dans un 4 × 4 Cherokee déglingué filait à toute vitesse sur la 405, une kyrielle de voitures de police derrière lui.

Je clignai des yeux, pris une inspiration, regardai autour de moi. Même odeur de dépoussiérant citronné dans mon appartement, au troisième étage. Traces de ma sueur sur les draps et l'oreiller.

Crissement de palmes contre mon balcon, de l'autre côté du mur.

Une lumière d'un bleu liquide ondulait au plafond de la chambre.

Je me redressai.

Le téléviseur, sur le coffre de marine, à l'autre bout de la pièce, était éteint mais les sirènes continuaient à se faire entendre. Puis elles cessèrent subitement et la lumière au plafond disparut.

Je repoussai le drap, traversai le tapis en marchant sur un numéro de *Sports Illustrated* et des chemises qui traînaient par terre depuis mon boulot de la semaine précédente. Dans mon bas de pyjama écossais, je gagnai le séjour, me dirigeai vers la porte en verre coulissante menant au balcon... m'arrêtai net à mi-chemin, croyant d'abord à un effet de mon imagination.

Une corde en nylon noir pendait du toit et son extrémité se lovait, immobile, sur mon balcon.

Toute torpeur dissipée, j'ouvris la porte, sortis, descendis la moustiquaire derrière moi. Mon balcon au carrelage orange donnait sur une rue étroite de Santa Monica bordée d'autres immeubles d'habitation et éclairée par de rares lampadaires. Je fixai un moment la corde puis regardai autour de moi, attendant je ne sais quoi.

Les ombres de voitures massives s'alignaient le long du trottoir. Un SUV garé en double file bloquait la rue. Vitres teintées. Pas de phares, pas de gyrophare. Mais de la fumée, crachée par le tuyau d'échappement. Une voiture sombre et silencieuse tourna le coin de la rue et s'immobilisa, moteur au ralenti, derrière le 4 × 4.

Surgissant par-dessus dix-sept années, la peur m'envahit.

Je plissai les yeux pour voir si l'un ou l'autre véhicule avait sur son toit une rampe lumineuse éteinte. Au bord de mon champ de vision, la corde remua. Avant que j'aie pu faire le moindre mouvement, le toit de l'immeuble craqua. Jaillissant du SUV, la lumière d'un projecteur m'aveugla. J'entendis un grincement puis une forme sombre arriva droit sur moi, deux bottes me percutèrent la poitrine. Je partis à la renverse contre la moustiquaire qui se détacha presque sans bruit, tombai durement sur les omoplates, le souffle coupé. La silhouette noire, équipée d'une combinaison d'Unité spéciale d'intervention, d'une cagoule et d'un fusil d'assaut, emplissait l'encadrement de la moustiquaire bordé de débris de grillage.

Malgré la collision, l'homme avait atterri en expert et braquait son arme sur moi.

Je remuai silencieusement les lèvres, les poumons encore bloqués, et roulai sur le côté, me recroquevillant sous la douleur. L'homme s'avança, plaça ses pieds de part et d'autre de mon corps.

Des bottes martelèrent le couloir, la porte d'entrée fut projetée vers moi, arrachée de ses gonds comme par un ouragan. Elle tomba à plat sur la moquette avec un bruit sourd, à quelques centimètres de mon nez.

Trois hommes me soulevèrent et me portèrent dehors, mon visage heurtant le sol, mes dents de devant s'enfonçant dans ma lèvre inférieure. Des mains gantées coururent le long de mes flancs, palpèrent mes chevilles, mon entrejambe. D'autres formes noires se ruèrent dans l'appartement, braquant leurs fusils dans toutes les directions. Quelques-unes pénétrèrent dans la chambre. J'entendis les portes de mon placard glisser, les anneaux du rideau de douche tinter.

— Nick Horrigan ? Vous êtes Nick Horrigan ?

Ma poitrine se débloqua, je pris une inspiration sifflante, puis une autre. Je roulai sur le dos, levai les yeux vers le seul visage qui n'était pas dissimulé par une cagoule et des lunettes de protection. Des traits minces, un nez cassé, des cheveux gris ramenés en arrière à partir d'une raie de côté. La barbe de vingt-quatre heures qui assombrissait la mâchoire ne cadrait ni avec la cravate rouge soigneusement nouée ni avec la coupe de cheveux réglementaire.

— Vous êtes Nick Horrigan ?

J'acquiesçai en tâchant toujours de reprendre haleine. Un liquide chaud et salé coulait de ma lèvre fendue sur mon menton. Les autres – une quinzaine ? – s'étaient éparpillés dans l'appartement, vidant les tiroirs, éventrant les coussins du canapé, retournant les sièges. J'entendis des couverts claquer sur le linoléum.

L'homme aux cheveux gris me considéra un instant puis se tourna vers mon agresseur.

— Qu'est-ce qu'il a, Sever ?

— Je lui suis tombé dessus en sautant du toit.

Léger accent du Sud, Maryland ou Virginie, peut-être. Le policier ôta sa cagoule, révélant un visage dont la brosse militaire accentuait la forme carrée. Il était beaucoup plus large d'épaules que celui qui devait être son chef et qui s'était accroupi près de moi. Plus jeune, aussi : la quarantaine, probablement, même si son hâle ridé le vieillissait un peu. Sa façon de se tenir suggérait qu'il devait être le chien dominant de la meute.

Le chef ramena son regard sur moi.

— Nick Horrigan, né le douze-six-soixante-treize ? Fils de l'agent fédéral Frank Durant ?

— Beau... beau-fils, parvins-je à articuler.

Il me colla une photo sous le nez. Le buste d'un gars portant un blazer bleu, avec l'expression bougonne des gens peu photogéniques. Une large bouche et des lèvres molles lui donnaient un air vaguement sauvage. Ses cheveux blonds étaient coiffés en arrière et l'objectif avait capté les sillons laissés par le peigne.

— Quand avez-vous été en contact avec cet homme pour la dernière fois ?

— Jamais vu, répondis-je.

— Alors, il vous a téléphoné, ou envoyé un e-mail ?

En contre-plongée, je vis un policier examiner à travers ses lunettes tactiques une barquette de nouilles vide que j'avais laissée sur le comptoir de la cuisine. La photo remua devant mon nez.

— Je vous l'ai dit, je ne sais pas qui c'est.

Le chef me saisit par les épaules et me tira en position assise. Au pied du mur, la photo encadrée au verre brisé de Sam le Pirate me regardait avec une expression aussi abasourdie que la mienne, probablement. Baissant les yeux, j'étudiai les marques rouges des bottes sur ma poitrine nue.

— Qui êtes-vous ?

— Vous le savez, répliquai-je d'une voix tendue. Nick Horrigan.

— Non, je veux dire, qu'est-ce que vous faites ?

— Je viens de quitter un emploi dans une association caritative.

Derrière moi, un des gars en combinaison ricana. Un autre apparut dans l'encadrement de la porte de la chambre, tenant par la poignée le tiroir à présent vide de ma table de nuit.

— Rien, annonça-t-il.

Le chef se tourna vers un policier qui promenait la baguette d'un magnétomètre dans la cuisine et qui secoua la tête.

— Désolé, monsieur Wydell.

Le nommé Wydell passa une main dans ses cheveux gris, qui retombèrent exactement dans la même position, de part et d'autre de la raie.

— OK. Apportez-lui une chemise.

Un tee-shirt expédié de la chambre m'arriva sur la tête.

— Mettez ça. On y va.

Mon tee-shirt *Pacman*. Super. Deux policiers me mirent debout et j'enfilai le vêtement. Présumant que j'aurais besoin de papiers d'identité, je me rendis sous bonne garde dans la cuisine, pris mon portefeuille sur le comptoir et le glissai dans la poche de mon pantalon de pyjama.

— Allez, s'impatienta Wydell. Vous avez des baskets, quelque chose comme ça ?

Je m'immobilisai, les deux hommes qui m'escortaient me bousculèrent.

— Vous pouvez me montrer votre carte ? demandai-je, même si je savais parfaitement à qui j'avais affaire.

Les lèvres pincées, Wydell glissa une main sous sa veste, en tira un étui en cuir contenant son insigne. L'aigle et le drapeau, en relief doré. *US Secret*

Service[1]. Sa carte se trouvait dans l'autre volet de l'étui, sous plastique. *Joseph Wydell, Agent spécial.* Il relevait du bureau régional de Los Angeles, ce qui signifiait qu'il n'était pas en mission de protection d'un homme politique particulier mais qu'il supervisait les activités générales de renseignement en Californie du Sud. Pourquoi le patron du secteur LA du Secret Service participait-il à un raid, au lieu d'attendre tranquillement dans son bureau climatisé ?

— Qu'est-ce que vous croyez que j'ai fait ? m'enquis-je.

Quelqu'un lui tendit mes baskets, qu'il plaqua contre ma poitrine. Je les pris et il me poussa dans le couloir, Sever devant, un autre agent derrière, un troisième et un quatrième de chaque côté. Ils maintinrent cette position en losange tandis que nous nous précipitions vers l'escalier.

Mme Plotkin se tenait sur le pas de sa porte, en peignoir de bain blanc, ses cheveux cuivrés relevés sur la tête, révélant leurs racines blanches. Elle paraissait inquiète, une de ses expressions favorites.

— Rentrez chez vous, m'dame, lui intima Sever avec un accent plus prononcé.

Nous approchions rapidement mais elle fit front.

— Où l'emmenez-vous ?

— Tout va bien, Evelyn, dis-je en essuyant le sang coulant sur mon menton.

— Qu'est-ce qu'il a fait ? insista-t-elle en s'avançant dans le couloir.

— Reculez.

1. Service chargé de la protection du Président, du vice-président et d'autres personnalités politiques. *(N.d.T.)*

Lorsque nous parvînmes à sa hauteur, Sever tendit le bras et la repoussa dans son appartement. Les lunettes qu'elle portait autour du cou, attachées à une chaîne en perles, la suivirent dans sa chute comme la queue d'un cerf-volant. Au passage, je l'entrevis allongée sur sa moquette pelucheuse, les lunettes prises dans sa chevelure.

Je voulus m'arrêter, mais les agents m'entraînèrent.

— Hé, criai-je au large dos de Sever, vous pourriez au moins me laisser m'assurer qu'elle n'a rien !

Ils ne prirent même pas le temps de rétorquer ou de me menacer. J'en fus encore plus effrayé.

Je trébuchai dans l'escalier en tâchant de suivre le rythme, faillis lâcher mes baskets. Le hall d'entrée était vide, hormis les canapés en vinyle et les miroirs fumés. Au-delà, la rue était éclairée comme en plein jour. Voitures de police, projecteurs, hommes en costume sombre parlant à leur poignet. Sur le trottoir d'en face, quelques spectateurs, habillés à la hâte, se hissaient sur la pointe des pieds pour voir qui sortirait de l'immeuble.

Notre groupe franchit les portes et s'arrêta. Sautillant d'un pied sur l'autre, j'enfilai mes Puma.

— Eteignez ces foutus projos, maugréa Wydell, on n'est pas à un défilé de mode.

Les projecteurs s'éteignirent et la nuit parut plus noire qu'elle ne l'aurait dû. Wydell toucha le bras d'un autre agent en demandant :

— Il est où ?

— Il arrive.

— Il devrait déjà être là.

— Vous pouvez m'expliquer ce qui se passe ? dis-je d'un ton appuyé.

Un grondement bas emplit soudain la nuit, autant une vibration qu'un bruit, puis une lumière à la Steven Spielberg balaya les toits, baignant les palmiers d'un jaune éclatant. Sur le trottoir, une petite fille, bouche bée de stupeur, pressait la main de son père.

Un Blackhawk apparut, massif et futuriste dans cet environnement, au-dessus de ma rue. Le souffle de ses rotors gifla la foule, secoua les buissons, plaqua mes vêtements contre mon corps. La cravate de Wydell s'échappa de sa veste et demeura dressée en l'air. L'hélicoptère vira, se posa avec maestria sur l'asphalte, sous le regard des spectateurs.

Wydell me saisit le bras et m'entraîna vers l'appareil, dont la vue me tira enfin de mon hébétude ou m'aida tout au moins à réagir à ce qui se passait :

— Attendez un peu. Vous ne pouvez pas m'emmener comme ça ! protestai-je.

Je dus me rapprocher de lui pour entendre les mots qu'il beuglait par-dessus le vacarme des rotors :

— Un terroriste a pénétré dans la centrale nucléaire de San Onofre et menace de la faire sauter !

Je sentis au fond de moi ce creux, ce vide que je n'avais éprouvé que deux fois auparavant : en m'accrochant stupidement à la main de Frank alors qu'il mourait, et en regardant en direct le deuxième avion percuter la tour, le 11 septembre 2001.

— D'accord. Mais qu'est-ce que je viens faire là-dedans ?

Wydell s'immobilisa, un pied sur le patin de l'hélico.

— Il ne veut parler qu'à vous.

2

Lorsque le Blackhawk vira, je sentis mon estomac me remonter dans la gorge. Assis en face de Wydell et de Sever, j'agrippai d'une main le filet d'arrimage pour ne pas tomber. J'avais gonflé la poche d'air du talon de ma basket gauche et la fenêtre en plastique fendillée de la semelle cliquetait chaque fois que je la pressais sur le sol pour garder l'équilibre. En plus du pilote, du copilote et de deux hommes d'équipage en combinaison de vol, il y avait trois autres agents, qui parlaient tous dans le micro de leur casque. Les couvercles de plusieurs caisses Pelican étaient ouverts, révélant toutes sortes d'armes nichées dans la mousse en plastique noir : des carabines de précision, des fusils-mitrailleurs, des grenades, et même un bloc d'une pâte que je supposai être du C4.

A l'intérieur de l'appareil, l'air sentait l'acier huilé et la toile. Ma lèvre inférieure continuait à saigner et je gardais au fond de la gorge le goût du sang. L'hélicoptère nous fit de nouveau sauter et j'eus un haut-le-cœur.

Malgré l'urgence de la situation, Wydell montrait l'assurance d'un agent expérimenté. Posture équilibrée. Long visage dont le V de la ligne des cheveux accentuait la hauteur du front. Aucune émotion dans ces yeux marron. Le genre de type dont je supportais mal, tout en l'admirant malgré moi, la confiance en soi innée, un gusse capable d'envoyer des hommes faire la guerre et de s'endormir quand même dès que sa tête touchait l'oreiller. Ses cheveux gris terne, ébouriffés par les rotors, étaient retombés à leur place, à l'exception de quelques mèches entêtées qui semblaient incongrues. Son casque à écouteurs pendait autour de son cou.

J'attendis qu'il se tourne vers moi pour lui dire :

— Vous affrontez un cauchemar et vous avez besoin de moi. Ça, je l'ai compris. Mais il n'aurait pas été plus simple de sonner à ma porte ?

— Ecoutez-moi bien, répondit-il, parlant fort pour être entendu par-dessus le grondement constant. On se fout des bonnes manières. On a fait au plus vite depuis que ce gars nous a balancé son ultimatum.

— Pourquoi le Secret Service se retrouve mêlé à une affaire de terrorisme ?

— Quand le type vous a réclamé, les flics de LA ont tapé votre nom sur l'ordinateur, répondit Sever. Ils ont découvert que votre beau-père avait assuré la protection de Caruthers quand il était vice-président, et ils nous ont aussitôt mis sur le coup. Ils pensaient qu'on avait des fiches sur les familles de nos agents.

— Et c'est le cas ? Vous avez une fiche sur moi ?

— Que les choses soient claires, fit Wydell. Jusqu'à ce que nous soyons absolument sûrs que vous n'êtes pas complice de ce terroriste, vous l'êtes.

— Et pas moyen de vous faire une idée précise, dis-je. Du moins, pour le moment.

— Exactement. Nous n'avons pas le temps de vous interroger sérieusement. En fait, on n'a le temps de rien.

Il se pencha en avant, les coudes sur les genoux, amenant ses yeux impassibles à cinquante centimètres de mon visage.

— Il vous demande, Nick. Et je veux savoir pourquoi.

L'appareil s'inclina en filant au-dessus de l'autoroute. Sever bloqua du pied une caisse qui glissait. Le stress et l'adrénaline me faisaient tourner la tête et les embardées du Blackhawk n'arrangeaient rien.

— Je suis totalement dans le noir, déclarai-je. Je ne sais pas qui est ce type.

Wydell regarda Sever, qui avait l'air sceptique.

— Pour le moment, on va faire comme si on vous croyait.

Il tira un mouchoir de sa poche, le déplia d'un coup sec et me le tendit. Je le pressai contre ma lèvre.

— La police de LA a suivi le terroriste jusqu'à une maison de Culver Street, continua-t-il. Après un échange de coups de feu, il a réussi à s'enfuir avec sa voiture et les flics l'ont coursé sur la 405. Une fois dans la centrale de San Onofre, il leur a balancé un message enroulé autour d'une pierre pour demander à vous voir...

— D'accord. Dites-moi comment je peux vous aider.

Le copilote cria quelque chose à Wydell, qui remit son casque et désigna Sever de la tête.

— Agent spécial Reid Sever, chef de groupe du Service de protection et de renseignement pour LA. Il va vous expliquer...

Wydell approcha ensuite le micro de son menton et dit, d'un ton respectueux :

— Je comprends, monsieur, mais personne ne s'attendait à ce que la poursuite se termine dans la centrale. Elle n'est qu'à quelques centaines de mètres de l'autoroute. La police a pu prévenir les vigiles quelques minutes avant et ils ont aussitôt établi des barrages autour des dômes de confinement.

Pendant ce temps, Sever déroulait un document sur ses genoux, le penchant pour que je puisse le voir. Du pouce, il alluma une torche électrique qui éclaira un plan d'architecte.

— C'est la centrale, dit-il.

Sa voix, plus rude que celle de Wydell, n'avait pas le poli qui va de pair avec l'avancement.

— Les dômes de confinement qui contiennent les réacteurs sont là, poursuivit-il, tapotant le papier d'un doigt épais. A droite. Construits en béton et en acier, ils peuvent résister à une attaque de chars. Le problème…

Ses lèvres s'étirèrent en un sourire crispé.

— Le problème, c'est que le terroriste a tourné à gauche.

— Et qu'est-ce qu'il y a, à gauche ?

— Le bassin de combustible usé.

A côté de Sever, Wydell, renversé contre le dossier de son siège, reprit la parole, du ton déférent avec lequel on s'adresse à un supérieur :

— Un autre bâtiment, c'est exact. Blocs de béton recouverts de plaques de métal. On y maintient une pression négative à l'aide de ventilateurs, mais il n'est pas étanche, encore moins conforme aux critères de confinement.

Il remit le casque autour de son cou et demeura un moment pensif. Une bande de sueur luisait sur son front haut. Le Blackhawk vira de nouveau en s'inclinant, mais Wydell tourna calmement la tête et regarda par le hublot. La 405 filait au-dessous de nous, ruban gris piqueté de points rouges. Les voitures circulaient normalement. Personne, apparemment, n'avait pensé à bloquer la route.

L'hélicoptère se redressa, le sol reprit sa place normale. Wydell joignit les mains, se pencha de nouveau en avant, souleva de sa langue un coin de sa bouche.

— Je vous résume les données du problème, me dit-il. Le bassin est rectangulaire, profond d'une dizaine de mètres, constitué de murs de béton d'un mètre cinquante tapissés d'acier. Sous une eau à haute densité se trouvent des barres de combustible usé qui constituent l'une des plus fortes concentrations au monde de radioactivité.

Sa voix restait posée mais il essuya de la main son front moite.

— Ce bassin contient des matières dont la radioactivité a une durée de vie dix fois plus longue que celle du réacteur. Plus de césium 137 que toutes les retombées des essais pratiqués dans l'atmosphère dans notre partie du monde. Sous l'eau, il est relativement stable et sans danger. Si le bassin se vide...

Malgré l'air frais de la nuit, mon tee-shirt était trempé là où mon dos s'appuyait au siège en plastique.

— A cause d'une explosion, par exemple ? suggérai-je.

— A cause d'une explosion. Là, le scénario change totalement. Le bassin prendrait feu au-dessus d'une température de mille degrés. Un feu de ce genre...

Wydell secoua la tête.

— ... un feu de ce genre ne peut être éteint qu'une fois le combustible entièrement brûlé et la radioactivité libérée. La Californie du Sud serait inhabitable pendant un demi-million d'années.

Sever prit un téléphone portable dans une des caisses et me le tendit.

— Vous voulez donc que je l'appelle et que je lui parle...

— Nous voulons que vous entriez dans la centrale et que vous lui remettiez ce portable.

Je crus d'abord avoir mal entendu.

— Attendez, je suis d'accord pour lui parler, au téléphone ou avec un porte-voix, mais je ne suis pas agent spécial. C'est quelqu'un qui sait ce qu'il y a à faire qu'il faut envoyer là-dedans. Et si je commets une erreur ? C'est long, cinq cent mille ans...

— Il a été clair : il ne veut voir que vous, et en tête à tête. Nous n'avons pas le choix.

Ma gorge cliqueta lorsque je déglutis. Pourquoi le terroriste exigeait-il de me voir ? Reconnaîtrait-il mon visage et pas ma voix ? Sever me tendit à nouveau le portable et l'agita avec impatience mais je ne tendis pas la main. Ce fut Wydell qui le prit et le posa sur son giron.

— Je croyais que vous ne négociiez jamais avec des terroristes, m'étonnai-je.

— Nous négocions tous les jours avec des terroristes, répondit placidement Sever.

— Devant une telle menace, qu'est-ce que vous feriez, vous ? me demanda Wydell.

— Je ne sais pas.

— Ecoutez, c'est lui qui a les cartes en main. Vous affirmez que vous n'êtes pas avec lui, donc vous êtes avec nous. Votre mission consistera uniquement à lui remettre ce téléphone. Vous le lui donnez quand nous appelons. Notre meilleur négociateur de crise est déjà sur place. Une fois le contact établi, nous prendrons le relais.

— Et si je n'arrive pas à le convaincre de prendre le téléphone ? S'il nous fait tous sauter d'abord ?

Wydell tira sur la peau pendant sous son menton.

— J'ai connu votre père. S'il vous a transmis un peu de ses gènes, nous avons une chance.

— C'était mon *beau-père*. Alors, les gènes…

Ses yeux me fixèrent.

— Frank Durant était un type formidable. Père ou beau-père, il est pour vous un exemple à suivre.

Avec un soupir, je me laissai aller contre le dossier de mon siège. Il fallait que je prenne une décision. La nuit défilait derrière nos hublots tandis que nous filions vers une centrale nucléaire et le terroriste qui s'y était introduit.

Je songeai à ce qu'aurait fait mon beau-père. Frank Durant. Mort depuis dix-sept ans. Mon héros, s'il est encore possible de prononcer ce mot sans sourire.

3

Sept ans après la mort de mon père, je fis la connaissance de Frank. Assis dans notre cuisine jaune, il avait une main sur le genou de ma mère et je pensai : Sale con.

Mon vrai père avait précipité son camion dans un ravin quand j'avais quatre ans, à peine l'âge de garder de lui quelques vagues souvenirs. Je n'avais pas dû affronter ses défauts, qui étaient considérables, notamment son ivrognerie puisqu'on lui avait trouvé un taux de deux grammes d'alcool dans le sang après avoir extirpé le volant enfoncé dans sa cage thoracique. Je ne pouvais que l'idéaliser et j'avais posé une photo de lui encadrée sur mon étagère à livres. Elle le montre en tee-shirt blanc, un paquet de cigarettes glissé sous une des manches, et souriant. En bas, presque cachée par le cadre, une Camel dépasse de la fourchette de ses doigts.

Lorsque j'entrai dans la cuisine ce matin-là, Frank ôta sa main du genou de ma mère et se leva, attitude curieusement cérémonieuse. D'un coup de talon, je fis sauter ma planche à roulettes pour l'attraper par le haut. Il était grand, près d'un mètre quatre-vingt-dix, avec un torse en V et sur l'avant-bras un tatouage composé de ce que je supposai être des idéogrammes chinois.

Ma mère se leva à son tour et débarrassa leurs tasses de café en faisant nerveusement tinter ses bracelets.

— Nicky, je te présente Frank, mon nouvel ami. Il est du Secret Service, il protège notre nouveau vice-président. C'est super, non ?

« Mon nouvel ami » ? « Super » ? Où les adultes vont chercher de telles conneries ? pensai-je.

— Moi, je trouve pas ça super, marmonnai-je.

Ma mère plissa les lèvres, mais Frank me regarda posément et dit :

— Moi non plus.

Il était affecté au bureau régional de Los Angeles et assurait la liaison avec le groupe chargé de la protection de Jasper Caruthers. Caruthers était de Hancock Park, il passait beaucoup de temps à serrer des mains et à collecter des fonds à Hollywood. Quand le vice-président était à LA, Frank aidait le groupe à coordonner ses activités.

Au fil des semaines, il vint chez nous de plus en plus souvent. Je l'observais assis sur le canapé près de ma mère, qui ramenait sous elle ses pieds nus, ou riant avec elle dans son 4 × 4 lorsqu'il la raccompagnait après une sortie. Je l'observais avec un curieux mélange de jalousie et d'envie. Jamais je n'avais vu ma mère sourire comme ça.

Elle était professeur de dessin dans une maternelle : jolie, simple et naturelle, une sorte de hippie. Elle était ce que les vieux appelaient une originale. Callie Horrigan, avec sa queue-de-cheval touffue, ses chemises d'homme maculées de peinture, son nez piqueté de taches de rousseur. Les enfants l'appelaient

Callie et comme, avant même d'aller à l'école, je passais une grande partie de mon temps dans sa classe, peignant avec mes doigts et collant du papier d'argent sur des pommes de pin, j'avais pris le pli de l'appeler moi aussi par son prénom.

Un matin – elle venait de partir quand je me levai –, je trouvai Frank dans la cuisine, les cheveux encore mouillés de sa douche, les manches de sa chemise retroussées. Première preuve tangible qu'il avait dormi chez nous. Il buvait du café dans la tasse fumante de ma mère. Je m'assis en face de lui et mangeai mes céréales en silence. Mon regard ne cessait de se poser sur les idéogrammes tatoués à l'encre bleue sur son avant-bras musclé, sous les poils blonds.

— Tu veux savoir ce que ça veut dire ? finit-il par me demander.

— « Je suis un crétin aux yeux ronds » ?

Il eut un petit sourire – jamais je ne l'avais vu rire – et continua à boire son café. J'avalai bruyamment mes corn flakes. L'horloge Garfield tictaquait au-dessus de l'évier, yeux roulant dans leurs orbites et queue se balançant comme un pendule.

— OK, soupirai-je, vaincu, qu'est-ce que ça veut dire ?

Il baissa les yeux et lut, comme si c'était la première fois :

— « Ne te fie à personne. »

— Ma mère le sait ?

Il acquiesça.

— Après le Vietnam, j'ai été envoyé à Okinawa. Un soir de virée, on a été quelques-uns à se faire tatouer. On se prenait pour des mecs extraordinaires, on avait tout compris...

Il secoua la tête et poursuivit, en tapotant le tatouage :

— Comme philosophie de la vie, ça ne vaut rien. Aujourd'hui, ça sert uniquement à me rappeler que je suis idiot, la plupart du temps.

— Encore maintenant ?

— A toi de me le dire.

Quelques mois plus tard, Callie et moi nous installâmes chez Frank, une maison à deux chambres de Glendale. Petite mais impeccablement finie. Frank avait posé lui-même le parquet, et les moulures qu'il avait ajoutées étaient au cordeau. Sur les étagères au-dessus du téléviseur, les livres étaient rangés par taille. Ma mère passa d'une pièce à l'autre, changea les meubles de place, tint ses fusains encadrés devant les murs. Frank fit la grimace mais ne dit rien.

Son attitude me plut.

Pendant qu'elle réorganisait le réfrigérateur, je sortis par la porte de derrière. Une véranda, une balancelle et un petit carré de gazon bruni par l'été, pas assez grand pour jouer au foot.

Mes affaires étaient déjà dans la petite chambre, mais j'avais apporté moi-même une de mes boîtes, que je posai sur mes cuisses. Des cartes de base-ball, une coupe privée de son socle, la première image du Punisher dans *Spiderman* et la photo de mon père. Je contemplai ce sourire détendu, la cigarette que ma mère avait tenté de cacher sous le cadre. J'entendis la porte-moustiquaire grincer derrière moi et Frank apparut.

— Il y aura toujours une place pour ton père dans cette maison, déclara-t-il.

Ma mère l'appela et il retourna à l'intérieur.

Le soir, je restai dans ma chambre, m'habituant à l'espace, au mobilier, à la vue par la haute fenêtre rectangulaire. Je rangeai une partie de mes affaires, les changeant plusieurs fois de tiroir, comme un chien tournant sur lui-même avant de se coucher. Je n'aimais pas la moquette marron, ni l'endroit où se trouvait le bureau, ni l'odeur nouvelle de cette nouvelle maison.

On frappa à la porte et je supposai que c'était ma mère puisque Frank était chez lui. J'étais vautré sur un fauteuil à billes qu'elle avait acheté dans une brocante et recouvert de velours côtelé.

— Ouais ?

Il entra, regarda autour de lui. Je m'attendais à ce qu'il soit furieux en découvrant le bureau disposé en biais dans un coin, mais il me demanda :

— De quoi tu as peur ?

Je posai sur lui un regard sans expression. Il tira sa bouche sur le côté, reformula sa question :

— Qu'est-ce que je ne dois pas faire ?

Je le lui dis : interdiction d'aller dans ma chambre quand je n'y suis pas. Ne pas se montrer paternel avec moi. Ne pas mettre le nez dans mes BD.

Quand j'eus terminé, il hocha la tête.

— Je dois pouvoir faire ça.

Il referma la porte derrière lui et je me dis que je n'aurais probablement jamais autant de perspicacité et de sagesse.

Non qu'il fût un saint. Il était nerveux, un peu parano. Il avait posé des verrous sur toutes les portes, et un système d'alarme reliait les fenêtres à un moniteur installé près de son lit. On ne pouvait le débrancher qu'en tapant un chiffre sur le clavier ou avec une clef tubulaire qu'il gardait dans une boîte aimantée fixée sous la plaque du vide-ordures. La nuit, il m'obligeait à dormir la fenêtre fermée, même par les plus grosses chaleurs.

« J'étouffe, dans ma chambre, protestais-je.

— Le confort, c'est important. Mais la sécurité l'est davantage encore. »

Il gardait son arme de service, un Glock, dans un petit coffre de son placard, et le chargeur dans un autre endroit. On aurait pu croire qu'un intrus aurait eu le temps de nous tuer tous avant que Frank puisse prendre son pistolet dans le coffre et le charger, mais si un soir le vent donnait un grand coup dans la porte-moustiquaire pendant que ma mère et moi regardions *Carson* à la télévision, Frank sortait de la chambre une demi-seconde plus tard, tenant le Glock à deux mains, le canon braqué vers le sol, à vingt centimètres de son pied droit.

Un jour, en fouillant dans son coffre de marine, je trouvai une photo de lui prise pendant la guerre. Vêtu d'un treillis de camouflage, il avait le visage peint et les joues hérissées de barbe, un demi-sourire aux lèvres, et dans les mains un fusil mitrailleur. On aurait dit un personnage d'une de mes BD. Posait-il ? Non, pas lui.

J'emportai la photo et la glissai dans le cadre, sous celle de mon père.

Il y avait dans ce coffre d'autres photos appartenant au passé de Frank mais je ne les regardai pas. J'aimais peut-être le mystère qui l'entourait et préférais ne pas l'écorner.

Ma mère et lui se marièrent en toute simplicité et réunirent quelques amis dans le jardin autour de plateaux de viande froide provenant du traiteur du coin. Callie portait une de ces horribles robes de mariée à épaulettes, mais cela ne semblait pas déranger Frank. Sa voix s'altéra quand il déclara qu'il la prenait pour femme et, jusqu'à cet instant, l'idée ne m'était jamais venue qu'il pût avoir besoin de qui que ce soit ou de quoi que ce soit.

Quand il travaillait tard, ce qui arrivait chaque fois que Caruthers était à LA, Callie et moi mangions dans le jardin. Après le repas, dans la lumière de la lampe de la véranda assiégée par des papillons de nuit, je la regardais dessiner. Je trouvais magique la façon dont les lignes et les ombres tracées au fusain prenaient soudain la forme d'une coupe de fruits, d'un visage de vieillard, du corps nu d'une femme. Elle levait les yeux vers moi et me souriait, avec un rien de gêne, écartait de la main une mèche bouclée tombée devant ses yeux.

« Assommant, non ? »

Je secouais la tête.

Après la réélection de Kinney et de Caruthers, les responsabilités de Frank s'accrurent au bureau de Los Angeles. Chaque fois que j'en avais l'occasion, j'allais dans le garage et je le regardais passer son pick-up au détecteur de micros. J'adorais l'écouter parler dans sa radio, prononcer les signaux d'appel et les noms de code. Quand le vice-président était en ville pour le week-end, Frank disait : « Le Loriot va disputer deux matchs de suite dans l'Ouest. » C'était comme un film d'espionnage, à la fois cool et rassurant.

Membre de l'équipe de base-ball de mon lycée, je devins un bon joueur polyvalent de champ intérieur. Avec de la persévérance, je pouvais espérer intégrer la Ligue majeure, et mes notes en classe n'auraient constitué aucun obstacle pour un entraîneur. Celui de l'équipe de l'UCLA souhaitait me recruter et Callie me préparait inlassablement à l'examen d'entrée. Lorsque je reçus ma lettre d'admission, elle pressa son poing contre ses lèvres et se détourna pour que je ne la voie pas pleurer.

Je travaillais dur, je m'entraînais de longues heures. Quelquefois, quand je rentrais à la maison, je trouvais Frank en train de regarder pour la énième fois le film amateur de Zapruder sur l'assassinat de J. F. Kennedy, de mémoriser ces vingt-six secondes. Je passais discrètement dans le séjour pour gagner ma chambre et si ça n'avait pas été Frank, j'aurais pu penser qu'il ne m'avait pas remarqué.

Un soir que je me faufilais derrière lui, il reposa sa tasse de café, arrêta l'enregistrement et demanda :

— Qu'est-ce que tu vois ?

Je m'immobilisai. Levai les yeux vers la pelouse en pente familière, la limousine, le chapeau rose de Jackie.

— La tête de JFK qui explose ? proposai-je.

Il eut un soupir attristé et je me sentis stupide. Au lieu de repartir en direction de ma chambre, j'allai m'asseoir à côté de lui sur le canapé.

— Qu'est-ce que tu vois, toi ?

— Clint Hill.

— Qui ça ?

Il pointa un doigt vers l'écran.

— L'agent du Secret Service, sur le marchepied avant gauche de la Queen Mary. La voiture, là, derrière la limousine présidentielle.

Frank appuya de nouveau sur la télécommande et la limousine se remit à avancer. Les deux coups de feu, le brouillard rouge sur le visage de Kennedy. Mais cette fois, au lieu de concentrer mon attention sur le Président, je regardai Clint Hill courir vers la voiture présidentielle, qui continue à rouler. Il plonge en avant, ne réussit pas à s'agripper au coffre, il trébuche sur quelques mètres, refusant de tomber. La limousine accélère. Hill s'élance de nouveau, prend appui sur le pare-chocs, saisit le bras de la First Lady, la force à se baisser, se retourne pour regarder le cortège. A cet instant, la caméra échappe aux mains paniquées de Zapruder et perd la voiture. Quand elle réapparaît, Hill s'est hissé sur le compartiment de la roue de secours et tente de s'allonger sur le Président et son épouse. Le corps raidi, il s'attend à recevoir une balle et il reste dans cette position jusqu'à ce que la limousine ait disparu dans le passage souterrain.

Je ne l'avais jamais remarqué auparavant mais il était là, et sa conduite me débarrassa de mon cynisme de jeune morveux.

L'écran devint noir, Frank éteignit le téléviseur. Nous restâmes un moment assis dans une obscurité parfumée au Maxwell House et à l'English Leather.

— J'étais un gosse quand c'est arrivé, dit-il.

— Plus âgé que moi maintenant, nuançai-je.

— Un gosse, répéta-t-il de la même voix lointaine. Ils ont eu John, puis Bobby, et Martin Luther King.

— Les mêmes types ?

Il fit la moue, amusé ou affligé par ma bêtise.

— Non, pas les mêmes. Mais JFK avait une équipe pour le protéger.

Montrant de nouveau l'écran, il déclara :

— Ça ne doit plus jamais arriver.

— C'est ce que tu penses quand tu protèges Caruthers ?

Son menton crissa contre le col de sa chemise.

— A chaque instant.

— Il mérite qu'on meure pour lui ?

Frank réfléchit avant de répondre :

— Oui. Si n'importe qui peut descendre nos dirigeants élus, notre démocratie ne vaut pas grand-chose. Je protège l'homme pour protéger mon vote. Et celui de tous les autres. Et le droit de voter des cinquante pour cent d'électeurs qui ne prennent pas la peine d'aller mettre leur bulletin dans l'urne. Mais Caruthers, Caruthers, c'est un peu différent. J'ai du respect pour lui.

— Pourquoi ?

Il but une gorgée de café.

— Difficile à dire. Ce n'est pas une question de programme électoral ou de politique, même si ça compte. Si j'ai appris une chose, c'est qu'on ne se damne pas en un instant mais à travers mille et une petites décisions. On pense qu'on peut arrondir les angles, ou que la fin justifie les moyens, et quand on a accepté une fois un compromis, on recommence. C'est à son caractère qu'il faut juger l'homme. Pas à ses propos ni à ses promesses, mais à ses actes. C'est ce qu'il fait qui donne sa mesure. Et Jasper Caruthers, j'aime ce qu'il fait. Il pourrait devenir un grand homme. Il a une chance d'être élu président, lui aussi.

— Qu'est-ce qui fait un grand homme ?

— L'homme lui-même, répondit Frank avec son demi-sourire.

Son visage redevint grave quand il remarqua mon expression.

— Quoi ?

— Rien, répondis-je.

— Dans cette famille, on dit ce qui doit être dit.

C'était la première fois qu'il utilisait le mot « famille » pour parler de nous trois. Je remuai les lèvres en cherchant comment exprimer ma pensée sans me mettre dans l'embarras.

— Pourquoi tu trouves que la vie de Caruthers vaut plus que la tienne ? Ça me paraît idiot.

— Aucune vie ne vaut plus qu'une autre, reconnut-il. Pas même celle du vice-président. Caruthers sert son pays du mieux qu'il peut et moi aussi.

Il posa sa tasse vide, se leva. Lorsque je me levai à mon tour pour aller dans ma chambre, il me pressa contre lui. Sidéré, je restai les bras ballants et je sentis ma gorge se nouer, sans savoir pourquoi.

— Ne t'inquiète pas, murmura-t-il avant de quitter la pièce.

Ce soir-là, je fis passer sa photo devant celle de mon père, dans le cadre posé sur ma table de chevet. Frank ne commenta jamais ce geste.

Puis les choses commencèrent à changer. Au cours des mois qui suivirent, il devint de plus en plus paranoïaque. Il vérifiait constamment si notre téléphone n'était pas sur écoute ; il trouvait de nouveaux endroits où cacher des armes pour ne jamais être surpris sans défense. Couteau de para sous l'abattant de la poubelle, 22 dans le compartiment à glace. Un matin, pour la première fois, il n'alla pas travailler. Le lendemain non plus. Préoccupés, Callie et moi lui demandâmes pourquoi mais il répondit seulement : « Il y a des problèmes inhabituels au boulot, en ce moment. » Ce fut tout ce que nous arrivâmes à tirer de lui. Un soir que je m'étais levé vers minuit pour boire un verre d'eau, j'entendis du bruit dans le garage et je le vis dans son pick-up, parlant au téléphone de menaces pesant sur le vice-président Caruthers.

Une semaine plus tard, je le surpris près de la fenêtre de devant, écartant le rideau d'une main. L'autre reposait sur la crosse du Glock accroché à sa ceinture et lorsque je lui demandai ce qui se passait dehors, il faillit dégainer. Quand il passa devant moi en marmonnant, je crus entendre un moteur démarrer et une voiture s'éloigner.

Etonné qu'un agent fédéral rôde dans sa propre maison et inspecte la rue par la fenêtre, j'hésitai cependant à l'interroger sur sa conduite. J'avais peut-être peur d'entendre la réponse.

Quel danger était assez grand pour effrayer Frank ?

Je demeurai un moment dans le couloir, fixant la porte de sa chambre, incapable de me décider. Finalement, je décidai de me taire et de garder mes craintes pour moi. Quoi que le problème pût être, Frank saurait le régler.

Un mois plus tard, il était mort.

4

L'hélicoptère me ramena au présent en virant au-dessus d'une série de collines côtières et la centrale nucléaire apparut, cernée par une cinquantaine de voitures de police aux rampes lumineuses clignotantes. Des camions, des Hummer de l'armée et même des tanks, canons braqués vers le ciel au-dessus de l'eau sombre, gardaient le côté ouest. Des policiers et des agents fédéraux avaient entouré les dômes de confinement et établi un périmètre autour du bâtiment rectangulaire abritant le bassin de combustible usé. De puissants projecteurs éclairaient les lieux de leurs larges faisceaux jaunes.

Le sillage de destruction laissé par le SUV du terroriste racontait à sa manière ce qui s'était passé. Une barrière brisée au poste de contrôle, une trouée dans les broussailles, un morceau de grillage arraché, jonchant le sol, et, dans le prolongement, une autre brèche dans la deuxième clôture. Des traces de pneu marquaient le sol peu après les fils barbelés tombés par terre, à l'intérieur de l'enceinte. Trente mètres de béton éraflé par les jantes métalliques du 4 × 4. Et tout au bout de la piste, monté sur les trois larges marches, encastré dans l'entrée comme s'il ne faisait qu'un avec le bâtiment, le Cherokee rouge que j'avais vu à la télévision quelques heures plus tôt seulement, du fond de mon lit.

Nous descendîmes dans un typhon de poussière et de sable. Des soldats clignant des yeux dans la bourrasque libérèrent la zone d'atterrissage improvisée. Mon genou gauche tressautait. L'hélicoptère se posa avec un bruit sourd et le grondement, au-dessus de nos têtes, commença enfin à mourir.

— Allez-y, dit Wydell en me tendant le téléphone.

Je le pris d'une main hésitante.

Sever se pencha devant nous pour ouvrir la portière tandis que des agents fédéraux couraient vers l'appareil, fusil d'assaut en bandoulière. Wydell me pressa l'épaule.

— Arrangez-vous pour l'éloigner du bassin. Donnez-lui le portable uniquement quand il sera à quelque distance de l'eau. Quelques pas suffiront. Il prétend avoir des explosifs sur lui...

L'estomac noué, je hochai la tête.

— Vous êtes sûrs de savoir ce que vous faites ?

— Qui faut-il prévenir, en cas de problème ?

Ce n'était pas vraiment la réponse que j'attendais. Un agent passa la tête dans le Blackhawk, me saisit le bras et tira. La ceinture de sécurité me pressa la taille. Je me libérai et descendis. La poussière envahit mes poumons et me fit tousser. Puis une rafale de vent humide balaya l'air et me glaça à travers mes minces vêtements.

L'agent m'entraîna, Wydell et Sever suivant derrière. Des dizaines de policiers et de militaires cessèrent de parler dans leur téléphone ou leur radio, des têtes pivotèrent pour me regarder. Je parvins à la ligne de Hummer et de soldats, à une trentaine de mètres du bâtiment du bassin. Le 4 × 4 incliné sur les marches était éclairé comme sur une scène.

— Allez-y, m'enjoignit derrière moi la voix bourrue de Sever.

Je me retournai et le regardai. A côté de lui, Wydell hocha vigoureusement la tête.

— Bonne chance, Nick.

Autour de nous, les tireurs d'élite s'accroupirent derrière les Hummer et les voitures de flics. Un jeune soldat latino tenait entre ses lèvres la croix suspendue à son cou et la suçotait. Je considérai l'espace non protégé s'étendant entre le périmètre de sécurité et le bâtiment, quelques dizaines de mètres de béton sur lesquels même les militaires et les agents fédéraux n'osaient pas se risquer.

Lorsque je m'avançai à découvert, le plastique fendillé de ma basket gauche émit son clic exaspérant. Un projecteur suivit mon mouvement.

Vingt mètres. Le vent humide soufflant du Pacifique cinglait mes bras, mon cou et mes chevilles nues. Je frissonnai. J'avais une conscience aiguë de chaque partie de mon corps et de tout ce qui m'entourait : l'air frais qui emplissait ma poitrine, les grains de sable crissant sous mes pieds, des vibrations dans mes bras.

Dix mètres. Je m'attendais à tout moment à voir des flammes surgir et m'envelopper. Les sillons des jantes dans le béton devenaient plus profonds à mesure que j'approchais.

La violence avec laquelle le Cherokee avait heurté l'entrée était évidente. Les doubles portes avaient été enfoncées à l'intérieur et le mur, tout autour, s'était écroulé autour du mufle du véhicule, parfaitement encastré dans le trou ainsi creusé.

Je m'arrêtai, regardai derrière moi. Le périmètre de sécurité me parut à des kilomètres de distance. Tous ces hommes retranchés derrière des voitures et des camions… Je me sentis soudain abandonné dans un no man's land.

Je grimpai les trois larges marches pour parvenir à l'arrière du 4 × 4 criblé de balles : quelques vigiles armés de fusils-mitrailleurs avaient dû deviner, avec un certain retard, sa destination et avaient ouvert le feu.

— Je suis Nick Horrigan ! criai-je. Ne tirez pas. Je suis là uniquement parce que vous l'avez demandé !

Pour entrer, je dus me glisser dans le Cherokee par la vitre arrière brisée, des morceaux de verre pas tout à fait Securit me piquant les mains. La partie avant du 4 × 4 était prise dans l'étau du mur enfoncé. Le chauffeur avait crevé l'airbag et brisé le pare-brise pour pénétrer dans le bâtiment tout en demeurant à couvert. Il y avait du sang sur le volant, sur le tableau de bord.

Je roulai sur le capot, encore chaud au toucher, retombai sur le sol jonché de débris. Vérifiant que le portable était toujours dans ma poche, je me relevai. Les reflets de l'eau d'un bleu de piscine, éclairée de l'intérieur, jouaient sur les murs et le plafond haut. Des chiffres défilaient sur des moniteurs encastrés dans des consoles alentour. Des relents de produits chimiques me brûlaient le nez, le fond de la gorge. Tapis dans l'ombre, des réservoirs et des générateurs, entourés d'un dédale de tuyaux et de câbles. A distance respectable du centre du bâtiment se trouvait le bassin.

Au bout, tel un nageur se préparant à plonger, un homme aux vêtements déchirés se tenait dans la lumière montant de l'eau. C'était le type de la photo, mais en plus âgé et en bien moins bon état. Les épaules affaissées, la tête basse. Un lambeau de peau arraché à la joue remontait vers l'œil gauche. Ses cheveux blonds, ternis par l'âge, étaient hérissés en tous sens. Ses yeux s'agitaient dans leurs orbites, comme s'il ne parvenait pas à les contrôler, mais son corps demeurait parfaitement immobile.

Sa main droite disparaissait dans un sac à dos kaki accroché à son épaule.

J'avais la gorge si sèche que j'eus l'impression que les mots y collaient quand je répétai :

— Je suis Nick Horrigan.

Du doigt, il me fit signe d'approcher. Il s'était blessé au coude, probablement dans la collision, et du sang coulait sur le bord du bassin. Une goutte écarlate toucha l'eau bleue, s'y épanouit.

Comme je restais immobile, il m'invita de nouveau à le rejoindre.

Des jambes qui ne m'appartenaient plus se mirent en mouvement. L'air chargé d'humidité semblait presque liquide.

Parvenu près du bassin, je baissai les yeux vers l'eau parfaitement étale. Au fond, les barres de combustible usé, espacées d'une vingtaine de centimètres, semblaient inoffensives. Pas une seule saleté dans le bassin : il était entretenu avec un soin à la mesure de l'effrayante létalité de ce qu'il contenait. Mon tee-shirt *Pacman* trempé de sueur me collait à la peau.

La lumière bleue dansait sur les traits ensanglantés du terroriste. Il bougea à peine quand j'approchai de lui, mais ses pupilles sombres suivirent mon mouvement.

— Vous me connaissez ? demandai-je.

Il leva une main, porta un doigt à ses lèvres pour me faire taire. Je m'arrêtai à une dizaine de mètres de lui. Les pieds au bord du bassin, il tituba légèrement, fit un pas en arrière. Je lâchai un soupir que je n'avais pas conscience d'avoir retenu.

— Ils vous ont remis quelque chose ? dit-il d'une voix basse et rauque.

Il me fallut un instant pour m'apercevoir que j'avais compris.

— Quoi ? Oui, un téléphone.

Je tirai l'appareil de ma poche.

Comme singeant mon geste, sa main sortit du sac à dos, tenant un boîtier noir barré de trois rais de lumière rouge et muni d'un bouton.

Je cessai de respirer.

Il regarda le portable, parut déçu, comme si j'avais enfreint un quelconque accord entre nous, et abaissa le pouce.

— Attendez ! hurlai-je en me protégeant stupidement la tête de mes bras.

Il pressa le bouton.

Quand j'abaissai mes mains, qui n'avaient pas été pulvérisées, je le vis qui me regardait avec une expression étonnée. Puis ses yeux passèrent de mon visage au boîtier noir et il mit en rapport les deux termes de l'équation.

— Générateur de bruit rose, expliqua-t-il.

J'avalai une bouffée d'air humide et âcre. La sueur me brûlait les yeux. J'essuyai mon front avec le devant de mon tee-shirt.

— Bruit rose ?

— Sous le seuil d'audibilité. Ça perturbe quasiment toutes les fréquences sur lesquelles ils peuvent nous écouter.

— Je n'ai pas de micro sur moi.

— Ouais, mais vous pouvez être sûr qu'il y en a un dans le portable qu'ils vous ont donné.

Il s'accroupit, posa le petit générateur à ses pieds, juste au bord du bassin, eut un mouvement de tête.

— Venez ici.

Je me souvins que Wydell m'avait recommandé de l'éloigner de l'eau.

— Pas question que je m'approche de l'eau, répliquai-je.

— Les radiations ne peuvent vous atteindre que si l'eau bout et s'évapore.

— C'est pour ça, la bombe ?

— Il n'y a pas de bombe, dit-il, agacé.

— Je… Quoi ? Qu'est-ce que vous faites ici, alors ?

— J'ai inventé cette histoire de bombe pour vous faire venir.

Il fit un pas vers moi, s'écartant du bassin ; je reculai d'autant pour l'en éloigner un peu plus. Il porta une main à sa joue lacérée, grimaça.

— Ils m'abattront dès que je serai dans l'un de leurs viseurs. Je ne sortirai pas vivant d'ici, et si j'en sors vivant, ils me feront disparaître.

Il continua à s'approcher jusqu'à ce que nous soyons à un mètre l'un de l'autre.

Je m'ordonnai de ne pas bouger mais mon corps ne m'obéit pas. Dès qu'il fut près de moi, je lui arrachai le sac à dos et le repoussai. Il recula en vacillant, sans tenter de riposter. J'étais sidéré par mon accès de courage, par la facilité de ma victoire. D'une main tremblante, je fouillai fébrilement le sac mais il ne contenait qu'un pistolet, deux liasses de billets de cent dollars entourées de rubans violets, un carnet et un stylo, des vêtements de rechange. Je le laissai tomber par terre.

— Il n'y a pas de bombe.

Il secoua la tête, voulut dire quelque chose mais une quinte de toux le fit se plier en deux, sa bouche projetant du sang. Les grosses gouttes rouges paraissaient d'huile dans la lumière bleue. Il finit par se redresser.

— Qui êtes-vous ? demandai-je.

— Je suis Charlie. J'ai connu votre beau-père.

— Quoi ? Comment avez-vous...

Il chancela, le regard rendu vitreux par la douleur ou la pression écrasante de la situation.

— J'ai commis une terrible erreur, mais vous pourrez peut-être la réparer. J'avais confiance en Frank. Il était le seul à qui je faisais entièrement confiance.

— Si vous étiez amis, pourquoi n'êtes-vous pas venu à l'enterrement ?

Je bluffai : je n'y avais pas assisté non plus. Je m'étais habillé pour la cérémonie, mais je n'avais pas réussi à arrêter de vomir et n'avais pu monter dans la voiture avec Callie.

— J'étais mort de trouille, répondit Charlie. Vous l'auriez été aussi, cette histoire est terrifiante. Frank parlait beaucoup de vous et je me suis dit : S'il y a quelqu'un qui peut faire quelque chose, c'est le gosse de Frank.

— Je ne ressemble pas du tout à Frank Durant. Je ne suis même pas son fils.

Charlie ne sembla pas m'entendre :

— Mon seul espoir, c'était que vous viviez encore ici, après toutes ces années. Je ne voyais pas qui d'autre... Si quelqu'un peut comprendre, c'est vous. Du moins, d'après ce que me disait Frank. Je n'ai personne d'autre.

— Comment je peux savoir que ce n'est pas un coup monté ? Comment je peux être sûr que Frank et vous étiez vraiment amis ?

Ignorant mes questions, il s'approcha de nouveau, plongea une main dans sa poche.

— Tenez. Prenez ça.

Quelque chose brilla dans sa main éclaboussée de sang. Une clef.

Il me saisit le bras, me mit la clef dans la main. Elle était en laiton, longue de cinq centimètres, plate mais plus épaisse qu'une clef de maison.

— Cachez-la. Tout de suite. Sur vous.

Sa manche avait remonté presque jusqu'au coude, découvrant sur l'avant-bras le tatouage bleu familier en idéogrammes chinois.

Ne te fie à personne.

Abasourdi, je m'accroupis et dissimulai la clef dans la poche d'air fendillée du talon de ma basket. D'autres gouttes de sang tombèrent sur le sol, sur ses chaussures.

D'une voix amollie par la douleur, il reprit :

— Votre vie est maintenant en jeu. Je vous expliquerai. Je vous dirai tout ce que vous avez besoin de sav...

Le téléphone sonna dans ma poche, nous faisant sursauter tous deux. Nous nous tenions à un mètre l'un de l'autre, baignés par la lumière aseptisée du bassin. Je tirai de nouveau le portable de ma poche, le lui tendis.

— Je vais nous faire gagner quelques minutes, dit-il en le prenant.

Il recula d'un pas, souleva le couvercle de l'appareil.

Je revis Sever prenant le portable dans la niche en mousse noire de la caisse Pelican.

Charlie cracha du sang, porta le téléphone à son oreille.

— Oui ?

Un éclair blanc remplaça sa tête au-dessus de ses épaules. Le souffle de l'explosion me projeta en arrière dans l'air rugissant puis dans le noir.

5

Quelques semaines avant mon dix-huitième anniversaire, Callie partit suivre à l'Art Institute de Chicago un cours pour lequel elle avait longuement économisé. C'était le mois de mai, et cependant le temps était déjà chaud et moite. Avec quelques copains de l'équipe de base-ball, j'étais sorti voir *Backdraft* et nous étions ensuite passés à notre bar habituel du week-end, le Bob's Big Boy originel, l'un des rares lieux célèbres de Glendale.

Isabel McBride. C'était le nom inscrit sur le badge neuf et brillant accroché à gauche de son décolleté. Proche de la quarantaine, elle avait une épaisse chevelure auburn, une poitrine rebondie – des seins de femme adulte – et sa blouse déboutonnée laissait voir la dentelle de son soutien-gorge. Elle avait aussi une bouche au dessin ferme souligné de rouge et quelques rides aux coins des yeux quand elle souriait, ce qu'elle faisait en me regardant chaque fois qu'elle se penchait pour servir ou débarrasser. Nous échangions des rires et des regards entendus pour cacher notre nervosité.

Ce jour-là, quand j'allai à la caisse pour payer, elle me prit le poignet et murmura :

— Je finis mon service à une heure. J'ai ma fille à la maison, mais je peux m'arranger pour te retrouver quelque part et t'apprendre quelques trucs...

— J'ai dix... dix-sept ans, bredouillai-je, je vis chez mes parents.

Jetant un coup d'œil à mon maillot de l'équipe du lycée, elle reprit :

— Base-ball, hein ? Rendez-vous cette nuit, à 1 heure, au monticule du lanceur.

Ayant perdu la faculté de parler, je hochai la tête.

Lorsque je rentrai ce soir-là et que j'ouvris la porte, Frank se tenait dans le vestibule comme s'il m'attendait depuis des heures, mais je savais qu'il avait simplement réagi au tintement de ma clef dans la serrure.

— Bon, dit-il simplement avant de se détourner pour regagner sa chambre.

Je pensais à Isabel McBride, à la façon dont sa chevelure lustrée contournait sa nuque pour effleurer le haut de sa poitrine. Aux minces plis blancs de son cou qui avaient échappé au soleil. Elle avait eu un *enfant.* Si j'étais plus inexpérimenté que je ne voulais bien l'admettre, cette occasion se présentait à moi comme surgie des pages d'un magazine de cul, et pour rien au monde je n'aurais manqué ce qu'elle se proposait de m'apprendre.

— Frank, laisse-moi dormir la fenêtre ouverte cette nuit, plaidai-je. Il fait plus de trente-cinq degrés...

Il s'arrêta et me regarda d'un air renfrogné, aussi las que moi de cette éternelle discussion. Il paraissait plus fatigué que d'habitude et en même temps tendu.

— Sécurité avant tout, décréta-t-il.

Je lus, allongé sur mon lit, en pressant mon réveil d'aller plus vite. A minuit quarante, je me levai et, mes chaussures à la main, descendis le couloir en silence. Frank avait laissé sa porte ouverte et j'entendais sa respiration régulière provenant de la chambre obscure. Je me glissai dans la cuisine, réussis à prendre la boîte aimantée dans le vide-ordures sans faire trop de bruit. J'introduisis la clef qu'elle contenait dans le boîtier fixé au mur, près de la porte du garage, pour débrancher le système d'alarme, puis je sortis par la porte de derrière, refermai à clef mais négligeai de remettre les gros verrous Medeco.

Dix minutes plus tard, je traversais le campus obscur, certain qu'elle ne serait pas là, que c'était une blague, que j'avais tout inventé. Mais une silhouette féminine se tenait bien sur le monticule, les mains derrière le dos. Elle s'était changée et portait maintenant une robe bain de soleil qui épousait la double courbure de ses cuisses.

— Salut, dis-je en m'approchant. Je sais pas trop si...

Elle prit mon visage entre ses mains et m'embrassa, fourrant sa langue dans ma bouche. Son corps se pressa contre le mien et c'était la première fois que je tenais dans mes bras une femme montrant son désir avec une telle assurance. Elle m'entraîna vers le champ extérieur, encore humide de l'arrosage du soir. Ses mains défirent ma ceinture et sa bouche engloutit mon sexe. Le dos arqué, je poussais de petits gémissements sans savoir quoi faire. Elle fit descendre mon jean, releva sa robe jusqu'à la taille, plongea une main dans son sac.

— Tiens, dit-elle, mets ça.

Je m'affairai sur le préservatif, tentai de le dérouler sur mon sexe, d'abord à l'envers, et là, à force de me toucher, je jouis. Mortifié, je me retournai, enlevai la capote et me laissai tomber sur le dos. Elle se pencha vers moi, me caressa la poitrine.

— T'as vraiment un joli corps, me complimenta-t-elle.

— Ça m'a pas servi à grand-chose, ce soir…

— Attends. Avoir dix-sept ans, ça a aussi ses avantages.

— Quoi, par exemple ?

— Je vais te montrer.

Cette fois, je tins plus longtemps. Après, étendu sur le dos, abasourdi, je la laissai me caresser le visage. Elle avait glissé un chewing-gum dans sa bouche et son haleine sentait le melon.

— T'es un gentil garçon, dit-elle.

Elle se leva, fourra sa culotte dans son sac, lissa sa robe.

— Je dois rentrer, pour ma fille. Repasse au bar, à l'occasion.

Je rentrai en courant, encore étourdi. A la grille du jardin, je défis mes chaussures, regardai ma montre en longeant le côté droit de la maison : 2 h 18. Ma respiration se bloqua quand je tournai le coin.

La porte de derrière était ouverte.

J'entendis un bruissement à l'intérieur. Terrifié, je me ruai dans la cuisine, découvris une forme sombre dans le séjour. J'allumai. Au bout d'une courte traînée de sang qu'il avait laissée sur le parquet, Frank s'appuyait à son fauteuil. Ses deux mains pressaient son ventre. Il tenta de parler, mais une écume rouge bouillonna autour de sa bouche et du sang coula entre ses doigts. Le Glock se trouvait à un mètre de lui, près d'une douille.

Dans la cuisine, la porte menant au garage était ouverte ; un courant d'air frais provenant du rectangle sombre m'effleura le visage et sortit par l'autre porte, derrière moi. La peur me fit m'élancer vers le pistolet avant que je me souvienne que je n'avais jamais tiré de ma vie. Pleurant, marmonnant des excuses, j'essayai de mettre l'arme dans la main de Frank pour qu'il nous protège, mais il n'avait plus la force de serrer la crosse. La porte latérale du garage s'ouvrit et alla battre contre le mur extérieur que j'avais longé quelques instants plus tôt.

Frank leva la main, indiqua mollement la clef que j'avais laissée dans le boîtier de la cuisine. Ses lèvres remuèrent de nouveau et il parvint à articuler :

— P... pourquoi ?

Son autre main s'écarta de sa blessure et le sang coula, sombre, si sombre. Je tentai d'en endiguer le flot de mes mains en sanglotant ; Frank leva vers moi des yeux stupéfaits et me regarda. L'un de ses pieds battit l'air, puis il cessa totalement de remuer. Ses yeux, toujours ouverts, ne regardaient plus rien.

6

Ma tête tournoyait d'images cauchemardesques surgies d'un sommeil profond. Je me raccrochai à mon mantra éculé : *Tu n'as plus dix-sept ans, tu es en sécurité, maintenant.*

Ma mémoire eut un déclic, mes yeux s'ouvrirent.

Le visage de l'infirmière se forma sur la blancheur de la pièce. Blonde, la taille mince, une tablette à pince à la main : le cliché total. J'étais nu, me sembla-t-il, sous une blouse d'hôpital.

Je clignai des yeux dans la clarté soudaine et balbutiai :

— Qu'est-ce que...

— Comment vous appelez-vous ?

— Nick Horrigan.

— Quel mois sommes-nous ?

— Septembre.

— Qui est le président des Etats-Unis ?

— Andrew Bilton.

Malheureusement.

— Vous vous rappelez ce qui vous est arrivé ?

Les images affluèrent dans ma tête. Le 4 × 4 criblé de balles, l'eau bleue du bassin, les barres de combustible usé sous la surface lisse...

— Charlie… L'explosion…

— Vous n'avez rien de grave. Quelques contusions et une légère blessure à la joue droite. Ne vous étonnez pas si c'est sensible pendant cinq ou six jours, et vous aurez peut-être l'effet coup du lapin dans une semaine ou deux.

L'horloge numérique indiquait *9:18*. Mon cerveau s'efforçait de se mettre à jour et j'avais le vague souvenir d'un entretien qui devait avoir lieu dans douze minutes. J'avais des préoccupations plus graves, à présent. Mes doigts effleurèrent ma joue, sentirent un pansement, du ruban adhésif.

— A votre place, je ne… commença l'infirmière.

Je le décollai. La peau de mon visage et de ma poitrine semblait à vif, comme brûlée par le soleil. Le sol me parut frais quand j'y posai mes pieds nus.

— Vous devriez attendre de…

Je traversai lentement la chambre pour m'approcher du miroir, les fesses à l'air dans l'ouverture de la blouse. J'avais dans la joue un trou gros comme un petit pois, autour duquel la peau s'était ridée.

— Un éclat d'obus ?

— Si on veut, répondit-elle. Une esquille, en fait. Un bout d'os…

Mes yeux obliquèrent vers la droite, saisirent son reflet dans le miroir.

— Pas à moi ?

— Non. Elle est incrustée dans votre pommette et elle ne causera aucun mal. Alors, plutôt que de vous infliger une intervention invasive, le docteur a jugé préférable de la laisser là.

Un petit morceau du terroriste Charlie logé pour toujours dans ma face. Mon crâne se mit à palpiter, comme si j'avais la gueule de bois, et, traînant les pieds, je retournai au lit.

— Où sont mes affaires ?

— Vos vêtements, vous voulez dire ?

L'infirmière tira de dessous le lit un bassin en plastique et le posa sur le drap à côté de moi. Mon tee-shirt *Pacman* avait été découpé sur moi à l'hôpital après avoir été déchiré et brûlé par l'explosion. Mon pantalon de pyjama était dans le même état, mais les Puma semblaient intactes.

— Le docteur passera bientôt vous examiner et vous donnera probablement l'autorisation de sortir, m'informa-t-elle en franchissant la porte.

Elle me laissa seul dans la chambre, dont la fenêtre donnait sur Beverly Boulevard. Le Centre médical Cedars-Sinai. Je me relevai, fis lentement le tour de la pièce en m'efforçant de refouler la panique qui montait en moi.

Je soulevai le téléphone posé sur la table de chevet, appelai chez moi pour voir si quelqu'un avait laissé un message. Quelqu'un décrocha à la deuxième sonnerie.

— Allô ? dis-je.

Pas de réponse. Pas même un bruit de respiration.

— Qui est à l'appareil ?

La communication fut coupée. Je rappelai, entendis ma voix sur le répondeur, tapai mon code. Pas de messages. Avais-je fait un faux numéro, la première fois ?

« Votre vie est maintenant en jeu... »

Je réprimai un frisson. Tout le monde vit avec une ombre, que ce soit une grosseur sous la peau, un ex-mari violent ou une toxicomanie qui revient frapper à la porte. Pendant dix-sept ans, j'avais tout fait pour oublier ce qui était suspendu au-dessus de ma tête. Je m'étais efforcé de reconstruire ma vie. Fastidieux week-ends de volley-ball à Santa Monica Beach. Repas à l'El Torito, avec ma « bande » de collègues. Rencards occasionnels. J'avais été si longtemps tranquille que je me croyais tiré d'affaire. Au final, les fantômes ressortaient de leurs trous.

Je pris ma basket gauche dans le bassin et la secouai, entendis un cliquetis. Elle y était encore. La clef de Charlie. Je me frottai les yeux, des idéogrammes chinois apparurent derrière mes paupières. *Ne te fie à personne*. Le tatouage. Okinawa. Les copains de guerre. Je me souvins des mots que Charlie avait murmurés : « J'avais confiance en Frank. »

Je trouvai une télécommande sur la table de chevet, allumai le téléviseur suspendu dans un coin de la pièce. Les infos du matin montraient des images prises par hélicoptère de la poursuite sur la 405 mais, pour San Onofre, uniquement des images d'archives. Tout survol de la centrale, la nuit dernière, avait dû être interdit. Le reporter qui se tenait dans Culver City à l'endroit où avait eu lieu la fusillade ne mentionna ni mon nom ni celui de Charlie ; il rapporta seulement que la chasse à l'homme s'était terminée à San Onofre et que le terroriste avait été tué. Un rapide tour des autres chaînes révéla les mêmes images et les mêmes vagues commentaires.

MSNBC diffusait en revanche des extraits du débat de la campagne présidentielle. Comme on pouvait s'y attendre, ils montraient surtout le sénateur Caruthers. Il avait changé depuis l'époque où Frank assurait sa protection. Son passage à la Maison-Blanche l'avait transformé. Il portait son costume impeccable avec plus de décontraction et se tenait maintenant légèrement penché au-dessus du pupitre. Bien qu'héritier d'une fortune gagnée dans le textile, il parvenait à donner l'image d'un homme du peuple. Il était celui que nous souhaiterions être si nous devenions riches.

« Puisque j'ai promis une campagne transparente, disons les choses clairement, proposait-il. Pourquoi sommes-nous à Harlem, tous les deux ? Nous cherchons l'un et l'autre les voix des électeurs noirs. La différence entre mon adversaire et moi, c'est qu'au cours des dix dernières années j'ai rencontré de nombreuses fois les dirigeants de cette communauté, dans des circonstances beaucoup moins médiatisées. Combien de fois mon adversaire est-il venu à Harlem ? »

Changement de plan sur Andrew Bilton dans son costume gris, les lèvres plissées comme si la sottise des jeunes l'amusait, alors que Caruthers et lui avaient tous deux plus de soixante ans. Apre rivalité de quinze ans remontant à l'époque où Bilton, gouverneur de Californie et étoile montante du parti, avait joué le rôle d'exécuteur contre le vice-président Caruthers, torpillant sa première tentative d'accéder à la Maison-Blanche.

Je me rappelai mon indignation, à l'époque, quand Bilton avait décrit Caruthers comme un candidat trop progressiste. Sourires méprisants dans les émissions-débats, moqueries dans des salles bourrées de syndicalistes… Caruthers n'avait pas su devancer les coups et répondre de la façon qu'il semblait avoir maintenant mise au point. Cette fois, il ne se laisserait pas prendre au dépourvu.

Sur l'écran, il poursuivait :

« C'est votre première visite à Harlem, n'est-ce pas, monsieur le Président ? Eh bien, je vous recommande le poisson-chat frit du Sylvia's, sur Lenox Avenue... »

Devant la foule rugissante, Bilton eut la même expression post-chirurgicale figée que Quayle lorsque Lloyd Bentsen lui avait asséné qu'il n'était pas John Kennedy. Je l'avais vécu en direct, mais la rediffusion était toujours aussi savoureuse.

Bilton eut son sourire crispé et je me sentis presque désolé pour lui. Zélé porte-parole de son parti, c'était un type au physique agréable qui portait bien le costume, s'exprimait clairement en respectant la ligne officielle et donnait une impression d'autorité rébarbative, désuète. Face au charisme de Caruthers, à son nez aquilin et à ses yeux verts, on aurait dit un avocaillon jouant son propre rôle dans une pub.

Je regardai de nouveau le réveil. Etais-je obligé d'attendre le docteur pour sortir ?

Pour me calmer, je zappai sur une chaîne de dessins animés, tombai sur l'un de mes préférés : sur une scène d'opéra, Bugs Bunny en charmeur de serpents faisait monter d'un pot en argile un rasoir électrique qui s'en prenait au malheureux Elmer.

J'adore les Looney Tunes. J'adore la silhouette parfaitement dessinée que laisse un personnage en traversant un mur. J'adore les steaks qui ont toujours la même forme et font saliver tout le monde.

J'adore que personne ne meure vraiment.

On frappa à la porte et Reid Sever entra. Je me raidis car je ne savais pas à quoi m'attendre. Remarquant ma réaction, il eut un sourire qui manquait de naturel.

— Félicitations, monsieur le héros, dit-il.

Je regardai mes vêtements en lambeaux dans le bassin.

— On vous achètera quelque chose à la boutique de l'hôpital, promit-il. Ou on enverra quelqu'un chez vous prendre ce dont vous avez besoin. Après ce que vous avez fait pour nous...

Il haussa les épaules. Ses vêtements civils soulignaient la largeur de sa carrure.

— La note d'hôpital est à nos frais, bien sûr, ajouta-t-il. Nous croyons savoir que votre couverture santé n'est pas terrible...

Il attendit une réaction, je ne lui en offris pas.

— J'ai une ou deux questions à vous poser. Désolé de vous embêter avec ça après ce que vous venez de subir, mais...

— Allez-y.

— Le terroriste vous a aussi donné un faux nom de famille ?

Je glissai la main dans la poche de mon pyjama, trouvai mon portefeuille.

— Je ne vous suis pas.

— D'après l'infirmière, vous l'avez appelé Charlie. Est-ce qu'il vous a aussi donné un nom de famille ?

Il me fallut un moment pour me faire à l'idée que l'infirmière rencardait Sever. Ou y avait-il des micros dans la chambre ?

— Non, répondis-je lentement. Rien que Charlie.

— Il s'appelait en fait Mike Milligan.

— Le type que j'ai rencontré était peut-être un cinglé mais pas un terroriste.

— Vous connaissez beaucoup de terroristes ? répliqua Sever.

Il eut aussitôt un sourire pour atténuer la sécheresse de son ton. Du pouce, j'inventoriai le contenu de mon portefeuille. Au milieu des billets, je rangeais toujours mon permis de conduire et ma carte de crédit dos à dos pour ne pas endommager les bandes magnétiques. Là, ma carte de crédit était dans le mauvais sens. Négligence de la personne qui avait fouillé mes poches, mais je n'étais apparemment qu'un pauvre con qui ne remarquerait rien. Mon rythme cardiaque s'accéléra.

— Vous avez parlé, Milligan et vous, avant notre appel ? insista Sever.

Je revis le lambeau de peau détaché sous l'œil de Charlie. *Ne te fie à personne.*

— Nous n'avons pas eu beaucoup de temps, répondis-je.

— Ce qui signifie ? « Non » ? « Un peu » ? Il vous avait spécifiquement réclamé, il a dû vous dire quelque chose...

— Non. Vous l'avez fait exploser avant.

— Bon. On peut tous respirer, maintenant.

— C'est fini ?

— Oui. D'après nos informations, Milligan était un individu isolé cherchant à créer des troubles avant les élections. Nous sommes convaincus qu'il agissait seul.

Avant que je puisse répondre, la porte s'ouvrit et Wydell entra, pantelant, comme s'il s'était pressé. Il adressa un signe de tête à Sever, qui recula respectueusement d'un pas, cédant le devant de la scène à son patron. Wydell traversa la chambre, s'assit au bord du lit.

— Comment vous vous sentez ? s'enquit-il.

Je le regardai en silence.

— Vous avez été remarquable.

— Ecoutez, monsieur Wydell...

— Joe.

Son visage mince avait pris une expression bienveillante.

— D'accord, Joe. Vous avez failli me tuer. Et vous m'avez menti.

— Nous ne vous avons pas menti, Nick. Nous vous avons induit en erreur et je m'en excuse mais il fallait absolument ne pas vous effrayer. Vous n'êtes pas un agent spécial, vous n'êtes pas non plus comédien. On ne pouvait pas vous envoyer là-bas après vous avoir prévenu que vous aviez sur vous un portable bourré de C4. Ça n'aurait pas marché. Réfléchissez-y, vous le comprendrez. Nous ne nous préoccupions pas uniquement de l'opération, votre sécurité aussi était en jeu.

Wydell attendit également une réaction qui ne vint pas.

— Grâce à vous, un grave attentat terroriste a été évité, continua-t-il.

— Un grave attentat terroriste, répétai-je.

Je sentis qu'il avait envie de me demander si je savais qu'il n'y avait pas de bombe, mais il ne pouvait pas le faire sans étaler son jeu.

— Cela peut devenir pour vous une occasion exceptionnelle, déclara-t-il. Fils d'un ancien agent du Secret Service... Nous donnons une conférence de presse dans une heure, nous aimerions que vous y participiez.

— Je ne veux pas parler de mes liens avec Frank.

— Vous n'aurez pas à le faire. Vous avez beaucoup d'autres choses à raconter, après ce que vous avez accompli cette nuit.

— Je ne participerai à aucune conférence de presse. Je ne veux pas que mon nom soit révélé.

— Qu'est-ce que vous voulez, alors ? C'est un grand moment, pour vous. Beaucoup de personnes influentes souhaitent vous exprimer leur gratitude.

Je songeai à ce que Frank m'avait dit un soir, devant le film de Zapruder : les gens se damnent à travers mille et une petites décisions. Une fois qu'on a accepté un compromis, on recommence.

— Je ne veux rien, répondis-je. Vous m'avez manipulé. Je n'ai pas été un héros, je n'ai été que la dupe qui portait la bombe.

— Vous choisissez l'interprétation la moins flatteuse possible.

Le téléphone de la chambre sonna, Sever décrocha aussitôt : apparemment, il attendait cet appel.

— Oui, il est là, dit-il dans l'appareil.

Il pressa le combiné contre sa large poitrine.

— Le Président tient à vous exprimer sa reconnaissance.

Je déglutis péniblement.

— Bilton ? Vous voulez dire le commandant en chef ?

— En personne. Il aura un moment libre dans une demi-heure.

Je fis passer mon regard de mes vêtements noircis aux murs blancs de la chambre, me sentis soudain oppressé.

— Désolé, mais il faut que je sorte d'ici...

Un accès de claustrophobie m'empêcha de finir ma phrase.

Sever me fixa un instant, la bouche entrouverte, puis il marmonna quelque chose dans le téléphone et raccrocha.

Wydell riva ses yeux aux miens.

— Si vous voulez garder l'anonymat, nous n'y voyons aucun inconvénient, assura-t-il. Ce qui est important – non, essentiel – pour la sécurité nationale, c'est que nous ne semions pas la confusion dans l'esprit des journalistes ou dans l'opinion. Vous comprenez ?

— Pas vraiment.

— Le danger est écarté. Il est capital que le pays se sente de nouveau en sécurité.

— Ecoutez, je ne veux pas me retrouver chez moi à tenter d'élucider ce que vous essayez de me dire. Soyez clair, s'il vous plaît.

Il plissa le front.

— OK. Si vous choisissez de ne pas être officiellement reconnu, nous voudrions que vous ne parliez pas des événements de cette nuit. En particulier aux médias. Le chapitre est clos, il faut qu'il le reste. Si vous avez quelque chose à dire, quoi que ce soit, à ce sujet, nous tenons à ce que vous vous adressiez d'abord à nous. Et, je le répète, si nous pouvons vous remercier d'une manière ou d'une autre de ce que vous avez fait...

— Il y a une chose, répondis-je.

— Ce que vous voudrez.

Je me tournai vers Sever.

— Evelyn Plotkin, ma voisine. Celle que vous avez repoussée, violemment, dans son appartement. C'est une dame très gentille. Collection de figurines, membre d'Amnesty International, tee-shirt avec la photo de ses petits-enfants floquée sur le devant, ce genre de trucs. Je veux que vous lui présentiez des excuses.

Il serra les mâchoires, ce qui fit saillir les muscles de son visage hâlé.

— C’est tout ? demanda Wydell.

— C’est tout.

— Je crois que nous pouvons arranger ça, dit-il en adressant un signe de tête à Sever.

Je chaussai mes baskets.

— Oh, si, pardon. Une dernière chose…

Sever semblait à présent moins disposé à m’obliger.

Je me levai, fermai du mieux que je pus ma blouse d’hôpital.

— Vous pouvez m’aider à sortir d’ici ?

Quand ils quittèrent la chambre, je les suivis, la clef de Charlie remuant en silence dans le talon de ma Puma.

7

Quelques rubans de plastique jaune pendaient mollement en travers de l'entrée, toile d'araignée ayant perdu sa tension. La porte reposait au milieu de ma salle de séjour dévastée. Je me tins un moment dans le vestibule, contemplant les dégâts. Je portais un tee-shirt *I love LA* et un pantalon de survêtement achetés à la boutique de l'hôpital. Ma tête palpitait – je sentais mon pouls dans ma blessure à la joue – et la lumière du couloir me parut anormalement vive. J'avais dans la bouche un goût amer d'écorce de fruit. J'étais tellement impatient de rentrer chez moi que je n'avais pas songé une seconde à ce qui m'y attendait.

Je passai sous les rubans, relevai la porte et la remis en place puis je fis le tour de l'appartement pour vérifier les verrous. Précaution stupide, je le sais, puisque la porte s'appuyait seulement sur l'encadrement, mais les vieilles habitudes ont la vie dure. Après avoir baissé tous les stores, j'inspectai les lieux. D'habitude, lorsque je rentrais, je m'assurais que rien n'avait été déplacé, autre élément du rituel, mais cette fois, à quoi bon ? Tous les tiroirs avaient été vidés. On avait fouillé dans mes papiers, dans mes factures, dans mes livres, on les avait ensuite simplement jetés par terre.

Le téléviseur était sur la moquette et le vieux coffre de marine de Frank, renversé, avait répandu son contenu dans ma chambre. Je n'y avais pas touché depuis des années. Ma première coupe de base-ball, amputée de sa base ; les débuts du Punisher dans *Spiderman* ; mon père, toujours souriant, fumant toujours sa cigarette en Kodachrome. Mais le métal de la coupe avait perdu son éclat, les cartes de base-ball avaient jauni, le sourire de mon père ne semblait pas aussi détendu que dans mon souvenir et avait quelque chose de suffisant.

Les dessins de Callie avaient atterri près du bureau Ikea : la véranda derrière la maison de Frank ; une poire sur notre table de cuisine balafrée. Ils me transportèrent dans le passé avec autant de force que l'odeur de l'herbe fraîchement coupée du champ extérieur pendant un match. Je déroulai le portrait de Frank et m'assis en tailleur pour le regarder. J'avais oublié de quoi Callie était capable. Elle avait accentué les lèvres de Frank et lui avait accordé le bénéfice du doute pour son nez, le rendant non pas plus beau mais plus raffiné. Elle avait saisi avec précision les plis du visage, la profondeur et l'intensité des pupilles sombres.

Une image surgit dans ma conscience : moi tenant ce visage entre mes mains tandis que, dessous, le corps tremblait et défaillait. Pendant des années j'avais fui cet instant, sa cause et ses conséquences.

La douleur dans mes genoux me ramena au présent. Le canapé éventré, la clef dans ma basket. L'acide qui brûlait les parois de mon estomac me rappela pourquoi j'avais mis le portrait de Frank dans le coffre, pourquoi le coffre était resté fermé tout ce temps. Je roulai le dessin et le rangeai avec le reste, reposai le poste sur le coffre pour l'empêcher de s'ouvrir brusquement, comme dans un film d'épouvante.

L'angoisse s'insinua en moi comme une démangeaison sous la peau. J'allumai le téléviseur dans l'espoir qu'un bruit de fond m'aiderait à me sentir moins seul. Les slogans d'un spot pour la réélection de Bilton s'échappèrent du poste, accompagnés par une musique symphonique exaltante. En sweater et pantalon kaki, le commandant en chef se tenait dans le Bureau ovale, sa sage petite amie du lycée encore à son côté, tous deux entourés de trois générations de Bilton : les enfants devenus adultes, les petits-enfants de la *it-generation* et quelques arrière-petits-enfants babillant à qui mieux mieux.

« Le sénateur Caruthers dit qu'il ne comprend pas les valeurs familiales... Voulez-vous vraiment envoyer à la Maison-Blanche quelqu'un qui est fier de proclamer une chose pareille ? » demandait-il aux téléspectateurs.

Sautant par-dessus trois chaînes, je retrouvai le Coyote au bord d'un précipice, sur le point de mal estimer – une fois de plus – le mouvement de son balancier.

Je pris une longue inspiration en songeant à ce que je devais faire maintenant. Ce matin, j'avais manqué un entretien et c'était plutôt moche puisque mon ex-copine l'avait arrangé pour moi. Induma, conceptrice de logiciels quand nous sortions ensemble, avait vendu une application gestion de stock à IBM ou à Oracle pour une somme exorbitante et contre des stock-options qui lui avaient rapporté encore plus. Devenue consultante à temps partiel, elle contribuait maintenant à résoudre les problèmes des centaines d'entreprises et d'institutions qui utilisaient son système. Notamment Pepperdine, qui proposait une maîtrise de gestion et de politique des pouvoirs publics que j'envisageais de faire mienne depuis quelque temps déjà.

Au cours des huit dernières années, j'étais passé de serveur de soupe populaire à codirecteur d'une organisation caritative finançant divers programmes en faveur des sans-abri de LA. A trente-cinq ans, je venais juste de me persuader que j'étais prêt à passer au niveau supérieur. La semaine précédente, j'avais démissionné pour étudier mes choix de plus près et commencer à préparer les tests débouchant sur la formation de Pepperdine. Induma m'avait obtenu un entretien avec le responsable des admissions. Je ne voulais pas bousiller mes chances et, surtout, je ne voulais pas embarrasser Induma.

Quand je ramassai mon téléphone sans fil pour l'appeler, un frisson me parcourut le bras et je laissai l'appareil tomber sur le lit. Je dénichai un tournevis parmi les outils jetés dans le bas de mon placard à vêtements et j'ouvris le téléphone, défis le disque perforé du récepteur. Pas de C4. Pas de micro non plus, mais *La Loi et l'Ordre* m'avait appris qu'on peut mettre un téléphone sur écoute au moyen d'une boîte de dérivation extérieure. Optant pour la sécurité, je laissai l'appareil démonté sur le comptoir de la cuisine.

Je passai dans la salle de bains, m'assis sur le bord de la baignoire et sortis enfin la clef de la semelle de ma basket. En laiton, comme dans mon souvenir. Plus épaisse qu'une clef de maison. Sur un côté, gravés dans le métal, trois chiffres inégaux : *229*. De l'autre : *Propriété de l'Administration. Reproduction interdite.*

Un bureau du bâtiment du Secret Service ? Une chambre forte ? Un coffre de dépôt ?

Des coups frappés à la porte me firent sursauter. Au moment où je me levai, le sol vibra. Je remis la clef dans la poche à air de ma Puma, retournai dans ma chambre.

Un jeune rouquin d'une vingtaine d'années, penché en avant dans une position précaire, l'index encore recourbé, regardait à l'intérieur de l'appartement avec une expression confuse. Il portait une chemise presque aussi blanche que sa peau et un nœud papillon en cachemire rouge. La porte d'entrée était de nouveau par terre, juste derrière le seuil. Je regardai le type, il me regarda. Je devais avoir l'air d'un débile ou d'un schizophrène, avec mon pantalon de survêtement, mon tee-shirt de boutique de souvenirs et mes yeux vitreux de fatigue.

— Euh, désolé. Monsieur Horrigan ?

— Nick.

— Alan Lambrose. L'un des collaborateurs du sénateur Caruthers. Il est venu à LA hier soir après le débat et il aimerait vous remercier en personne.

— C'est un nœud papillon, votre machin ?

— Oui. C'est comme ça qu'on me connaît : le collaborateur de Caruthers au nœud papillon, répondit-il avec un sourire éclatant. J'ai une voiture pour vous emmener, si vous êtes d'accord.

D'un geste, je lui montrai l'état de l'appartement.

— Ça tombe plutôt mal.

— Nous pouvons faire quelque chose pour vous ?

— Oui. J'aimerais qu'on répare ma porte.

— Nous nous en occupons. Et nous veillerons à ce que vous soyez indemnisé, pour les dégâts.

— Ecoutez, j'ai compris. Ils veulent tous que j'aie mon quart d'heure de célébrité et que je me fasse prendre en photo en train de leur serrer la main…

— « Tous » ?

— Les candidats à la présidentielle.

Lambrose plissa ses lèvres pâles pour retenir un sourire.

— Je ne vous mentirai pas, nous sommes plutôt contents que vous ayez refusé l'invitation de Bilton.

— Comment vous le savez ? Wydell vous a mis au courant ?

— Je ne connais pas Wydell, mais je peux vous dire qu'on en parlait dans tout le Service avant que vous quittiez l'hôpital.

Cela me parut curieux et me fit m'interroger sur l'étendue de l'influence de Caruthers.

— Je croyais que la discrétion était de rigueur, dans le Service…

— Les temps ont changé, je présume. Tout est devenu politicaillerie.

— Bon, vous remercierez le sénateur de sa proposition, mais je passe mon tour. J'ai besoin de… de réfléchir à ce que je peux faire pour l'appartement.

J'espérais ne pas avoir l'air aussi abattu que je l'étais.

— Je ne voulais pas vous perturber, dit Alan Lambrose en se retirant.

Je tentai de renfoncer dans les coussins du canapé la bourre qui s'en échappait. Je voulais remettre quelque chose en état, n'importe quoi, même ce foutu canapé. Mais plus je m'escrimais, plus le tissu se déchirait. Au bout d'un moment, je renonçai et m'assis, découragé.

Lorsque je relevai la tête, Alan était de nouveau dans l'entrée et rangeait son portable dans sa poche.

— Le sénateur dit que c'était complètement idiot de ma part d'avoir présenté la chose sous l'angle politique. Il ne tient pas du tout à ce que votre rencontre soit rendue publique. Il veut simplement vous connaître parce qu'il admirait beaucoup votre beau-père.

Je considérai l'argument avec scepticisme puis me rappelai l'estime que Frank avait toujours eue pour Caruthers.

— J'ai le temps de prendre une douche ?

— Désolé, le sénateur a un programme très chargé aujourd'hui.

Alan se détourna obligeamment pendant que je me changeais. Je gardai le tee-shirt *I love LA* mais remplaçai le pantalon de survêtement par un jean.

Le « collaborateur au nœud papillon » souleva le ruban de plastique pour que je puisse passer dessous, tel un boxeur montant sur le ring. Je le suivis dans le couloir, en route pour rencontrer le prochain président des Etats-Unis.

Devant l'ascenseur, Alan me toucha l'épaule.

— Ça vous embêterait de me dire pourquoi vous tenez tellement à rester dans l'anonymat ?

— Oui, répondis-je, me remémorant ce qui s'était passé, dix-sept ans plus tôt.

8

La porte de derrière ouverte. La trace sanglante sur le parquet. Frank, mort dans mes bras. Mon tee-shirt trempé, le sang qui refroidissait sur ma peau. Serrant Frank contre moi, je perdis un moment conscience.

Puis le téléphone contre mon visage, la voix aiguë d'une opératrice dans mon oreille. Deux touches portaient la marque rouge de mon doigt, mais je ne me souvenais pas d'avoir composé le moindre numéro.

Il y avait des sirènes, des flics et des agents fédéraux, mais je ne me rappelais pas les avoir vus arriver. Beaucoup plus tard, Callie assise dans le fauteuil de Frank, tremblante. Les inspecteurs lui disaient que Frank avait été tué avec son propre pistolet. Sa montre avait disparu, ainsi que le faux bracelet en diamant de Callie et notre magnétoscope merdique. Un cambriolage interrompu, probablement un junkie. Il était entré par-derrière et reparti par la porte latérale du garage, qu'ils avaient retrouvée déverrouillée et ballante. Avec tout ce qu'il était, Frank Durant s'était fait tuer par un minable. Absolument. Moi, en l'occurrence.

Lorsque j'expliquai aux policiers pourquoi j'avais fait le mur, Callie eut un sanglot étouffé et quitta la pièce. Ils me transpercèrent jusqu'à l'os, ce sanglot et l'immense déception qu'il contenait.

Les nuits suivantes, assis dans ma chambre, j'écoutai ma mère pleurer à travers la mince cloison. Je ne peux pas décrire ce que cela me faisait. Quelques-uns de mes premiers souvenirs d'elle remontaient à l'époque de la mort de mon père, la seule période de sa vie où je l'avais vue fumer.

Me croyant endormi, elle se tenait dehors, une cigarette à la main, les épaules secouées de sanglots. Et je pensai : Elle revit cet enfer. A cause de moi.

Je n'allais plus au lycée, je ne participai pas aux matchs de barrage. Caruthers vint présenter ses condoléances à Callie. Nous parlions peu, elle et moi : je supportais à peine d'être en sa présence, encore moins de croiser son regard. J'étais complètement perdu et Frank n'était pas là pour entrer dans ma chambre et deviner ce qu'il ne devait pas me dire.

Ma mère commença à prendre des somnifères et à sombrer dans le sommeil, rituellement, un peu après 22 heures, mais moi, je n'arrivais même pas à fermer les yeux. J'errais dans la maison obscure, cherchant des traces de Frank. Sa tasse de café encore sur l'évier, un rond sombre à l'intérieur. Une odeur d'English Leather sur la veste sport démodée accrochée au dossier d'une chaise de cuisine. L'empreinte de ses pas dans le minuscule jardin. Je sentais son absence dans les coups de poignard me perçant l'estomac, ma trahison dans le martèlement de mon cœur dans ma tête.

Lorsque la nourriture se gâta dans le frigo, je la jetai et j'allai à l'épicerie du coin acheter du thé glacé et des burritos surgelés pour quand Callie se remettrait à manger.

Sur le chemin du retour, les sacs ballant contre mes jambes, j'eus l'impression d'être suivi. Le rétroviseur d'une camionnette garée dans la rue me permit de m'en assurer. Voiture sombre, vitres teintées, pas de plaque d'immatriculation à l'avant. Elle restait derrière moi, réglait son allure sur la mienne. Pris de frayeur, je continuai à avancer, luttant pour regarder devant moi. Finalement, je n'y tins plus et, quand je me retournai, la voiture fit demi-tour dans un grincement de pneus et s'éloigna rapidement. Pas de plaque arrière non plus.

Ce soir-là, je trouvai Callie assise dans le fauteuil de Frank, fixant la tache décolorée du parquet comme s'il s'était agi du vide que Frank avait laissé derrière lui.

— Maman ? dis-je d'une voix hésitante.

Elle leva vers moi un regard sans expression.

— Frank avait peur de quelque chose. De quelqu'un. Celui qui l'a tué guettait l'occasion que je lui ai offerte.

Sa colère me prit par surprise :

— Pas de ça, Nicky. Pas de fantasme morbide. Tu as entendu les policiers : c'était un drogué venu nous cambrioler.

— On vit à Glendale, maman. Combien de drogués tu as déjà vus dans le coin ?

— Moi non plus, je ne veux pas que tu sois responsable de la mort de Frank, mais cette histoire, ça ne tient pas debout. Frank était toujours inquiet. Cela faisait partie de ce qu'il était. Et ça n'a fait qu'empirer. Ne reprends pas sa paranoïa.

— Son meurtrier était dans la maison quand je suis rentré par-derrière. Il croit que j'ai vu quelque chose. Ou que Frank m'a dit quelque chose. Il attend et il m'épie, comme il l'a fait avec Frank.

Elle se remit à pleurer et me dit, entre deux sanglots :

— Je t'en supplie, ne m'oblige pas à revivre ça pour toi. Pas maintenant. C'est de la folie. Les policiers, et même les agents fédéraux, ont dit que...

— Une voiture m'a suivi, ce soir. Elle avait des vitres teintées...

— Non, tu te trompes ! cria-t-elle en se levant. Ou alors, c'était la police, le Service. Ils ont dit qu'ils enverraient quelqu'un. Pour surveiller la maison. C'est ce qu'on fait, après un meurtre. Ou alors, c'était une voiture quelconque et tu t'es imaginé que...

— Elle n'avait pas de plaque d'immatriculation. Elle a filé dès que je...

— Arrête ! S'il te plaît, arrête. Je peux supporter ton... ton erreur et la mort de Frank, mais pas de vivre un jour de plus dans cette paranoïa !

Elle se précipita dans l'entrée et déverrouilla la porte, elle alla dans la cuisine, ouvrit les fenêtres, cogna du poing sur le clavier du système d'alarme puis s'affala contre le comptoir en se tenant la main.

— Pas un jour de plus, tu entends ?

— Frank avait peur de quelque chose, Callie. Et tu sais comme moi qu'il ne s'effrayait pas facilement.

Je fus de nouveau assailli par un flot d'images : Frank écartant le rideau de la fenêtre, passant son pick-up au détecteur de micros, regardant pour la centième fois l'éclair près de la tête de JFK.

— Il n'a trouvé personne pour le soutenir. Alors, soit le Service est impliqué, soit cette histoire le dépasse.

— Le Service ? Dépassé ? Non, mais tu t'entends ?

Elle criait, maintenant.

— On ne les voit pas beaucoup chercher. Un de leurs agents s'est fait assassiner et ils ne font rien. Tu crois vraiment qu'un toxico aurait réussi à arracher son arme à Frank ? Le Service accepte d'avaler une histoire à la con. Et toi aussi.

Elle s'approcha de moi, le visage tordu de dégoût.

— C'est toi qui as déconné, Nicky. Toi. Tu as provoqué la mort de Frank en allant baiser une pouffe sur le terrain de base-ball. Alors, ne me sers pas tes histoires de complot et d'affaire enterrée !

Elle sanglota un moment puis regarda autour d'elle, comme si elle venait de se rendre compte de l'endroit où elle se trouvait.

— Je... je suis désolée. En ce moment, je n'arrive pas...

Elle soupira et reprit, d'une voix lasse :

— Kathy passe me prendre. Restau italien. Tu devrais venir avec nous.

Je ne répondis pas. J'avais trop peur de me mettre à pleurer moi aussi si j'ouvrais la bouche. Je secouai la tête et sortis de la pièce. Dans ma chambre, je glissai la cassette Tetris dans ma Nintendo et je regardai les pièces du puzzle tomber. Je ne fis rien pour les aligner, je les laissai s'empiler jusqu'à ce qu'elles atteignent le haut de l'écran et annoncent ma défaite en clignotant. Toutes ces formes brisées, toutes ces parties d'un tout qui se dérobait. Je les regardai tomber jusqu'à ne plus éprouver qu'un sentiment glacé de capitulation.

Une demi-heure plus tard, j'entendis un coup de klaxon, puis la voix de Callie m'annonçant à travers la porte qu'elle sortait. C'était la première fois depuis la mort de Frank.

Après son départ, je fis le tour de la maison, remis les verrous, refermai les fenêtres. Je m'arrêtai à celle de devant, où j'avais vu si souvent Frank épier la rue. Me plaçant dans la même position, j'écartai le rideau d'un doigt. Je savais ce que je découvrirais m'attendant dehors, comme on connaît d'avance la suite d'un cauchemar récurrent.

Une voiture sombre était garée le long du trottoir.

La main tremblante, je laissai retomber le rideau.

Ma peau se tendit comme sous l'effet du froid. La sonnerie du téléphone me fit sursauter. Marchant à reculons pour garder un œil sur la porte de devant, j'allai décrocher.

— Ta mère vient de s'asseoir à une table du Giammarco's, dit un homme à la voix bourrue.

Il attendit, soufflant dans l'appareil, pour me laisser le temps de saisir ce que cela impliquait, puis m'ordonna calmement :

— Sors de la maison.

D'une main moite, je tins le téléphone contre mon oreille jusqu'à ce qu'il émette une série de bips. Je raccrochai. J'attendis que mon esprit se remette à fonctionner, mais il s'y refusait. Il n'y avait que la peur, comme si tout autre sentiment avait été à jamais balayé. Je savais déjà, cependant, ce que je devais faire. J'avais causé la mort de Frank, je ne pouvais pas mettre ma mère en danger. Les jambes tremblantes, je sortis.

Je ne reverrais plus la maison ni ma mère pendant près de neuf ans.

9

C'était la première fois que je me trouvais dans une limousine et je m'ajustai à son inconfort. Assis sur une partie courbe de banquette en cuir, j'avais les genoux coincés contre un bar en acrylique. Alan Lambrose parvenait à parler dans deux portables en même temps sans briser le rythme de l'une ou l'autre conversation. Il finit par raccrocher et se frotta les yeux à la manière d'un petit garçon.

— Excusez-moi. Comme vous l'avez probablement deviné, c'est un moment important.

— Il a écrasé Bilton hier soir au débat, rappelai-je. En novembre, il le battra de dix longueurs.

— Les débats ne sont pas toujours décisifs. Nous avons sept points d'avance, mais Bilton commence seulement à puiser dans son trésor de guerre et on attend les surprises d'octobre.

Je gardai un œil sur notre itinéraire pour m'assurer que nous allions bien là où il l'avait annoncé.

— Ouais, mais reconnaissez qu'on dirait bien que l'heure de Caruthers a sonné.

— Je suis d'accord. Je pense simplement que ce sera plus serré qu'on ne le prévoit. Jasper Caruthers est une menace pour des tas de gens. Des institutions.

Des grandes firmes. Le Pentagone. Beaucoup de gens ont intérêt à ce qu'il perde.

Lambrose tapota la paroi de verre, indiqua la gauche au chauffeur. La limousine ralentit, mit son clignotant. Des flics poussèrent une barrière vers un groupe compact de journalistes et la voiture s'engagea dans l'allée courbe sous la célèbre enseigne en cursive : *Beverly Hills Hotel*. En descendant de voiture, je fus enveloppé par une chaleur sèche. Une femme courut vers moi et me remit un laissez-passer plastifié impressionnant, avec la photo de mon permis de conduire et un cachet officiel. Lambrose m'entraîna aussitôt vers le deuxième périmètre de sécurité : baguettes de magnétomètre, agents nous dévisageant dans le courant d'air frais de la climatisation.

Nous traversâmes une série de pièces. Lambrose adressait des hochements de tête aux agents en faction tandis que je montrais mécaniquement le laissez-passer suspendu à mon cou. Puis nous franchîmes une porte de derrière pour nous retrouver au bord d'une estrade avec toute une troupe de militants. A moins de dix mètres de nous, Caruthers s'adressait à une pleine salle d'auditeurs captivés. Cinq agents formaient le périmètre de sécurité intérieur, derrière le pupitre et devant l'estrade.

Après m'être efforcé pendant des années de me fondre dans le paysage, je me sentis totalement vulnérable sous tous ces regards et tous ces objectifs. Je reculai d'un pas derrière le rideau. Caruthers tourna la tête, remarqua ma présence et m'adressa un clin d'œil sans s'interrompre :

— Je vous ai fait la promesse il y a un an, quand j'ai annoncé ma candidature, de mener une campagne transparente. De faire tout ce que je pourrais pour que les électeurs sachent vraiment comment se passent les choses...

Il tendit les bras pour faire taire les applaudissements.

— ... parce que vous en avez comme moi assez des rideaux de fumée. Nous venons de traverser une période d'irresponsabilité sans précédent de la Maison-Blanche. On ne peut pas torturer pour mettre fin à la violence. On ne peut pas mépriser la Constitution pour promouvoir la démocratie. On ne peut pas délaisser une stratégie écologique à long terme pour une politique de gains à courte vue. Cela a été dit mille fois, mais ça n'en reste pas moins vrai : la fin ne justifie pas les moyens. Nous l'avons sans cesse constaté – et jamais aussi clairement que dans notre affligeante politique étrangère de ces dix dernières années –, une décision prise pour de mauvaises raisons nous revient toujours en pleine gueule. Une seule mauvaise décision peut entraîner une interminable série de conséquences catastrophiques.

Les gens se levèrent par groupes pour l'acclamer et je me demandai si l'un d'eux pensait comme moi à un choix qu'il avait fait et à ce qui en était résulté.

— Le prochain débat, non loin d'ici, à l'UCLA, permettra à des étudiants et à des citoyens de transmettre directement leurs préoccupations aux candidats. Saisissez cette occasion. Posez des questions difficiles. Sommez-nous d'y répondre.

Caruthers baissa la tête d'un air pensif puis reprit :

— Un des souvenirs que je garde de mes années de vice-président, c'est mon passeport. Beaucoup d'entre vous l'ignorent, mais le président et le vice-président des Etats-Unis doivent comme tout le monde présenter leurs passeports à la douane avant d'entrer dans un pays. Le mien, vous l'imaginez, est rempli de cachets qui me rappellent les fonctions que j'ai exercées. Mais surtout, ils me rappellent que nul n'est au-dessus des lois. Tout Américain, quelle que soit sa position, peut être sommé de répondre de ses actes. Eh bien, nous devons sommer le président actuel de répondre des bourdes qu'il a commises. Et cela, vous pouvez le faire avec votre bulletin de vote...

L'estrade vibra littéralement sous l'ovation des spectateurs. Caruthers agita les bras en souriant et se dirigea vers moi, suivi par des agents du Service qui gravitaient autour de lui comme des électrons.

— Nick, merci d'être venu, dit-il en serrant ma main dans les deux siennes. J'ai promis à June de repasser en vitesse à l'appartement, vous m'accompagnez ?

Je n'étais pas sûr d'avoir bien entendu dans le vacarme mais j'acquiesçai de la tête. Il salua de nouveau la mer de visages ponctuée d'éclairs de flash puis disparut par la porte de derrière.

On me fouilla et on me passa deux fois au détecteur de métal entre le hall de l'immeuble et la porte de l'appartement de Caruthers. La limousine nous avait déposés, Lambrose et moi, devant le plus haut bâtiment du Wilshire Corridor, succession de pseudo-tours que des retraités partageaient avec des Manhattaniens nostalgiques et des Angelenos trop riches pour vivre au ras du sol. Je ne fus pas surpris quand l'ascenseur s'arrêta au huitième étage : Frank disait toujours que le huitième était l'étage le plus élevé accessible par une échelle en cas d'urgence. Pendant des mois, les dirigeants du Service avaient vainement tenté de convaincre Caruthers d'abandonner son penthouse, quand il avait été élu à la vice-présidence. Finalement, ils avaient fait appel à June, qui avait réglé le problème en vingt-quatre heures.

Dans le couloir, deux autres agents inspectèrent mon laissez-passer et le visage de Lambrose puis ouvrirent les doubles portes de l'appartement. La première chose qui me frappa, ce fut l'espace. Je n'avais jamais mis les pieds dans une résidence aussi vaste, en particulier au milieu d'un immeuble. Plusieurs îlots de fauteuils, de tables et de canapés, un bar, un coin salle à manger, une baie vitrée – teintée et à l'épreuve des balles – d'un mur à l'autre et du sol au plafond, trois ou quatre téléviseurs à écran plat, un tapis roulant de jogging et au moins cinq portes donnant sur des couloirs ou d'autres pièces. L'endroit vibrait de bruit et de mouvement. Tandis que Lambrose me cornaquait entre les divers groupes, je tentai de saisir des bribes de discussion, mais à notre passage le volume des voix tombait comme sous l'effet d'un réglage électronique. Instinctivement, je mémorisai les issues, les itinéraires ramenant à la liberté.

Nous débouchâmes dans une salle de réunion où se trouvaient un gorille du Secret Service, planté près de la porte et immobile comme une statue, et plusieurs agents locaux, qui entouraient une table en marbre d'une longueur impressionnante à laquelle était assise une femme corpulente à lunettes d'écaille qu'on me présenta comme la directrice de la campagne. Les murs étaient décorés de photos de Caruthers : perdu dans ses pensées dans le Bureau ovale jaune, sur les sentiers aisément reconnaissables de Camp David, riant d'une plaisanterie avec Gorbatchev pendant un dîner.

Au bout de la table, le sénateur en personne, renversé dans un fauteuil Aeron, face à la baie vitrée, manches de chemise retroussées, un téléphone à l'oreille. Assise à côté de lui, et tournant le dos à la porte elle aussi, June discutait sur une autre ligne. Ses formes sveltes étaient accentuées par son ensemble impeccable, manches évasées et bas de pantalon reprenant les lignes de sa longue chevelure rousse. Ancienne directrice d'une école privée préparant à l'enseignement supérieur, elle était aussi grande que son mari et, de l'avis général, plus intelligente encore. Ils avaient tous deux été mariés une première fois et l'opposition s'efforçait d'exploiter leurs divorces respectifs. Même leurs noces d'argent, dont la presse avait fait ses choux gras, n'avaient pas mis Caruthers à l'abri d'attaques aussi pieuses qu'hypocrites concernant sa vie privée.

Lambrose m'indiqua le couple et comme, interloqué, j'écartais les mains, il me le désigna de nouveau. Je m'approchai nerveusement, longeai une série de chaises inoccupées avant de m'asseoir sur l'une d'elles, pas très loin du sénateur et de sa femme, mais ils étaient trop absorbés par leurs conversations pour remarquer ma présence. La lumière de midi passant par la baie vitrée encadrait leurs silhouettes. Les imitant, je regardai moi aussi, au-delà de Westwood, les rubans de brume pris dans les Santa Monica.

— ... suis sûr que vous pourriez si vous le vouliez vraiment, gouverneur, disait Caruthers dans le téléphone. Je me suis certainement fait berner par des hommes inférieurs à vous.

Il raccrocha, eut un petit rire pour attirer l'attention de sa femme et pivota pour me faire face, comme s'il savait depuis mon arrivée que j'étais là.

— Nick, content que vous ayez pu venir. Désolé de vous avoir imposé tout ce trajet.

C'était la personne la plus importante que j'aie jamais approchée, exception faite du joueur de baseball Barry Bonds, à côté de qui j'avais un jour voyagé en avion. Caruthers avait une petite coupure de rasage au menton et un grain de beauté rougeâtre sur l'avant-bras, détails qui, inexplicablement, me surprirent.

— Pas de problème, marmonnai-je.

Il tira de sa poche un paquet de chewing-gums et, pressant sur l'emballage, en glissa un dans sa bouche.

— Les électeurs détestent les fumeurs, expliqua-t-il. Du coup, cela fait vingt-cinq ans que je suis accro au chewing-gum à la nicotine.

Il tapota l'épaule de sa femme, qui mit fin à sa communication et referma son portable.

— C'était à quel sujet ? lui demanda-t-il.

— Le température de la salle pour le débat de la semaine prochaine, répondit-elle en m'adressant un sourire désarmant pour me dire qu'elle serait à moi dans une seconde.

Son expression modeste doublée d'une apparence trompeusement sage était à un poil d'être à la fois percutante et sexy.

— Nous voulons vingt-trois degrés, ils veulent vingt et un...

— Pourquoi ?

— Bilton transpire beaucoup.

— Oh, bon Dieu, qu'on leur donne quinze, je le ferai suer quand même.

June se tourna vers le groupe de collaborateurs assis au bout de la table.

— Il nous faudra de l'antiperspirant pour le front de Jasper.

Elle passa ses ongles manucurés dans les cheveux de Caruthers, les releva.

— Quelque chose qui ne laisse pas de traces, précisa-t-elle.

Lorsqu'elle se leva, il feignit une indignation qu'elle accueillit par un sourire amusé.

— Souviens-toi : c'est pour ça que tu m'as épousée.

— Pour ta dureté de caractère ?

— Non. Pour t'épargner l'humiliation de suer comme un goret devant les caméras.

— Tu oublies que j'ai la résistance d'un vendeur de voitures d'occasion.

— Je ne crois pas que *Vanity Fair* entendait ça comme un compliment, chéri, répliqua-t-elle en portant son attention sur moi.

Je me levai à demi de ma chaise pour recevoir sa poignée de main féminine.

— Nick, je suis enchantée. Merci pour ce que vous avez fait cette nuit, même si les hommes en noir n'ont pas été tout à fait honnêtes avec vous.

Je suivis son regard jusqu'à la porte, mais l'agent du Service demeura impassible. Elle se pencha vers son mari, l'embrassa et sortit avant que je puisse bredouiller une réponse.

Je me sentais désorienté, tiré de mon existence tranquille et projeté dans une intrigue dont je ne parvenais pas à suivre le rythme. Tout le monde était beaucoup trop poli avec moi, ce qui me laissait penser que ce dans quoi j'étais tombé était aussi mortel que les barres de combustible usé d'aspect inoffensif reposant au fond du bassin de San Onofre. J'étais sûr d'une chose : j'avais perdu pied. Je remuai ma basket : la clef de Charlie s'y trouvait toujours.

Caruthers se tourna vers l'équipe installée à l'autre bout de la pièce.

— Quoi d'autre ?

La femme aux lunettes d'écaille répondit, avec une colère à peine contenue :

— S'il te plaît, ne prononce plus jamais le mot « gueule » devant une caméra de télévision.

— Allons, les électeurs apprécient un langage un peu relâché.

— Pas à Colorado Springs.

Elle considéra le front plissé de Caruthers, décida d'insister :

— Ne m'oblige pas à te rappeler que t'as sérieusement gaffé avec les valeurs familiales.

Lambrose changea de sujet pour dissiper la tension :

— Nous attendons encore les chiffres définitifs mais il semblerait que l'affaire de San Onofre ait fait monter Bilton dans les sondages.

Caruthers balaya la remarque d'un revers de main et se pencha pour me confier :

— Quand les gens ont peur, ils trouvent refuge dans le sortant. A défaut d'autre chose, Bilton est rassurant par sa constance. Quand il mourra, on gravera sur sa tombe : *Ci-gît Andrew Bilton. Il était très convenable.*

Il eut un grand geste théâtral et je ne pus retenir un sourire.

Lambrose revint à la charge :

— Il a gagné trois points ce matin. Opération parfaitement maîtrisée : on ne change pas de monture au milieu du gué, bla-bla-bla. Ils présentent l'idée d'utiliser les ressources du Secret Service face à une menace comme venant de Bilton...

— Bilton n'y aurait jamais pensé, même si c'était écrit sur son téléprompteur, rétorqua Caruthers.

— C'est *son* Service, argua Alan. En ce moment, nous ne faisons que le lui emprunter.

Il jeta un coup d'œil tardif au gorille de faction, dont les traits ne trahissaient toujours rien.

Caruthers et mois étions assis l'un à côté de l'autre au bout de la table tels deux membres influents d'un conseil d'administration.

— Bon, merci à tous, dit-il. Laissez-moi un moment avec Nick.

Il fit signe à tout le monde de sortir et précisa :

— Vous aussi, James.

L'agent du Secret Service ne bougea pas et m'examina de son regard neutre.

— Je préfère ne pas vous laisser seul dans une pièce avec qui que ce soit, monsieur le sénateur.

— Je vous approuve totalement mais ce n'est pas n'importe qui, c'est le fils de Frank Durant.

— OK.

« James » se retira mais, au moment où il franchissait la porte, je l'entendis dire :

— On ne voudrait pas que vous finissiez comme Frank Durant.

Caruthers le suivit des yeux avant de se renverser dans son fauteuil et il n'y eut plus que moi, un candidat à la présidence et le Westside s'étendant au-delà de la baie vitrée.

— Vous êtes démocrate ou républicain ? me demanda Caruthers.

— Ni l'un ni l'autre. Je n'ai pas voté aux dernières élections.

— Oh, si. Et votre candidat a gagné.

Il me fallut quelques secondes pour saisir ce qu'il voulait dire. Caruthers avait la même concision que Frank, même loin des caméras. Il avait le même talent pour aller au fond d'un problème, pour vous inciter à la réflexion plutôt qu'à la défensive.

— D'accord, concédai-je. Mais avec tout le respect que je vous dois...

Il se pencha en avant, sincèrement intéressé, ou jouant la comédie à la perfection.

— Je vous en prie, continuez.

— Je ne supporte plus le dogmatisme, la feinte indignation morale. Dans mon ancien travail, j'ai vu beaucoup de changements de politique et Dieu sait que Bilton a éventré les services sociaux, mais j'ai découvert que ce que les hommes politiques promettent ne parvient généralement pas aux gens qui en ont besoin.

La franchise de notre discussion semblait lui plaire.

— Vous n'êtes pas un fan de l'Etat ?

— L'Etat peut faire des ravages quand on est du mauvais côté du manche.

Il me pressa le bras, geste qui, chez tout autre, aurait semblé condescendant, mais son regard était si vivant, son visage si réceptif et curieusement vulnérable, que cela ne me dérangea pas.

— Les gens en ont marre des conneries, dit-il. A juste titre. Je crois savoir que plusieurs agents de l'équipe pensent qu'il s'est passé quelque chose d'autre dans la centrale...

Comme ça. Sans transition.

Nous nous dévisageâmes. J'avais la bouche sèche et mon sang rugissait dans mes veines. Songeant au renvoi de l'agent du Secret Service, je me demandai à qui Caruthers faisait confiance et dans quel domaine.

— C'est pour ça que vous vouliez me parler ?

Le téléphone sonna, il appuya sur un bouton pour le réduire au silence.

— Vous étiez seul à l'intérieur de la centrale. Vous dites que vous ne supportez plus les beaux discours et nous savons tous deux que la ligne officielle sur San Onofre ne sent pas précisément la rose. Si vous avez envie de parler, je suis prêt à vous écouter. Le gouvernement tient beaucoup à qualifier cette affaire de terrorisme parce que ça fait monter sa cote. Moi, je me demande si un type comme Mike Milligan, armé d'une bombe, ne cherchait pas autre chose que transformer la Californie du Sud en désert radioactif.

— Vous pensez réellement qu'il avait une bombe ? dis-je.

Un silence, puis :

— Oh, c'est futé ! s'exclama-t-il en riant. Vraiment futé. Remarquable manipulation de l'opinion. Et qui leur a rapporté trois points dans les sondages.

C'était difficile à juger, mais sa surprise ne semblait pas feinte. Il se frotta les yeux et s'affala dans son fauteuil. Pour la première fois, il paraissait son âge. Quatre boutons clignotaient maintenant sur le téléphone.

— D'après vous, qui est derrière tout ça ? poursuivit-il.

Je haussai les épaules.

— Qu'est-ce qui vous fait croire que je pourrais le savoir ?

— Milligan a demandé à vous voir.

— Pas vraiment. Il a demandé à voir le beau-fils de Frank Durant.

— D'accord, mais pourquoi ?

— Je l'ignore. Si vous pensez que les agents du Service savent quelque chose, vous ne pouvez pas demander simplement à en être informé ?

— Je ne suis que candidat à la présidence, mes rapports avec le Secret Service se limitent à ma protection. Il n'est nullement tenu de me fournir des détails sur tous les dingues qui veulent perturber les élections.

Il eut une moue et continua :

— C'est la règle du jeu. C'est Bilton le grand chef. Huit ans à la Maison-Blanche m'ont fait comprendre la nécessité de cacher des informations sensibles à des rivaux politiques.

— Vous pensez donc qu'il y a des informations sensibles...

— Toute information est sensible. En l'occurrence, Mike Milligan avec une bombe est un terroriste. Sans, ce n'est qu'un criminel ordinaire...

— Et un terroriste mort est plus utile au sortant dans une campagne présidentielle.

Caruthers approuva lentement de la tête.

— Si vous avez besoin de quoi que ce soit, si cette affaire vous tourmente... Alan vous a donné le numéro du QG ? Je m'arrangerai pour que vous puissiez me joindre à tout moment.

Voyant mon embarras, il eut une expression bienveillante.

— Je comprends que vous ne vouliez pas être impliqué. Croyez-moi, je le comprends. Mais mon offre tient toujours.

Il pencha la tête sur le côté et la lumière traversa ses cheveux blonds, soulignant son nez prononcé sous son front soucieux. Je ne pus m'empêcher de penser à son nom de code, le Loriot.

— On m'a dit que vous ne voulez pas qu'on connaisse le rôle que vous avez joué dans les événements de la nuit dernière. C'est exact ?

— Le clou qui dépasse reçoit un coup de marteau, répondis-je.

Il m'examina de ses yeux verts.

— Vous me faites penser à votre beau-père.

— Parce que c'était une de ses formules préférées.

— Je suis peut-être dans la politique depuis trop longtemps : les gens qui ne veulent rien m'inquiètent.

— Désolé. Je ne cherchais pas à vous inquiéter.

— Je vous en prie.

Son regard s'adoucit.

— Frank Durant, soupira-t-il. Quelle tragédie. Un an plus tôt, nous étions au ranch de Kinney pour la nouvelle année. Après le dîner, le Président a apporté à Frank un verre de porto : il n'a pas envoyé quelqu'un, il le lui a apporté lui-même. Comme Frank était de service, il a refusé poliment. Kinney a insisté, Frank a tenu bon. « Agent spécial Durant, je sais que vous êtes en service mais ce n'est qu'un demi-verre », a plaidé le Président. Et Frank : « Si la branche se courbe, l'arbre s'incline. »

Je souris et sentis le pincement familier dans ma poitrine.

— Il ne parlait pas beaucoup mais utilisait ses mots avec discernement, dit Caruthers.

Je me détournai pour dissimuler mon émotion.

— Il avait une très haute opinion de vous, déclarai-je.

Caruthers hocha poliment la tête mais l'homme était habitué aux compliments et il ne saisit pas tout le poids du jugement de Frank. Il se leva, me tendit la main.

— J'espère vous revoir, Nick.

En sortant de la pièce, je regardai par-dessus mon épaule. Caruthers se tenait de nouveau devant la baie vitrée, perdu dans ses pensées, ou ses soucis.

10

J'étais au lycée, en terminale, mais je tremblais comme un gosse de huit ans. D'abord, la voiture le long du trottoir, puis la voix bourrue au téléphone, la menace implicite contre Callie : « Ta mère vient de s'asseoir à une table du Giammarco's. » Je n'avais pas d'autre choix que sortir de la maison.

Je franchis la porte, fis quelques pas dans la nuit fraîche. En découvrant la voiture sombre, je faillis détaler dans l'autre sens mais je pensai à Callie et me forçai à ne pas fuir, à ne pas m'arrêter, à ne pas ralentir. Je fixai le pare-brise en avançant mais il était teinté et c'était comme si je tentais de regarder à travers un mur d'obsidienne.

Quand je fus à moins de deux mètres, la portière arrière s'ouvrit. De quelques centimètres seulement. Je montai dans la voiture. Devant, il y avait deux hommes : la quarantaine, brushing impeccable.

Celui de droite se retourna, posa une main charnue à côté du repose-tête. Mon cœur battait si fort que j'entendis à peine ma voix quand je dis :

— Je suis là. Laissez ma mère tranquille, s'il vous plaît.

Le chauffeur était plus mince.

— T'as mal compris, répondit-il en s'esclaffant. On menaçait pas ta mère, on veut au contraire qu'elle reste en dehors de tout ça. Toi aussi, je suppose.

C'était la voix que j'avais entendue au téléphone.

Quand il démarra, j'étais trop terrifié pour demander où nous allions. Ils écoutaient la radio, parlaient de basket. Le mince sortait en douce avec une fille qui devenait franchement pénible, apparemment.

La voiture prit la direction du centre et je fus certain qu'ils allaient me tuer, me jeter sous un échangeur. Finalement, je rassemblai suffisamment de courage pour affirmer :

— Je ne sais rien. Je n'ai rien vu. Je le jure.

— La radio est vraiment à chier, dans ton coin, dit le gros, qui cherchait une autre station.

Le chauffeur s'arrêta devant un immeuble gris imposant, presque futuriste, avec des étages à n'en plus finir, des renflements, des fenêtres minuscules.

— On descend, annonça le mince.

Mais il n'y avait pas de poignée à l'arrière. Il fit le tour de la voiture, ouvrit la portière, me tira vers le trottoir. Un grand panneau indiquait *Centre de détention métropolitain*. Le CDM. Je savais par Frank que c'était une prison fédérale. Mes jambes se dérobèrent sous moi, le gros me saisit le bras et m'aida à entrer. A l'intérieur du bâtiment, le mince prit dans la poche de sa veste une liasse de papiers et les posa sur le bureau du garde.

— On a une autorisation.

Le garde hocha la tête avec une déférence qui décupla mon angoisse. Il fit signe aux deux types de passer et ils m'entraînèrent vers l'ascenseur. La cabine descendit, s'arrêta. Je me retrouvai dans un couloir sombre où des hommes aux jambes entravées marchaient lentement. On me prit mes empreintes, on me poussa dans une salle d'interrogatoire. Assis sur une chaise, je retenais mes larmes tandis que les deux types tournaient autour de moi. Le mince s'arrêta et dit :

— On sait.

J'avalai péniblement ma salive.

— Vous savez quoi ?

— Ce qui est arrivé à Frank Durant.

Il revint dans mon champ de vision, se cura les dents et ajouta :

— Tu l'as buté.

Je fus incapable de répondre.

Le gros retourna l'autre chaise, s'assit à califourchon.

— A moins que... A moins que t'en aies enfin marre d'angoisser ta mère. Frank s'est fait descendre par un cambrioleur, c'est ça, l'histoire. Sinon, c'est toi qui l'as tué.

Il fit aller et venir au-dessus du dossier de la chaise un sac à mise sous scellés contenant un pistolet. Le Glock de Frank, encore couvert de sang.

— Il porte tes empreintes.

Appuyé au mur du fond, le mince prit le relais :

— Tu te rends compte ? Après tout ce que Frank a fait pour toi. Il t'a accueilli chez lui. Traité comme son fils.

Des larmes coulèrent sur mon visage. Brûlantes. Ce fut d'une voix brisée que je répondis :

— Jamais je n'aurais fait ça.

— Donc, c'est le cambrioleur.

Ils sortirent tous les deux, me laissant seul dans la petite pièce.

J'attendis.

Ils revinrent et m'entraînèrent dans un couloir aux murs suintants menant à une longue grille coulissante. Derrière, dans une immense cage, des hommes musclés à la peau pâle et tatouée faisaient des tractions. Des Mexicains se chamaillaient pour des clopes. Des foulards entouraient des crânes d'ébène suants. Je ne m'étais jamais senti aussi frêle, aussi jeune.

Le gros posa une main sur l'un des barreaux.

— T'as besoin d'une nuit pour réfléchir ?

Je secouai la tête, m'essuyai le nez.

Ils me firent retraverser le labyrinthe de béton pour regagner la rue. A l'arrière de la voiture, je pleurai en tâchant de ne pas faire de bruit. Nous ne retournions pas à Glendale, nous avions pris la direction de l'aéroport. Le mince s'arrêta devant le terminal 1. Le gros me tendit un morceau de papier puis composa un numéro sur le téléphone de la voiture, qu'il me mit dans la main.

— Lis.

Je dus faire un effort pour débloquer ma gorge serrée. Après le message d'accueil et le bip du répondeur de Callie, je lus ce qui était écrit sur le papier :

— « Je sais que je suis responsable de la mort de Frank. Je ne peux pas supporter l'idée d'avoir à te faire face chaque jour. J'espère que tu me pardonneras. »

Le pire, c'est qu'ils avaient raison.

Le gros jeta sur mon giron une enveloppe contenant plusieurs milliers de dollars en chèques de voyage, et les dernières lueurs d'espoir s'éteignirent. Je songeai à la bourse qui m'attendait à l'UCLA, à l'équipe de base-ball, aux occasions qui se seraient peut-être présentées de devenir un grand joueur.

— Si tu parles de cette histoire à quelqu'un, on le saura, dit-il. Et on sera sûrement pas aussi arrangeants la prochaine fois. Pour toi ou pour ta mère. Garde ça en tête.

— D'accord, murmurai-je.

— Ne reviens pas avant un bon bout de temps. Compris ?

J'acquiesçai.

— Si on te demande une autorisation parentale pour acheter un billet...

Il indiqua un numéro de téléphone inscrit sur le rabat de l'enveloppe.

— Dans deux jours, t'as dix-huit ans.

Je l'avais complètement oublié.

Il tapota son nez épaté, qui émit un faible bruit de bouchon.

— Le temps que ta mère déclare ta disparition, tu seras adulte. Capable de faire face à tes responsabilités.

Ainsi, j'étais maintenant une personne disparue.

L'estomac chaviré, je sortis de la voiture, l'enveloppe dans ma main. Des chauffeurs klaxonnaient, des flics mettaient des P-V, des gens s'embrassaient pour se dire au revoir.

Dans un brouillard d'hébétude, je pénétrai dans le hall du terminal dont les portes en verre se refermèrent derrière moi avec un chuintement.

11

Après ma rencontre avec Caruthers, je passai chez moi pour me défaire enfin du tee-shirt de la boutique de l'hôpital. Je me rendis ensuite à la First Union Bank, sur Montana Avenue, entre un marchand de savons artisanaux et un bar à jus de fruits à la vitrine ornée de petits paillassons en chiendent.

J'attendis d'être dans la queue pour extirper la clef de ma basket et je la tins au creux de ma main jusqu'à ce que j'arrive au guichet. Les caméras de surveillance me faisaient transpirer. La sortie de secours se trouvait juste derrière le bureau des prêts : si je sautais par-dessus le cordon, je me retrouverais dans la ruelle en quelques secondes. Ma paranoïa était de retour, avec une telle force qu'il semblait impossible que la vie tranquille à laquelle j'avais été arraché la veille eût jamais existé.

— Mon beau-père vient de mourir et ma mère a trouvé cette clef dans ses affaires, expliquai-je. Comment savoir de quelle banque elle vient ?

L'employée me regarda par-dessus ses lunettes, prit la clef de Charlie et l'examina.

— Je ne crois pas que ce soit une clef de coffre de dépôt.

Attribuant mon expression déçue à de la cupidité, elle ajouta :

— Même si c'en était une, je ne pense pas que votre mère trouverait quelque chose d'intéressant dans ce coffre. Vous seriez étonné de ce que les gens y mettent. La plupart du temps, ça n'a qu'une valeur sentimentale.

— Qu'est-ce qui vous fait dire que ce n'est pas la clef d'un coffre de dépôt ?

Elle l'inclina.

— En tout cas, les nôtres n'ont pas autant de cannelures. Elles sont plus plates, avec des dents carrées et un anneau en forme de trèfle. En plus, sur celle-là, il est marqué qu'elle appartient à l'Administration, et nous, c'est le privé. La plupart des banques sont privées.

Elle me rendit la clef.

— Désolée de ne pas pouvoir vous aider. Désolée aussi pour votre père. Je viens de perdre ma mère, je sais ce que c'est...

Devant son gentil sourire, je me sentis méprisable. Je la remerciai et sortis.

Le serrurier qui tenait une échoppe quelques rues plus bas ne me laissa même pas le temps de mentir. C'était un homme de forte carrure avec une moustache en forme de goupillon et un accent indéfinissable.

— Je peux pas faire double pour vous. Mes ébauches vierges pas assez épaisses, frère.

Il roulait les *r* en leur donnant un son un peu mouillé.

— Ce n'est pas d'un double que j'ai besoin, répondis-je.

— Pour les Reproduction Interdite, faut des ébauches à sept broches. Interdit d'avoir des ébauches à sept broches, frère.

Un sourcil épais se haussa de manière soupçonneuse au-dessus de son œil droit. Le badge accroché à sa poitrine – *Je m'appelle Raz ! Y a qu'à demander !* – ne collait pas avec sa gravité apparente.

— Vous flic ?

— Non, je ne suis pas flic.

— Faut pas mentir, vous savez.

— Je sais.

— Comment vous savez ?

— Parce que je suis flic.

Raz me dévisagea, eut un demi-sourire.

— Peut-être je fais venir ébauche à sept broches du Canada. Peut-être je fais double, mais ça coûte plus cher, hein ? A cause des risques.

— Je n'ai pas besoin d'un double, répétai-je. J'espérais seulement que vous pourriez me dire de quel genre de clef il s'agit.

Il soupira, frappa la clef contre son comptoir.

— Bonne camelote. Laiton.

— Elle appartenait à mon beau-père. Elle ouvre quoi, à votre avis ?

Il plissa la bouche et sa moustache s'arqua comme une chenille contrariée.

— Je dis clef de boîte postale.

— Merci.

— Si vous voulez double, vous revenez.

Je serrai sa grosse main chaude et me retrouvai avec sa carte commerciale dans la paume.

— Promis, frère, dis-je en sortant.

Un ruban de plastique jaune barrait la porte fracassée du garage de la petite maison délabrée de Culver City, dont la façade en bois tendre était criblée d'impacts de balle. Après m'être garé quelques rues plus bas, j'avais fait le reste du chemin à pied, rassuré de me sentir anonyme dans le soir qui tombait.

Demeurant sur le trottoir d'en face, je passai devant la maison d'un pas rapide, la tête baissée. Dans le reportage que j'avais vu sur le téléviseur de ma chambre d'hôpital, la journaliste se tenait devant l'allée de devant, là où le ruban jaune s'était détaché et flottait.

Je fis le tour du pâté de maisons et revins, m'arrêtai derrière une camionnette. Les voitures garées semblaient inoccupées et je ne repérai personne traînant dans la rue ou observant la maison. Je n'étais pas étonné que les médias aient levé le camp après leurs reportages de la veille, mais je trouvai curieux que les flics n'aient laissé personne pour surveiller le coin. Cela confirmait que l'histoire de terroriste servie à la presse était parfaitement bidon.

Je me rappelai une leçon apprise dans une autre vie sur la toundra blanche. Règle de Liffman : « Quand tu ne sais pas quoi faire, continue à attendre. »

J'allai boire un café fort à la station-service du coin et revins voir si quelque chose avait changé. Une voiture de police apparut, ralentit devant la maison et poursuivit son chemin. Ainsi les flics faisaient quand même semblant de garder un œil sur les lieux, mais on était loin d'une souricière tendue à des terroristes. Je me demandai qui prenait ces décisions et à quel niveau.

Je fourrai ma main dans ma poche, la refermai sur la clef de Charlie. J'avais fait les cinq bureaux de poste les plus proches en commençant par celui correspondant au code postal de la maison. La clef avait les bonnes dimensions pour les serrures des boîtes postales et j'avais senti une bouffée d'excitation chaque fois qu'elle avait glissé à l'intérieur sans problème... mais pas moyen de la faire tourner. Même si mon frère le serrurier avait vu juste, il y avait des quantités de boîtes postales portant le numéro 229 à Los Angeles, sans parler de tout le pays.

Je ne voyais pas trop ce que je pouvais faire d'autre pour découvrir ce que Charlie voulait que je sache. A part pénétrer illégalement sur un lieu de crime.

De retour à mon observatoire derrière la camionnette, je pris conscience que je refusais de sauter la barrière parce que j'avais peur. Ce n'était pas le genre de chose qu'une personne sensée se risque à commettre, mais rien dans cette histoire ne semblait sensé.

Je m'approchai de la maison d'un pas vif en calculant mon allure pour y parvenir à un moment où aucune voiture ne passerait dans la rue. Je me glissai sous le ruban jaune barrant le trou béant que le 4 × 4 avait fait en percutant la porte du garage et m'accroupis, tendis l'oreille. Je n'entendis ni cris ni bruits de pas, rien qu'un robinet gouttant dans un évier rouillé, des rats détalant dans les murs et le souffle de ma respiration haletante.

Au bout d'une ou deux minutes, je me redressai et inspectai le garage en prenant soin de rester dans l'obscurité. Sur une étagère gauchie, plusieurs pots contenaient de la colle industrielle. Incliné dans un coin, un marteau-piqueur exhibait sa poignée rouge luisante. Quelques clefs anglaises huileuses sous un établi poussiéreux, une pile de *National Geographic* près du perron, un bac à sable en plastique terni retourné. Je sus que c'était une location avant même de pousser la porte grinçante menant à l'intérieur.

Immobile, j'écoutai les bruits de la maison. Il n'y avait absolument aucun meuble. Un gobelet McDonald's dans l'évier. Des emballages gras répandus autour d'une poubelle renversée. Des tiroirs vides abandonnés sur la cuisinière, un réfrigérateur écarté du mur : la fouille avait été minutieuse.

Je m'avançai dans le séjour. La lumière jaune des réverbères passant par les innombrables trous de projectile cribla mon corps de ses rayons.

Dans la petite salle de bains, l'armoire à pharmacie, détachée du mur, gisait dans la baignoire parmi des éclats de miroir qui scintillaient telles des pierres précieuses. Les portes en accordéon du placard de la chambre avaient été arrachées de leurs rails et quelques vêtements jonchaient le sol. Un sac de couchage kaki formait un tas dans un coin, comme pour occuper le moins de place possible sur le carré de moquette poussiéreuse. Comme si Charlie avait voulu se recroqueviller là et disparaître.

Je me figeai sur le seuil, saisi par la solitude de la vie menée dans cette maison. De toute évidence, même si le Service avait saccagé les lieux, Charlie y avait vécu en squatteur. Comme un homme cherchant à gagner du temps. En attendant quoi ?

Je dépliai le sac de couchage et m'allongeai là où Charlie avait dormi. La lumière de la véranda d'un voisin brillait entre les bandes des stores verticaux. La position basse et la nudité de la pièce accentuaient un sentiment de désolation volontaire. Comme si Charlie avait cherché à se punir. Comme s'il avait été convaincu qu'il ne méritait pas mieux.

Le bureau, de l'autre côté du couloir, était vide, le placard aussi. Une trappe dans le plafond conduisait aux combles. Je passai la tête dans l'espace mansardé, regardai autour de moi, remarquai de nombreuses empreintes de bottes – la police ? – dans la poussière.

La poussière.

Je redescendis et retournai dans le garage, m'aplatis contre le mur perpendiculaire à la porte brisée. D'un doigt, je traçai une ligne dans la poussière recouvrant les pots de colle, fis de même sur la couverture du premier *National Geographic* de la pile. Je me forçai à attendre un éventuel nouveau passage de la police. Au bout d'un moment qui me parut interminable, la voiture apparut, ralentit, accéléra de nouveau et s'éloigna.

Je passai en courant devant la porte fracassée pour m'approcher du marteau-piqueur.

Je touchai sa poignée luisante.

Pas de poussière.

Je cherchai sur le sol des entailles ou les traces d'une coulée de béton récente. Rien. Retour dans la maison. Un cafard traversait la cuisine mais rien n'indiquait qu'on avait touché au linoléum usé.

Je fermai les yeux, passai en revue diverses possibilités. Je songeai au moniteur de système d'alarme que Frank avait installé près de son lit pour dormir plus tranquille.

Je retournai précipitamment dans la chambre, soulevai le sac de couchage, passai la main sur la moquette en tachant de déceler des bosses dans le béton qu'elle recouvrait. Parfaitement lisse : forcément, sinon on aurait fouillé aussi sous la moquette. Les bandes de lumière projetées par les stores me permirent de remarquer que les bords de la moquette étaient très légèrement relevés dans le coin. Sous cet angle, on pouvait voir qu'elle avait été décollée sur un mètre dans chaque direction avant d'être remise en place.

Je dus la pincer plusieurs fois avant de parvenir à la soulever et à la rabattre. Elle vint facilement, révélant un coffre encastré dans la dalle de béton.

J'avais le souffle coupé. On avait fouillé la maison de fond en comble, mais personne n'avait pris la peine de s'étendre dans le petit coin triste où Charlie avait dormi, dans son monde d'ascétisme et de paranoïa.

La serrure correspondait à une clef tubulaire. La clef de Charlie n'ouvrait pas le coffre sur lequel il s'était couché tous les soirs.

Assis sur mes talons comme un gosse, j'entendis passer dans la rue une voiture puissante dont le rugissement traversa les murs minces. Un courant d'air fit osciller les stores verticaux et les bandes de lumière jouèrent sur mon visage et sur le papier mural, donnant vie à la pièce. J'étais étonnamment calme et concentré, comme lorsque je lisais la trajectoire de la balle jaillie de la main du lanceur, certain que j'arriverais à la frapper.

De retour dans la cuisine, je plongeai la main dans le vide-ordures. Mes doigts trouvèrent dans le haut du conduit une boîte aimantée, la détachèrent. Je refermai la trappe, examinai la clef tubulaire à la lumière.

Etourdi par une excitation puérile, je revins dans la chambre, m'agenouillai près de la moquette rabattue et glissai la clef dans la serrure. Elle tourna sans problème. Je relâchai ma respiration entre mes dents serrées. J'ouvris la lourde porte du coffre. Attachée à la poignée intérieure, une corde s'enfonçait dans le noir. Quand je tirai dessus, je sentis une résistance surprenante. A deux mains, je hissai ce à quoi elle était reliée.

Un sac à dos, pareil à celui que Charlie avait emporté dans la centrale de San Onofre. Il était plein à craquer. Je défis les languettes et le retournai.

Des liasses de billets de cent dollars entourées de bandes violettes en tombèrent.

12

Avec cent quatre-vingt mille dollars à l'épaule, je marchais du plus nonchalamment que je pouvais vers mon appartement. J'avais trouvé une place pour ma voiture cinq rues plus haut, pas si mal puisqu'il était plus de 21 heures et que la plupart des gens avaient déjà garé leur véhicule pour la nuit. Je m'arrêtai devant la vitrine d'un magasin, fis semblant de renouer mes lacets pour vérifier si quelqu'un me suivait. Après toutes ces années, j'étais de nouveau aux aguets, tel un fugitif.

En approchant du supermarché, j'avisai une femme aux lèvres pincées faisant face à un type massif dont les formes rondes disparaissaient sous plusieurs couches de vêtements déchirés et crasseux. Même les prix de l'immobilier n'avaient pas chassé les SDF les plus roublards de Santa Monica.

La femme tira de son sac un billet d'un dollar et le lui tendit.

— Mais ne le dépensez pas pour boire.

— Certainement pas, madame.

La Lexus de la bienfaitrice émit deux bips, elle monta dedans et démarra. Le clochard entendit mes pas, se retourna en grattant son ventre proéminent.

Malgré un nez gonflé par l'alcool et les intempéries, il avait un visage aux traits intelligents qui s'éclaira quand il me découvrit.

— Nick, il me manque deux dollars pour m'acheter une boutanche...

Je fouillai ma poche, en extirpai quelques billets chiffonnés.

— Ne le dépense pas pour boire, surtout.

Homer sourit, révélant ses dents jaunes, et les billets disparurent dans sa grosse patte.

Je ne l'avais pas rencontré dans les soupes populaires ou les asiles où j'avais travaillé mais dans la rue. Homer appartenait à ces obstinés qui préféraient faire les poubelles et dormir dehors. Stupidement, je l'admirais pour ça. Travailler pour les sans-abri pouvait vous rendre cinglé parce que vous finissiez par aimer les bonnes personnes pour de mauvaises raisons. Je crois cependant que je m'étais attaché à Homer – et à mon boulot – parce que j'avais moi aussi connu le terrible fardeau de l'anonymat non voulu. Plusieurs fois, je m'étais trouvé à un chèque en bois de la rue. Le regard désabusé que Homer portait sur son sort avait tout de suite touché en moi une corde sensible. Il était aussi amusé que résigné devant la plaisanterie existentielle que la vie lui jouait. Alors que j'avais combattu bec et ongles pour ne pas basculer, il avait depuis longtemps embrassé le désespoir et cela en faisait une sorte de prophète, le guide d'un monde souterrain que je n'avais fait qu'entrevoir.

Homer était également différent parce que, dans sa communauté d'âmes brisées, il avait réussi à garder intacte une partie de lui-même. Au cours d'une ronde d'aide aux marginaux, quelques années plus tôt, j'avais tourné le dos à un colosse schizophrène vivant dans la cabane à outils d'un parc, et le gusse m'avait frappé à la tête. Homer, qui m'avait suivi dans l'espoir d'obtenir un repas gratuit, avait voulu lui sauter dessus mais il avait mal calculé son coup et avait atterri sur la margelle d'une fontaine. Le schizo m'avait copieusement assaisonné avant que je parvienne à le maîtriser avec l'aide d'un collègue. Homer n'avait absolument pas été perturbé par l'incident. Il s'était durement cogné le coude au tuyau de la fontaine et avait accueilli mes remerciements par un haussement d'épaules, mais je ne l'avais plus regardé de la même façon par la suite. Celui qui a dit que c'est l'intention qui compte avait tout à fait raison, en particulier quand il s'agit d'affronter un dingue de cent vingt kilos privé de sa Risperidone.

J'entrai dans le magasin, Homer sur mes talons, pris un exemplaire du *LA Times* sur le présentoir.

— T'as mangé ? lui demandai-je.

— Non.

— Si je te donne deux billets de plus, tu t'achèteras un sandwich ?

Il secoua la tête.

— Alors, viens.

Je l'entraînai au rayon frais et il examina les choix possibles avec une méticulosité exaspérante. Hacmed nous observait de derrière son comptoir.

— Un sandwich italien ? suggérai-je, tentant d'accélérer les choses.

— C'est gras, la mortadelle, objecta Homer.

— Tu en aurais en réserve sans mortadelle ? demandai-je à Hacmed.

— Homer, quand c'est offert, on fait pas le difficile, marmonna-t-il.

Hacmed me regarda, je le regardai ; avec un soupir, il souleva un rideau qui rappelait les lanières en plastique des laveries de voitures.

Pendant que Homer attendait au comptoir, les yeux rivés au rayon boissons, je décrochai quelques téléphones portables à carte prépayée. Hacmed revint, je réglai mes achats, Homer régla les siens et sortit, fourrant une flasque de whisky dans une poche élimée tout en mastiquant son sandwich.

— Je peux prendre une douche ? me demanda-t-il.

— Le jeudi seulement, répondis-je. C'est notre accord. Tu peux attendre demain, non ?

— Je ne vois pas la différence...

— La différence, c'est que si tu te douches chez moi quand tu veux, tu paies le loyer ou tu participes, d'une manière ou d'une autre.

— D'accord. Demain.

Il se laissa glisser le long du mur, écarta les jambes et se prépara pour le prochain passant.

— J'ai l'air assez misérable ?

Je répondis en dressant le pouce et rentrai chez moi en parcourant le journal. A la une, en milieu de page, l'article sur San Onofre était vague, toutes les informations provenant de « sources officielles autorisées ». Il ne mentionnait ni Charlie/Mike Milligan ni moi. Un terroriste dont on ne pouvait pas révéler l'identité pour des raisons de sécurité avait été neutralisé alors qu'il cherchait à faire exploser une centrale nucléaire. Si insipide qu'il fût, l'article avait relégué en bas de page le résumé du débat de la campagne présidentielle, plutôt favorable à Caruthers.

Dans le hall de l'immeuble, Evelyn Plotkin triait son courrier et jetait la pub dans la corbeille. Elle avait une minerve autour du cou.

— Evey, comment ça va ?

Elle tenait ses lunettes devant ses yeux pour examiner une enveloppe et les laissa tomber au bout de leur chaîne.

— Plutôt mal. Je me sens faible, je n'ai rien voulu avaler de la journée.

— Et pourquoi ça ?

— Je ne voulais pas avoir la bouche pleine au cas où tu me téléphonerais pour me faire savoir que tout allait bien.

Je m'étais déjà carapaté dans l'ascenseur mais, puisant dans mes réserves de patience, je bloquai la porte de l'épaule et ressortis de la cabine, m'approchai d'Evelyn. Elle examina gravement ma petite blessure au visage puis me serra chaleureusement dans ses bras, comme une mère.

— Je suis désolé.

— Qui t'a fait ça ?

— Le Secret Service. Une confusion. Ils m'ont pris pour quelqu'un d'autre.

Je retournai dans la cabine mais glissai mon pied entre les portes avant qu'elles se referment.

— A propos, est-ce qu'ils ont téléphoné pour vous présenter des excuses ?

Elle me regarda comme si j'avais perdu la tête, éclata de rire.

Les portes achevèrent de coulisser, m'enfermant avec ma colère contre le Service, qui n'avait pas même satisfait mon unique requête. Je montai à l'appartement, le sac à dos pesant lourdement sur mon épaule. Tout ce fric laissait supposer que l'affaire à laquelle Charlie était mêlé n'avait rien d'honorable. Compte tenu des deux liasses de dix mille dollars à bande violette qu'il avait emportées à San Onofre, il avait au départ un matelas de deux cent mille dollars. Braquage ? Racket ? Fonds d'une organisation terroriste ? Ou règlement ? Mais pour quel service ? A part cent quatre-vingt mille dollars et une clef, Charlie avait à peine laissé une trace derrière lui. C'était un fantôme. Une énigme.

Rien de tout cela ne me perturbait. En revanche, le fait qu'il ait connu Frank me mettait mal à l'aise.

Le ruban jaune tendu en travers de mon entrée obscure me rappela le chantier qui m'attendait. Je le détachai d'un coup sec, pénétrai dans l'appartement, laissai tomber le sac à dos.

Un bruit me fit tourner la tête ; l'ombre se dessinant sur mon canapé éventré se transforma lentement en une forme féminine et j'entendis la voix d'Induma dans l'obscurité :

— J'aime beaucoup la façon dont tu as arrangé cet appart...

— Bon Dieu, tu m'as flanqué une de ces trouilles !

Je relevai le lampadaire, l'allumai.

— Pourquoi tu es restée dans le noir ?

Elle haussa les épaules.

— Je ne voulais pas déranger.

Appuyée au bras déchiré du canapé, elle avait replié ses jambes sous elle. Même à la lumière clinique de l'ampoule halogène, sa peau sombre était magnifique. Maintenue en forme par le yoga, elle avait cependant assez de poids superflu pour garder des rondeurs là où il fallait. Une émeraude chatoyait à sa narine gauche. Indienne avant que ça ne devienne à la mode, elle avait grandi à Brentwood et parlait avec un accent de LA qui surprenait la plupart des gens.

Pendant l'année où nous étions sortis ensemble, juste avant qu'elle commence vraiment à gagner beaucoup d'argent, nous n'avions jamais vraiment parlé de la vie que j'avais menée avant mon retour à Los Angeles. Induma avait hérité en partie de la retenue de ses parents. Elle n'exigeait jamais de moi plus de réponses que je n'en donnais et m'accordait volontiers une place dans sa vie tant que je l'adorais – ce n'était pas difficile – et que j'étais franc avec elle. Franc, je l'étais, mais je me permettais à l'occasion quelques mensonges par omission.

Je relevai la porte d'entrée, l'appuyai à l'encadrement.

— Comment je ferai pour sortir ? demanda Induma.

— Ah, oui. D'accord.

J'écartai le panneau de quelques centimètres du chambranle.

— Wendy m'a téléphoné, il paraît que tu ne t'es pas présenté à l'entretien.

— Désolé. Je voulais t'appeler.

Elle regarda le téléphone, toujours en plusieurs morceaux sur le comptoir de la cuisine, plissa les lèvres mais ne fit aucun commentaire.

— Ta gentille voisine hystérique m'a donné une version de ce qui s'est passé. Apparemment, tu te retrouves en plein dans ce que tu as cherché à éviter pendant des années.

— Exactement, confirmai-je.

— Viens ici.

Elle posa une main sur ma joue, inclina ma tête pour mieux examiner ma blessure.

— Tu connais quelqu'un… un flic, un avocat, qui pourrait t'aider ?

Je réfléchis un instant.

— Non.

— Il y a quelqu'un que tu voudrais appeler ?

— Bugs Bunny.

Son rouge à lèvres bordeaux mit en valeur son sourire, la blancheur parfaite de ses dents.

— Qu'est-ce qu'il fait, lui, quand il a des ennuis ?

— Il se travestit.

— Il est peut-être temps que tu te cherches de nouveaux alliés. Ou que tu commences à être franc avec les anciens.

Elle posa sur moi un regard insistant, au cas où je n'aurais pas compris.

Je m'éclaircis la voix avant de... m'éclaircir de nouveau la voix.

— Si je te donne une adresse, tu pourrais trouver qui paie le loyer avec ton ordinateur ?

— Probablement, répondit-elle. Quelle adresse ?

— Celle du type qui s'est fait tuer la nuit dernière à San Onofre.

— Il a un nom ?

Je notai l'adresse sur une pub trouvée dans ma boîte, la lui tendis.

— Il paraît qu'il s'appelle Mike Milligan.

— Je t'aide à deux conditions. Premièrement, tu viens dîner demain soir. Je ferai du *puliyogare*.

— Alejandro sera là ?

Son copain était obtus mais d'une exceptionnelle beauté et j'en étais bien sûr mortellement jaloux. Elle hocha la tête.

— D'accord. Seconde condition ?

— Tu me dis qui tu es vraiment.

Le caractère direct de la question me hérissa.

— Il m'est arrivé quelque chose mais ça n'est pas ce que je *suis*, protestai-je.

Si la véhémence de mon ton l'étonna, elle n'en montra rien.

— Admettons. Mais il y a toujours eu une partie de ta vie que tu cherchais à oublier, tu ne peux pas le nier. C'est pour ça que ça n'a jamais été plus loin, entre nous.

Elle continuait à me fixer, sans craindre d'insister.

— Et maintenant, ça ? poursuivit-elle en désignant mon appartement saccagé. J'ai besoin de savoir ce qui se passe, dans quoi je me fourre pour toi. Quand nous étions ensemble, il y avait toujours une partie de toi qui m'échappait, et c'était tant mieux. Mais si tu veux que je t'aide, il faut que je sache, maintenant.

— Je… je ne peux pas.

— Nouvelles alliances, mon vieux. Ça a un prix.

Elle tint la pub en l'air entre le pouce et l'index, prête à la laisser tomber.

Je ne sais pas combien de temps je la regardai mais elle ne baissa pas les yeux. La patience était une de ses qualités. J'essayai mentalement plusieurs débuts avant de m'obliger finalement à lâcher :

— Mon beau-père s'est fait assassiner quand j'avais dix-sept ans.

Prononcer ces mots à voix haute leur donnait une force que je n'aurais jamais imaginée. Mais je parlais enfin, un flot coulait de ma bouche : le film de Zapruder, Isabel McBride sur le terrain de base-ball, Frank rayant le parquet de ses talons dans son agonie. La voiture sombre dans la rue, le coup de téléphone m'ordonnant de sortir, le Centre de détention métropolitain, l'enveloppe bourrée de chèques de voyage…

Et tout le reste.

13

La salle d'interrogatoire, la balade en voiture avec le mince et le gros, l'aéroport de LA, où ils m'avaient largué. Au guichet d'Alaska Airlines, mes mains tremblaient tellement que j'arrivai à peine à tirer de l'enveloppe sept des chèques de voyage. J'ignorais qu'un aller simple coûtait plus qu'un aller-retour et il fallut que l'employée me donne ce conseil :

— Prenez l'aller-retour, vous n'êtes pas obligé de revenir.

L'instant d'après, elle fronça les sourcils en examinant mon permis de conduire.

— Je ne peux pas vous donner le billet, vous n'aurez dix-huit ans que dans deux jours.

Je lui montrai le numéro inscrit sur l'enveloppe et attendis, me liquéfiant tant je transpirais, qu'elle appelle et explique la situation. Et, à peine une minute plus tard :

— Bon, dit-elle dans l'appareil d'un ton déférent. Très bien, monsieur.

Evitant de me regarder, elle imprima mon billet et me le remit sans un mot.

Je passai la moitié du vol dans les toilettes exiguës, assis sur la cuvette, à me balancer d'avant en arrière, tandis que des passagers impatients frappaient à la porte. Ma fuite faisait de moi un coupable mais elle tirait Callie d'affaire et c'était un marché que j'étais prêt à accepter. Mais comment savoir quand je pourrais la revoir en toute sécurité ?

Lorsque je descendis de l'avion à Anchorage, le vent soufflant sur la piste me cisailla le cou, les mollets. Je n'avais même pas de veste. Je suivis jusqu'au terminal la femme corpulente qui avait été ma voisine, pris le même autocar qu'elle. Je m'accrochais à la moindre chose qui me semblait familière, je suppose. Elle descendit une heure plus tard et je la regardai disparaître dans la brume blanche du matin. Le car repartit, le permafrost se remit à défiler de l'autre côté de ma vitre, aussi morne et sans vie que moi. Je me réveillai à moitié mort de froid au terminus de la ligne, à Ketchikan.

Il était presque 22 h 30 et il faisait encore jour.

Je trouvai du boulot dans une conserverie : couper les têtes des saumons. Personne ne me posa de questions. Dans l'Alaska, tout le monde fuyait quelque chose : la police, une pension alimentaire à payer, une caution à rembourser. Ma Sibérie à moi.

Je travaillais sur la chaîne près d'un énorme barbu nommé Liffman qui avait un bandeau sur un œil et un sourire de malade. Il maniait son couteau avec une habileté et un enthousiasme qui me firent m'interroger à maintes reprises.

Au bout de quelques semaines, au moment de me coucher, j'appelai Callie rien que pour entendre sa voix. Je supposais que la ligne de la maison était sur écoute puisque les types étaient au courant de nos conversations, mais j'avais besoin de savoir qu'elle allait bien. Quand elle eut répété « Allô » une troisième fois, je raccrochai. Incapable de dormir, je pressai le téléphone contre ma joue, comme s'il gardait l'empreinte de la voix de ma mère.

Tous les jours, je regardais les informations en m'attendant à apprendre l'assassinat de Caruthers, mais après quelques mois j'allumai de moins en moins souvent le téléviseur. L'hiver était si froid que les oreilles et les queues des chats gelaient. Je me réveillais en sursaut chaque nuit à 2 h 18, serrant dans mes bras mon beau-père mourant. Au bout de six mois, la ligne de la maison ne répondit plus et je pris le risque d'appeler Callie à son travail.

Appuyé à la cabine au fond de la salle de billard, dans l'air qui sentait le renfermé et la sueur, je composai le numéro familier. J'avais englouti quelques bières pour me donner du courage et mon ivresse transforma la scène en rêve : le son de la voix de Callie, mes mots hésitants, tant de ressentiment et de chagrin que ni moi ni elle n'arrivions à cesser de parler pour reprendre haleine. Elle exigea de me voir. Quand je répondis que ce serait dangereux, elle cria jusqu'à ce que je raccroche doucement le téléphone.

Pendant une semaine, je craignis qu'on ne retrouve l'origine de mon coup de téléphone et qu'on ne vienne m'arrêter pour me jeter en prison, mais je n'y pouvais rien.

Un soir, en sortant du bar, je tombai sur Liffman qui tirait au pistolet sur un panneau signalant le passage d'élans. Ses lunettes de vision nocturne étaient de travers et il titubait sous l'effet de l'alcool mais il ne manquait jamais sa cible. Sagement garés à bonne distance, les flics fumaient une cigarette dans leur voiture en attendant qu'il tombe ivre mort. Mais Liffman, je l'avais appris, ne tombait jamais.

Profitant de ce qu'il rechargeait, je m'approchai. Callie n'avait jamais laissé Frank m'apprendre à tirer, mais j'avais suffisamment vu d'armes à feu pour ne pas en avoir peur.

— Liffman.

— Ouais, Nicky ?

— Tu devrais dormir un peu ce soir pour être en forme demain quand tu iras te bourrer la gueule.

Il lui fallut un moment pour déchiffrer la phrase dans la brume de l'alcool puis un sourire fendit son visage gercé par le vent ; il rengaina son pistolet et rentra à pas lents. Les flics nous saluèrent de la main au passage.

Le lendemain, au boulot, en décapitant un saumon rouge, Liffman m'adressa de nouveau son sourire édenté et me demanda :

— T'es prêt pour quand ils viendront te chercher ?

Je continuai à travailler.

Les avant-bras couverts de gouttelettes roses, il trancha quelques autres têtes, les fit glisser dans le bac.

— Moi, j'suis prêt à les recevoir, ces emmanchés. Les Stups, le fisc. Quand ils viendront renifler dans le coin, je serai plus qu'une trace dans le vent. Ou alors, ils auront des trous dans leurs costards noirs.

Au coup de sifflet, je le suivis jusqu'à son pick-up. Il ne se retourna pas une seule fois mais il déverrouilla d'abord la portière de droite et la tint ouverte. Je montai.

— Je ne veux plus être de nouveau à la merci de quelqu'un, déclarai-je.

Nous roulâmes jusqu'à la toundra et, assis sur le capot, nous liquidâmes un pack de six en clignant des yeux dans la blancheur. Liffman prit son flingue dans la poche de sa parka et le braqua sur mon visage. Il avait la tête penchée et ses boucles noires pendaient sur son front comme une frange.

— Tu veux apprendre à tirer, c'est ça ?

— Ouais.

Il s'éloigna de vingt pas, enfonça les bouteilles dans la neige. Pendant l'exercice de tir, il éclusa tout seul le deuxième pack de six. Quand ce fut de nouveau à mon tour de tirer, j'entendis un clic derrière moi. Liffman tenait un couteau à la main, le bras le long du corps. Il fit soudain semblant de me frapper à la tête et le coup passa si près que je sentis le courant d'air.

— La bagarre au surin aussi ?

— Aussi, acquiesçai-je.

Tous les six mois, j'envoyais une carte à Callie à son travail pour qu'elle sache que j'étais vivant et que j'allais bien. J'avais recours à un service de réexpédition de l'Utah afin que la carte porte à chaque fois le cachet d'une poste différente. Autre leçon apprise à l'école de Liffman. Comme le service me préviendrait si mes cartes ne trouvaient plus Callie à l'adresse indiquée, je saurais si elle avait quitté son emploi ou déménagé. J'étais terrifié à l'idée qu'elle puisse tomber malade et mourir dans la solitude et la peur. Ces cartes étaient le lien vital qui me rattachait à elle.

Je partis pour Washington, où je devins chauffeur-livreur. Deux ans plus tard, je m'installai dans l'Oregon, y dénichai un boulot de cantonnier et passai une licence en suivant des cours du soir.

Je me sentais comme un bernard-l'ermite essayant de nouvelles coquilles, cherchant la bonne. Sans en avoir conscience au début, je me rapprochais peu à peu de Los Angeles.

Neuf ans après le vol pour l'Alaska, je revins enfin. Lorsque l'avion atterrit à l'aéroport de LA, j'étais tellement blême que la gentille institutrice assise à côté de moi me tendit un sac en papier.

Les premières semaines furent épouvantables. Certaines nuits, je demeurais éveillé dans mon lit, recroquevillé autour d'un oreiller, les yeux fixés sur la porte, jusqu'à ce que le soleil passe à travers les rideaux poussiéreux du motel. D'autres fois, je priais pour qu'on m'arrête et que ce soit fini. Lentement, toutefois, la perspective changea. « Ils » devaient penser que si je n'avais rien dit pendant tout ce temps, c'était parce que je ne savais rien. Ils étaient sûrement passés à autre chose, eux.

J'attendis un mois avant de chercher à retrouver Callie. Elle vivait dans une grande maison blanche de Pasadena. L'argent de l'assurance sur la vie de Frank lui avait permis de s'acheter une magnifique résidence. En montant l'allée qui y conduisait, je faillis vomir sur les tulipes. Callie ouvrit la porte, le dos parfaitement droit, le visage impassible malgré les larmes qui coulaient sur ses joues. Après les embrassades, je lui racontai une partie de ce que j'avais vécu. Je mentis, aussi : les mensonges par omission étaient devenus une partie de moi, des espaces vides au plus profond de mon être. Je lui fis croire que je m'étais enfui parce que je me sentais coupable, et compte tenu de ce que j'avais fait, c'était assez plausible.

Elle me fit cadeau du coffre de marine de Frank, dans lequel elle avait conservé pendant toutes ces années une partie de mes affaires personnelles. Au bout de six mois, nos rencontres s'espacèrent.

Comme je me refusais à lui révéler toute la vérité, il y avait des mines enterrées partout autour de nous. Et Callie avait une autre vie, dans laquelle je n'avais pas de place, malgré tous ses efforts pour m'y intégrer. Je passais parfois devant chez elle, m'arrêtais et fixais un moment la façade de la grande maison blanche. J'entendais la voix du gros quand il m'avait tendu l'enveloppe de chèques de voyage : « Si tu parles de cette histoire à quelqu'un, on le saura. Et on sera sûrement pas aussi arrangeants la prochaine fois. Pour toi ou pour ta mère. »

Je n'arrivais plus à monter l'allée de la superbe maison et à presser la sonnette. La troisième ou la quatrième fois, alors que le soir tombait et que les lumières s'allumaient à l'étage, un voisin passant sur le trottoir jeta un regard soupçonneux à ma petite Honda merdique et son expression tendue m'alarma. J'étais devenu celui qui épiait dans le noir, assis dans une voiture sombre. L'idée que ma mère puisse prendre peur en écartant le rideau finit par me faire partir. Une fois pour toutes.

Je tentai de reprendre mon ancienne vie mais je découvris rapidement que personne ne m'avait attendu. Mes amis aussi avaient déménagé ou entamé une autre vie. Le simple fait de les voir me fit comprendre tout ce que j'avais perdu. Les dégâts étaient lourds, imprimés en moi comme la marque au fer rouge d'un criminel. Le garçon de dix-sept ans ayant devant lui un avenir plutôt souriant était subitement devenu un adulte en cavale. Renfermé, sans cesse en mouvement, seul avec son sentiment de culpabilité et son enveloppe de chèques de voyage qui se vidait peu à peu.

Un soir, je me rendis en voiture au Bob's Big Boy, mais je n'allai pas plus loin que le parking. A travers les grandes vitrines brillamment éclairées, je découvris ce qui ressemblait à une illustration de Norman Rockwell. Des jeunes qui mangeaient et buvaient, parlaient de ciné et se vantaient d'avoir déjà baisé. Je me sentis dans la peau d'un clodo devant l'étalage d'une boutique de luxe. Je ne pensai pas à tout ce que je n'avais pas mais à tout ce que ces ados avaient. J'éprouvai une bouffée d'envie, bien sûr, mais quand elle se fut consumée je récitai pour eux une prière silencieuse, pour que leur vie demeure heureuse et sans complications, pour que pendant de nombreuses années encore ils considèrent ce bonheur comme allant de soi.

Je dus tout recommencer. Et je fis de mon mieux pour y parvenir. Nouer de nouvelles amitiés. Bâtir une autre vie. Remplacer mon amertume par de la gratitude pour ce qu'il me restait encore. Je m'efforçai de me montrer digne des espoirs que Callie avait placés en moi, de ne pas gâcher ma vie en regardant sans cesse en arrière. Parfois, quand j'apercevais une voiture sombre ou que je croyais reconnaître des inflexions de voix, je sentais la vieille peur se ranimer et me parcourir l'échine. A tout instant, « ils » pouvaient me sauter dessus et m'enfermer, m'accuser d'un meurtre que je n'avais pas commis.

Ils ne le firent pas. J'obtins un emploi dans une association d'aide aux sans-abri. Je parvins à m'intégrer et il m'arrivait de me dire que si je me retrouvais en prison ma vie aurait quand même été utile.

J'avais finalement trouvé le calme, ou du moins ce qui s'en approchait le plus pour moi.

Et puis, une nuit, je découvris en me réveillant une corde noire se tortillant au-dessus de mon balcon.

14

Le silence me dit que j'avais fini de parler. J'émergeai de la stupeur de mes pensées comme si je sortais d'un profond sommeil, ramené dans le temps présent par le bras du fauteuil dans le bas de mon dos, le sol sous mes pieds, un sentiment de vulnérabilité presque insupportable, comme si j'avais été écorché vif et suspendu au-dessus d'une eau salée.

Induma se détourna, le regard assombri, puis glissa sur le canapé, me prit dans ses bras et pressa ma joue contre sa poitrine. J'étais incapable de bouger. Nous restâmes quelques minutes immobiles. Lorsque je posai ma main sur son avant-bras, elle la recouvrit de la sienne.

— Je vais t'aider, promit-elle.

Elle se leva, lissa ses vêtements, parvint à me sourire. La porte tomba sur la moquette avec un bruit sourd quand elle sortit.

Je me réveillai en sursaut à 2 h 18. Au fil du temps, j'avais appris à demeurer allongé et à respirer profondément, à me représenter la houle apaisante de l'océan. Bientôt ma panique se dissipa et je réintégrai mon corps, en sécurité dans le noir.

Rusés, les tours que notre esprit nous joue, les rappels dont il pense que nous avons besoin. Etant donné les événements de ces dernières heures, il n'était pas surprenant que cette habitude se soit de nouveau imposée, mais son retour n'en était pas moins pénible. Je m'étais persuadé qu'elle était derrière moi, que j'avais reconstruit ma vie, que j'étais passé au-delà. Ce retour paraissait être la preuve que j'avais échoué. Mes lacunes m'avaient attendu au tournant, hibernant juste sous la surface, tel un mauvais souvenir.

Il faisait une chaleur infernale, mon oreiller était trempé. La climatisation, désastreuse, faisait beaucoup de bruit pour un résultat dérisoire, comme une épouse de sitcom. Pour ne rien arranger, je gardais les fenêtres et la baie vitrée coulissante fermées même par les nuits d'été les plus moites. Agité et misérable, je restai étendu sur mon matelas tailladé.

La sécurité avant le confort.

Je prononçai le nom de Frank, comme je le faisais parfois. C'était étrange, embarrassant même, je le savais, mais c'était l'unique chose qui me restait de lui. Je le faisais pour garder son souvenir vivant. Pendant des années, il avait été ma seule certitude. Ce soir-là, je ne pensais plus tout à fait de cette façon.

Quel rapport pouvait-il y avoir entre Frank, un vieux copain de guerre et un sac à dos bourré de fric ? Les billets étaient neufs, ils portaient la date de l'année précédente, mais ils pouvaient quand même constituer l'ultime élément d'un stratagème remontant aux derniers mois de Frank. Il avait des secrets mais je l'avais bien connu, mieux que quiconque, excepté Callie. Quels qu'aient été ses liens avec Charlie, avec ce qui avait refait surface peu avant son assassinat, il aurait joué cartes sur table. Je tentai de m'en convaincre et j'y parvins presque. Presque.

Epuisé et cependant parfaitement éveillé, j'allumai le poste de télévision, mon analgésique préféré. Daffy Duck affrontait un petit truand surmonté d'un feutre immense dont je prononçai la réplique en même temps que lui :

— OK, assez tourné autour du pot.

Ça n'eut aucun effet calmant. Je me levai, m'habillai, vérifiai une nouvelle fois les verrous et les fenêtres. Dix ans plus tôt, je m'étais rendu compte que je ne le faisais pas par souci de sécurité. Pour quoi, alors ? En partie par respect pour la mémoire de Frank, probablement.

Après le départ d'Induma, j'avais nettoyé l'appartement, entassé dans des sacs ce qui était cassé et balancé le tout dans le vide-ordures. J'avais fixé la porte d'entrée au chambranle par des clous dont j'éprouvais maintenant la solidité : ils se révéleraient sans doute aussi utiles que le verrou la veille. J'ouvris le lave-vaisselle, jetai un coup d'œil aux liasses de billets de cent dollars que j'avais dissimulées sous le plateau du bas. Puis je refermai la porte et posai un trombone sur le coin supérieur gauche pour être averti si quelqu'un venait y fourrer le nez.

Je fis coulisser la baie vitrée et enjambai la balustrade du balcon d'où, en tendant les bras, je pouvais facilement atteindre le poteau téléphonique. C'était une des raisons pour lesquelles j'avais choisi cet appartement. Règle de Liffman : toujours avoir une voie de sortie en cas d'urgence. J'empoignai les échelons et, sans avoir à sauter, me suspendis au poteau et descendis les deux étages jusqu'à mon pick-up Ford.

Je prétendais ignorer où j'allais mais, bien entendu, je le savais parfaitement.

A part la nouvelle couleur de la façade et la pancarte d'agence immobilière plantée au milieu de la pelouse, la maison de Frank n'avait pas changé. Je me garai un peu plus haut dans la rue, revins en arrière à pied et contemplai un moment le bâtiment du trottoir d'en face. Je songeai au sac à dos contenant cent quatre-vingt mille dollars, au tatouage de Frank, au jour où il m'avait serré contre lui en parlant de nous comme d'une famille.

Je franchis la grille latérale du jardin et fis le tour de la maison en regardant à l'intérieur. Il restait deux ou trois meubles et quelques caisses, mais la personne qui y avait vécu avait quasiment fini de déménager. La vieille balancelle de la véranda était encore là. Je posai la main sur le bois dont la peinture s'écaillait mais je ne m'assis pas. J'affrontai ensuite la porte par laquelle j'étais rentré des années plus tôt pour trouver Frank mourant. Je me demandai si c'était ce qu'éprouve l'assassin quand il revient sur le lieu de son crime.

La porte était fermée à clef mais le loquet de la fenêtre à guillotine de la cuisine était fatigué et il céda facilement quand je poussai le panneau vers le haut. Je me glissai à l'intérieur, refermai la fenêtre derrière moi.

Je pénétrai dans le séjour, m'assis dans un fauteuil recouvert d'une housse, posai les pieds près de l'endroit où j'avais tenu Frank dans mes bras pendant qu'il agonisait. Je fixai un moment le tapis catalogne. J'étais passé en voiture devant la maison peu après mon retour à LA et une ou deux fois, quand il me manquait vraiment trop, j'avais erré dans les rues où il avait marché, respirant l'air qu'il avait respiré.

Je me laissai tomber à genoux, soulevai le tapis pour révéler la tache décolorée sur le plancher. Elle avait jauni, elle sentait la poussière et le moisi.

Je remis la catalogne en place et retournai dans la cuisine. Le vieux clavier du système d'alarme, fendillé par le poing de Callie, n'était plus relié à quoi que ce soit. Remontant le couloir, je découvris que mon ancienne chambre avait été transformée en bureau. Je demeurai un moment sous le haut rectangle de la fenêtre, à contempler le ciel de nuit marbré de brume.

Confort. Sécurité.

Les mots prononcés la veille par Caruthers me revinrent en mémoire : « Une seule mauvaise décision peut entraîner une interminable série de conséquences catastrophiques. »

Je me posai de nouveau les questions que j'avais ruminées pendant la moitié de ma vie : et si j'avais laissé le téléphone sonner cette nuit-là ? Et si je n'étais pas monté à l'arrière de la voiture ?

Le bruit de mes pas semblait amplifié par le vide de la petite maison. Mêmes verrous Medeco sur la porte de derrière. Je regardai dans la grande chambre, qui ne ressemblait à rien de ce dont je me souvenais. Plus de pulls sur l'étagère du haut du placard. Plus de livres à moitié lus sur la table de chevet. Plus de carnets de croquis sur le bureau.

Je retournai dans l'entrée, examinai la porte. On avait changé les rideaux des fenêtres. Me demandant si les loquets de sécurité installés par Frank y étaient encore, j'écartai le rideau. La peur me frappa avec une telle force que je me figeai, quasiment en état de choc.

Une voiture était garée dans la rue devant mon pick-up, une silhouette se tenait près de la fenêtre côté passager. L'homme devait surveiller la maison car le mouvement du rideau fit tourner l'ovale sombre de sa tête. Il me regarda.

Je retirai vivement ma main, laissai le rideau retomber. Un moteur démarra.

Il se passa alors quelque chose d'inattendu. Ma peur se transforma en une envie irrépressible de confrontation, quelles que puissent être les conséquences. Dix-sept ans plus tôt, j'étais sorti de la maison les jambes flageolantes mais cette fois je me ruai dehors, prêt à me battre. Le temps que je traverse la véranda, la voiture tournait déjà le coin de la rue ; le vrombissement de son accélération atteignit son point culminant puis s'éloigna et mourut. Lorsque j'arrivai à mon pick-up, on n'entendait plus que les criquets et le staccato d'un système d'arrosage.

La bouche desséchée par la peur, je retournai dans la maison, refermai la porte et ressortis par où j'étais entré. De retour à mon pick-up, je pris la torche électrique dans la boîte à gants, inspectai le dessous du châssis, comme Liffman me l'avait appris. Rien. On n'avait pas non plus touché au réservoir d'essence, semblait-il.

Je montai dans le Ford, posai sur le volant des mains qui tremblaient encore. Je m'efforçai de recouvrer mon calme. En levant la tête, je vis un papier coincé sous l'essuie-glace.

Je descendis, tirai pour le libérer de la lame en caoutchouc. C'était un ticket pour retirer des photos à une adresse de Ventura Boulevard. Un seul rouleau. Qui serait prêt le lendemain à midi. Le numéro et la date de récupération étaient imprimés, l'emplacement pour le nom et le numéro de téléphone restait vierge. Seule trace d'une intervention humaine, un cercle noir entourant *Jeudi*. La pellicule n'avait pas été portée chez le photographe mais déposée dans une boîte.

Je remontai dans le pick-up, fixai le pare-brise. Ma frayeur, momentanément remplacée par de la curiosité, opéra un retour en force. Rouler, laisser toute cette histoire derrière moi. Fuir jusqu'à ce que je trouve une autre ville, un autre appartement, une conserverie en Alaska. Cette fois, une partie de moi-même refusa de céder à la panique.

Je rentrai chez moi. Après avoir grimpé au poteau téléphonique, je vérifiai les verrous, le trombone, les clous dans la porte d'entrée, puis je m'assis sur mon matelas et regardai ce foutu ticket. Mes os me faisaient encore mal après l'explosion de la veille et ma chemise irritait la peau de ma poitrine.

Lorsque je fermai les yeux, je vis dans le noir les idéogrammes familiers, l'encre d'un bleu passé imprimée dans la chair. *Ne te fie à personne.*

Pour trouver les réponses dont j'avais besoin, je devais remonter au lien qui unissait Frank à Charlie au-delà d'Okinawa. Quels termes Induma avait-elle employés ? « Il est peut-être temps que tu te cherches de nouveaux alliés. Ou que tu commences à être franc avec les anciens. »

Je me levai, ôtai le téléviseur du coffre de Frank et le posai sur le sol. Le couvercle grinça quand je l'ouvris. Je fouillai à l'intérieur, trouvai ce que je cherchais. Une vieille photo cornée de Callie. Sur la plage, les yeux plissés dans le soleil, une main ramenant en arrière ses cheveux indociles. Ce visage, presque aussi familier que le mien.

Le moment était venu.

15

En remontant l'allée, je me sentis vulnérable sous le soleil du matin, même après avoir fait trois fois le tour du pâté de maisons pour m'assurer qu'on ne me suivait pas. Une courte pause ne me fut d'aucune aide, mais je forçai mes jambes à me porter jusqu'à la véranda de la vaste maison blanche à un étage. Mon index s'approcha du bouton de la sonnette, l'effleura sans le presser.

Finalement, je sonnai. Carillon à trois notes. Je me passai une main dans les cheveux en me dandinant d'un pied sur l'autre.

Des pas. La voix de ma mère criant du fond de la maison :

— J'y vais, chéri !

La porte s'ouvrit, le sourire de Callie se figea. Elle avait l'air en forme pour son âge, mais ce que je remarquai d'abord, ce fut ce qui avait changé, les preuves irréfutables du passage du temps. Les cheveux un peu plus rêches, leur éclat auburn un peu trop riche pour être naturel. Elle faisait jeune avec sa queue-de-cheval et sa chemise d'homme piquetée de particules de peinture sèche, ouverte sur un débardeur. Elle portait du fond de teint, pour dissimuler ses rides, supposai-je, mais il faisait aussi disparaître ses taches de rousseur. Cela me déplut. Ses taches de rousseur, c'était ce que je préférais en elle.

Une expression de douleur passa sur ses traits, qui redevinrent aussitôt impassibles.

— Cinq ans, dit-elle. Tes visites se font presque fréquentes.

— Quatre, corrigeai-je. Tu te souviens de ce déjeuner ?

— Le déjeuner... Oui.

Elle baissa la tête, l'appuya à l'encadrement de la porte.

— Tu as reçu ma carte de Noël ?

— Oui, répondis-je. Et toi, tu as reçu la mienne ?

— Oui.

Elle recula, je la suivis à l'intérieur, la clef de Charlie cliquetant dans ma basket. Après avoir traversé un hall orné de miroirs et de vases de fleurs séchées, elle me précéda dans une cuisine spacieuse. Coq en porcelaine près de la cuisinière Viking, nappe à carreaux bleus, baratte dans un coin. Je n'arrivais pas à associer Callie à ce décor néo-campagnard.

Un homme trapu assis sur un tabouret devant l'îlot central lisait le journal en mangeant des œufs pochés. Cheveux bouclés sur un crâne un peu dégarni, tempes grisonnantes. Il cessa de mastiquer, me regarda pardessus la page des sports. Au milieu de l'escalier, à droite, une adolescente de douze ou treize ans se penchait pour voir qui venait d'entrer. Malgré la chaleur, elle portait un haut de survêtement à capuchon sur un ample tee-shirt en Thermolactyl, anthracite sur noir. Des mèches blondes veinaient ses cheveux châtain foncé qui tombaient mollement devant son visage. Le bas de ses manches recouvrait à moitié ses mains qui pressaient la rampe et on la sentait prête à déguerpir.

Callie s'arrêta devant les doubles portes du réfrigérateur, me désigna d'un geste et annonça au type :

— C'est mon fils.

La mâchoire de l'adolescente tomba. Deux pas rapides dans l'escalier et elle disparut.

Le type posa son journal, se tamponna la bouche avec le coin d'une serviette en papier, fit le tour de l'îlot pour me serrer la main.

— Steve Yates.

Il regarda Callie et, après lui avoir exprimé son soutien d'un hochement de tête, quitta la pièce en abandonnant son petit déjeuner.

— Mon mari, précisa-t-elle inutilement.

— Félicitations. Cette carte aussi, je l'ai reçue.

— Mais tu n'as pas voulu venir ?

— Je ne savais pas que c'était une invitation.

— Ça s'est passé en toute simplicité. Les troisièmes mariages... argua-t-elle avec un geste de la main.

— Il y a six mois ?

— Oui. Steve et Em ont emménagé pendant les vacances de Noël. Ça posait problème de changer de collège au milieu de l'année.

Elle releva une mèche tombée sur son front et se décida à me demander :

— Pourquoi es-tu venu, Nicky ? Tu n'es pas du genre à passer comme ça.

— Il est arrivé quelque chose, répondis-je, les yeux sur les œufs pochés de Steve.

— Quoi ?

— Je ne sais pas trop.

— Tu ne sais pas trop quoi ou tu ne sais pas si tu as envie de m'en parler ?

Cette fois, je la regardai.

— Les deux. Ce dont Frank avait peur est revenu.

Ses paupières battirent mais ce fut tout. Je ne parvins pas à déchiffrer sa réaction, aussi bien cachée que ses taches de rousseur.

— Bon, tu ne me diras rien ?

— Pas avant de savoir ce qui se passe. Je ne veux pas te mettre...

— En danger ? Merci de prendre cette décision pour moi.

Elle croisa les bras et les serra contre sa poitrine, comme si elle avait froid.

— Qu'est-ce que tu veux ? reprit-elle.

— Les... les photos de Frank, répondis-je d'un ton hésitant. Celles qui étaient dans son coffre. Qu'est-ce que tu en as fait ?

Elle me regarda, les lèvres tremblantes. La question, ou tout simplement ma visite, l'avait offensée.

— Elles sont dans une caisse. Au grenier. Je les y ai mises quand j'ai préparé le coffre pour toi.

Je dus faire un effort pour prononcer la question suivante :

— Je peux les voir ?

— Pourquoi pas, Nick. Pourquoi pas, maugréa-t-elle.

Après un silence, je m'enquis :

— Il est où, le grenier ?

— En haut de la maison.

Elle me regarda, comme si elle rechignait à se montrer coopérative, finit par ajouter :

— En haut, au bout du couloir. Les caisses sont étiquetées. Prends ce que tu veux.

Elle souleva l'assiette de son mari, encore à moitié pleine, et alla la lui apporter.

Je montai lentement l'escalier. De la musique passait à travers une porte close, à gauche : Alanis Morissette se lamentait sur son ex avec une certaine amertume. Des lettres de Scrabble collées au panneau annonçaient *Chambre d'Emily*. Me sentant comme un intrus, je continuai à remonter le couloir en direction de la trappe du grenier. Une salle de bains, une chambre d'amis et les doubles portes ouvertes de la grande chambre. Je m'arrêtai sous la trappe, coulai un regard dans la pièce où ma mère dormait. Un grand lit à colonnes recouvert d'une couette à fleurs faisait face à une fenêtre donnant sur un belvédère et une piscine. Un étui d'épaule pendait au dossier d'une chaise près de la porte de la salle de bains. A droite de la fenêtre, un chevalet supportait un portrait à demi achevé d'Emily. Les lèvres étaient pincées, la posture suggérait qu'elle se prêtait mal à servir de modèle. Le dessin lui-même était plutôt banal : pas ce que Callie avait fait de meilleur. On sentait l'obligation, d'un côté comme de l'autre.

Lorsque je tirai sur la corde pendant au-dessus de ma tête, la trappe s'ouvrit, l'escalier caché se déplia comme une patte d'insecte. Je gravis les marches, fus accueilli par une vague d'air chaud et l'odeur rêche de la laine de verre. Un ventilateur d'aération serti dans le toit hachait la lumière du matin en produisant un effet hypnotique.

Quatre caisses portant le nom *Frank* écrit au marqueur de la main de ma mère entouraient le climatiseur. Deux contenaient de vieux costumes et des chemises dont, supposai-je, Callie n'avait pas voulu se séparer. La troisième était pleine de livres. Je parcourus les titres de quelques-unes des reliures familières : mémoires de présidents, ouvrages d'histoire militaire, romans de Leon Uris. La quatrième était la plus légère et son contenu remua quand je la soulevai. Plusieurs couches de photos en vrac recouvraient le fond.

Je les triai rapidement. Photos de mariage en noir et blanc : les parents de Frank ? Plusieurs photos de lui enfant. Sur l'une d'elles, il portait une petite casquette et braquait un pistolet en bois vers l'objectif. Jusqu'à ce jour, il ne m'était jamais venu à l'idée qu'il avait été enfant.

Tout au fond, je trouvai les photos de la guerre. Frank et d'autres soldats dans un camp en pleine jungle. Etendu sur le dos, il souriait, les jambes croisées, les boots délacés. J'examinai les autres visages mais aucun ne m'était familier. Sur une autre photo, prise dans un réfectoire, des gars en tee-shirt blanc étaient penchés au-dessus de plateaux de steaks calibrés et de nouilles. Frank tenait sa fourchette en l'air pour souligner un point de ce qu'il disait aux hommes qui l'entouraient. Derrière, à une autre table, Charlie tournait la tête pour écouter. Il avait les cheveux coupés en brosse militaire, mais je reconnus les yeux perçants, la grande bouche. Il avait l'air d'un intrus cherchant à se mêler à la conversation et quelque chose dans sa posture suggérait la crainte respectueuse envers le chien de tête de la meute. Je ne pus m'empêcher de me demander si la confiance que Charlie avait en Frank était réciproque.

Au-dessus de ma tête, le ventilateur soufflait. Après avoir regardé la photo jusqu'à ce qu'un filet de sueur me coule le long des côtes, je la glissai dans ma poche revolver, remis les caisses en place et descendis. Au moment où je passais dans le couloir, Emily sortit de la salle de bains et faillit se cogner contre moi.

— Salut, dis-je. Désolé.

Elle leva vers moi des yeux tristes et plutôt jolis.

— C'est nul, ici, marmonna-t-elle.

— Sûrement. Emily, c'est ça ? Je m'appelle Nick.

Elle passa devant moi pour regagner sa chambre.

— C'est Em, corrigea-t-elle. Votre mère s'est gourée quand elle a collé mon nom sur la porte.

Je songeai au portrait de la chambre de Callie, que ni l'une ni l'autre n'avait sans doute envie de terminer.

— Elle voulait probablement t'aider à trouver ta place.

— Elle est toujours derrière moi : « Mange ça, c'est bon pour toi... »

— Elle a de bonnes intentions.

— Ah ouais ? Alors, pourquoi vous lui avez pas parlé depuis trois mille ans ?

— A cause de la merde dans laquelle je me suis retrouvé quand j'étais plus jeune.

Elle me considéra un instant avec curiosité puis s'allongea sur le lit devant un plateau de Scrabble et un dictionnaire en deux volumes. Des rubans gagnés dans des tournois étaient punaisés au-dessus de son bureau.

Sans franchir le seuil de la pièce, je poursuivis :

— Tu es une championne de Scrabble ? C'est cool.

— Cool. Ouais. Je dois empêcher les mecs de m'approcher à coups de dico.

Tournant la tête pour me regarder par-dessus son épaule, elle me lança :

— Bon, vous me lâchez ?

Quand je redescendis dans la cuisine, Callie faisait la vaisselle. Je m'éclaircis la voix mais elle ne se retourna pas.

— Tu sais dans quelle compagnie était Frank ? demandai-je. Au Vietnam ?

Elle continua à frotter le fond d'une casserole.

— Frank ne parlait pas beaucoup de la guerre. Tu le sais bien.

— Tu n'aurais pas gardé quelque chose qui pourrait m'indiquer dans quelle unité il a servi ?

— Mais si, bien sûr. J'ai sa notice nécrologique encadrée dans les toilettes.

La casserole claqua quand elle la posa sur le comptoir. Puis les épaules de Callie s'affaissèrent et, d'un ton radouci, elle ajouta :

— Je crois que c'est sur sa pierre tombale.

— Où... où est-elle ? dis-je, honteux de ne pas le savoir.

Sentant mon embarras, elle se retourna.

— Cimetière des anciens combattants. Angle Wilshire et Sepulveda.

Au-dessus du coin petit déjeuner était accrochée une photo de mariage de Callie et Steve. A côté d'eux, Emily boudait dans une robe de velours bleu. J'avais manqué tant d'épisodes de la vie de ma mère. Qu'est-ce que je faisais, le jour où elle s'était remariée ?

Comme sa fille, Steve semblait un peu mal à l'aise dans la maison. Six mois qu'il y vivait... Pas facile de s'adapter à un nouveau lieu, de s'y sentir comme un invité. Je repensai à l'étui d'épaule accroché à la chaise, en haut.

— Il fait quoi, Steve ?

— Il est flic, répondit Callie, sur la défensive. C'est un homme merveilleux.

— Je m'en doute. Sinon, tu ne l'aurais pas épousé.

Nous nous regardâmes un moment. Elle avait reconstruit sa vie, comme moi. J'étais content pour elle, mais la revoir réveillait une douleur que je m'efforçais depuis des années de ne plus ressentir. Nous n'étions plus ceux que nous avions été quand nous nous connaissions si bien. Nos mots familiers, nos liens profonds, nos plaisanteries idiotes : je n'arrivais pas à les retrouver et je vis sur son visage qu'elle aussi sentait ce vide.

— Nous étions si proches, murmura-t-elle.

— Oui. Vraiment proches.

Comme je m'éloignais, elle me prit le bras pour m'arrêter.

— Je suis prête à l'entendre, maintenant.

— Entendre quoi ?

— La vraie raison pour laquelle tu es parti.

Je secouai la tête.

— Pourquoi tu ne veux pas me le dire ?

Elle avait posé la question sans agressivité, avec une curiosité sincère. J'avais la poitrine bloquée, la bouche sèche. C'était comme si mon corps se rebellait pour m'empêcher de parler.

— La nuit de mon départ, ils sont venus m'arrêter. Pour le meurtre de Frank.

— Ils ont fait ça ? s'exclama-t-elle, instantanément furieuse et protectrice.

— Ils m'ont emmené au CDM, tu peux demander à ton mari de vérifier.

— Tu aurais dû me parler, Nicky, dit-elle, effondrée. Nous aurions pris un avocat. Ils n'avaient rien contre toi. Aucune preuve.

— Ils en avaient fabriqué. Notamment mes empreintes sur le pistolet.

— Tout le monde savait que tu l'avais ramassé. Tes empreintes ne leur auraient servi à rien.

— Après ce qui était arrivé à Frank, je les croyais capables de faire beaucoup de choses. Et je ne comptais pas sur ces connards de flics pour mener honnêtement l'enquête.

Un mouvement dans l'encadrement de la porte nous fit nous retourner. Steve se tenait sur le seuil de la cuisine, son assiette sale dans les mains.

— Merci de m'avoir laissé regarder ces photos, dis-je à Callie.

Lorsque je sortis, Steve s'écarta à peine et je l'effleurai au passage.

Je marchais entre les pierres tombales dont les rangées nettes s'étiraient comme des sillons vus d'une voiture en mouvement. Le ticket était toujours dans ma poche. Dans quelques heures, je pourrais passer prendre les photos du rouleau mystérieux et je me dis que c'était de là que venait sans doute mon inquiétude.

Le gardien du cimetière m'avait indiqué la direction à prendre, mais j'avais du mal à me repérer avec ces panneaux, tous identiques, installés par le ministère de la Défense. La circulation dans Wilshire et sur la 405 était assez lointaine pour faire songer à l'océan, bruit blanc servant de fond sonore aux buttes herbeuses et à l'ombre prodiguée par des arbres vénérables. L'endroit aurait été accueillant, sans tous ces morts.

Je faillis passer devant la tombe de Frank sans la remarquer, peut-être parce que, absurdement, je m'attendais à ce qu'elle soit différente des autres. Pas de fleurs, pas de couronnes. Rien que son nom sur un morceau de marbre. La poitrine serrée, j'avais du mal à respirer. J'extirpai de ma poche un carnet, notai les renseignements dont j'avais besoin. *Compagnie C, 1er bataillon, 8e régiment d'infanterie. Vietnam.*

Je refermai le carnet et, me retournant brusquement pour partir, je faillis heurter un vieillard qui remontait l'allée d'un pas chancelant. Les joues creuses, la mâchoire saillant sous la peau, il portait un calot lesté par des insignes militaires. Il scruta mon visage puis baissa les yeux vers les tombes et secoua la tête.

— Ces pauv' gars en ont pris plein la gueule, ils méritaient pas ça, déclara-t-il avant de poursuivre son chemin.

Je fixai un moment le gazon et, quand il devint trouble, je forçai mon regard à revenir aux dates de naissance et de mort, au nom gravé en lettres capitales dans le marbre blanc et froid.

16

Accablé par la chaleur étouffante de la Valley, j'étais assis dans ma voiture, le paquet de photos sur le giron. L'enveloppe jaune vif était ornée d'échantillons de tirages – une montgolfière, un golden retriever s'ébrouant près d'un tourniquet d'arrosage –, mais ce n'était pas cela qui retenait mon attention. Je regardais le nom écrit en majuscules dans une case du formulaire : *NICK HORRIGAN.*

Je brisai le sceau autocollant, sortis l'enveloppe intérieure, passai mon pouce sur le rabat, hésitant à l'ouvrir. Et si ces photos montraient un cadavre mutilé ? Un enfant victime de sévices ? Je n'avais pas envisagé qu'il puisse s'agir d'un piège. Charlie non plus, probablement. Le cœur battant, je tirai les photos de l'enveloppe. J'eus un choc en découvrant mon propre visage.

Gros plan zoomé de moi marchant dans la rue, les mains dans les poches.

Je me tordis le cou pour inspecter le parking. Les mères chargeant les courses dans leur coffre, les gamins devant la boutique de BD, le type en costume d'homme d'affaires face à l'horodateur : soudain, plus personne n'échappait à mes soupçons. Ce fut seulement en regardant de nouveau la photo que je m'aperçus qu'elle avait été prise alors que je passais devant la maison de Charlie. D'assez loin. Au bord du cadre, je remarquai l'extrémité floue de la poubelle derrière laquelle le photographe s'était caché. Sur la seconde photo, je me glissais sous le ruban de police pour entrer dans le garage. Sur la troisième, je ressortais, le sac à dos pendant lourdement à mon épaule.

Les mains tremblantes, je passai à la suivante.

Le bureau de poste de Sherman Oaks la nuit, moins de dix rues plus bas. Le flash avait éclairé le numéro peint sur le mur beige de Magnolia Boulevard.

Une sensation de brûlure dans la poitrine m'avertit que je retenais ma respiration depuis un moment. Je secouai ma Puma gauche, sentis la clef bouger dans la poche d'air.

Les autres photos étaient noires. Sous-exposées.

Malgré mon envie de m'enfuir, je retournai au Photomat, passai devant la boîte métallique dans laquelle on avait déposé la pellicule la veille. L'employé qui se tenait derrière le comptoir était un gros type au visage rond encadré d'une barbe blonde clairsemée. Je lui tendis les photos en demandant :

— Vous pourriez me dire avec quel genre d'appareil elles ont été prises ?

Il les examina avant de répondre :

— Pas vraiment. Avec un bon zoom, en tout cas. Peut-être un Canon.

— Un zoom extérieur à l'appareil ?

— Ouais. On n'a pas cette netteté avec un zoom intégré.

En récupérant les photos, je notai l'inscription au dos de l'enveloppe : *Kodak Endura*. Je la montrai à l'employé.

— C'est quoi, ce type de pellicule ?

— Non, ça, c'est le modèle de papier utilisé. Attendez que je regarde les négatifs...

La langue pointant hors de sa bouche, il les examina.

— Kodak Ektachrome 100. Bon équilibre couleur-transparence pour photo de jour. Excellent grain, grande netteté. Fait ressortir les couleurs.

— Quelqu'un qui utilise ce genre de pellicule sait ce qu'il fait, non ? Ce ne sont pas des photos d'amateur...

De ses mains recourbées, il ramena des mèches égarées derrière ses oreilles.

— Nooon. C'est surtout les photographes de pub qui s'en servent.

— Vous l'utiliseriez, vous, si vous étiez un paparazzi ? Ou un flic en planque ?

Il me jeta un regard curieux.

— On dit *paparazzo*, au singulier. Non, c'est plutôt fait pour photographier des vêtements, des rideaux : quelque chose dont vous cherchez à reproduire exactement la couleur.

Je le remerciai et retournai à mon pick-up. Cinq minutes plus tard, garé devant le bureau de poste, je contemplais le bâtiment dont j'avais la photo dans la main.

J'y entrai en regardant derrière moi par-dessus mon épaule. La fraîcheur soudaine de la climatisation me saisit après la chaleur de la rue. Longeant la file de clients à l'expression maussade, je tournai à gauche, me dirigeai vers les boîtes postales. C'était dans la deuxième alcôve que se trouvait la 229, une boîte double de la rangée du bas. Les murets offraient une certaine intimité et étouffaient les bruits provenant du reste du bureau. Je m'accroupis, tirai la clef de ma chaussure.

Je l'insérai dans la serrure, marquai une pause pour me porter chance, la fis tourner.

La petite porte s'ouvrit.

La boîte était vide.

Je m'assis et, adossé au mur, soupirai longuement. Puis je commençai à refermer la porte afin de pouvoir récupérer la clef.

Un bord marron dépassait d'un millimètre à peine du haut de la boîte 229. A quatre pattes, je regardai à l'intérieur. Une enveloppe de papier kraft était scotchée sur la paroi supérieure. Je la détachai, l'ouvris. Une feuille de papier en tomba, couverte de colonnes de chiffres. Je les parcourus rapidement : *1,65*, *4,05*, *3,49*, *1,80*, *2,71*. Pas un seul nombre entier et tous inférieurs à 5. Un seul faisait exception et avait sa propre colonne : *99,999*. Le haut de la feuille avait été détaché et le papier avait jauni. En bas, un cachet au tampon électronique indiquait une date : *15 décembre 1990*.

Cinq mois environ avant l'assassinat de Frank.

La feuille dans la main, je me laissai retomber contre le mur en grommelant :

— Tout est clair, maintenant.

17

Je rentrai chez moi avec la feuille posée sur le siège du passager, au cas où elle se déciderait soudain à s'expliquer. Par la vitre baissée, l'air sec de la Valley me fouettait le visage.

« Votre vie est maintenant en jeu », m'avait dit Charlie en me mettant la clef dans la main. Pour une liste ? C'était cette série de nombres qui avait mis le Secret Service dans tous ses états, provoqué l'intervention d'un hélicoptère et conduit à la situation bloquée dans la centrale ? S'agissait-il du code de lancement de missiles nucléaires ? De montants de pots-de-vin ? De documents gouvernementaux chiffrés ? Et qui m'avait conduit à eux ? Les complices de Charlie ? Ou ses meurtriers ? C'était comme le Tetris auquel je jouais autrefois sur ma Nintendo, des pièces de puzzle tombant l'une sur l'autre sans aucun ordre.

Par miracle, je trouvai un endroit où me garer dans ma rue. En sortant de l'ascenseur à mon étage, je découvris Homer avachi contre ce qui devait être ma nouvelle porte d'entrée.

— Tu es en retard, me reprocha-t-il. Mais j'ai fait preuve de retenue, je sais me conduire.

Alors que je considérais ma nouvelle porte avec étonnement, Evelyn sortit de chez elle, un sac Gucci sous son coude. Elle désapprouvait les rendez-vous hebdomadaires de Homer avec ma douche et fit de son mieux pour nous ignorer. Une odeur de whisky et de transpiration montait du manteau qui enveloppait Homer comme un sac.

— Madame, vous n'auriez pas un dollar ? mendia-t-il avec humilité. Je n'ai rien mangé depuis deux jours.

— Il faut vous forcer, répliqua Evelyn avant de disparaître dans la cage d'escalier.

Je posai une main sur la porte. Poignée en cuivre étincelant, serrure Medeco.

— Comment je fais pour entrer ?

— Si tu essayais la poignée ?

Elle tourna sans problème et la porte pivota sur des gonds bien huilés.

Sever était assis sur les vestiges de mon canapé, son costume impeccable d'agent du Secret Service rembourré aux épaules. Ma première réaction fut de penser qu'il était venu m'arrêter, après tant d'années, pour le meurtre de Frank. Je me raidis, résistai à une envie de détaler. Il m'adressa un sourire bienveillant.

Je fis de mon mieux pour ne pas lorgner le lave-vaisselle dans lequel j'avais caché le fric de Charlie.

Sever se leva, tira de sa poche deux jeux de clefs. Son visage bronzé de sportif était parcouru de stries, principalement autour des yeux. Il paraissait beaucoup moins à l'aise en costume que dans son uniforme des SWAT avec un fusil d'assaut à l'épaule. Il était un contrepoint parfait à Wydell : un tas de muscles intelligent associé à une intelligence musclée.

— Je suis venu pour vous remettre les clefs en main propre, dit-il. Et j'ai empêché ce type de pénétrer chez vous jusqu'à ce que vous arriviez.

Homer haussa des épaules que plusieurs épaisseurs de vêtements rendaient plus massives encore.

— Voilà un honnête citoyen, c'est sûr, reconnut-il.

— Alors, vous le connaissez vraiment ? s'étonna Sever.

— Ouais.

Le soleil passant par la porte en verre coulissante tombait sur le crâne quasiment rasé de l'agent. J'avais oublié qu'il était aussi costaud. J'avais oublié sa masse de boxeur poids lourd qui m'avait décollé du sol lorsqu'il avait sauté de mon toit. Il ouvrit la bouche pour dire quelque chose, se ravisa et se tourna vers Homer.

— Vous nous laissez une seconde ?

Homer fit la révérence en relevant une robe imaginaire, sortit et referma la porte derrière lui.

Je me raidis quand Sever tendit le bras vers son holster de hanche mais sa main poursuivit jusqu'à sa poche, en tira un gros téléphone portable pas très différent de celui que j'avais remis à Charlie. L'index pointé dans ma direction, il appuya sur un bouton, écouta.

— Oui, la ligne est sûre, dit-il. Je vous le passe.

Il me tendit l'appareil.

J'hésitai. Après tout, ça n'avait pas tellement réussi à Charlie de prendre leur communication. Mais je finis par refermer la main sur le portable.

— Nick Horrigan ?

Je reconnus la voix, n'arrivai cependant pas à y croire.

— Monsieur le Président ?

— Très aimable à vous d'accepter de me parler, cette fois-ci.

Comme je ne savais pas trop quoi répondre, j'attendis.

— Il semblerait que vous teniez à rester hors des feux de l'actualité.

— En effet, monsieur le Président.

— Sage décision. Je la respecte. Dieu sait qu'il y a suffisamment d'individus prêts à étaler leur linge sale au grand jour en échange d'une occasion d'échanger des Kleenex avec Barbara Walters sur un plateau de télévision. Vous avez du linge sale, Nick ?

Je déglutis pour humidifier un peu ma gorge.

— Nous en avons tous, je crois.

— Certains plus que d'autres. Enfin, je me réjouis que vous ne soyez pas un chasseur de gloire. Je suis fier de votre comportement à San Onofre. Vous découvrirez, Nick, que certaines personnes chercheront à vous rencontrer pour exploiter votre attitude au profit de leur cause ou de leur campagne, pour s'ingérer dans ce qui relève clairement de la sécurité nationale. Vous n'avez aucun intérêt à rencontrer ce genre de personne, Nick. En tout cas, pas deux fois.

Apparemment, l'information circulait rapidement d'un camp à l'autre par le truchement du Secret Service, mais qui informait qui ?

— Si vous vous approchez de certaines scènes, les projecteurs finiront par vous trouver, prévint-il. Ils éclairent autant que le soleil du désert mais sont encore plus brûlants. Encore une fois, je suis heureux que vous ayez choisi la voie de la dignité.

Mon cœur cognait contre ma poitrine. D'un côté, ce n'était sans doute de sa part que des pressions politiques normales : *N'aidez pas mon adversaire à me battre, ne mettez pas en question la version bidon des événements de San Onofre, qui nous avantage dans les sondages, ou je vous le ferai payer*. Ses propos semblaient retenir à grand-peine un contenu sous-jacent des plus menaçants. Me ferait-on payer aussi cher que Charlie ?

Alors que je m'efforçais de trouver une réponse, Bilton dit abruptement :

— Au revoir, Nick.

Et il raccrocha. Je rendis le portable à Sever, que mon expression éberluée parut amuser.

— Il aime faire ça. Prendre les gens au dépourvu. Toutes mes excuses, mais vous savez ce que c'est. Les ordres...

Sa main disparut sous sa veste, revint avec une grosse enveloppe, qu'il me tendit.

— Voilà de quoi remplacer vos meubles et le reste.

J'inclinai l'enveloppe, pris note des billets de cent qu'elle contenait. Cela me rappela l'odeur de cuir et de cirage de la voiture dans laquelle j'avais serré de mes mains une enveloppe pleine de chèques de voyage. L'unique chose que j'avais emportée en partant.

Je tentai de déchiffrer le regard de Sever. Que m'offrait-il exactement ? De l'argent contre mon silence ? Pour que je ne livre pas à Caruthers des informations pouvant l'aider dans sa campagne ? Pour que je disparaisse de nouveau ? Etant donné le contexte, Bilton m'avait sans doute envoyé Sever pour m'intimider. Mais c'était à Alan Lambrose, collaborateur de Caruthers, que j'avais réclamé ironiquement une porte neuve. Et la porte était là, assortie d'une prime en liquide. Cela semblait cependant trop direct. Sever tâtait-il vraiment le terrain ou cherchait-il à m'aiguiller dans une mauvaise direction ?

Je lui rendis l'enveloppe en disant :

— Si la branche se courbe, l'arbre s'incline.

Il haussa les épaules, la remit dans sa poche.

— On vous la garde au chaud. Au cas où vous changeriez d'avis.

En passant devant moi, il me tendit les clefs de la porte avec un sourire contraint. Je me demandai si Wydell était au courant de sa visite.

— Si vous avez besoin de quoi que ce soit, appelez-moi.

Il tapa du poing sur le chambranle et me salua de la tête.

Il me fallut une bonne minute pour me ressaisir puis j'appelai Homer et je fermai à clef derrière lui tandis qu'il se dirigeait vers la salle de bains en traînant les pieds. Dès que j'entendis la douche couler, je m'approchai du lave-vaisselle. Le trombone reposait toujours sur le coin de la porte. Les billets étaient toujours sous les assiettes sales.

J'appelai Raz sur un de mes téléphones jetables et lui demandai de venir changer mes serrures.

— J'arriver dans deux heures, frère. Je te fais bon prix.

Je n'avais pas de quoi faire un sandwich mais je trouvai dans le cellier une boîte de Mac & Cheese et je fis chauffer de l'eau. Au moment où je remuais de la poudre orange fluo dans un verre, Homer sortit de la salle de bains en enfilant son ample manteau. Ses joues et son front avaient retrouvé une couleur chair mais il s'était déjà resali les mains en touchant ses vêtements. Des gouttes d'eau brillaient dans sa barbe emmêlée.

Il s'approcha à pas lents, considéra la casserole et le verre, parut déçu.

— Tu n'as même pas de soda ?

— Tape dans ton plan de retraite par actions pour te payer un Pepsi.

— D'accord, soupira-t-il, résigné. Mais des macaronis au fromage…

— J'ai eu deux journées très dures, me justifiai-je.

— Ça a quelque chose à voir avec le type qui traîne dans le coin ?

Il nota ma surprise.

— Ouais, un peu plus haut dans la rue. Assis dans sa voiture, il parle tout seul. Enfin, il cause à son oreillette. C'est le même…

— Le même gars qui vient de sortir ? Combien de fois tu l'as vu ?

— Deux ou trois fois, ces deux derniers jours. Et maintenant ici. Pourquoi il s'intéresse à toi ?

— Erreur sur la personne.

— Je ne crois pas, répondit Homer en avalant ses macaronis. On remarque des choses dans ma profession.

— Ta profession ?

— Pochetron sans-abri.

— Quel genre de choses ?

— Les gens en cavale. Ceux qui ont quelque chose à cacher.

Il leva sa cuillère et l'agita dans ma direction.

— Qu'est-ce que tu caches ?

— Cent quatre-vingts bâtons dans le lave-vaisselle.

— Tu te défiles quand on te pose une question.

— Tu te prends pour qui ? Le psy SDF ? Mange ton plat.

— Tu appelles ça un plat ? protesta-t-il.

Mais il baissa la tête et mangea en silence.

— Je suis désolé, dis-je au bout d'un moment.

— Tu peux l'être. Ce n'est pas une façon de traiter un invité.

— N'en fais pas trop.

Il finit de gratter le fromage du fond de la casserole et me la tendit. Je la mis à tremper dans l'eau chaude. Plus tard, elle aurait besoin d'être récurée, comme la salle de bains : chaque fois que Homer en sortait, on avait l'impression que deux chiens de rue s'y étaient battus.

Agacé par sa perspicacité à mon égard, je lui demandai :

— Qu'est-ce qui te fait dire que j'ai quelque chose à cacher ?

D'un geste, il désigna l'appartement.

— Regarde ça. Regarde-toi. Un gars parfaitement normal en apparence. Intelligence d'un bon niveau. Il ne te manque rien. Mais on dirait que tu as laissé quelque chose derrière toi en chemin.

Je sentis le sang me monter au visage.

— Quelque chose derrière moi ?

— Il y a des gens qui résistent. Il y en a qui fuient. Toi, tu fuis. Comme moi.

Je me gardai de lui demander ce qu'il fuyait, lui. Nous avions déjà abordé la question et il s'était montré aussi évasif que moi sur son passé.

— Peut-être une fois, reconnus-je.

— On ne change jamais, déclara-t-il.

Il haussa un sourcil neigeux, constata l'effet de ses propos.

— La vérité blesse, hein ? dit-il avec une certaine douceur.

— Allez, je te raccompagne.

— D'accord.

Nous descendîmes dans la rue et il s'éloigna lentement. Je le suivis des yeux. Est-ce que je fuyais comme lui ? Face aux menaces pas si indirectes que ça de Bilton, aurais-je le courage de résister ? D'arrêter de fuir ?

Je l'appelai, il se retourna.

— T'es copain avec les SDF qui vivent autour du BAC, non ?

Le Bureau des anciens combattants était une association caritative subventionnée et beaucoup plus importante que la mienne, et je n'y connaissais personne.

— Copain, c'est beaucoup dire, mais nous avons des intérêts communs.

— Par exemple ?

— Les Caddie abandonnés, les boîtes de soda vides...

— Y a beaucoup d'anciens du Vietnam, là-bas ?

— A ton avis ?

— Tu pourrais leur demander si le Bureau a un fichier qui permette de retrouver les noms des soldats d'une unité particulière ? Je cherche quelqu'un qui aurait servi dans la compagnie C, 1er bataillon, 8e régiment d'infanterie...

— La moitié de ces mecs sont probablement morts ou dans la rue et je pense que l'Etat se fout totalement de savoir où vit l'autre moitié. Mais on ne risque rien à demander. *Mon capitaine.*

Il m'adressa un salut militaire et se remit en route.

En me tournant de nouveau vers mon immeuble, je perçus du coin de l'œil un reflet provenant du balcon de l'appartement à louer voisin de celui d'Evelyn. Je levai la tête à temps pour voir disparaître un appareil photo muni d'un zoom derrière le muret de carreaux orange.

18

En équilibre sur le rebord du balcon, je faisais de mon mieux pour oublier le trottoir, deux étages plus bas. M'agrippant à la façade de stuc, je progressais lentement. J'étais passé de mon balcon à celui d'Evelyn et, de là, à l'appartement vide contigu. Je jouais au casse-cou mais j'en avais tellement marre qu'on m'espionne que j'étais prêt à courir le risque d'une chute mortelle pour essayer d'en savoir plus.

Deux chaises longues avaient été abandonnées près de la porte en verre coulissante restée ouverte. Malgré la moustiquaire qui barrait la lumière, je pouvais voir qu'il n'y avait personne dans la salle de séjour. Je me laissai tomber sur le balcon et poussai la porte grillagée, qui grinça légèrement sur son rail. Avec l'écho de ce bruit dans ma tête, je demeurai immobile une longue minute, tendu à en avoir mal aux épaules.

Le séjour était vide et sentait la peinture fraîche. Des fils électriques entourés de ruban isolant sortaient des murs, et des carrés de placoplâtre encombraient le comptoir de la cuisine. L'appartement, image spéculaire du mien, était en cours de rénovation avant d'être remis sur le marché. Les ouvriers avaient arrêté de bosser le jour de la fête du Travail, la semaine précédente, et n'avaient pas encore repris. Entendant bouger dans la chambre, je m'aplatis contre le mur à côté de la porte, risquai un œil.

Une femme assise en tailleur au centre de la moquette de couleur passée tournait le dos à la porte. Ses cheveux châtains se divisaient en deux épaisses tresses enfantines et, tête baissée, elle s'affairait sur quelque chose reposant sur son giron. L'appareil photo ? Un pistolet ? Ses bras, qui sortaient d'un débardeur noir, étaient pâles et minces, musclés cependant. Un soleil tatoué rayonnait sur sa nuque frêle. Malgré sa posture puérile, elle devait avoir entre vingt et trente ans.

Je m'avançai sur le seuil.

— Pourquoi vous me suivez ?

Elle poussa un cri, lâcha l'appareil, qui roula par terre.

— Bon Dieu, vous m'avez fait une de ces peurs !

Sous une frange coupée au cordeau, elle avait de grands yeux excessivement beaux, luisants de frayeur. Elle ramassa l'appareil, dévissa le zoom et l'examina d'un œil inquiet.

— Je ne vous suis pas, dit-elle en se tournant à nouveau vers moi.

Je m'approchai et m'accroupis devant elle. Sa peur me mettait mal à l'aise mais je n'éprouvais pas le besoin de la rassurer. Elle avait un nez droit, des lèvres boudeuses, un visage maigre aux joues creuses. Lorsqu'elle tendit le bras vers une des nombreuses poches de son pantalon kaki, je lui saisis le poignet.

— Doucement, la prévins-je.

Je la lâchai, elle tira de sa poche un cylindre en plastique noir. Je le pris, l'ouvris, en fis tomber un rouleau de pellicule. *Kodak MAX universel, 35 mm, vitesse 800*. Les photos que j'avais retirées au magasin provenaient d'une pellicule Ektachrome 100.

— Le reste, lui intimai-je.

Elle me montra une poignée d'autres rouleaux en disant :

— Désolée. Je m'en vais, pas la peine d'appeler les flics.

Dans un coin, à côté d'un sac de voyage, elle avait installé un oreiller et une couverture, près desquels des emballages vides de nourriture à emporter jonchaient le sol.

Je vérifiai les autres rouleaux : ils étaient tous pour haute vitesse, contrairement aux photos de la boutique. Cela ne prouvait rien et je fouillai son sac, qui ne contenait que quelques vêtements de rechange, des affaires de toilette et du matériel photo. Un étui de zoom portait une étiquette avec un nom. *Kim Kendall.*

— Qui vous a chargée de me suivre ?

— Je vous l'ai dit, ça n'a rien à voir avec vous.

— Arrêtez votre pipeau. Je vous ai vue en train de me prendre en photo.

— Ce n'est pas vous que je photographiais, c'est *lui*.

— Bon, j'appelle les flics, ils régleront ça.

— Non, sérieusement. Je peux vous le prouver.

Elle se leva, m'entraîna par le bras.

— Venez voir.

Je la suivis dans la salle de bains. Une odeur de produits chimiques m'emplit les narines quand elle écarta le rideau de la douche. Des photos étaient accrochées à la corde à linge rétractable : Homer titubant devant le magasin de gnôle. Homer roupillant sur la bande de pelouse d'Ocean Avenue. Homer dans les vapes à un arrêt de bus de Wilshire. Manifestement, il dormait beaucoup.

Je décrochai l'une des photos, l'étudiai.

— Qui est-ce ?

— Wendell Alton. Un ancien dentiste. Il a sombré dans l'alcool, il a tout perdu : sa famille, sa maison, sa clientèle. Cela fait des années qu'il ne paie plus la pension pour son gosse. On l'a retrouvé.

— Homer était dentiste ?

— Homer ? Ah. Ouais, dentiste.

— Et vous ?

— Normalement, je fais de la photo d'art mais ça paie mal, alors je bosse de temps à autre pour un détective privé.

— Et ce boulot consiste en quoi ?

— Simplement à voir comment vit Alton et à faire un rapport. J'ai découvert que vous le laissiez venir chez vous, je me suis mise en planque dans l'appartement vide. C'est plus dur qu'on ne pense de filer un SDF.

— Qu'est-ce qui va lui arriver, maintenant ?

— Ça ne me regarde pas. Moi, je livre seulement mes photos. Si sa femme cherche à le coincer, c'est son affaire.

— On ne passe pas l'éponge, au bout d'un moment ? plaidai-je, plus contrarié que je n'aurais dû l'être. Il a suffisamment souffert comme ça, non ?

— Passer l'éponge sur un abandon de famille ? répliqua-t-elle, comme si j'étais un être méprisable. Dites ça à la mère qui a trois boulots différents depuis dix ans. Dites ça au gosse.

— Et en prison, il pourra payer ?

Elle haussa les épaules.

— Non. Mais on ne peut pas fuir son passé en espérant qu'il ne vous retombera pas dessus un jour.

Saisi d'une légère nausée, je dus m'appuyer au lavabo.

— Pourquoi vous avez regardé tous mes rouleaux ? demanda-t-elle. Qu'est-ce que vous vous attendiez à voir ?

— Rien, je... Rien.

— Vous allez vraiment appeler la police ?

— Non. Ecoutez, allez-y doucement avec Homer. Dites à sa femme ou au privé que lui tomber dessus ne réglera rien. Il a touché le fond. Laissez... laissez-le tranquille.

Je me sentais plus parano que jamais en sortant de l'appartement.

19

Garée dans l'allée près de la Range Rover d'Induma, il y avait sa Jag, un joli modèle ancien d'avant le jour où toutes les voitures de luxe se sont mises à ressembler à des Camry. Sa maison, une Craftsman rose steak saignant adossée aux canaux boueux de Venice, s'éclaira en guise d'accueil lorsque je remontai l'alignement de bambous bordant l'allée. A moins de cent mètres de la plage, l'air avait une agréable odeur de saleté marine. J'avais quelques minutes de retard à cause des détours que j'avais faits pour m'assurer qu'on ne me filait pas.

Les lumières allumées par des plaques détectrices high-tech continuèrent à éclairer progressivement mon chemin jusqu'à ce que j'arrive à la véranda. Induma adorait la technologie. Devant la porte, je pris conscience de ma nervosité. Je n'étais pas venu chez elle depuis notre rupture et j'étais plus impatient de la voir que je ne voulais le reconnaître.

Avant que je puisse frapper, elle me cria :

— Entre !

Je pénétrai dans le hall dont l'air humide était chargé de plusieurs couches d'arômes, posai la bouteille que j'avais apportée : son vin doux préféré.

Induma était aussi peu présentable que la cuisine était en désordre. Cheveux empilés sur le dessus de la tête, petites taches de sauce sur le visage, torchon coincé sous la ceinture du bas de survêtement. Des couvercles vibraient au-dessus de marmites fumantes. Des serviettes en papier absorbaient l'huile végétale de *papadums* ronds. Un minuteur bourdonna. Sur une feuille d'aluminium posée sur la table, un gros tas de terre glaise faisait vaguement penser à la tête de Chewbacca.

Induma ferma du genou la porte du four.

— Reste pas dans mes jambes. Assieds-toi. Mange ça.

Elle fit glisser sur le comptoir un plat de *puliyogare*, le désigna d'une cuillère en bois dégouttant de jus. Riz aux cacahuètes grillées et feuilles de curry, le tout parfumé au tamarin. Je goûtai. Induma était végétarienne mais préparait des mets succulents.

— Seigneur... m'extasiai-je.

— Je sais, dit-elle. Handro arrive tout de suite, il se récure.

— Il se récure ?

— Il fait de la sculpture.

— Il est bon ?

— Abominable.

J'avais envie de l'interroger sur la maison de Charlie mais je me sentais bien près d'elle et je voulais en profiter avant qu'Alejandro nous rejoigne. Je fis le tour de la cuisine et du living adjacent, m'imprégnai de l'atmosphère du lieu. Un dessous de verre en liège taché d'un cercle sur la table basse. Une liste de chaînes de télévision scotchée au verso d'une porte d'élément ouverte. Un magazine de mode à la couverture cornée. Ce que j'aimais – je m'en aperçus avec une pointe d'envie – c'était que cette maison avait l'air habitée. J'étais maintenant plus âgé que mon père quand j'étais né, mais je ne m'étais toujours pas établi quelque part, je n'avais pas fondé de famille. J'étais figé, tel un insecte dans un bloc d'ambre. La peur et le sentiment de perte pénètrent dans vos cellules, ils deviennent une partie de vous. Ils vous emmurent, vous empêchent d'accéder à ce que vous désirez le plus. J'en pris plus que jamais conscience en regardant Induma.

Alejandro descendit l'escalier en enfilant un tee-shirt assez négligemment pour exhiber les tablettes de chocolat de son abdomen. Il était manifestement plus beau que moi. Et plus latin. Lorsqu'il me découvrit, son visage s'éclaira d'une joie sincère qui me culpabilisa.

— Nick !

Son accent suave transformait mon nom en *Niiik*. Il s'approcha d'un pas nonchalant, me gratifia d'une accolade parfumée au Polo Sport. D'un mouvement de tête habile, il releva les mèches brunes tombées sur ses yeux, tendit fièrement le bras vers le tas de terre glaise posé derrière nous sur la table.

— Ma dernière œuvre. Ça te plaît ?

— Un Wookie ?

Il plissa le front.

— Autoportrait. Je travaille encore sur la nuance.

— La nuance. D'accord.

Un bras passé autour de mes épaules en une étreinte virile, il m'éloigna d'Induma.

— J'ai besoin de tes conseils, dit-il. Dimanche, ça fera un an que nous sommes ensemble, Induma et moi, je veux faire quelque chose de spécial pour fêter ça.

— Ecoute, je crois pas être le mieux indiqué pour...

— Je sais que vous deux, avant... ça me gêne pas. Sincèrement. Vous êtes amis, maintenant. Donne-moi une idée.

Je me tournai vers Induma qui, devant sa cuisinière, retint un sourire.

— On ne dirait pas mais elle adore les films d'action, mentis-je. Loue une cassette avec Steven Seagal.

— Vraiment ?

— Je sais, ça paraît bizarre. Et tu sais ce qu'elle adore aussi ? Les ailes de poulet.

Il posa sur moi un regard dubitatif.

— Mais elle est végétarienne.

— Sauf pour les ailes de poulet. Celles de Hooters, surtout.

Alejandro finit par comprendre et pointa l'index vers mon visage.

— Ah ! Tu te fous de moi.

— Pas du tout.

C'était faux, bien sûr, mais j'estimais qu'un type qui connaissait Induma aussi mal ne méritait pas de sortir avec elle.

Il fit le tour du comptoir et l'embrassa doucement sur les lèvres. Elle lui rendit son baiser puis, de la hanche, le poussa sur le côté et jeta un coup d'œil dans le four. Sur l'étagère d'une alcôve, un bouddha en bois de santal se moquait de moi.

— Chérie, demain, j'amène la Jag au garage pour la faire réviser, annonça-t-il.

Il s'éloigna au petit trot, se laissa tomber sur le canapé démesuré du séjour, zappa jusqu'à ce que les images d'un match de foot apparaissent sur l'écran plat accroché au mur.

Induma disposa deux assiettes carrées Pottery Barn sur le comptoir entre nous et m'invita à me servir. Elle avait une salle à manger magnifique mais, autrefois, nous prenions toujours nos repas au comptoir, moi bien calé sur un tabouret, elle se penchant pour garder le four à portée de la main.

Derrière nous, Alejandro sauta d'excitation sur le canapé puis ses épaules s'affaissèrent. De désespoir, il se mit à triturer son tee-shirt.

— C'est difficile, un penalty ? Marquer un but à douze mètres, c'est un exploit ?

— Questions de pure forme, commenta Induma.

Une succession courbe de baies vitrées donnait sur une pelouse et, au-delà, sur le canal, mais pour le moment le verre ne reflétait que l'intérieur de la maison, et nous pouvions voir deux Alejandro bondir sur le canapé en criant des jurons espagnols à l'écran.

— Cette adresse que tu m'as donnée, dit Induma à voix basse, c'est une maison en location appartenant à une vieille Juive d'Encino. Les derniers occupants – une famille coréenne – ont déménagé il y a deux mois. Si quelqu'un d'autre a loué la maison après eux, il payait le loyer en liquide.

Ainsi Charlie avait passé moins de deux mois là-bas. Il s'y était installé pour s'y livrer à une activité qui lui avait rapporté deux cent mille dollars. Ou pour se planquer avec les liasses qu'il avait déjà gagnées.

— Etant donné que les logements libres sont rares à Culver City et que la propriétaire s'est fait coincer en 2005 pour ne pas avoir déclaré ses revenus fonciers, il est probable qu'elle ait accepté des loyers en liquide sans bail, ajouta Induma.

Devant mon expression admirative, elle rougit – fait rare – et haussa les épaules.

— Ce n'est pas dur à trouver, si on sait où chercher. Ou à qui demander.

— N'empêche. Tu es rudement forte.

— Indienne, simplement. Nous avons des relations un peu partout et, dans la plupart des cas, nous savons obliger l'ordinateur à se montrer docile.

Elle regarda brièvement Alejandro qui, le torse nu, implorait maintenant le téléviseur.

— Deux de mes trois talents les plus utiles, ajouta-t-elle.

Elle étala un condiment à la mangue sur un morceau de *papadum*, le porta à sa bouche et roula des yeux extasiés.

— Feu Mike Milligan était membre de quelques groupuscules séparatistes. Des survivalistes à la mode Ruby Ridge, des montagnards qui collectionnent les flingues et brandissent à la moindre occasion les *Turner Diaries*. On a retrouvé son ADN – un cheveu sur un cadavre – dans une affaire de meurtre des années 1980, mais il a balancé d'autres gars de son organisation pour obtenir une libération conditionnelle rapide. Officieusement, c'est le terroriste tué à San Onofre, mais le gouvernement ne confirme ni ne dément.

Ça ne ressemblait pas à Charlie mais je demandai quand même :

— Il a fait l'armée ? Le Vietnam ?

— Oui.

— Quel régiment ?

— Ça, je n'ai pas pu le découvrir. Certains fichiers militaires de l'époque du Vietnam sont encore inaccessibles et le reste est un vrai bazar. Je suis plus forte pour les banques de données de la police que pour les documents de l'armée.

Je reposai ma fourchette sur mon assiette bleue.

— Tu es sûre que c'est bien Mike Milligan, pas une autre invention du scénario concocté par les autorités ?

— Tout est possible, mais ces informations semblent fiables. Et il y a suffisamment de documents et de pistes pour douter qu'il ne soit qu'une invention. Je crois que beaucoup de ces séparatistes sont d'anciens militaires. Du moins, d'après le sous-directeur de la police.

— Tu t'es adressée au sous-directeur ! Du LAPD ?

— Quand on a installé mon logiciel de sauvegarde codé au service de police scientifique, je suis allée là-bas tous les jours pendant deux mois. Je ne paie pas non plus mes contraventions.

— Tu n'as pas parlé de moi, j'espère ?

— Ah, c'est ce que tu voulais dire... Non, j'ai donné seulement ton nom... Allez, ris un peu. Bon, d'accord, ne ris pas. Mais non, je n'ai pas parlé de toi. Et ne t'inquiète pas, il a une bonne raison de me rendre service. A moins qu'il ne puisse trouver quelqu'un de meilleur à qui faire appel la prochaine fois que son fichier d'empreintes digitales décidera de se planter.

Son expression pas trop indéchiffrable laissait penser que cette éventualité était fort peu probable.

La sonnette de la porte d'entrée me fit dégringoler de mon tabouret.

— Tu attends quelqu'un ?

Induma fronça les sourcils.

— Non.

Alejandro passa en enfilant ses chaussettes.

— C'est pour moi, c'est pour moi, chantonna-t-il.

Après quelques murmures dans le vestibule, il revint avec une boîte à pizza Domino's.

— Tu manges pas avec nous ? lui demandai-je.

— Il n'aime pas la cuisine indienne, répondit Induma.

Alejandro parut craindre de l'avoir froissée, mais à en juger par son expression, ce n'était pas le cas.

— Non, mon cœur, j'ai juste envie de manger italien, assura-t-il.

— Il croit que Domino's, c'est de la cuisine italienne, commenta Induma.

J'allai prendre la bouteille de vin que j'avais posée sur la console de l'entrée. Elle me la prit des mains pour regarder l'étiquette.

— Du vin de mûres ! s'exclama-t-elle. Génial.

Elle se hissa sur la pointe des pieds pour m'embrasser sur la joue. Avec un sourire, elle remplit deux verres. Goûta. Ferma ses jolies paupières lisses pour mieux savourer. Nous bûmes en nous regardant. Induma ouvrit la bouche pour dire quelque chose, la referma, se décida finalement à me demander :

— Pourquoi tu pensais que tu ne pouvais pas me parler de tout ça quand nous étions ensemble ?

Je fis rouler le vin dans mon verre, le contemplai comme s'il contenait la réponse. Induma gardait le silence mais je sentais son regard sur moi. Je m'éclaircis la gorge, murmurai :

— Tu ne pourrais pas le faire sortir ?

— Alejandro ? appela-t-elle sans me quitter des yeux.

— Ouais ?

— Tu nous laisses une minute ?

— D'accord, ma biche. Je vais à la salle de gym.

Il pénétra dans mon champ de vision et embrassa Induma. Puis ses pas s'éloignèrent, la porte d'entrée se referma, faisant taire son sifflotement.

— Tu avais peur que je te prenne pour un meurtrier ? reprit aussitôt Induma.

Non, fis-je de la tête.

— Tu n'avais pas confiance en moi ?

La franchise de la question, la vulnérabilité qu'elle révélait transpercèrent la carapace protectrice dont je croyais être enveloppé.

— Je te faisais une confiance absolue, affirmai-je d'une voix rauque. Mais je craignais ce qui pouvait t'arriver.

Elle me considéra posément.

— Alors, tout ça, c'était uniquement pour moi ?

— Pas seulement. Je crois que je n'avais pas l'habitude d'être... d'être proche de quelqu'un. Je n'avais jamais vraiment connu ça dans ma vie adulte.

Elle plissa les lèvres.

— Tu es prêt à me raconter le reste ?

Ce n'était pas tout à fait un test, mais beaucoup dépendait de ma réponse. Une casserole déborda, grésilla un instant puis se tut.

— Oui, dis-je.

Quand j'eus terminé, Induma s'écarta du comptoir, son premier mouvement depuis le début de mon récit. Elle ôta la casserole noircie de la cuisinière, éteignit le brûleur.

Elle me demanda la liste de chiffres et l'étudia, parut aussi perplexe que moi, me la rendit avec un haussement d'épaules.

— Il nous faudrait plus d'informations sur les mecs qui t'ont arrêté quand tu avais dix-sept ans. Leurs noms, quelque chose.

Je revis le mince au volant de la voiture, le gros qui faisait tourner de ses doigts épais le bouton du poste. « La radio est vraiment à chier, dans ton coin. »

— J'ai toujours pensé qu'on les avait fait venir en avion d'un autre Etat uniquement pour me secouer et m'éloigner. Ils n'ont dit que le strict nécessaire.

— Ouais. Il y a toujours quelqu'un pour suivre les ordres sans poser de questions.

— Tu crois qu'on pourrait encore m'arrêter pour le meurtre de Frank ?

— J'en doute. Je les vois mal convaincre un grand jury ou un juge que les éléments dont ils disposaient déjà il y a dix-sept ans constituent tout d'un coup un dossier solide.

— Mais elle est toujours là, la menace de me mettre ça sur le dos. Il n'y a pas de prescription pour un meurtre.

— Oui, mais si les autorités avaient opté pour ce choix, elles n'auraient pas essayé de faire de toi le héros de San Onofre. T'inculper du meurtre de Frank attirerait l'attention sur leurs agissements.

— Si je devenais un problème, il serait probablement plus facile de me tuer, comme ils l'ont fait pour Charlie.

Induma serra les mâchoires. Elle n'aimait pas envisager cette éventualité.

— Pour le moment, personne n'essaie de te tuer. Et ceux qui t'ont orienté sur cette boîte postale n'ont pas le pouvoir d'intervenir officiellement, sinon ils se seraient rués dans le bureau de poste et ils auraient fouillé la boîte 229.

— A moins qu'ils n'aient voulu que ce soit moi qui trouve ce qu'il y avait dedans.

— Dans les deux cas, ceux qui t'observent préfèrent te laisser du champ et voir si tu peux les conduire à ce qu'ils cherchent.

— Ce qui est exactement ce que je ne veux pas faire.

— Si tu laisses tout tomber, tu seras sûrement en sécurité. Tu as passé des années à fuir cette histoire. Pourquoi replonger dedans maintenant ?

— Elle ne disparaîtra pas comme ça.

— Mais toi, tu pourrais disparaître.

Je songeai aux réveils en sursaut de 2 h 18, à leur retour en force avec la rancune d'un parent longtemps tenu éloigné.

— J'ai fui pendant dix-sept ans. Je sais maintenant que je ne partirai pas.

— Mais es-tu prêt à faire face ? demanda-t-elle avec une expression sceptique.

Je n'avais pas de réponse à cette question qui me rongeait. J'orientai notre discussion dans une autre direction :

— Tu pourrais consulter pour moi les antécédents de deux agents du Secret Service ? Sever et Wydell ?

— Comment ça, « les antécédents » ?

— Ils font maintenant partie du bureau de Los Angeles. Est-ce qu'on peut savoir s'ils ont rempli auparavant une mission de protection en dehors de Washington ? Et noué du même coup des relations étroites avec une personnalité politique. Comme Bilton.

— Ou Caruthers, ajouta-t-elle.

— Bien sûr. Lui aussi. Bien que ça paraisse moins probable.

— Mais ça mérite examen, non ?

Elle remarqua mon embarras.

— Pourquoi ça t'embête ? Tu serais vraiment effondré si Caruthers était derrière tout ça ?

— Non, pas du tout. Ce qui m'embêterait, c'est que Frank l'ait été.

Voilà, c'était dit.

La colère qui sous-tendait ma voix révélait combien cette idée me torturait. Je détournai les yeux pour cacher ce que je ressentais.

— Nous ne savons pas si l'un ou l'autre des candidats est dans le coup. Tout ce que nous savons, c'est que le Secret Service est plus impliqué qu'il ne le prétend.

— Ce qui signifie ?

— Wydell a déclaré que le Service n'est pas intervenu avant que Charlie réclame ma présence à San Onofre. Plus j'y repense, plus l'intervalle de temps entre cette demande et leur irruption dans mon appartement me paraît trop court. Wydell ment. Le Service était déjà avec les flics de Los Angeles pendant la fusillade chez Charlie.

— Tu l'appelles toujours Charlie.

— Quel que soit son nom, je ne crois pas au portrait qu'on fait de lui.

— Allons vérifier, suggéra-t-elle.

Je la suivis dans le living. Elle posa son ordinateur portable sur mes genoux, se pencha au-dessus de moi pour surfer parmi les dossiers. Je tournai la tête vers elle quand elle tapa le nom. Nos têtes s'effleuraient.

Le document apparut avec un tintement qui ramena mon attention sur l'écran. C'était un casier judiciaire complet, avec photo anthropométrique.

Mike Milligan avait les joues grêlées, le regard menaçant.

Il avait bien une tête de terroriste, mais il ne ressemblait pas du tout à Charlie.

20

De retour à mon appartement, je me tins à distance de la porte vitrée coulissante pour inspecter les environs avec des jumelles à vision nocturne. Je me les étais procurées au magasin de matériel de surveillance de Sunset, dont la clientèle se composait de guerriers du dimanche et de cadres supérieurs paranos. Les articles n'étaient pas aussi haut de gamme que ceux que Frank rapportait à la maison, mais c'était mieux que la camelote que Liffman achetait par correspondance.

Personne ne m'espionnait. Du moins, je ne repérai personne.

Maintenant que j'avais une porte d'entrée fonctionnelle fermée à double tour derrière moi, je pris les liasses de billets dans le lave-vaisselle et les mis dans le sac à dos de Charlie avec la liste de chiffres. Puis je fourrai le tout sous le comptoir, dans le grand pot à pâtes qu'Evelyn m'avait offert pour Noël.

Je me laissai ensuite tomber sur mon matelas éventré, épuisé par les événements de la journée et la menace que j'avais fait remonter à la surface. La tête de Charlie – et ses plombages, sans aucun doute – avait été pulvérisée par l'explosion, mais on aurait pu recueillir une quantité suffisante de son ADN en grattant les murs de la centrale. Les autorités avaient réussi à bousiller ou à faire disparaître suffisamment d'indices pour mettre Milligan, un loser au casier adéquat, en position de bouc émissaire. L'avaient-elles aussi assassiné ? Ou était-il le meilleur candidat possible, dont la mort était survenue au bon moment ? Dans un cas comme dans l'autre, je devais retourner chez Callie fouiller dans le reste des affaires de Frank pour voir si une autre photo ou un document quelconque pouvait me révéler quelque chose sur Charlie. Il me fallait le véritable nom de l'homme qui m'avait entraîné dans cette histoire.

J'allumai le poste de télé afin de me vider la tête et zappai sur les chaînes. Mon pouce cessa d'appuyer quand je vis Jasper Caruthers copinant avec Jon Stewart dans le *Daily Show*. Après une plaisanterie gay que Caruthers évita sagement, Stewart revint à son rôle de faire-valoir :

« Pourquoi pensez-vous être le mieux armé pour résister aux lobbies de tous bords ? »

L'ancien vice-président se pencha en avant sur sa chaise, ses lèvres se pincèrent en une sorte de sourire.

« Vous n'êtes peut-être pas au courant, mais je suis tellement riche que c'en est dégoûtant. »

Même Stewart s'esclaffa. Lorsque les applaudissements moururent enfin, l'animateur reprit :

« Dans la déclaration de votre ex-femme...

— Laquelle ?

— Quelle ex-femme ou quelle déclaration ?

— Je n'ai qu'une ex-femme, à moins que June ne soit passée chez son avocat cet après-midi.

— Celle-là, dit Stewart en montrant un livre au titre criard. Entre autres allégations, elle prétend que vous avez conduit sous l'empire de médicaments délivrés sur ordonnance lorsque vous avez commencé à sortir ensemble. C'est vrai ?

— Absolument. J'ai aussi regardé des films pornos, fumé deux fois du shit à l'université – j'ai même avalé la fumée –, triché aux dames, baissé les bras dans mon couple et chapardé un Carambar chez un marchand de journaux. Si quelqu'un estime que cela me disqualifie pour faire face à une Corée du Nord disposant de l'arme nucléaire, il est libre de ne pas voter pour moi. »

Je souris dans l'obscurité en songeant à ce que la directrice de campagne aux lunettes d'écaille avait dû penser de la plaisanterie sur les films pornos.

Avec son air suffisant de valeur sûre de la télé, Stewart leva une main pour calmer le public et demanda, avec une feinte incrédulité :

« Vous aviez quel âge quand vous avez volé ce Carambar ? »

Caruthers se laissa retomber contre le dossier de son siège, entoura un de ses genoux de ses mains jointes.

« Cinquante-cinq ans. »

Il attendit que les rires retombent pour rectifier :

« Sept ans, je crois. Ou huit. Mon père me conduisait en voiture à l'école en se rendant à son travail, il s'était arrêté pour acheter le journal. Nous n'étions plus qu'à deux cents mètres de l'école quand il a découvert le Carambar. Il a fait demi-tour, il est retourné chez le marchand de journaux et il m'a forcé à le rendre.

— C'était avant la loi sur les multirécidives. »

Caruthers eut un petit rire.

« En tout cas, ça m'a fichu une peur bleue. Ce matin-là, mon père avait rendez-vous avec… Je crois que c'était le P-DG de Sears Roebuck. Et il s'est délibérément mis en retard pour un Carambar. Leçon sur les comptes à rendre. Celle-là, je l'ai sue de bonne heure. »

Il secoua la tête et conclut :

« Encore aujourd'hui, quand je vois un Carambar, j'ai des sueurs froides. »

Je me surpris à éprouver pour l'ancien vice-président plus de sympathie que je ne l'aurais voulu. Frank avait certes beaucoup d'estime pour lui. L'avait-il admiré au point de se laisser entraîner par lui ou pour lui dans une sombre histoire ? Quelle qu'ait été l'affaire à laquelle Frank et Charlie étaient mêlés, elle n'avait apparemment pas été « convenable », pour utiliser un terme collet monté, et ne ressemblait pas à Frank. Du moins pas au Frank que j'avais connu.

Mon sentiment de malaise se transforma en une sorte de gueule de bois d'après stress, mal de crâne et paupières lourdes. J'avais peine à garder les yeux ouverts et, finalement, je capitulai et me laissai aller au sommeil en espérant dormir quelques heures.

Je me réveillai brusquement, plus inquiet encore que d'habitude. Ce n'était pas l'angoisse diffuse de mes réveils en pleine nuit, mais le sentiment d'un danger imminent.

Roulant sur le côté, je regardai l'heure : 1 h 37.

Machinalement, je tendis le bras pour allumer la lampe, arrêtai mon geste. Je sentais de l'air frais sur mon visage moite de sueur. De l'air en mouvement.

Du plus silencieusement que je pus, je me glissai hors du lit. Une fois de plus en bas de pyjama, torse nu, je traversai l'appartement obscur. Six pas jusqu'à la fenêtre de la chambre. Le loquet était intact. Neuf grandes enjambées transversales, trois pas et demi en diagonale pour entrer dans la salle de bains : fenêtre fermée, crochet de sécurité en place. Je passai à tâtons dans le séjour. Les deux verrous de la porte d'entrée étaient comme je les avais laissés, l'extrémité de la chaîne de sûreté engagée dans son logement.

J'obliquai vers le canapé, parvins à la porte coulissante. La mémoire de mes muscles guida mes doigts vers le levier de sécurité de la poignée.

Défait.

Tout mon corps se tendit. Je fixai le levier de métal relevé comme pour le faire disparaître. Je sentis quelque chose – une présence – dans le noir derrière mon épaule. Je me retournai avec appréhension. Une silhouette masculine, à peine distincte dans la nuit, se tenait contre le comptoir de la cuisine. Elle se raidit en percevant mon mouvement, se rua vers moi.

La charge me projeta violemment contre le mur. Je rebondis, décochai un swing. L'homme avait déjà ouvert la porte coulissante et était à moitié dehors mais je le touchai légèrement au menton. Il tituba, la porte glissa sur son rail en grinçant. Malgré l'avancée du toit qui plongeait le balcon dans le noir, la partie inférieure de son visage passa dans une bande de lumière jaune provenant du réverbère d'en face et ce que je vis me sidéra. Je ne restai immobile qu'un instant, mais cela lui suffit pour me décocher une ruade dans la poitrine.

Le sol bascula, la moquette devint l'horizon. A travers le tourbillon de poussière soulevé par ma chute, je vis la forme noire sauter du balcon et heurter le poteau téléphonique. Un grognement à l'impact, des bras et des jambes cherchant une prise. Puis l'homme se mit à descendre et disparut.

Je me relevai en m'étreignant les côtes. Chaque inspiration me faisait mal. Encore haletant, je sortis sur le balcon d'un pas chancelant, baissai la tête juste à temps pour voir le type s'éloigner en courant, éclairé brièvement quand il passa sous un réverbère. Le bruit de ses pas – semelles en caoutchouc frappant l'asphalte – était renvoyé par les auvents obscurs protégeant les voitures.

J'avais encore le souffle court, non plus à cause de la douleur mais parce que la grande bouche aux lèvres molles que j'avais aperçue appartenait à Charlie.

21

C'était impossible. L'hypothèse d'un frère jumeau ne tenait pas debout et cependant j'avais reconnu cette bouche sans erreur possible. Avant que l'onde de choc me fasse perdre connaissance dans la centrale, j'avais vu l'éclair de l'explosion masquer soudain la tête de Charlie. Impossible qu'il en soit sorti indemne. Par ailleurs, je ne l'avais pas vu mort. Sa tête n'avait peut-être pas explosé et c'étaient peut-être les autorités qui avaient implanté ce souvenir dans mon esprit à force de me le seriner. Le choc m'avait peut-être plongé dans un sommeil halluciné et j'en étais sorti avec dans la tête les fragments d'une histoire forgée par ma paranoïa décuplée.

Avais-je tout inventé ? Mes doigts trouvèrent la petite entaille de ma joue. Un point pour la réalité. A la lumière crue de ma salle de bains, je nettoyai la blessure à l'eau oxygénée puis inspectai la peau de ma poitrine et de mes bras, encore rougie par l'explosion.

Il nous était bien arrivé quelque chose, à Charlie et à moi. Mais quoi ?

Je tournai en rond dans l'appartement en me demandant s'il était sage d'y rester. Mon sentiment de solitude était aggravé, j'en pris conscience, par le fait que j'avais démonté mon téléphone fixe. Aucun de mes amis ne pouvait me joindre et je n'étais pas d'humeur à les appeler pour leur donner le numéro d'un portable à carte prépayée dont je ne tarderais pas à me débarrasser.

Peu après 7 heures, je décidai de sortir et de m'installer dans un motel en attendant de savoir quoi faire. J'accrochai à mon épaule le sac contenant l'argent, ouvris la porte d'entrée et faillis pousser un cri de stupeur devant le coursier jovial de DHL planté sur le seuil. Il me remit une enveloppe capitonnée et un bordereau électronique. D'une écriture illisible, je signai *Gros Minet* et il repartit tout fringant.

Je remis le sac à dos dans sa cachette, décollai péniblement le rabat adhésif de l'enveloppe. Un téléphone Nokia glissa dans le creux de ma main. Je le regardai, les pignons de mon cerveau tournant à vide comme les roues d'une voiture embourbée.

Il sonna.

Je le lâchai, sautai par-dessus le comptoir, atterris dans le séjour. Je m'accroupis. Attendis. Pas d'explosion, rien que trois autres sonneries qui firent vibrer le linoléum, puis le silence. Ils attendaient probablement d'entendre ma voix pour presser le bouton rouge. Le portable recommença à émettre sa sonnerie aiguë et angoissante. Il s'écoula apparemment une éternité avant qu'il cesse. Lentement, je m'approchai de la porte en verre, écartai de mes jointures l'un des stores verticaux. Pas de voiture sombre, pas d'hélicoptère dans le ciel, pas de reflet du fusil à lunette d'un tireur embusqué sur le toit d'en face.

J'empoignai le tournevis posé à côté de mon téléphone fixe démonté, fis le tour du comptoir d'un pas hésitant et regardai le Nokia, rassemblant mon courage. Finalement, je le ramassai.

A peine dans ma main, il se remit à sonner, je le laissai de nouveau tomber et basculai en arrière, renversant une boîte de céréales. Dans le V de mes jambes, je fixai le petit appareil hargneux jusqu'à ce qu'il se taise. Puis je cassai sa coque en plastique à coups de tournevis. J'examinai ses entrailles électroniques et le compartiment de la batterie, ne trouvai rien ressemblant à du C4. Les fils s'étaient détachés de la plaquette de circuits imprimés et je contemplai les dégâts, consterné. Je venais probablement de fracasser ma meilleure chance de découvrir ce qui se passait.

L'enveloppe portait mon nom et mon adresse, mais la case réservée à l'expéditeur était vierge. Livraison garantie le jour même, assurait fièrement DHL. J'appelai ses bureaux avec mon portable et, après une coûteuse attente, appris que le paquet avait été déposé au Mailboxes 'n More de Lincoln Avenue, tôt dans la matinée.

Lorsque je m'y présentai, le gérant s'indigna, offusqué à l'idée que j'aie pu imaginer ses affaires assez mauvaises pour qu'il puisse se souvenir d'un client en particulier. Bien entendu, sa comptabilité indiquait que l'expéditeur avait payé en liquide.

Le Mailboxes se trouvait à quelques kilomètres de mon appartement. L'expéditeur avait appelé sur le Nokia juste après qu'il m'avait été livré, ce qui signifiait qu'il m'observait.

De retour chez moi, je descendis le téléphone éventré et le posai sur la pelouse devant mon appartement, près du trottoir pour qu'il soit visible de la fenêtre de ma chambre. Puis je me mis en faction avec une tasse de café soluble et mes jumelles derrière les stores verticaux de ma chambre. Je demeurai assis sur ma chaise jusqu'à en avoir les fesses engourdies. Fenêtres d'en face, voitures garées, passants : rien ne semblait anormal. Un croisement de labrador et de caniche vint renifler la coque du Nokia, la trouva sans intérêt. Un ado arrêta son skate pour examiner l'écheveau de fils et repartit.

A 1 heure de l'après-midi, ma vessie était sur le point d'éclater et la caféine me chamboulait l'estomac. Finalement, une grosse camionnette blanche se gara devant mon immeuble, le chauffeur remonta l'allée. L'ascenseur démarra en bourdonnant.

Quelques instants plus tard, on sonna à ma porte.

Je me levai, le bas du dos et les genoux douloureux. Le même coursier m'adressa le même sourire et me tendit une enveloppe capitonnée identique. Cette fois, je signai *Vil Coyote* et le remerciai.

L'enveloppe contenait un Nokia transparent, un modèle pour jeunes révélant l'intérieur de l'appareil. Je me sentis compris.

Il sonna quelques secondes plus tard, j'appuyai sur le bouton vert.

— Allô ?

Une voix bourrue que je ne reconnus pas déclara :

— J'ai quelque chose que vous cherchez. Rendez-vous au Hyatt de Sunset, West Hollywood. A 19 heures. Venez seul. Ne soyez pas en avance. Ne prévenez personne, je vous observe. Vous avez bien tout noté ?

— Oui. Vous êtes la personne qui m'a pris en photo…

— A 19 heures, répéta-t-il.

La ligne devint silencieuse.

22

Emily ouvrit la porte et posa sur moi un regard renfrogné.

— On a déjà donné, grommela-t-elle.

— Callie est là ?

Elle indiqua la plaque en bronze vissée au mur : *Interdit aux démarcheurs.*

— Où est Callie ?

— Désolée, on a fait le plein de drame pour la semaine.

Devant l'insistance de mon regard, elle finit par lâcher :

— A son boulot.

Je fus surpris.

— Où est-ce qu'elle travaille ?

— A la galerie.

— Et toi, pourquoi tu es à la maison ?

— Conférence sur la drogue au bahut. Pour nous apprendre à « dire simplement non ». Comme je sais déjà parfaitement le faire, j'ai pensé que je pouvais sécher.

— J'ai besoin de prendre quelque chose dans le grenier.

Emily écarta les bras comme pour entamer une aria. Son pull marron bouffé aux mites avait des manches déformées qui transformèrent ses bras en ailes. Elle s'éclaircit la voix, accorda son instrument.

— *Noooon.* Hein, je vous l'avais dit.

— Pourquoi non ?

— Mon père m'a interdit de vous laisser entrer si vous reveniez.

— Ecoute, j'ai juste besoin de regarder dans les caisses. Ensuite, je te fiche la paix.

— Offre tentante.

Elle réfléchit un moment, me fit signe d'entrer.

Dans l'escalier, elle se retourna pour me demander, par-dessus son épaule :

— Ça vous faisait quoi, d'être parti pour toujours ?

— La situation était plutôt... bizarre.

— Géniale, moi je dirais.

— Géniale... Sept lettres, douze points.

Elle eut un sourire dédaigneux.

— Huit. Cinquante-huit avec le bonus si vous placez sept lettres d'un coup.

— C'est si moche que ça, vivre ici ?

— J'aimais bien mon ancien collège. Mes copines. Ma maison. Rien que moi et mon père. Votre mère est salement coincée, question ménage. Et ils sont tellement... *dégueu*, tous les deux. Toujours à se bécoter. Qui a envie de voir ça ?

Pas moi.

Dans le couloir du premier étage, elle me montra la trappe et disparut dans sa chambre. Il me fallut un moment pour me ressaisir, j'étais encore nerveux après la conversation sur le Nokia. L'expéditeur mystérieux me l'avait envoyé d'un autre endroit et avait de nouveau payé en liquide. Personne ne se souvenait de lui. Les deux appareils avaient des cartes prépayées qui ne livraient aucun renseignement. Le type à qui j'avais affaire connaissait la musique.

Je montai au grenier et, clignant des yeux dans la faible lumière, je doutai d'abord de ce que je vis. Les caisses contenant les affaires de Frank avaient disparu. J'inspectai quand même les lieux, au cas où on les aurait poussées derrière une poutre ou de l'autre côté du climatiseur. Abasourdi, je regardais autour de moi comme si elles allaient finir par réapparaître. Qui, bon Dieu, caché dans l'ombre, semait des photos révélatrices, parlait mystérieusement sur des téléphones livrés par coursier et subtilisait des caisses dans un grenier ?

Admettant enfin la réalité, je redescendis et frappai à la porte de la chambre d'Emily.

— Quoi ?

— Je peux entrer ?

— Ouais.

Etendue sur le ventre, elle jouait aux Envahisseurs de l'Espace sur une console qui devait contenir un millier d'autres jeux rétro.

— Tu sais où sont passées les caisses qui étaient dans le grenier ?

— Oui, je suis à la trace toutes les vieilleries de ma marâtre. Attendez que j'allume l'écran de mon GPS, on va les pister en temps réel...

— C'est important, insistai-je.

Comme elle m'ignorait, je traversai la pièce et débranchai la console.

— Connard !

Les larmes aux yeux, elle semblait sincèrement blessée : j'avais trompé sa confiance après qu'elle m'avait fait une faveur en me laissant entrer. J'avais connu ça. Comment Frank faisait-il pour toujours savoir comment se comporter avec moi ?

— Je m'excuse, je n'aurais pas dû faire ça, plaidai-je. Je sais ce que c'est, se retrouver déraciné...

— Vous ne savez rien du tout ! Epargnez-moi ces conneries !

— Em, j'ai besoin de savoir si quelqu'un est venu prendre ces caisses. Ce n'est pas un jeu. Vous pourriez être en danger, toi, ton père et Callie.

Elle scruta longuement mon visage et dit finalement :

— Je suis pas au courant, pour ces caisses. Je vous le jure. Quelqu'un a pu passer les prendre ce matin quand j'étais en cours et que mon père et Callie bossaient.

— Je veux que tu fermes portes et fenêtres après mon départ, d'accord ? J'ai quelque chose à vérifier, je repasserai ce soir pour en discuter avec ton père et Callie.

Elle se redressa, tira nerveusement le bas de ses manches sur ses poings.

— OK.

— Promets-moi de tout fermer à clef. Je vais te donner le numéro de mon portable...

— J'ai celui de mon père. Il est flic. Tout le contraire de vous.

Emily me suivit en bas et ferma la porte derrière moi. J'attendis sur le perron d'entendre le claquement métallique du verrou. Rien. J'attendis encore. Je revenais sur mes pas pour presser la sonnette quand Emily me cria, à travers la porte :

— Je rigolais !

Et elle ferma au verrou.

J'arrivai à temps à la salle de gym pour mon cours d'aïkido. J'aime l'aïkido parce qu'il ne consiste pas essentiellement à frapper du poing ou du pied, offensive grossière. Il vous apprend plutôt à retourner l'énergie et l'élan de votre adversaire contre lui. Le pas sur le côté, l'articulation bloquée, la prise qui déséquilibre l'assaillant et l'expédie à terre. J'avais les connaissances et les réflexes pour ça, mais ils ne m'avaient pas servi à grand-chose, la veille.

Je courus ensuite sur le tapis roulant en espérant que tous ces efforts m'éclairciraient les idées et sépareraient les particules d'or de la vase. Mes soucis me poursuivirent cependant jusque-là, par le truchement du téléviseur fixé au mur. Un texte par endroits mal orthographié défilait en bas de l'image, donnant les derniers sondages. Le président Bilton était encore à la traîne, mais il refaisait son retard. Son colistier, Ted Appleton, un fermier de Pennsylvanie dur à l'ouvrage, était presque aussi insipide que Bilton. Mais il avait les mêmes qualités de vieux renard – l'esquive, le petit rire dédaigneux, les insinuations désobligeantes – qui finissent par venir à bout des électeurs débordés, comme la lycéenne qui, harcelée au bal de fin d'année, finit par ne plus trouver d'excuses pour refuser de coucher. En regardant Bilton et Appleton saluer de la main des gradins noirs de monde en Virginie-Occidentale, je fus frappé par leur autosatisfaction. Même pour l'indifférent que j'étais, l'énergie de Caruthers semblait un antidote crédible.

Je me douchai puis m'habillai devant mon casier, ignorant ces types qui adorent se balader nus et feindre que personne n'y prête attention parce qu'on est tous des adultes parfaitement mûrs.

Sur le parking du toit en terrasse, je fis pépier ma télécommande d'ouverture des portières et grimpai dans mon pick-up. Avant que j'aie pu insérer la clef de contact, la portière s'ouvrit côté passager et Wydell monta. Il tenait sur son genou un bloc-notes sur lequel il avait écrit : *Ne dites rien. Il y a un micro dans votre véhicule.*

— Je suppose que vous vous demandez pourquoi un agent spécial prend la peine de venir vous voir personnellement, attaqua-t-il.

Je le fixai en silence et il eut un geste impatient.

— Ce que je me demande surtout, c'est pourquoi vous me harcelez, répliquai-je, en écrivant sur le bloc : *Qui l'a posé ?*

Il approuva de la tête et reprit en griffonnant :

— Vous nous avez rendu un service il y a trois jours et j'aimerais m'acquitter de cette dette avant que la partie commence pour de bon.

Il inclina le bloc vers moi : *Nous. Ce matin.*

— Je suis prêt, dis-je. J'ai failli jouer dans une équipe universitaire.

Alors, pourquoi me prévenir ?

Wydell se gratta le nez au-dessus de l'endroit où l'arête déviait vers la gauche. Un bouton de manchette en or étincela.

— Vous auriez pu devenir un champion. Mais ça, c'était il y a longtemps.

Problème. Taupe dans le service.

— Vous êtes venu pour jouer au psy de chaîne télé ou vous avez quelque chose d'utile à me dire ?

J'écrivis *Qui ?*, soulignai deux fois.

— On nous a informés que vous vous mêliez d'affaires liées à l'incident de San Onofre. C'est vrai ?

Il me tendit sa réponse : *Sais pas. Gros coup en préparation. Réponses bientôt.*

— Absolument pas. Je croyais les types des services de renseignement plus perspicaces.

Taupe pour qui ?

— Pour quelqu'un d'indifférent, vous ouvrez beaucoup de vieilles portes...

Suis pas sûr.

— Avoir failli claquer dans une explosion nucléaire, ça aide à changer de point de vue.

Tout le Secret Service contaminé ?

— Vous ne fourrez pas votre nez là où vous ne devriez pas ?

Ampleur des dégâts inconnue.

— Ça ne vous regarde pas, mais non.

Sever est mouillé ?

— Eh bien, continuez comme ça.

Je ne peux pas vous protéger. Restez à l'écart.

Il fourra le bloc-notes sous son bras, descendit et claqua la portière. Je le suivis des yeux jusqu'à ce qu'il disparaisse dans la pénombre.

23

Après quarante minutes exaspérantes dans les embouteillages de Sunset, je m'arrêtai devant le Hyatt un poil avant 19 heures. Je confiai mon pick-up au voiturier et promenai le regard sur la partie branchée du boulevard. A côté, les gens faisaient déjà la queue pour entrer au Comedy Store ; en face, des femmes sveltes en robe à bretelles oscillaient sur leurs hauts talons en entrant au SkyBar et riaient dans des portables trop petits pour être visibles.

Après la gym, j'étais retourné au magasin de matériel de surveillance acheter un magnétomètre, un peu troublé par l'ampleur que prenait mon arsenal de parano. J'avais passé la baguette de l'appareil sur mon pick-up comme j'avais vu Frank le faire si souvent et j'avais trouvé, derrière mon rétroviseur, l'émetteur numérique dont Wydell m'avait signalé la présence. Je l'avais fixé au compartiment roue de secours d'un voisin irascible qui passait son temps à se plaindre de tout et de rien.

Le Hyatt avait été rénové dans le style de son environnement tendance. Je traversai d'un pas rapide le hall chic, gravis le large escalier conduisant à la mezzanine. Je sentais la tension monter en moi et me donner des picotements sur la peau. J'entrai dans les toilettes, baissai la tête pour m'asperger le visage au lavabo. Près du distributeur de serviettes en papier, une pancarte priait les ouvriers de se laver les mains. Elle était rédigée uniquement en espagnol, ce que je trouvai méprisant.

A l'extrémité gauche de la mezzanine, un carton posé sur un chevalet annonçait : *Opaque, une façon de dîner unique.* Plusieurs couples élégamment vêtus bavardaient sur des canapés modernes, mais personne ne semblait m'attendre. Des photos d'art en noir et blanc de Los Angeles ponctuaient la surface des murs.

Je m'approchai du pupitre où, près d'un plateau en inox, une autre pancarte invitait à « déposer ici les téléphones portables », ce qu'un certain nombre de clients avaient fait. Un homme au menton orné d'un bouc blond leva les yeux du registre des réservations.

— Bonsoir, je suis Nick Horrigan, je ne sais pas si...

— Oui, c'est réservé, confirma-t-il avec un accent allemand, ou suisse allemand. Jocelyn va vous guider jusqu'à votre table.

— Me guider ?

Une Noire corpulente s'avança en effleurant le mur de la main. Quand elle fut à proximité, je compris à son regard vide qu'elle était aveugle. Le maître d'hôtel prit ma main et celle de la femme, les unit comme pour une cérémonie New Age. Jocelyn me fit lever le bras et posa ma main sur son épaule puis se tourna et commença à marcher.

— Comment ça va, monsieur ? s'enquit-elle.

— Je suis un peu dérouté...

Je passai à sa suite derrière un épais rideau de velours, empruntai un couloir étroit non éclairé fait d'autres rideaux montant jusqu'au plafond. Derrière nous, le velours retombait en place avec un murmure, nous enfermant dans une obscurité totale.

Pas de sorties visibles, aucune issue. Mon pire cauchemar.

Le front couvert de sueur, je me demandai si je ne devais pas battre en retraite. Mon inquiétude croissait à chaque pas. Nous franchîmes un autre rideau pour pénétrer dans un espace qui semblait plus vaste. Mes sens en alerte captèrent des rires étouffés, des tintements de verres, une odeur de viande rôtie.

Je m'étais fourré dans une expérience dînatoire conceptuelle, un truc toujours à la mode à LA. Le genre de conneries qu'on invente pour justifier des cocktails à vingt dollars : tables reposant sur un aquarium géant, toasts au scorpion servis à cent mètres des pistes d'atterrissage privées de l'aéroport de Santa Monica. Et maintenant, l'obscurité. Dans cette salle, on aurait pu égorger quelqu'un devant un verre de syrah sans troubler l'atmosphère.

— Ça en vaut la peine, argua Jocelyn, se méprenant sur mon appréhension apparemment perceptible. C'est un concept importé de Suisse. On dit que c'est incroyable, l'effet que ça a sur vos papilles.

Elle me tira par le bras et nous avançâmes lentement, sans doute le long de tables invisibles.

— Si vous avez besoin de quelque chose, vous m'appelez, dit-elle. Jocelyn, d'accord ? Pour aller aux toilettes, par exemple. Donnez-moi votre main. Là, vous sentez ? C'est le bord de votre table. Et là, votre chaise. Vous trouverez un verre à votre droite. Vous l'avez ? Pain et salade devant vous. Beurre dans le ravier.

Elle me laissa.

Petite table. Pour deux. Je m'installai à tâtons en fixant le noir. Je n'aurais pas vu le canon d'un pistolet à dix centimètres de mon nez. Courant d'air conditionné. Cliquetis de verre brisé. Derrière moi, un homme s'esclaffa :

— Je me suis beurré le pouce !

Je tentai de *lire* l'air. Quelqu'un était assis en face de moi.

J'entendis un bourdonnement de lunettes à vision nocturne et mon cœur sauta un battement. Me savoir épié alors que j'étais aveugle portait mon inquiétude à de nouveaux sommets. J'éprouvai l'envie curieuse de me couvrir le visage et je me raidis, prêt à recevoir... un regard, une balle, un coup sur le nez ?

— Ne craignez rien, dit une voix d'homme, je ne vous ferai aucun mal.

Une voix forte mais tendue. Rendue rauque par la fumée de cigarette. Il devait être plus âgé que moi, pas de beaucoup. Avant que j'aie le temps de poser la moindre question, il suggéra :

— Mangez donc, je vous en prie. C'est vraiment étonnant.

Les odeurs flottant autour de moi me paraissaient particulièrement distinctes. Naturellement, je n'avais rien avalé de la journée. Je détachai un morceau de petit pain. Moelleux, chaud, arrière-goût d'anis. Absolument incroyable.

— OK, dis-je. Pas la peine que je vous demande qui vous êtes, mais comment dois-je vous appeler ?

— Gorge Peu Profonde, répondit-il avec un petit rire. Non, appelez-moi... la Voix dans le Noir.

— Vous êtes un compagnon de table qui aime bien contrôler la situation.

J'entendis un clic, le bruit d'un objet posé sur la table.

— Générateur de bruit rose, devinai-je. Vous pensez que j'ai un micro sur moi.

— Vous, la table, les murs.

— Les murs ?

Je plongeai ma fourchette dans la salade mais quand je la portai à ma bouche les dents n'avaient rien retenu. J'utilisai mes doigts, ce qui curieusement donna meilleur goût à ce que je mangeais. Des légumes verts primeur avec des quartiers de poire et du bleu. Je poursuivis un cerneau de noix dans mon assiette.

— Quand on parle, on envoie des ondes qui ricochent contre les murs, expliqua l'inconnu. Les Russes ont trouvé le moyen d'incruster dans le béton des cristaux que ces ondes font osciller et qui envoient des signaux à cent cinquante mètres. Ce n'est pas bidon, ils en avaient mis dans les murs des ambassades américaines à Moscou et à Bruxelles.

Quelqu'un s'approcha. J'entendis de nouveau le bourdonnement puis la Voix déclara :

— Mon invité est pressé.

— J'apporte la suite dès que ce sera prêt, répondit Jocelyn.

Elle se pencha vers moi.

— Vous avez fini votre salade ? Très bien. Je vais tendre le bras par-dessus votre épaule. Voilà, ne bougez plus.

Elle se retira, revint quelques instants plus tard.

— Attention, c'est chaud...

Elle posa quelque chose devant moi puis parvint miraculeusement à remplir nos verres.

Une odeur chaude de steak monta à mon visage. Je palpai au hasard dans mon assiette et mes doigts m'apprirent que le filet de bœuf était enveloppé de quelque chose. De pancetta, peut-être. Je coupai avec un couteau puis déchirai de mes mains, glissai un morceau entre mes lèvres. L'exercice m'avait donné une faim de loup. En mastiquant, je songeai que si j'étais encore effrayé je ne serais pas en train de manger. Malgré le cadre inquiétant, l'homme ne semblait pas menaçant, simplement ferme et concis.

— Je veux mon argent, dit-il.

— Je croyais que c'était vous qui deviez me donner ce que je cherche.

— Vous en avez déjà une partie.

— Une partie de quoi ?

— De ce qu'il voulait vous donner.

— Charlie ?

— Alors, vous connaissez son nom.

— Son prénom, seulement. C'est quoi, son nom de famille ?

Ma main se porta instinctivement à ma joue entaillée par l'explosion. Prenant conscience que la Voix pouvait me voir, je laissai mon bras retomber.

— Peu importe. Vous avez trouvé la boîte postale ?

Je cessai de mâcher.

— Oui. J'ai aussi les photos. Qu'est-ce qui vous a mis sur ma piste ?

— Je savais où était la planque de Charlie, je vous y ai attendu. C'était le premier endroit où vous iriez logiquement fouiner. Après vous avoir observé, j'ai compris que vous aviez besoin de mon aide.

— Mais vous ne saviez pas où Charlie avait caché l'argent. Vous m'avez vu sortir de chez lui avec le sac à dos. C'est pour ça que vous vous êtes introduit la nuit dernière dans mon appartement. Pour prendre l'argent.

— Mon argent.

— Vous aviez donné cet argent à Charlie ?

— Non. Il devait me le donner.

— C'était donc bien vous, hier soir, chez moi.

— Je ne voulais pas vous faire mal.

— Vous ne m'avez pas fait mal, vous m'avez mis en rogne.

— J'ai voulu vous aider. La boîte postale contenait ce que vous cherchiez ?

— Vous n'avez pas regardé ?

— Je n'avais pas la clef.

— Vous auriez pu me la demander.

— Je m'en fous, de la clef. Je veux l'argent.

— D'accord. Tout ce qu'il y avait dans la boîte postale...

— Ne le dites pas !

Autour de nous, les conversations cessèrent puis reprirent lentement. Au bout d'un moment, la Voix murmura :

— Tout ce qui va avec cette clef, je n'en veux pas.

Je repoussai mon assiette, me renversai sur le dossier de ma chaise. Jocelyn revint dans les parages.

— Tout se passe bien ? voulut-elle savoir.

— Très bien, merci.

Elle débarrassa et m'apporta une autre assiette. Je demeurai les bras croisés jusqu'à ce que la curiosité prenne le dessus, tâtai le contenu de l'assiette, me léchai les doigts. Profiteroles. Avec, sur le côté, quelque chose d'humide et de ferme que j'extirpai de la sauce. Explosion de fraise. Je me dis qu'il faudrait que je revienne avec Induma si j'en avais l'occasion. Tant de sorties avec elle que j'avais organisées dans ma tête depuis notre séparation. Tous ces fantasmes de réconciliation qui ne m'avaient jamais conduit à agir. Je découvrais rarement un restaurant, un jardin public, un cinéma d'art et d'essai sans penser que j'aimerais avoir Induma auprès de moi.

Le bruit de la respiration de la Voix ramena mon attention sur la situation présente.

— Je suis prêt à jouer le jeu, déclarai-je. C'est quoi, l'autre partie de ce que Charlie voulait me donner ?

— Vous avez une clef. Il y en a une autre.

— Une autre clef, d'accord, marmonnai-je avec irritation. On arrête de parler de clefs ou de fric jusqu'à ce que je sache en quoi vous êtes mêlé à cette histoire.

— Je connaissais Charlie.

— Vous l'avez connu comment ? En essayant de le descendre ? Vous êtes son frère jumeau ?

— J'ai une dette envers lui. Vous savez ce que c'est, avoir une dette envers un mort ? rétorqua-t-il, la voix tremblante d'émotion.

— Vous êtes son fils.

— Vous n'êtes pas aussi malin que vous le pensez.

— Je ne me trouve pas particulièrement malin.

— Charlie avait beaucoup de respect pour Caruthers, dit-il. Il voulait l'aider. Il détenait quelque chose dont Caruthers avait besoin pour sa campagne.

Caruthers… Entendre ce nom ranima mon inquiétude.

— La seule erreur de Charlie… poursuivit-il.

— Oui ?

— C'est d'avoir cru qu'il pourrait l'échanger contre de l'argent.

— Deux cent mille dollars, peut-être ?

— Ou quatre cent mille. La moitié d'avance, le reste après. Mais il n'y a pas eu d'après.

— Chantage, commentai-je.

— Certains appelleraient ça comme ça, je suppose.

— Donc Caruthers l'a payé en partie puis il a employé la manière forte.

— Je ne sais pas qui a payé. Je ne sais pas de quoi il s'agissait. Mais Charlie a reçu l'argent. Et on l'a liquidé.

Apparemment, Charlie lui avait livré une version de l'affaire, mais était-elle vraie ? La Voix ne voulait pas entendre parler de ce qui allait avec la clef, il était resté à l'écart de la réalité, ce qui rendait difficile de distinguer entre faits avérés et suppositions dans ce qu'il disait. Tout pointait néanmoins vers Caruthers, et donc vers Frank. J'avais la bouche sèche.

— En quoi Frank Durant était-il impliqué dans cette histoire ? demandai-je.

— Frank Durant ? Aucune idée. Je sais seulement que Charlie et lui se connaissaient depuis longtemps. Ils s'entendaient comme larrons en foire, ces deux-là.

Le choix des mots ne semblait pas fortuit. Je m'efforçai de garder un visage impassible face aux lunettes à vision nocturne. Apparemment, la Voix ne remarqua pas mon trouble et poursuivit :

— Au départ, Charlie faisait ça pour moi, mais une autre motivation est apparue : rendre publique cette chose qui était en sa possession.

— Sa conscience ne s'est éveillée qu'après qu'il s'est fait rouler par les trésoriers payeurs de Caruthers, fis-je observer d'un ton sarcastique. Et vous, vous ne cherchez pas à achever ce qu'il a commencé ?

— Je ne peux pas. Je ne peux pas me montrer. Ce serait trop risqué pour moi. Tout... tout est de ma faute.

— Pourquoi sont-ils après vous ?

Pas de réponse.

— Parce que vous avez cette autre chose ? insistai-je.

— Non, je n'ai que la clef. Il y a une autre boîte postale, une autre preuve. Charlie avait deux cachettes séparées, pour plus de sûreté. Mais on n'est jamais en sûreté, avec ces types-là.

— Comment je fais pour avoir la clef ?

— On échange, répondit-il. L'argent contre la clef.

— Quand ?

— Bientôt. Je devais d'abord m'assurer que vous êtes digne de confiance.

— Et qu'en pensez-vous ?

— Vous l'êtes.

— Comment on peut vous joindre ?

— On ne peut pas.

Jocelyn revint.

— Vous avez fini votre dessert ?

J'attendis patiemment qu'elle débarrasse en fredonnant.

— Je vous apporte un café tout de suite, dit-elle.

Quand ses pas se furent éloignés, je repris :

— Comment on fait, la Voix ?... La Voix ?

J'étais seul, je parlais au vide.

24

Adossé au fond de la cabine de l'ascenseur, je passai en revue dans ma tête les propos ambigus et les demi-réponses que j'avais obtenus de la Voix. Pour chaque question que j'avais rayée de ma liste, quatre autres avaient surgi. Après que Jocelyn m'eut sorti des ténèbres, j'avais interrogé le personnel sur mon énigmatique compagnon de table. Naturellement, personne n'avait vu quoi que ce soit – la serveuse aveugle avait au moins une excuse –, mais le maître d'hôtel barbichu eut une expression dédaigneuse qui me fit sentir qu'il pratiquait la discrétion suisse.

Les portes s'ouvrirent en tintant et je m'avançai dans le couloir. Kim Kendall se tenait près de ma porte, les épaules contre le mur, le corps décrivant un arc. Ses tresses hippies oscillèrent quand elle inclina la tête pour me considérer. Ses lèvres pleines, dont la minceur du visage accentuait la sensualité, s'écartèrent pour annoncer :

— Elle laisse tomber. La femme du SDF. Wendell Alton. Comment vous l'appelez, déjà ?

— Homer, dis-je en m'approchant.

— C'est ça. Homer. J'ai tenu à vous mettre au courant, vous aviez l'air de vous en faire pour lui, Nick.

— Comment savez-vous mon nom ?

— Je bosse pour un privé, rappelez-vous. J'ai forcément cherché à mettre un nom sur le visage du type qui se montre aussi charitable avec Homer.

— Ce n'est pas de la charité.

Quand je glissai ma clef dans la serrure, Kendall posa une main sur mon bras.

— Vous pourriez au moins vous montrer flatté que je sois revenue.

Elle s'écarta du mur et, me prenant par surprise, m'embrassa sur la joue. Ses lèvres étaient aussi agréables que je l'avais imaginé. Leur effet fut sans doute accentué par mon soulagement de me remettre à faire des choses normales après avoir pourchassé des barbouzes, reçu un coup de téléphone du Président, dîné dans le noir absolu.

— Il faut faire quoi pour être invitée ?

J'ouvris les verrous et nous entrâmes. Elle regarda autour d'elle et s'exclama :

— Qu'est-ce qui s'est passé ?

— Une visite du Diable de Tasmanie.

Elle alla droit à la chambre, s'étendit sur le matelas, appuya sa tête sur son poing et me regarda. La ceinture de son jean avait glissé sur une hanche pâle, révélant le côté de son string.

— Je vous ai apporté quelque chose…

Elle tira de sa poche un collier : les trois petits singes chinois, sculptés dans du buis, pendaient à une cordelette noire.

— J'ai vu ça dans Melrose, j'ai pensé que c'était tout à fait indiqué, comme cadeau. Pour ne pas m'avoir dénoncée.

Je l'accrochai à ma main.

— C'est sympa. Merci.

— Voyons ce que ça fait sur vous...

Elle le passa autour de mon cou. De près, ses yeux verts translucides étaient piquetés de paillettes orange.

— Je vais me regarder dans la glace, dis-je.

J'allai dans la salle de bains, fermai la porte. Je pris ma bombe de crème à raser et posai le collier par terre, tendis le bras vers la cuvette et refermai brutalement le couvercle au moment où j'abattais la bombe sur les trois singes. Je fouillai dans les éclats de bois, trouvai le petit micro argenté, gros comme la moitié d'une gélule de Tylenol.

— Ça me va vraiment bien ! criai-je.

Je fourrai les débris dans ma poche et ressortis, me dirigeai vers la porte d'entrée en disant :

— Kim, je viens de me rappeler que j'ai garé mon pick-up du mauvais côté de la rue. On nettoie la chaussée demain matin à 7 heures. Je reviens tout de suite.

Je présumais qu'elle sauterait sur l'occasion de fouiner dans l'appartement. Le fric et la liste de chiffres étaient cachés dans la cuisine et si je faisais vite, elle n'aurait sans doute pas le temps de sortir de la chambre.

Une fois dans le couloir, je balançai le micro dans le vide-ordures, frappai à la porte d'Evelyn. Elle vint ouvrir, le *New York Times* à la main, plié juste au-dessus de la grille de mots croisés.

— « Peu soigné » en neuf lettres ?

— Evey, j'ai encore oublié mes clefs. Je peux passer par votre balcon ?

Soupir affligé.

— Tu sais que ça me fait peur, Nick.

— Eldy ne sera pas là avant lundi avec son passe, fis-je valoir.

— D'accord, mais je ne regarde pas. Fais attention.

Je la remerciai, allai sur son balcon, passai non sur le mien mais sur celui de l'appartement inoccupé. Je traversai le séjour vide, pénétrai dans la chambre. L'oreiller, la couverture et le sac de Kendall étaient toujours là. La salle de bains sentait le révélateur. J'allumai la lumière. Mon visage, partout. Accroché à la tige de la douche, scotché aux carreaux, suspendu à la corde à linge au-dessus de la baignoire. Certaines des photos étaient encore humides. Kendall m'avait pris en train de déposer le Nokia démantibulé sur la pelouse. De passer la baguette du magnétomètre autour de mon pick-up. De détacher le micro du rétroviseur.

Je rassemblai le tout et retournai dans le couloir, ouvris doucement la porte de mon appartement. Comme je l'avais espéré, Kim Kendall était encore dans la chambre, je l'entendis remuer sur le matelas.

— Ça n'a pas été long, fit-elle remarquer.

J'entrai dans la pièce, jetai sur le lit les photos puis le collier en miettes.

— Merde, lâcha-t-elle en se redressant vivement.

On frappa à la porte et Evelyn s'avança dans le séjour avec son journal. Pour une fois, je n'avais pas fermé à clef derrière moi. Elle inclina ses lunettes, jeta un coup d'œil dans la chambre.

— « Débraillé » ! s'exclama-t-elle d'un ton triomphant. Tu es revenu en un seul morceau ?

— Oui. Merci.

— Il y a quelqu'un avec toi ?

— Ce n'est pas le bon moment, répondis-je. Vraiment pas.

Evelyn hocha la tête et se retira. Je me tournai vers Kendall, qui fixait les photos étalées sur le lit, l'air mal à l'aise.

— On se connaît ? lui lançai-je. Tu as quelque chose contre moi ?

— Non. J'ai été payée. Pour te surveiller.

— Par qui ?

— J'en sais rien.

Devant mon expression, elle enchaîna aussitôt :

— Je te le jure. Vraiment, je m'en veux.

— Tu es vraiment trop mignonne.

— Je comprends que tu sois à cran, mais il ne faut pas que ce mec sache que tu m'as piégée. Il avait l'air dangereux. Je ne t'ai pas menti, je fais de la photo d'art. De temps en temps, je prends des petits boulots pour un privé. Mais jamais comme celui-là. Il me fait flipper, ce type.

— Dis-moi ce que tu sais.

Elle prit une longue inspiration, contempla le plafond, expira.

— Comme j'étais fauchée, j'ai mis une annonce sur un site web. Quelqu'un cherchait une photographe – fallait que ce soit une femme – de mon âge environ. Le type m'a donné rendez-vous le soir même sur une petite route proche de Runyon Canyon. Je devais me garer, arrêter le moteur et éteindre mes feux, déverrouiller les portières, modifier l'angle des rétroviseurs et attendre. Ce que j'ai fait. Il avait vingt minutes de retard. Il m'observait sûrement, pour s'assurer que j'étais bien seule. J'allais repartir quand il est monté à l'arrière. Il m'a donné ton nom, ton adresse, il a dit qu'il voulait que je te file, que je prenne des photos de toi. De près. Il savait que l'appart était en cours de rénovation et il a demandé à quelqu'un de le louer en l'état pour quelques semaines. Je devais me laisser repérer par toi puis te montrer les photos du clodo. Pour gagner ta confiance. Il a laissé de la thune et le collier sur la banquette arrière. Beaucoup de thune. En précisant que le collier, ce serait pour plus tard. Finalement, il m'a demandé d'attendre cinq minutes avant de partir et il est descendu de la voiture.

— L'argent, c'était des billets de cent, avec un ruban ?

— Non. Des billets de vingt. Usagés. Ils ne sortaient pas de la banque.

— Il a quel âge, d'après toi ?

— Je l'ai pas vu, mais à sa voix, je dirais qu'il est plus vieux que moi. Plus vieux que toi, aussi.

— Une voix de fumeur ?

— Non, une voix claire. Un ton calme. Trop calme.

Ses yeux s'embuèrent et elle battit des paupières.

— Tout ce que je veux, c'est retrouver ma petite vie idiote.

Moi, je voulais foutre le camp de mon appartement, mais si je le faisais, la Voix ne saurait plus où me trouver et je n'aurais plus aucune chance de mettre la main sur cette deuxième clef de boîte postale. S'il y avait bien une deuxième clef. J'avais tout misé sur un seul coup de dé, je ne pouvais pas quitter la table sans rien emporter.

— Comment tu communiques avec lui ?

— J'ai un numéro de bipeur. Si je rentre le numéro de l'endroit où je me trouve et que je tape 1 après, il me rappelle. C'est ce que j'ai fait à chaque fois jusqu'ici. Si je tape 2, ça veut dire que je déposerai quelque chose dans notre boîte aux lettres.

— Qui se trouve où ?

— Dans Echo Park. Il y a une poubelle près d'un marchand de bretzels sur la rive nord du lac. Je suis censée scotcher les photos sous le couvercle. Mais uniquement si je te prends en compagnie d'autres personnes. Pour le reste, il s'est contenté d'un rapport au téléphone.

Je trouvai une feuille de papier dans un tiroir, un stylo sur ma table de nuit.

— Ecris le numéro du bipeur.

Elle me regarda.

— Tu ne lui diras rien, d'accord ?

— Ecris, répétai-je.

Elle nota le numéro. Prenant exemple sur Wydell, je lui dis :

— Faisons comme si je te croyais. Tu as raison d'avoir peur : tu ne sais même pas pour qui cet homme travaille. Il y a déjà eu des morts.

Kendall blêmit.

— Il y a autre chose que tu pourrais me dire ? demandai-je.

Comme elle détournait les yeux, j'insistai :

— Quoi ?

— Je ne sais pas si c'est important... Une fois, j'ai appelé le bipeur d'une cabine et après, j'ai tapé le 4 par erreur au lieu du 1. J'avais à peine raccroché que le téléphone a sonné. Avant même que j'ouvre la bouche, le type a dit : « Le Parrain est avec le Loriot, tout va bien. »

Le Loriot. Le nom de code de Caruthers à l'époque où Frank travaillait avec l'équipe qui assurait sa protection.

Les informations fournies par la Voix, quoique partielles, pointaient dans la direction du sénateur et la phrase que Kendall avait entendue par hasard semblait indiquer que Caruthers était impliqué. Je réfléchis. Est-ce que le tuyau ne tombait pas un peu trop bien ? Qui était le Parrain ? Le nom de code semblait transparent s'il s'agissait de désigner un truand, et le message lâché « par hasard » pouvait être de l'intox. Les noms de code n'étaient pas classés top secret, ils étaient assez faciles à trouver et généralement explicites, le plus souvent une plaisanterie sur une particularité du sujet. Tout le monde savait par exemple que celui de Reagan était *Rawhide*, « cuir brut ». Lorsque le Secret Service assura la protection du pape en 1987, la presse révéla même que son nom de code était *Halo*.

— Ce sont les termes exacts ? demandai-je.

— Non. Mais quelque chose comme ça. Et pour les noms de code, je suis certaine.

— Qu'est-ce que tu as dit ?

— Rien. Je flippais. Le Parrain, hein ? J'ai raccroché. Je savais que j'étais pas censée entendre ça. Il a rappelé. Le téléphone a sonné longtemps. J'ai eu tellement peur que je me suis débinée. J'ai failli renverser quelqu'un en sortant de la cabine.

Je la dévisageai. Mon instinct me soufflait de la croire, mais ils avaient pu la manipuler pour me berner.

— Attends jusqu'à demain et appelle son bipeur, lui dis-je. Explique-lui que tu m'as donné le collier mais que je l'ai laissé dans mon pick-up quand je suis descendu changer de place de stationnement. Tu m'as suivi jusqu'à la plage mais je t'ai semée en route. Tu m'as cherché un moment puis tu as décidé de retourner à ta planque pour la nuit. En arrivant, tu as découvert que j'y avais pénétré, que j'avais fouillé dans tes affaires et peut-être pris le numéro de son bipeur, que tu gardais écrit au dos d'une carte dans ton sac.

— Et s'il est vraiment mécontent de moi ?

— Tu ne sais rien. Tu lui es aussi inutile vivante que morte.

— Merci.

— Si tu me doubles, je m'arrangerai pour qu'il sache que tu m'as tout raconté.

La peur que je lus dans ses yeux me confirma qu'elle m'avait dit la vérité, du moins en partie.

Je lui tendis la main, elle la serra.

Ne te fie à personne.

Les troncs sombres des palmiers hachuraient la lumière lointaine du centre-ville comme les barreaux d'une prison. Des lotus flottaient, treillis noir le long des rives du lac. Vers son milieu, la fontaine crachait de l'eau et de la bruine.

Allongé dans un bosquet de buissons piquants, je fis de nouveau passer mes jumelles à vision nocturne sur la poubelle proche du kiosque du marchand de bretzels. Une vente de came se déroulait apparemment près du pont Est, mais ça n'avait rien d'étonnant à Echo Park. Une clocharde étendue au bord du lac sur son ventre rebondi laissait ses cheveux emmêlés tremper dans l'eau. Un jeune Noir passa sur un VTT si petit pour lui que ses genoux montaient jusqu'à sa poitrine quand il pédalait. Hormis un homme âgé qui y avait jeté une canette de limonade, personne ne s'était approché de la poubelle alors que j'avais appelé le bipeur deux heures plus tôt pour signaler un dépôt de photos.

Caché dans la pseudo-brousse, j'attendais pour voir qui s'approcherait nonchalamment et regarderait sous le couvercle de la poubelle. Sever ? L'agent que j'avais rencontré chez Caruthers ? Charlie, de nouveau revenu d'entre les morts ? Ou plus probablement un parfait inconnu comme le mince ?

Je me rappelai que le type avait fait attendre Kim Kendall vingt minutes dans sa voiture au rendez-vous de Runyon Canyon, en restant planqué dans les parages, et une autre des nombreuses règles de Liffman me revint en mémoire : « Quand tu les mates, dis-toi qu'ils sont peut-être aussi en train de te mater. »

J'élargis le rayon de mes recherches pour repérer une éventuelle surveillance. Le parc, auquel mes jumelles donnaient un vert de jeu vidéo, palpitait de vie cachée. Toxicos. Chats errants. Je suivis la berge du lac, examinai de nouveau les traînards de la nuit puis explorai l'ombre entourant les troncs d'arbres et l'escalier.

Lorsque je regardai vers le sud, au-dessus de la digue de béton, je distinguai d'abord mal la forme assise près des buissons au pied de la clôture. L'image devint plus nette et mes mains se crispèrent sur les jumelles.

Un sniper, en partie dissimulé par les branches, m'observait dans sa lunette. Surpris de me voir tourné vers lui, il sursauta, releva la tête. Stupéfait, je découvris le visage du nouveau mari de ma mère.

25

Je passai une main sur ma nuque, la ramenai couverte de sang. Des branches avaient cinglé ma peau quand je m'étais jeté en arrière dans les buissons d'Echo Park. Je m'étais enfui en courant, plié en deux, m'efforçant de mettre les arbres et les affleurements rocheux entre la carabine et moi.

J'attendais maintenant dans l'obscurité près de la grande maison blanche de Callie, guettant des phares de voiture. Ils finirent par trouer la nuit et un Explorer tourna dans l'allée.

J'avais foncé à Pasadena en présumant que Steve passerait au moins un peu de temps à essayer de me retrouver dans le parc. Il ne s'attendrait pas à ce que je file droit au nid du serpent. Pendant le trajet, les ramifications du complot m'étaient apparues et m'avaient sidéré : ils étaient allés jusqu'à donner un mari à Callie pour mieux la surveiller.

Steve gara son gros SUV et en descendit, l'étui de sa carabine à la main. Il portait son pistolet à la hanche, comme je l'espérais. Quand il se dirigea vers la porte, je me glissai derrière lui, m'emparai du Glock et pressai le canon contre sa nuque. Jouissif.

Il lâcha la carabine, leva les mains.

J'entendis à peine ma voix par-dessus le grondement de mon sang dans mes oreilles quand je murmurai :

— Bouge pas.

— Nick ? Tu vas me descendre ?

— Je devrais ?

— Qu'est-ce qui se passe ?

— A toi de me le dire. Emily est là ?

— Elle est chez sa mère. Pourquoi tu...

Il se retourna et je le frappai à la tempe de mon poing serré sur la crosse. Il chancela mais ne tomba pas, se plia, les mains sur les genoux, et toussa. Un crachat atterrit sur l'allée.

— Parce qu'elle ne mérite pas de te voir comme ça, répondis-je.

Je lui fis monter les marches, appuyai sur la sonnette. Il était aussi musclé que dans mon souvenir mais plus lourd. Un petit costaud. Au bout d'un moment, j'entendis des pas, la lumière de la véranda s'alluma. Je cachai l'arme au creux des reins de Steve au cas où Callie regarderait par l'œilleton, mais elle demanda, d'une voix inquiète :

— Qui est là ?

— C'est Nick. Et Steve.

Lorsqu'elle ouvrit la porte, je poussai Steve à l'intérieur et suivis.

— Nick, ça va ? Mais qu'est-ce que tu fais ?

Steve vacilla, s'appuya au mur puis se courba de nouveau et eut un haut-le-cœur. Il s'essuya la bouche.

— Faut que je m'assoie.

Callie se précipita pour le soutenir en me lançant un regard furieux.

— Qu'est-ce que tu lui as fait ?

Nous passâmes dans le salon en une curieuse petite procession et Steve se laissa tomber sur le canapé en se tenant la tête. Inquiet, je braquai le pistolet sur lui pour raffermir ma colère.

— Ton mari pointait une carabine sur ma tête il y a moins d'une demi-heure.

Callie leva une main fermement comme pour arrêter la circulation.

— Attends. Quoi ?

— Nom de Dieu, ça tourne, gémit Steve.

Haletant, je m'excitais au lieu de me calmer :

— Il a engagé une fille pour me surveiller. Je lui ai tendu un piège, je suis arrivé en avance, avec des jumelles à vision nocturne, je l'ai surpris avec une carabine de sniper, prêt à me tirer dessus.

— Non, ce n'est pas vrai, rétorqua Callie.

— Alors, toi aussi, tu es dans le coup ? accusai-je.

J'avais honte de me laisser aller de cette façon, mais j'éprouvais en même temps un étrange soulagement.

Callie me regarda, éberluée.

— Tu perds les pédales, Nick. Tu es encore plus parano que Frank.

Elle allait ajouter quelque chose mais s'arrêta, la bouche entrouverte, et tout son corps se mit à trembler. Elle serra ses bras autour de sa poitrine, se pencha en avant et respira profondément. Puis elle se redressa et me dit :

— Nick. Regarde-moi. Tu dois choisir. Etre sain d'esprit ou paranoïaque. Réfléchis à ce que tu viens de me dire.

— C'est vrai, Callie.

— Qu'est-ce qui est vrai ?

J'enfonçai le canon du Glock dans le cou de Steve, qui tressaillit.

— Il a essayé de me tuer ! criai-je. Il avait une carabine braquée sur ma tête !

— C'est moi qui lui ai demandé de te suivre, Nicky !

— Hein ? Pourquoi ?

— Emily nous a raconté que tu étais passé à la maison. Apparemment, tu t'es fourré dans une sale histoire. J'ai demandé à Steve de veiller sur toi, j'étais inquiète. Tu es mon fils.

— Et il en a déduit qu'il devait m'abattre ?

— Je fais partie de la brigade d'intervention de la police de Los Angeles, dit Steve. Comment on surveille quelqu'un la nuit quand on est de la BI ? Avec une lunette à vision nocturne.

Je me tournai vers lui. Un vaisseau sanguin avait éclaté dans le coin d'un de ses yeux.

— Et tu m'es tombé dessus par hasard ? Dans les buissons d'Echo Park ?

— Non. Je t'ai suivi quand t'es sorti de ton appartement. J'en avais pas trop envie, mais ta mère et Em m'ont persuadé de le faire. Je te surveillais depuis le début. En entrant dans le parc, tu t'es arrêté pour pisser. Si j'avais voulu te supprimer, j'aurais pu le faire n'importe quand.

Y avait-il eu un seul moment durant ces trois derniers jours où je n'avais pas été filé ?

Le doute s'insinua dans mon esprit. Se pouvait-il que Steve m'ait suivi et que nous ayons quitté Echo Park l'un après l'autre avant que le maître manipulateur se pointe ? Je tournai vers Callie un regard implorant.

— Il a aussi pris dans le grenier les affaires de Frank, une photo le reliant à quelqu'un dont les autorités ne veulent pas reconnaître qu'il existe. Tout a disparu.

— Encore une de tes élucubrations, répliqua-t-elle. C'est moi qui ai porté les affaires dans le garage après ton départ. Pour les jeter à la poubelle ou les donner à l'Armée du salut. Elles étaient restées là-haut des années sans que j'y touche. Et puis tu es venu, tu as fait resurgir les vieux fantômes... Je me suis dit qu'il était temps de m'en séparer.

Anéanti, je fixai un moment le Glock puis m'approchai du canapé et le posai près de Steve, qui se tenait encore la tête à deux mains.

— D'autres questions ? grogna-t-il sans me regarder.

— Ouais. Ton crâne, ça va ?

— Pas trop.

— Je vais te chercher de la glace, chéri, dit Callie.

En passant devant moi, elle me jeta un regard mauvais et ajouta :

— Tu peux partir, maintenant.

— J'aimerais rester encore un peu pour être sûr qu'il n'a rien.

— Je vais parfaitement bien, affirma Steve. Maintenant, fous le camp.

— Laisse-moi au moins aller te chercher de l'Advil, proposai-je.

Il grommelait quand Callie revint avec de la glace dans un torchon qu'elle pressa sur la joue et la tempe de son mari.

— Dans l'armoire à pharmacie, en haut, m'informa-t-elle.

Je montai l'escalier, trouvai dans l'armoire le flacon bleu et jaune, et je m'apprêtais à ressortir de la salle de bains quand un dessin accroché au-dessus du porte-serviettes me fit m'arrêter net. Le portrait que Callie avait fait de moi était incroyablement ressemblant. Yeux mélancoliques, peau lisse et jeune. Bouche pleine, plus pensive que maussade, et cependant, ce n'était pas la bouche d'un garçon de dix-sept ans. Avais-je vraiment été comme ça ? Des traces de doigts sur le verre qui protégeait le dessin indiquaient l'endroit où quelqu'un – Callie – touchait de temps en temps mon visage. Comment pouvait-elle garder ce portrait ? Et là où elle le voyait chaque jour. En sortant de la douche. En se brossant les dents. Comme une partie de sa vie. Qu'est-ce que cela représentait pour elle ?

Je l'entendis m'appeler et je descendis avec l'Advil. Steve, à présent debout, la repoussait avec douceur.

— J'ai rien, chérie, je t'assure. J'ai rien.

Il m'arracha quasiment le flacon de la main et cogna mon épaule de la sienne en passant. Je regardai Callie tandis que l'eau coulait dans l'évier et j'entendis Steve avaler les cachets. Elle se tenait droite, le menton légèrement relevé, à la manière de certaines actrices anglaises. Elle prenait quelquefois cette posture, qui l'aidait à se ressaisir. Des mèches folles prenaient la lumière qui l'éclairait par-derrière. Visage dur et beau que les années n'avaient fait que rendre plus dur et plus beau. Je me demandai quel effet cela pouvait faire de voir votre fils devenu un étranger sonner à votre porte et pousser devant lui votre mari qu'il vient d'estourbir à coups de crosse. Quel effet pouvaient avoir les accusations que j'avais portées ? Je ne parvenais pas à chasser de mon esprit ce portrait qu'elle avait accroché là où elle pouvait le voir chaque jour.

— Quoi ? me lança-t-elle d'un ton agressif.

Ne me fiant pas à ma voix, je secouai simplement la tête.

Steve sortit à pas lents de la cuisine et de la maison, revint un moment plus tard avec la carabine qu'il avait laissée tomber dehors. Sans ralentir, il annonça :

— Je vais prendre une douche pour me débarrasser de cette putain de journée.

Ses pas résonnèrent dans l'escalier. Callie et moi nous regardâmes, détournâmes les yeux, nous regardâmes de nouveau. Une voiture passa dans la rue, le bruit de son moteur s'éloigna.

— Tu veux être comme Frank ? m'asséna-t-elle.

Je baissai la tête mais je continuais à sentir son regard sur moi.

— Je ne pourrai jamais être comme lui.

— Après toutes ces années, tes yeux sont encore pleins de ces étoiles qui t'aveuglent. Frank n'était pas Clint Hill. Il n'a pas grimpé sur le coffre d'une limousine. Il n'a pas soutenu la tête du Président, il n'a pas gagné une médaille au Vietnam. Tu sais dans quoi Frank excellait ? Dans le quotidien. Il savait être là. De l'héroïsme discret. Toi, tu n'étais pas là pour son enterrement. Tu n'étais pas là pour ta remise de diplôme. Tu n'as pas été là une seule fois en dix-sept ans.

Ces mots cinglants résonnèrent un moment dans la pièce puis le silence se fit et la maison recouvra son calme. Les tuyaux amenant l'eau à la douche bourdonnaient doucement.

— Je ne suis pas là aujourd'hui non plus, marmonnai-je.

Elle me regarda longuement sans que son expression s'adoucisse.

— La caisse qui contient les photos est dans le garage, dit-elle, sa voix ne tremblant qu'un bref instant.

Il me fallut un moment pour que mon corps retrouve ses sensations et se mette en mouvement. Elle me suivit, furieuse, jusqu'à la porte du garage. Près de la poubelle, je découvris la caisse en question. Après avoir fouillé rapidement les autres, qui ne recelaient rien d'intéressant, j'emportai la caisse de photos et descendis l'allée, Callie sur mes talons. J'avais le visage brûlant. Mes mains glissées dans les poignées commençaient à s'engourdir.

— Attends... fit sa voix derrière moi. Je... Attends.

Elle avait fait quelques pas sur la véranda.

— Tu aurais dû m'appeler, Nicky. Quand ils t'ont arrêté. J'aurais fait n'importe quoi pour toi. Tu étais tout ce qui me restait. Pourquoi tu ne m'as pas parlé ?

Je réajustai ma prise sur la caisse.

— Ils m'avaient fait comprendre qu'ils te feraient du mal si je te prévenais.

Callie recula un peu, s'appuya d'une main au pilier et s'effondra. Ses cheveux tombèrent sur son visage et je ne vis plus que sa bouche aux coins tournés vers le bas. Des sanglots s'échappèrent d'une partie d'elle qui s'était fendue. Je demeurai interdit, ne sachant que faire.

Elle continua à pleurer, les cheveux dans les yeux, et tout à coup je m'élançai, jetant la caisse sur le côté, mais cette fois, je ne m'enfuyais pas, je courais vers elle.

Je gravis les marches de la véranda, me penchai vers Callie, qui s'agrippa à moi. Je glissai mais parvins à la soutenir et elle se redressa, pressa sa tête contre ma poitrine, tremblant, sanglotant, et je la serrai contre moi.

26

Les cheveux duveteux plaqués par la douche, une amibe rouge gonflant sur sa joue, Steve était assis sur le canapé à côté de Callie.

— Maintenant qu'on est tous redevenus potes, tu pourrais peut-être nous expliquer ce qui se passe, maugréa-t-il.

Ce que je fis, de l'avion pour l'Alaska à la Voix dans le Noir. Mon récit ne fut pas facile mais j'y parvins, fréquemment interrompu par les exclamations et les questions de Callie.

Lorsque j'eus terminé, Steve se renversa en arrière et croisa les bras.

— J'ai fait quelques vérifications aujourd'hui, dit-il. Notamment sur les deux mystérieux agents qui seraient venus te serrer pour le meurtre de Frank Durant.

Ignorant le regard de surprise indignée de Callie, il poursuivit :

— Y a aucune trace que t'aies été arrêté, ni même interrogé. Y a même pas un rapport sur la visite au CDM d'agents spéciaux ou de flics extérieurs au district ce soir-là.

Les joues de Callie virèrent au cramoisi.

— Tu as entendu Nick : ce n'était pas une arrestation officielle, plutôt des malfrats menaçant un jeune garçon.

— Ecoute, intervins-je, que tu me croies ou non, Steve, ne raconte cette histoire à personne, s'il te plaît.

— A l'*Enquirer*, par exemple ?

— Par exemple à tes copains de la BI quand tu leur expliqueras comment tu t'es fait amocher.

— Donc tu es revenu chercher d'autres photos de Charlie ? me demanda Callie.

— Ou n'importe quoi d'autre pouvant m'éclairer sur son identité.

J'indiquai la caisse que j'avais posée par terre. Je l'avais fouillée mais n'y avais trouvé aucune autre photo de Charlie.

— Si c'était un copain de Frank à l'armée, tu ne l'as pas connu et j'aurais du mal à dénicher quelqu'un qui pourra me renseigner sur lui.

— Non, je ne savais rien des amis qu'il s'était faits au Vietnam. Tu sais comment il était sur ce sujet : fermé comme un poing.

Je tirai quand même de ma poche la seule photo de Charlie et la lui tendis. Elle plissa les yeux, la tint à bout de bras, geste que je ne l'avais jamais vue faire auparavant.

— Attends… Oui, bien sûr. C'est quelqu'un qu'il a connu au Service.

Je me penchai en avant, tout excité.

— Tu l'as rencontré ?

Elle me jeta un regard étonné.

— Naturellement.

— Mais tu viens de dire que tu ne connaissais aucun des amis qu'il s'était faits pendant son service...

— Non, pas le service militaire. Le *Service.*

— Charlie appartenait au Secret Service ?

— Oui. Charlie, c'est ça. On le rencontrait de temps en temps à diverses soirées et nous sommes même allés à un barbecue chez lui.

— C'était quoi, son nom de famille ?

— Jackson ? Johnson ? Je ne me souviens pas.

— C'était un copain de Frank ?

— Un collègue. Je ne pense pas qu'ils étaient particulièrement proches, mais tu sais comment sont les agents entre eux. Très solidaires.

Je me rappelai les yeux désespérés de Charlie, reflétant l'eau du bassin de la centrale. « J'avais confiance en Frank. Il était le seul à qui je faisais entièrement confiance. » A cause du tatouage, j'avais pensé qu'ils s'étaient connus à l'armée, mais la phrase aurait pu également s'appliquer au Secret Service.

— Frank ne t'a jamais dit qu'ils avaient fait le Vietnam ensemble ?

— Non, je ne crois pas. Mais tu sais comment il était. Ça ne veut pas dire que c'était un secret.

— Curieuse coïncidence, quand même. Deux gars du même peloton qui se retrouvent à bosser ensemble au Secret Service ?

Callie me lança le regard qu'elle réservait autrefois à Frank.

— Le Service a beaucoup recruté chez les anciens combattants après la guerre, rappela Steve. La CIA et le FBI aussi. Beaucoup de soldats ont été orientés vers les mêmes filières par les mêmes personnes. On essayait de se serrer les coudes.

— Quand Frank et Charlie ont-ils travaillé ensemble ? demandai-je.

— Jusqu'à la fin, répondit Callie.

Nous gardâmes un moment le silence, tous les trois, puis je posai une autre question :

— Qu'est-ce que tu savais de Charlie ?

— Rien, à vrai dire.

— Les gens ont toujours plus de souvenirs qu'ils ne croient, fit observer Steve, intéressé malgré lui. Pense au jour où vous êtes allés chez lui, par exemple.

— Ah si, il avait un fils. Un enfant perturbé. Problème de drogue, j'ai envie de dire. Il avait quelques années de plus que toi, Nicky.

— Ils se ressemblaient ? Ils avaient la même bouche ?

— Je ne me rappelle pas. Je me souviens juste qu'il était très renfermé. Charlie lui-même n'était pas du genre extraverti.

Steve posa en même temps que moi la même question :

— Il était marié ?

— En instance de divorce. Ça se passait mal, je crois. Il avait eu quelques discussions tendues avec Frank peu de temps avant sa mort.

— Il était venu à la maison ?

— Non, au téléphone.

J'échangeai un regard avec Steve. Des discussions tendues et Frank qui reçoit une balle dans le ventre. Il me fallut un moment pour trouver le courage de demander :

— Tu penses que Frank aurait pu être mêlé à une sale combine ?

— Absolument pas, affirma-t-elle.

Steve eut une moue sceptique.

— Tu ne le penses pas non plus, j'espère, me dit Callie d'un ton implorant.

— Non, murmurai-je. Non. Mais je n'aime pas la tournure que prend cette histoire. Il y a des indices convaincants qui pointent en direction de Caruthers et tu sais l'opinion que Frank avait de lui. Maintenant, on découvre que Charlie assurait aussi la protection de Caruthers. Et tout ça refait surface juste avant l'élection...

— Comment sais-tu que ce n'est pas plutôt Bilton qui est derrière tout ça ? me demanda Callie. Ça lui ressemble. Et c'est lui qui est monté dans les sondages, après San Onofre.

— Bilton n'a aucun lien avec Frank, objectai-je. Ni avec Charlie. Ni avec ce que faisait Frank il y a dix-sept ans.

— Je croirais plutôt que c'est tout le Secret Service qui est mouillé dans une sale affaire, déclara Callie.

Je me sentis diminué, comme si, en posant cette question sur Frank, j'avais renoncé à quelque chose de précieux. Me rappelant ce qu'elle m'avait dit des étoiles qui m'aveuglaient, je me demandai quel prix nous aurions peut-être à payer, elle et moi. Si notre image de Frank se brisait, bien d'autres choses s'écrouleraient aussi pour nous.

Je remis la photo dans ma poche et me levai.

— Merci. Et encore pardon, pour tout.

— On pourrait peut-être se voir de temps en temps, suggéra Callie d'un ton nerveux. Quand ce sera... plus calme. Je crois qu'Em te trouve sympa.

— J'aurais jamais cru.

— Pas question qu'il s'approche de ma fille, décréta Steve.

— Alors, je verrai mon fils quand elle ne sera pas ici, répliqua Callie. Ça ne sera pas dur, elle dort chez sa mère à la moindre occasion.

Elle posa sur moi un regard désespéré et je sentis les vieilles peurs resurgir. La voiture sombre dans la rue, le coup de téléphone... La revoir la mettrait en danger.

Callie continuait à me regarder.

— Je vais être très occupé, dis-je, avec le plus de douceur que je pus.

Elle ravala un sanglot et me reconduisit. Je me tins un moment sur le pas de la porte puis je m'approchai de ma mère pour la prendre maladroitement dans mes bras. Elle me serra contre elle, s'écarta et nous restâmes sans rien dire.

Steve nous rejoignit, je lui tendis la main mais il ne la prit pas.

— Si la moitié de ce que tu racontes est vrai, t'as une trotte à faire avant d'arriver à la vérité, me prévint-il. Et d'après ce que je sais, tu n'es jamais allé au bout de rien, dans ta vie.

Des papillons de nuit tournoyaient autour de la lampe de la véranda, se cognaient au verre.

— Peut-être cette fois, chuchotai-je.

— Quoi ?

— Cette fois, j'irai peut-être au bout.

Je les entendis discuter à voix basse tandis que je descendais l'allée, la photo de Frank et de Charlie dans ma poche revolver.

27

Mes fenêtres étaient fermées, la porte d'entrée verrouillée, les stores baissés. Sur mon matelas éventré se trouvaient les éclats de l'obus qui avait fait exploser ma vie. Une photo en noir et blanc de Frank, la fourchette levée dans un mess, et de Charlie se retournant à la table voisine pour l'écouter. Cent quatre-vingt mille dollars en liasses entourées d'un ruban violet. Un morceau de papier portant des chiffres répartis sur neuf colonnes. Un numéro de bipeur griffonné par une arnaqueuse.

Quel rapport avec mon beau-père ?

Assis en tailleur, j'appuyai mon visage sur mes poings et considérai ce que j'avais disposé sur le lit. Calme bienvenu. Pas d'hélico, pas de zoom ni de lunette de sniper, pas de Nokia transparent ni de balade en limousine. La lumière était éteinte et seule la lueur du téléviseur silencieux éclairait les pièces de ma petite exposition.

La Voix devait être le fils de Charlie. Aucune autre hypothèse n'expliquait aussi bien la ressemblance des traits, le ton ému pour parler de la reconnaissance due aux morts. « Charlie faisait ça pour moi. » Pourquoi pour lui ? La description de Callie me fournissait un point de départ. « Un enfant perturbé. Problème de drogue, j'ai envie de dire. Il avait quelques années de plus que toi, Nicky. »

Une histoire de père et de fils. Le gosse a des ennuis, il doit de l'argent à de sales types, plus d'argent que le papa ne peut lui en donner, avec sa retraite du Secret Service. Alors, pour le tirer d'affaires, le papa déterre un secret vieux de dix-sept ans et le met en vente au moment où il atteint sa valeur maximale : en période électorale. Jusqu'à un certain point, il se débrouille plutôt bien. Il a fait l'armée, il a reçu une formation dans le Secret Service. Il sait qui sont les gens importants dans l'entourage de Caruthers, il sait comment les contacter. Il commence à se gameller quand il ne comprend pas que le premier versement de deux cent mille dollars ne sert qu'à l'appâter. Et les pouvoirs en place se montrent à la hauteur de leur réputation. Acculé, Charlie joue sa dernière carte en faisant appel au beau-fils d'un agent avec qui il a travaillé autrefois et qu'il admirait.

La dernière carte de Charlie, c'était malheureusement moi.

Dix-sept ans plus tôt, Frank avait été poussé à son point de rupture. Par quoi ? Charlie et lui avaient-ils déniché quelque chose en fouillant la vase pour Caruthers ? L'avaient-ils couvert ?

Peu de temps avant sa mort, Frank s'était fait porter pâle pour la première fois de sa carrière. Il avait des ennuis, il cherchait à s'en dépêtrer sans nous mettre en danger, Callie et moi. C'était un homme prudent, un fin stratège. Ce qu'il n'avait pas prévu, c'est que, n'écoutant que ma queue, je sortirais une nuit en douce et offrirait à l'expert en coups fourrés l'occasion qu'il attendait.

Mais si Charlie connaissait également le secret, pourquoi n'avait-il pas reçu lui aussi une visite nocturne ? Peut-être ignoraient-ils qu'il savait ; peut-être avait-il conclu un marché. Quoi qu'il en soit, aurait-il pris le risque de rouvrir la boîte de Pandore des années plus tard parce que son fils avait des ennuis ?

Callie l'aurait-elle pris, elle ?

Les yeux clos, je me laissai emporter par le tourbillon de la paranoïa : odeurs fantômes d'English Leather et de café trop fort, Frank affalé dans son fauteuil, le visage impassible éclairé par la lueur du poste montrant le film de Zapruder. Frank s'était-il damné lui-même à travers mille et une petites décisions ?

Un message entendu par hasard pointant en direction du Loriot. Un agent se présentant chez moi pour me transmettre un appel du Président. Frank et Charlie discutant au téléphone juste avant l'assassinat de Frank. La Voix dans le Noir racontant des histoires de chantage. Les faits étaient singuliers et composaient des tableaux différents selon la façon dont je tournais le kaléidoscope. Comme les variables étaient trop nombreuses pour que je puisse les considérer toutes, je téléphonai bien sûr à Induma.

Elle décrocha au bout de quelques sonneries et marmonna, d'une voix ensommeillée :

— Ouais ?

— Salut. Désolé. Je...

— Nick ?

— J'ai besoin de ton aide.

— D'accord. Je suis seule.

— Alejandro ne passe pas la nuit chez toi ?

A peine avais-je prononcé la question que je la regrettai. Après les mensonges de Kim Kendall, le coup de crosse au mari de Callie et ma dernière fournée d'hypothèses fangeuses, j'étais irritable, je me contrôlais mal. Je fermai le poing, pressai mes jointures contre le mur. Induma répondit, d'un ton neutre :

— Non, il fait les boîtes. Avec des gens qui font les boîtes. Tu connais mon opinion sur cette engeance. Bon, qu'est-ce qui se passe ?

Je lui résumai ce qui était arrivé depuis notre dernière rencontre, ainsi que ma théorie sur Charlie cherchant à extorquer de l'argent à Caruthers pour son fils. Puis je lui demandai si elle avait exhumé quelque chose sur Wydell et Sever.

— Seulement qu'ils ont appartenu tous les deux à la police de Los Angeles. Wydell six ans, Sever cinq.

— Tu pourrais trouver quelles missions de protection ils ont assurées avant ça ?

— Je suis une dingue d'informatique qui a quelques contacts chez les flics par le service de police scientifique, mais je ne peux pas tout faire. Ce que tu me demandes est trop sensible, Nick, pour des raisons évidentes. On ne met pas ces trucs en ligne.

— Tu as pu vérifier si le Secret Service a participé à la fusillade de la maison de Culver City avec la police de Los Angeles ?

— Non. L'opération a probablement été dirigée par la brigade antiterroriste du LAPD, dont les banques de données sont aussi impénétrables qu'on peut l'être.

Sentant ma frustration, elle ajouta :

— Inutile que je te dise que c'est un jeu de miroirs et d'ombres. Comme tu risques ta peau, je te pose la question : es-tu prêt à continuer même s'il apparaît que Frank était mouillé ?

— On l'a peut-être tué parce qu'il refusait de marcher, répondis-je, un peu trop rapidement.

Elle laissa le silence faire son effet sur moi et il fut plus efficace que tout argument que j'aurais pu lui opposer. Je songeai à la Voix, tout en me demandant dans l'obscurité si je savais ce que cela signifiait, d'avoir une dette envers un mort.

— Ce n'est pas une réponse, finit-elle par dire.

J'enfonçai mes dents dans ma lèvre inférieure jusqu'à sentir leur morsure.

— Il faut que je sache la vérité, quelle qu'elle soit. Il faut que je sache ce qui a tué Frank.

— Il est mort, il n'est pas nécessaire de laver sa réputation. Le moment est peut-être venu de s'occuper de ceux qui vivent encore.

Induma ne s'érigeait pas souvent en juge. Silencieux, je pensai à Callie et aux ravages que la vérité pouvait entraîner pour elle si cette vérité était aussi laide que je le craignais.

— Si Frank était mouillé, poursuivit Induma, est-ce que cela change ce qu'il représentait pour toi quand tu étais gosse ?

— Il s'agit de ce qu'il représente pour moi maintenant. Ça, ça n'est pas mort sur le sol de la salle de séjour. Alors, tu as peut-être raison, il a peut-être mérité ce qui lui est arrivé. Mais ses choix ont eu aussi des conséquences pour d'autres que lui…

Après un nouveau silence, elle dit :

— J'ai passé un long moment à explorer des bases de données après que tu m'as donné ces noms par téléphone. Je n'ai pas réussi à avoir accès à un certain nombre d'entre elles, mais pour le côté financier je suis très forte. Je suis allée voir dans les fichiers des retraites fédérales et je n'ai pas trouvé de Charlie Jackson ou Johnson au Secret Service pour cette période. Il n'y avait que trois Charlie, Charles et Chuck pour les deux années encadrant la mort de Frank. Deux étaient noirs, le troisième avait déjà cinquante-deux ans à l'époque.

— Ce qui veut dire ?

— Si je ne le trouve pas dans les banques de données des retraites fédérales, c'est qu'il n'existe pas.

— Je l'ai vu. Ma mère l'a rencontré. Il avait un tatouage, un visage qu'on n'oublie pas. J'ai une photo de lui.

— Tu me dis ça maintenant ?

— Ça peut aider ?

— Bien sûr. Je peux l'entrer sur un logiciel de reconnaissance faciale, voir si ça donne quelque chose sur les autres fichiers de retraite au niveau fédéral ou de l'Etat de Californie. Ce n'est pas sûr, mais ça peut marcher. Je passerai prendre la photo.

— C'est trop dangereux pour toi de venir ici.

— Ils ne me feront rien s'ils ne savent pas qui je suis. Et une fois qu'ils l'auront découvert, ils n'auront pas vraiment envie de s'occuper de moi. Je suis connue, j'ai quelques relations politiques. Mon cadavre ne ferait que leur compliquer la tâche.

— Inutile quand même de courir le risque.

— D'accord, dit-elle.

Un silence puis, comme pour se convaincre :

— D'accord. Mets la photo dans une enveloppe, colle-la sous le couvercle de la benne à ordures du centre commercial à côté de chez toi. J'irai la prendre dans une heure ou deux. Rendez-vous au Starbucks demain à midi. Internet gratuit.

— Celui de Montana ?

— L'autre, dans Montana.

Après qu'elle eut raccroché, je fermai les paupières mais ce que je vis les yeux clos ne me plut pas davantage. Laissant sur mon lit la photo et le numéro de bipeur, je remis le reste dans le sac à dos de Charlie puis dans le pot à pâtes de la cuisine.

Je sortis, marchai jusqu'au centre commercial en m'arrêtant plusieurs fois devant les vitrines pour vérifier que je n'étais pas suivi.

Homer cuvait, adossé au petit supermarché, une jambe par-dessus le muret du parking. Une voiture s'arrêta devant lui, éclaira son visage de ses phares. Il leva une main pour se protéger de la lumière, l'agita mollement. Le chauffeur descendit, le portable collé à l'oreille, entra dans le magasin d'un pas rapide.

Homer jura et changea de position. On aurait dit une flaque brune. A la différence des clodos affables qu'on voit au cinéma, il avait l'alcool mauvais. Je repensai à ce que Kim Kendall m'avait dit de sa femme et de son gosse, d'un passé qu'il avait laissé l'écraser. Je me sentais bien parti pour connaître le même sort.

— Hé, Homer, tu as parlé à quelqu'un de l'Association des anciens combattants, pour les noms que je t'ai donnés ?

— Pour qui tu te prends, bordel ? marmonna-t-il. Fous-moi la paix.

Je l'enjambai pour entrer dans le magasin. Quand je posai sur le comptoir deux autres téléphones jetables, Hacmed me considéra d'un air intrigué.

— Tu lances une boîte de télécommunications, Nicolas ?

Je réglai et ressortis. Homer ronflait maintenant sur le dos, la bouche ouverte, la tête contre le muret. Je tentai de le déplacer, mais son poids et son odeur eurent raison de mon opiniâtreté. Finalement, je réussis à le faire rouler sur le flanc, glissai un morceau de carton plié en deux sous sa joue moite et le laissai à ses ronflements sonores.

Le mur de derrière du supermarché, couvert d'affichettes pour des films indépendants et des téléphones roses, était bordé par une ruelle sinistre où se trouvait une poubelle. Je scotchai la photo de Frank et Charlie sous le couvercle, tirai de ma poche le numéro du bipeur.

Dix chiffres sur un bout de papier. Mon seul accès aux Pouvoirs en Place.

Je pris un des portables que je venais d'acheter, composai le numéro du pager puis celui imprimé au dos de l'appareil bon marché. Je raccrochai, attendis. Une affichette à demi arrachée annonçait triomphalement : *Le sexe avec des filles du coin, maintenant !!!!* Je me demandai comment ils avaient décidé de s'arrêter à quatre points d'exclamation.

La sonnerie stridente me fit sursauter.

— Allô ? dis-je à voix basse.

Silence. Un crachotement de ligne ouverte, un léger bruit de respiration puis plus rien.

— Allô ? répétai-je, cherchant à arracher un simple mot à comparer au souvenir que j'avais de Sever, de la Voix, de Charlie.

J'entendis un clic puis la tonalité.

Je lançai violemment l'appareil par terre, ramassai les morceaux, les jetai dans la poubelle et rentrai chez moi.

Je me réveillai haletant de terreur, agrippé à mes draps. Un moment, complètement perdu, je ricochai d'un scénario à un autre : je serrais Frank contre moi sur le plancher luisant de sang ? J'étais projeté en arrière par l'explosion qui avait fracassé la tête de Charlie ? Je luttais contre un agresseur qui avait pénétré par la porte en verre coulissante ? Le rideau entre passé et présent s'était déchiré et je tombais en chute libre.

Finalement, je me rendis compte que j'étais en proie à mes frayeurs nocturnes et je n'eus pas à regarder le réveil pour savoir quelle heure il était. L'heure de mes démons.

J'énonçai les faits à voix haute pour tenter de me calmer :

— Il est 2 h 18 et tu es en sécurité dans ton lit. Il est 2 h 18 et tu es en sécurité dans ton lit...

Mais je ne parvins pas à ralentir ma respiration, mes pensées, les battements furieux de mon cœur.

Les goules s'étaient échappées de leur cage et je n'arrivais pas à les y enfermer de nouveau.

28

Le lendemain matin, adossé au mur, les genoux contre la poitrine, je fixais la porte d'entrée. J'attendais qu'on frappe, qu'on m'apporte un autre téléphone transparent, mais rien ne vint. J'arpentai l'appartement, inspectai une fois de plus la rue ensoleillée à travers les stores. Finalement, je donnai quelques coups de fil pour remettre des rendez-vous : un entretien d'embauche, un détartrage de dents, une soirée au Maloney's pour regarder en bande le match des Dodgers contre les Giants. J'appelai Pepperdine, m'excusai auprès du directeur du programme de maîtrise de gestion et de politique des pouvoirs publics pour lui avoir fait faux bond. Reprendre contact, même brièvement, avec ma vie normale, ne fit que souligner combien ces derniers jours m'en avaient écarté.

Vers 11 h 30, je fis une crise aiguë de déprime à force de rester entre quatre murs et fus content de sortir pour retrouver Induma au Starbucks. J'arrivai un peu en avance, me faufilai dans la cohue jusqu'à la cabine téléphonique du fond. Les clients défilaient rapidement devant le comptoir, commandaient en utilisant la terminologie ridicule de l'établissement.

Appuyé au mur près des toilettes, le combiné contre mon visage, je me sentais plus déplacé encore que d'habitude. J'enviais peut-être ces gens constamment équilibrés avec leur BlackBerry, leur porte-documents en cuir et leur bassine de caféine. Je tirai le morceau de papier chiffonné de ma poche et composai le numéro de bipeur que Kim Kendall m'avait donné.

La première sonnerie s'interrompit : « Ce numéro n'est plus attribué... »

En raccrochant, je vis Induma fendre la foule, son ordinateur portable pressé contre sa cuisse. Elle portait un sweater à capuche en cachemire dont la couleur orange sanguine faisait ressortir les tons cachés de sa peau caramel. Avec une serviette en papier, elle essuya une table, repoussa les gobelets vides et s'installa. Tandis que j'approchais, elle garda les yeux rivés à l'écran, ses doigts minces voletant au-dessus du clavier. Du pied, elle fit glisser une chaise vers moi.

— Assieds-toi. C'est lui ?

L'écran montrait une photo de Charlie identique à celle que Wydell m'avait collée sous le nez le jour de sa venue dans mon appartement. Expression vaguement renfrognée, blazer bleu, cheveux plaqués en arrière. Un cliché de centre de formation, archivé sur un site de retraite de fonctionnaire auquel Induma avait réussi à avoir accès. *Agent spécial Charlie Jackman. Police de l'Etat de Californie.*

Enfin une preuve, un nom.

— C'est lui, parvins-je enfin à articuler. C'est lui. Il a existé. Il était là.

Elle posa sur moi ses grands yeux marron.

— Je n'en ai jamais douté.

— C'est quoi, la « police de l'Etat de Californie » ?

— C'*était*, corrigea-t-elle. En 95, elle a fusionné avec la California Highway Patrol. Et devine ce qui faisait partie de ses attributions ? La protection de hautes personnalités officielles de la Californie.

Devant ma réaction stupéfaite, elle confirma :

— Eh oui. C'était un service de police de sécurité. Il y a dix-sept ans, Charlie Jackman a assuré la protection rapprochée...

— ... du gouverneur Andrew Bilton, achevai-je pour elle. Ce n'était pas sur Caruthers que Charlie avait des révélations à faire...

— Mais sur Bilton.

Considérées sous cet angle, les déclarations de la Voix devenaient claires. « Charlie avait beaucoup de respect pour Caruthers. Il voulait l'aider. Il détenait quelque chose dont Caruthers avait besoin pour sa campagne. »

Pour la première fois depuis des jours, je me sentis plein d'espoir. Moins Caruthers était impliqué, moins Frank l'était. Je repensai à la façon dont Bilton avait essayé de m'embobiner peu après que j'avais repris connaissance à l'hôpital. Aux menaces sous-jacentes, plus tard, au téléphone, à son numéro de charme : « Si vous vous approchez de certaines scènes, les projecteurs finiront par vous trouver. » Ses liens avec le Secret Service se révélaient à présent bien plus étroits que ceux de Caruthers et le message si obligeamment rapporté par Kim Kendall – « Le Parrain est avec le Loriot » – sentait bel et bien la désinformation.

— Charlie a transmis à Frank ses révélations sur Bilton en pensant que Frank parviendrait à les faire acheter par le camp de Caruthers, dis-je. Fidèle de

Caruthers, Frank ne manquerait pas de lui transmettre toute information utile. Mais, pour une raison ou une autre, Caruthers n'a pas mordu à l'appât. Le dossier était peut-être trop brûlant, ou il ne voulait pas s'abaisser à de la politique de caniveau. Lorsque les hommes de Bilton ont eu vent de la manœuvre et se sont mis à chercher, Charlie a tout rejeté sur Frank.

— C'est à coup sûr une possibilité, convint Induma.

— Mais ?

— L'autre, tout aussi plausible, c'est que Charlie a mis Frank dans le coup parce qu'il avait besoin de quelqu'un d'extérieur pour faire chanter Bilton. Travaillant pour Bilton, il ne pouvait pas le faire lui-même.

Nouveau nuage sombre. Je me laissai aller contre le dossier de ma chaise.

— Nous sommes devant une alternative, énonça Induma d'un ton calme. Soit Frank a transmis l'info à Caruthers pour de bonnes raisons, soit il a prévenu Bilton pour de mauvaises.

Elle me regarda réfléchir au problème puis reporta son attention sur l'ordinateur.

— Pourquoi ta mère t'a dit que Charlie travaillait pour le Secret Service ?

— Parce qu'il lui a fait cette impression quand elle l'a rencontré. Pour elle, c'était encore un de ces types en costume sombre avec une oreillette.

— Charlie a plutôt bien réussi son numéro de disparition. Il a pris sa retraite une semaine après le meurtre de ton beau-père et il s'est quasiment volatilisé. Pas de déclarations d'impôts, pas de prêts immobiliers, pas de numéros de téléphone. Et pourtant, je sais où chercher.

Elle fit glisser un doigt sur le pavé tactile, annonça :

— Charlie avait un fils. Mack. Trente-huit ans.

— Mack Jackman ?

— J'ai connu un Ronnie Ronald à l'école primaire. Mack Jackman, c'est plus cool, en comparaison.

L'ordinateur chargea une page d'accueil – *Mack Jackman. Photographie publicitaire* – qui montrait des photos de meubles. Un canapé cuir et hêtre. Un fauteuil recouvert de suède vert glauque. Une table de salle à manger en bois chocolat et verre dépoli.

— La pellicule utilisée pour te prendre en photo devant la maison de Charlie, c'était bien une Kodak Ektachrome 100, non ? Et le gérant du Photomat qu'est-ce qu'il t'a dit ? Que ça faisait ressortir les couleurs, c'est ça ?

— Pour les vêtements ou les rideaux, confirmai-je.

— Ou les meubles, dit Induma.

Je cliquai sur l'énoncé *Photos d'art* du site et fis apparaître quelques vues de la ville en noir et blanc que je me rappelai avoir remarquées dans le hall d'*Opaque*. La Voix dans le Noir avait bien, comme je l'avais soupçonné, des accointances avec la direction du restaurant : le maître d'hôtel suisse prétentieux m'avait clairement signifié sa répugnance à me révéler quoi que ce soit et le personnel ne pouvait guère servir de témoin oculaire. Je me demandai s'il y avait un lien entre Charlie et Kim Kendall, l'autre photographe d'art de cette histoire.

— J'ai exploré le site, poursuivait Induma. Ses éléments sont stockés dans des répertoires rangés par dates. Tous les deux, trois jours, Mack ajoutait des docs provenant du serveur, mais depuis juin, rien.

— Ce qui, en clair, signifie...

— Ce site n'a pas été mis à jour une seule fois en trois mois. Curieuse façon de gérer une entreprise. Pas de nouveaux contrats, pas de nouveaux boulots, pas d'expéditions.

— Problèmes de fric, diagnostiquai-je. Il se planquait de ses débiteurs. Et le papa a rappliqué pour sauver les meubles.

Induma tapota du pouce son ordinateur.

— Je n'ai pas réussi à remonter la piste du numéro de bipeur que cette fille t'a refilé. D'accord, je n'ai pas accès à toutes les banques de données de la police, mais quand même. Celui qui a mis ce système en place sait ce qu'il fait. Il ne laisse pas de traces.

Elle referma sa bécane et se leva.

— Il doit te contacter quand, ce Mack, pour te remettre l'autre clef ?

— Je ne sais pas. Bientôt.

Je griffonnai mon numéro de portable sur un morceau de papier qu'elle glissa dans sa poche.

— Merci, dis-je en lui pressant le bras.

Le cachemire était doux sous mes doigts.

— Tu portais ce sweater le jour où je t'ai rencontrée.

— Tu t'en souviens ?

— Avec un jean bleu foncé et des sandales ouvertes. Les ongles de tes orteils étaient d'un orange un peu plus foncé et tes cheveux étaient retenus par un peigne en écaille.

Elle demeura immobile, l'ordinateur contre la jambe, la poitrine montant et redescendant sous le vêtement.

— Je suis désolé de ne pas t'avoir tout raconté à ce moment-là.

Derrière nous, autour de nous, les gens se bousculaient, se faufilaient, sortaient en buvant leur café. Induma releva les lèvres en un sourire doux-amer, se retourna et disparut dans la foule.

29

Dégoulinant de sueur, j'étais assis sur le banc devant mon casier. J'avais soulevé de la fonte, sauté à la corde pendant vingt minutes, couru sur le tapis roulant jusqu'à l'épuisement. L'exercice aurait dû me calmer mais je me sentais nerveux, impatient de rentrer pour voir si DHL avait laissé un téléphone transparent devant ma porte payée par les deniers publics.

J'ouvris mon casier et remarquai, derrière le rideau de mes vêtements suspendus, un morceau de papier dépassant maintenant de mon portefeuille posé sur la mince étagère métallique. Je tirai sur le bord blanc, découvris le ticket de Photomat désormais familier.

Une autre pellicule à retirer.

La photo était merdique mais là n'était pas l'important. Sur un fond flou de stuc jaune se détachaient cinq numéros peints. La vue, prise de biais, englobait la plaque de rue. Toute l'info sur un seul cliché.

J'abaissai la photo pour regarder le modèle. Même angle, même distance. Je me tenais à l'endroit précis d'où on l'avait prise : à l'entrée d'une rampe descendant vers le parking souterrain d'une résidence.

Adossé au mur de soutènement, j'avais la tête juste au-dessus du niveau de la rue. Planque parfaite. Ce qui valait mieux, étant donné la voiture sombre garée le long du trottoir devant le bâtiment voisin.

La photo était l'une des deux que j'avais récupérées au Photomat. En toute logique, c'était Mack qui les avait prises puisque c'était lui aussi qui m'avait filé le premier ticket. Deux détails me chiffonnaient cependant : la qualité des photos, médiocre pour un pro ; et le type de pellicule, standard, pas l'Ektachrome qu'il avait utilisé la première fois.

Je fis passer la seconde photo devant la première. Une porte d'appartement prise de face. Au-dessus de l'œilleton, en laiton terni, 2G. Il pouvait y avoir n'importe qui ou n'importe quoi derrière cette porte.

Je levai les yeux vers la voiture sombre. Vitres teintées. Moteur arrêté. Mais je savais qu'elle n'était pas vide. La taupe dont Wydell m'avait révélé l'existence ?

Je m'avançai à découvert, remontai le trottoir d'un pas rapide en m'éloignant de la voiture et en rasant les immeubles. La plupart des appartements de ce quartier situé au sud de Pico, près de Lincoln, n'avaient pas été touchés par la rénovation du Westside. Peinture écaillée, stuc s'effritant. Des racines d'arbre avaient soulevé le béton en plusieurs endroits. Inondé de transpiration, je mourais d'envie de regarder par-dessus mon épaule. Je m'efforçai de marcher vite puis de ralentir le pas. Aucune portière ne claqua, aucun moteur ne rugit derrière moi.

Après avoir tourné le coin de la rue, je passai devant mon pick-up et fis le tour jusqu'à l'arrière de la résidence. Je sautai par-dessus une grille fermée à clef, me retrouvai dans le patio d'une piscine. La porte donnant accès au bâtiment n'était pas fermée à clef. Je pris l'escalier, montai doucement au premier étage. Couloir humide, moquette rescapée des années 1970. Je passai devant une buanderie, une issue de secours, et j'arrivai au 2G.

La porte était entrouverte, le loquet sur la plaque.

Je restai sans bouger, écoutai. Rien.

Cette porte non fermée ne me plaisait pas du tout. Avant de la franchir, je voulus explorer le reste de l'étage, repérer les voies de sortie, faire la fierté de Liffman.

Je redescendis le couloir jusqu'à un escalier d'incendie donnant sur une ruelle latérale. En revenant au 2G, je fis une brève escale dans la buanderie. Chaleur sèche. J'ouvris la fenêtre, regardai dehors. Deux mètres plus bas, il y avait la remise de la piscine.

Je retournai prudemment au 2G. Par la porte entrouverte s'échappait une odeur forte. Je frappai ; le panneau s'écarta de quelques centimètres de plus. Pas de réponse.

J'entrai. Ça empestait l'essence. Un gros soleil bas reflété par une fenêtre d'en face me fit cligner des yeux. Une forme assise sur une chaise, la tête baissée. Tout autour, sur le sol, des journaux.

L'appartement était dévasté. Tiroirs retournés, coussins du canapé tailladés. Tableau familier. Pénétrant par la fenêtre ouverte, un vent léger gonflait un rideau mou.

— Mack ? dis-je en avançant lentement.

Une large tache transformait le devant de la chemise en un bavoir écarlate.

Mes chaussures chuintèrent sur le papier journal mouillé, dont l'essence délayait l'encre. L'homme était attaché à la chaise par des bandes de tissu aux poignets et aux chevilles. Cheveux blonds indisciplinés, comme Charlie.

Le bruit de ma respiration me revenait en écho, comme renvoyé par les parois d'une grotte. D'une main hésitante, j'empoignai la chevelure, relevai la tête. La ressemblance était stupéfiante. Pas seulement la bouche à la Mick Jagger mais aussi le front haut et les yeux angoissés. La Voix dans le Noir, portrait craché de son père plus jeune. Avec, pour principale différence, ce deuxième sourire taillé en travers de la gorge.

Abasourdi, je lâchai la tête de Mack, qui retomba mollement, menton contre la poitrine. Songeant à la fenêtre, je me jetai sur le sol. L'un des pieds nus de Mack à quelques centimètres de mon visage, je luttai pour calmer mon estomac. Je n'avais pas vu de cadavre depuis la mort de Frank et, à elle seule, l'odeur m'anéantissait.

La chair mutilée, les liens, l'arrosage à l'essence : aucun doute, on l'avait torturé pour le faire parler. Ce qui signifiait qu'il avait parlé de moi. Et sans doute révélé le système de retrait de photos, qu'ils avaient maladroitement repris avec de mauvaises photos sur une pellicule bon marché.

Ou j'avais échappé à ceux qui surveillaient l'immeuble, ou je m'étais fourré dans une souricière. Malgré la fenêtre ouverte, les vapeurs d'essence commençaient à me donner le vertige. Je rampai jusqu'à la fenêtre, regardai la rue. La voiture était toujours au même endroit, son pare-brise noir impénétrable renvoyant la lumière.

Je me retournai et, le dos collé au mur sous la fenêtre, examinai l'appartement sens dessus dessous.

Le ou les meurtriers de Mack cherchaient ce que Charlie avait essayé de vendre. Ou les liasses de cent encore fourrées dans le pot à pâtes sous le comptoir de ma cuisine, cachette dont Mack ignorait l'existence. Il m'avait parlé d'une seconde clef et son père lui avait peut-être appris à planquer les choses comme Frank l'avait fait pour moi.

J'avançai sur le ventre jusqu'à l'évier, tendis le bras, passai une main dans le vide-ordures.

Une boîte aimantée sous la plaque.

Je la décollai, l'ouvris. Une autre clef. En laiton, exactement comme la première mais portant le numéro 228. Probablement la boîte postale voisine de celle dans laquelle j'avais trouvé la liste de chiffres. J'avais été, sans le savoir, à quelques dizaines de centimètres de ce à quoi cette clef donnait accès. Je la retournai, lus l'inscription familière : *Propriété de l'Administration. Reproduction interdite.* Je remis la clef dans la boîte, glissai la boîte dans ma poche de devant.

Que pouvais-je trouver d'autre qui avait échappé aux tueurs ? Et de combien de temps disposais-je ?

Malgré la panique qui me gagnait, je marchai à quatre pattes vers la chambre, glissai sur des livres tombés par terre dont les titres en gros caractères me sautèrent aux yeux : *Living Sober*, *Twelve Steps and Twelve Traditions*, *The Big Book*[1]. Devant moi, une bande de moquette mouillée m'indiquait la direction à suivre. J'avais le visage assez près du sol pour que les vapeurs d'essence me piquent les yeux. Mack m'observait de sa chaise, tache sombre à la limite de mon champ de vision.

1. Trois ouvrages publiés par les Alcooliques Anonymes. *(N.d.T.)*

Dans la chambre, près du grand futon, un classeur renversé laissait échapper photos et papiers. J'inspectai le fouillis répandu sur le sol. Des boîtes cylindriques contenaient des pellicules Ektachrome 100. Une autre un sachet d'herbe. Bien la peine d'arrêter de boire. Parmi des clichés de fauteuils et de bibliothèques sur papier glacé, je trouvai une photo de moi accroché au poteau téléphonique la nuit où je m'étais introduit dans l'ancienne maison de Frank.

La lampe de chevet de guingois projetait une ellipse d'or sur un livre. *Twelve Steps*. Sans jaquette, celui-là.

Je retournai à quatre pattes dans le séjour en m'efforçant d'ignorer la forme ligotée sur la chaise, écartai les bouquins de mon chemin jusqu'à ce que je trouve le *Twelve Steps* à jaquette. Je la retirai pour révéler ce qu'elle dissimulait : un livre de comptes relié cuir.

Mes doigts feuilletèrent fébrilement les pages. Peu de rentrées. Beaucoup de sorties. A côté de chaque somme, ce que je supposai être le score d'un match de basket. *LA 98, Miami 102, 8 000 $; NC 88, Duke 90, 8 000 $*. Entre deux, le montant d'intérêts exorbitants. A la fin du mois dernier, la dette s'élevait à très exactement trois cent quatre-vingt-trois dollars et neuf cent dix-huit cents.

Mon ami la Voix avait été clair. « Je veux mon argent. » A peine s'était-il débarrassé de ses addictions qu'une autre lui avait mis le grappin dessus ?

Je m'obligeai à regarder Mack. De derrière, abstraction faite de la position incommode de ses membres entravés, on aurait pu croire qu'il somnolait. Ligoté, arrosé d'essence : c'était plus dans le style du crime organisé que du Secret Service. Mack avait-il été égorgé non par l'équipe de Bilton mais par les gros bras de son bookmaker ? Mais pourquoi auraient-ils cherché à m'attirer sur les lieux avec un ticket de Photomat ? La réponse me vint avec un frisson : Mack leur avait dit que c'était moi qui avais l'argent.

Représailles de book ou liquidation par le Service. Aucune des hypothèses n'était réconfortante.

Retour dans la chambre pour continuer les recherches. Au moment où je franchissais le seuil, quelque chose tomba du livre dc comptes. Une enveloppe jaunie. Non cachetée. Avec une date à l'encre bleue passée : *5/91*. Le mois de la mort de Frank. Accroupi, je soulevai le rabat et le papier me coupa le doigt. Un Polaroid tomba dans ma paume qui l'attendait. Bilton dans un QG de campagne, arborant un sourire et une cravate marron trop étroite, le bras autour de la taille d'une femme rayonnante d'une vingtaine d'années. Elle portait des pendants d'oreille en turquoise et avait la chevelure partagée par une raie médiane derrière une frange. Au fond, une pancarte proclamait : *BILTON GOUVERNEUR !* Rien au dos de la photo.

Notre président dégringolant d'un livre de comptes avec une femme qui n'était pas la sienne. Qu'est-ce qu'elle venait faire dans tout ça ?

Pas le temps d'y réfléchir, quelqu'un risquait d'enfoncer la porte d'une seconde à l'autre. Je glissai la photo dans ma poche revolver, parcourus la chambre du regard. Dans mon excitation, je me redressai et me tins un instant devant la fenêtre. On ne pouvait toujours pas me voir de la rue ou de la voiture, mais il y avait les fenêtres des appartements d'en face, que je regardai soudain avec terreur.

Un éclat de lumière provenant du toit en face attira mon attention.

Sans pouvoir réagir, j'entendis dehors un bruit sourd, comme une balle de tennis quittant un canon d'entraînement, et simultanément un claquement dans la cuisine. Un projectile tiré d'en face avait percuté le sol. Je le regardai tourner sur le linoléum puis s'immobiliser.

Une roquette miniature, longue de cinq centimètres, pas plus, tige étroite reliant l'ogive à l'empennage. Cela ressemblait à une grosse fléchette kaki.

Je ne me souviens pas d'avoir sauté. Seulement d'avoir été projeté vers le mur du fond quand la déflagration me souleva par-derrière et me retourna. Des éclats criblèrent instantanément les murs. Une vague d'air aspirée par la porte d'entrée passa sur moi puis la pièce parut palpiter, des flammes s'élevèrent partout à la fois, nuages orange vif. Je me mis péniblement debout tandis que le rideau de feu avançait, racornissant les photos à mes pieds, escaladant les murs.

Affolé, je regardai par la fenêtre. Plus personne sur le toit d'en face. En bas, la voiture n'avait pas bougé mais la portière était ouverte, le siège du chauffeur inoccupé. Ma main se porta à ma poche pour vérifier que la boîte aimantée s'y trouvait toujours : elle n'y était plus, le tissu était déchiré. Je tournai désespérément la tête en tous sens tandis que des flammèches me léchaient les jambes. La boîte fracassée gisait sur le futon. Tombant à genoux, je saisis ce qu'il en restait : des morceaux de plastique, la moitié supérieure de la clef. Où était l'autre ? Le feu se rapprochait. Je passai la main sur la moquette jusqu'à ce que je sente une brûlure. La clef était là, dans un nid de fibres calcinées. Sans réfléchir, je la ramassai. Le métal me brûla les doigts mais je tins bon et me ruai vers la porte.

Le feu s'attaquait à mon pantalon, à mes mains. Le cadavre de Mack se consumait avec une odeur écœurante. Je le regardai : il était en train de basculer, les liens cédant un à un. Je passai rapidement devant et franchis la porte.

Quelques voisins étaient sortis dans le couloir, des adultes sidérés, un gosse sur une patinette. Un homme robuste maintenait ouverte avec son talon la porte de l'issue de secours et criait aux autres de se sauver. Derrière lui, une silhouette haute et puissante apparut dans le couloir.

Reid Sever.

Nous nous regardâmes, moi à moitié accroupi, Sever immobile dans son costume sombre. Je me redressai et me précipitai sur lui. Il porta une main à sa hanche mais je tournai brusquement à gauche dans la buanderie et sautai par la fenêtre, atterris sur le toit de la remise, deux mètres plus bas. Mes chaussures dérapèrent sous moi et je tombai durement sur les fesses, glissai jusqu'au bord du toit, atterris sur le béton, les bras en croix. La moitié supérieure de la clef s'échappa de ma main, heurta le sol avec un tintement de pièce de monnaie. Je roulai sur moi-même et la rattrapai juste avant qu'elle disparaisse dans l'eau trouble de la piscine.

Regardant derrière moi, je vis Sever se pencher par la fenêtre de la buanderie, prêt à sauter. Je détalai. Escaladai la grille, dévalai la rue en cherchant dans ma poche mes clefs de voiture.

Deux cents mètres plus loin, mon pied pressant l'accélérateur, je ne parvenais toujours pas à reprendre haleine.

Il fallait que j'arrive chez moi avant eux pour les empêcher de mettre la main sur le sac à dos contenant la liste de chiffres.

30

Devant le trottoir en face de mon immeuble, un agent du Service assis au volant d'une Chevrolet remuait les lèvres. J'étais trop loin pour distinguer son oreillette mais il ne parlait sûrement pas à un ami imaginaire. Appartenait-il comme Sever au clan des corrompus ou le Secret Service s'occupait-il maintenant officiellement de moi ? Dans un cas comme dans l'autre, d'autres agents arriveraient bientôt en renfort, je n'aurais pas le temps de la jouer fine.

J'avais laissé mon pick-up à un coin de rue, prêt à filer dans l'éventualité probable où je serais poursuivi. M'écartant du camion de la Poste derrière lequel j'avais remonté la rue, je pénétrai d'un pas rapide dans mon immeuble.

En entrant dans le hall, j'entendis la portière de la Chevy claquer derrière moi. Je tournai calmement dans la cage d'escalier puis montai les marches quatre à quatre. J'arrivai au deuxième étage avant que la porte s'ouvre bruyamment, en bas. L'agent me cria des mots indistincts qui résonnèrent dans la cage d'escalier. Déboulant dans le couloir, je faillis renverser Evelyn qui tirait son chat derrière elle au bout d'une laisse attachée à un collier orné de strass.

Je marmonnai une excuse, me ruai dans mon appartement, fermai la porte à clef derrière moi.

Fébrilement, je sortis casseroles et couvercles de l'élément, tendis le bras vers le pot géant, en extirpai le sac à dos de Charlie, l'enfilai et m'élançai vers la porte en verre coulissante. Derrière moi, j'entendis un cri suivi d'un craquement de bois. L'agent bascula dans l'appartement au moment où je sautais du balcon. Je heurtai le poteau téléphonique plus durement que je n'en avais eu l'intention, empoignai l'un des barreaux métalliques mais mon autre main glissa et je manquai ma prise. Me balançant comme un singe, je vis à travers la baie vitrée l'agent qui fonçait vers le balcon, dégringolai plus que je ne glissai jusqu'au sol. Je risquai un coup d'œil par-dessus mon épaule quand je passai en courant devant la Chevrolet dont des bips signalaient la portière restée ouverte. L'agent était suspendu entre le bord du balcon et le barreau du haut du poteau.

Dans un crissement de pneus, deux SUV surgirent dans ma rue, mettant fin à mon bref soulagement. Le sac rebondissant sur mon dos, je descendis la ruelle en courant, poussai une grille et débouchai dans la rue où j'avais laissé mon pick-up. Il était toujours garé au croisement mais une voiture sombre s'était arrêtée à côté, en double file, et Sever se penchait vers la fenêtre du passager.

Je pivotai brusquement, commençai à m'éloigner sans trop hâter le pas mais Sever aboya dans sa radio et je me remis à sprinter. Sur la chaussée, un cycliste m'évita en jurant. Je m'engouffrai dans un immeuble, le traversai, ressortis dans une ruelle, regardai autour de moi. J'entendais le rugissement de voitures invisibles. Deux agents passèrent au bout de la ruelle, courant vers mon immeuble. Il leur aurait suffi de tourner la tête pour me découvrir. Je repartis dans l'autre sens, pris la direction de la supérette de Hacmed. Je me retrouvai derrière Sever. Planté dans le V de sa portière ouverte, il inspectait la rue. J'étais si près de lui que je distinguai la peau blanche de sa nuque sous ses cheveux récemment coupés. Je me figeai. Derrière moi, dans la ruelle, des radios crépitaient.

Une forme noire surgit de derrière la benne à ordures et jeta sur ma tête un manteau déchiré. J'entendis un « chut » murmuré et le manteau glissa sur mes épaules. Homer m'entoura la taille et m'entraîna en titubant, passa devant Sever et s'engagea sur le passage clouté. Tandis qu'il braillait dans mon oreille d'une voix faussement pâteuse, je fixai la chaussée, la tête baissée. Deux zonards titubants. J'attendais un cri, une main ferme sur mon épaule, un bruit de pas martelant l'asphalte.

J'entendis derrière moi les agents qui se regroupaient autour de la voiture de Sever.

— Cercles concentriques, ordonna-t-il. On y va.

Le bas du manteau m'arrivait aux mollets et j'eus une pensée reconnaissante pour mes Puma éculées, touche finale bienvenue à mon déguisement de clodo. Parvenu sur le trottoir, Homer me poussa dans la cuisine humide d'un restaurant chinois. Il salua les cuisiniers qui levèrent tous ensemble la tête de leur wok et répondirent à son salut avec une même familiarité. Après être passés devant du *kung pao* grésillant et de grandes marmites de riz, nous franchîmes une porte latérale donnant sur le parking de derrière. Nous nous faufilâmes entre les voitures et les poubelles, prîmes la direction de l'ouest en évitant les grandes artères et nous retrouvâmes finalement dans une cour paisible derrière une église. Près de la porte, une énorme caisse en carton déformée par l'eau contenait des fringues.

Je défis le manteau malodorant de Homer et le lui rendis, m'assis sur le perron arrière de l'église, posai les mains sur mes genoux. Mes bras tremblaient. Je n'arrivais pas à chasser de mes narines l'odeur de la chair brûlée de Mack.

— Tu viens sûrement de me sauver la vie, bredouillai-je d'une voix grêle.

— Ils chercheront un type en chemise blanche, dit-il en montrant la caisse.

Je fouillai le carton de tee-shirts d'inspiration chrétienne, délaissai *Imprègne-toi du Fils* et *Plus Fort que les Clous* pour un plus œcuménique *Pardonne-nous nos offenses*, lettres grises sur fond noir. Au moment où je l'enfilais, une sirène de police nous déchira les tympans. Une voiture de ronde passa en trombe devant la grille et le ululement s'estompa. Je dus faire un effort pour relâcher les muscles de mes épaules.

— J'ai essayé d'obtenir les renseignements que tu cherchais au Bureau des anciens combattants mais je me suis heurté à des fonctionnaires bornés et peu serviables, dit Homer. L'administration en action, ajouta-t-il avec un hochement de tête désabusé.

Nous repartîmes en suivant un itinéraire détourné qui nous amena au nord de San Vicente, où les rues s'inclinent vers le niveau de la mer. Homer me fit descendre des marches de béton et nous nous retrouvâmes en sécurité dans le passage souterrain, par lequel quelques baigneurs regagnaient leur voiture en passant nerveusement devant les SDF. Nos pas résonnaient dans l'air humide qui puait l'urine. Quand nous fûmes à mi-chemin, il me prit par le bras pour m'arrêter, s'assit par terre, le dos contre le mur incurvé. Je fis de même. Un type loqueteux portant des lunettes sans verre passa en vacillant, suivi d'une femme obèse qui feignait de jouer du violon sur une raquette de tennis aux cordes cassées. Plusieurs autres silhouettes grisâtres qui sentaient la sueur et l'ordure traversèrent le tunnel en plaisantant et en jouant avec de curieux accessoires brisés : le cirque des sans-abri. Le vent se leva, souffla l'air frais de l'océan dans la gorge de béton. Au bout du passage, le cercle du ciel flamboyait de couleurs, en un spectacle d'une étrange beauté.

Je me tournai vers Homer.

— Merci de m'avoir amené ici.

— N'oubliez pas le pourboire, répondit-il.

En face de nous, un vieillard étique somnolait sous une couverture de journaux. Un titre claironnait : *Forte progression du sortant : Bilton revient.* Tandis que le soleil descendait vers la plaine scintillante du Pacifique, nos ombres s'allongeaient en formes grotesques sur les parois courbes du tunnel.

J'inclinai la tête jusqu'à ce qu'elle heurte le béton suintant. Enterré dans un passage noyé de pisse sous une autoroute, en cavale avec un clochard alcoolo. Plusieurs témoins m'avaient vu quitter l'appartement en flammes, on pouvait me coller sur le dos le meurtre de Mack. J'avais failli porter le chapeau de celui de Frank pour moins que ça.

L'homme qui avait tiré du toit d'en face aurait pu me tuer mais, au lieu de lancer la roquette sur moi dans la chambre, il avait visé la pièce de devant. Sever attendait en bas pour m'alpaguer. Ils avaient sans doute l'intention de me traîner dans une salle d'interrogatoire comme ils l'avaient fait dix-sept ans plus tôt et d'utiliser les nouveaux moyens de pression dont ils disposaient pour m'arracher des réponses. Ou peut-être envisageaient-ils une autre méthode pour me faire parler : une chaise, des entraves et un bidon d'essence.

Je tirai de ma poche les deux morceaux de la clef de Mack. Ils s'ajustaient parfaitement là où un mince creux séparait deux dents : il ne manquait rien. L'angoisse se mit à battre à mes tempes.

— Il faut qu'on y aille, dis-je.

Homer respirait bruyamment par le nez.

— Attends qu'il fasse noir, conseilla-t-il en me tapotant le genou en un geste avunculaire qui ne lui ressemblait pas.

Sa tête tomba sur sa poitrine et je ne pus m'empêcher de penser au fils de Charlie. Le poids mort dans ma main quand je lui avais relevé le visage, révélant la plaie béante à la gorge. Mack ne leur avait pas dit ce qu'ils voulaient savoir et ils comptaient maintenant sur moi pour l'apprendre.

Au bout du passage, dans le morceau de ciel étriqué, le soleil disparaissait. Des formes se fondaient dans le noir. Tout autour de nous montait un bruissement d'humanité, de corps murmurant ensemble de leurs voix rauques. Perdu parmi les ombres sans visage, toutes déchues, toutes en fuite, je sentis mes yeux s'emplir et des larmes couler. Je plaquai une main sur ma bouche pour étouffer ma frayeur. Pas un bruit, rien qu'un filet d'eau salée sur mes jointures et un poing invisible dans ma gorge. Ce n'était pas de la peur, pas tout à fait, mais quelque chose de plus épouvantable. Une sorte de terreur froide, une pression dont le poids m'était insupportable.

Je m'étais raconté que je pouvais mener une vie normale. Je devais fuir tant que j'étais encore du côté des vivants, emporter le sac bourré de fric, sauter dans un autocar pour une autre ville, un autre Etat. Tout laisser derrière moi, une fois de plus. Si terrifiante que fût cette perspective, je pouvais repartir de zéro. Je l'avais déjà fait.

Mais alors, je ne saurais jamais. Personne, peut-être, ne saurait jamais.

Il faisait noir à présent, le tunnel s'emplissait de ronflements. Je réveillai Homer d'un coup de coude.

— Tu pourrais m'amener à Montana Avenue sans qu'on me voie ?

— Bien sûr.

— Comment ?

— Je suis le seul, excepté les femmes de ménage, qui utilise vraiment les transports en commun dans cette ville, affirma-t-il.

Il se leva en maugréant, tituba légèrement, effets de la malnutrition ou retombées de la gnôle.

— Et personne ne voit ceux qui prennent les bus à Los Angeles.

Il rota, pressa des deux mains son énorme panse.

— Qu'est-ce qu'on va faire là-bas ?

Je fis danser dans mon poing les deux moitiés de la clef.

— J'ai besoin d'un serrurier.

31

J'arrivai à l'échoppe au moment où Raz fermait.

— Tu pourrais m'en faire une entière avec ces deux morceaux ? lui demandai-je sans préambule en ouvrant le poing. Je te paierai bien.

Il lâcha le rideau de fer qu'il s'apprêtait à baisser.

— Sale affaire de merde, hein, frère ?

Il pinça son épaisse moustache entre le pouce et l'index, me fit entrer. J'avais laissé Homer avec une flasque de King Cobra devant le Duck Blind, un marchand d'alcool. Il l'avait éclusée avant même que j'aie commencé à la payer et avait choisi de rester dehors pour fouiller dans les poubelles au cas où quelqu'un aurait laissé un fond dans une bouteille avant de la jeter.

Il faisait sombre dans l'échoppe, Raz n'avait pas rallumé les tubes fluo du plafond, eu égard à la nature illicite de l'opération. A la lumière d'une lampe montée sur un bras articulé, il assembla les deux morceaux de la clef, plissa ostensiblement les yeux pour les examiner.

— Dur de refaire clef qui marche. J'ai pas ébauche à sept dents, frère. Je t'ai dit, je dois faire venir du Canada.

— Je ne savais pas que j'en aurais besoin.

— Eh oui, soupira-t-il, ils savent jamais quand ils auront besoin. Je vais essayer autre système. Je vais essayer pour toi.

Ses gros doigts plongèrent dans une boîte pleine d'ébauches vierges.

— C'est interdit, refaire cette clef.

— Je sais. Mais j'en ai besoin.

— Pour autre boîte postale, peut-être ?

— Oui.

— Qu'est-ce qu'il y a de si important, dans ces boîtes postales ?

— Dans celle-là, aucune idée.

Il fit la moue, se pencha vers moi.

— Je vais t'aider, frère, mais je me demande pourquoi. Je sais pas ce que tu fais avec cette clef. Je ferais peut-être mieux appeler les flics.

Il marqua une pause pour donner plus d'intensité à la scène puis cala l'ébauche dans sa machine à créneler, procéda aux réglages.

— Mais j'appelle pas. Comme pour mon grand-père. D'abord, ils obligent à remettre son fusil de chasse. Pour l'effort de guerre, frère.

Il se pencha de nouveau sur sa machine, la tête coupeuse se mit à tourner et à mordre le métal. Entre deux gerbes d'étincelles, il finit de raconter son histoire :

— Après, ils lui disent qu'il sera réinstallé ailleurs avec ma grand-mère et tout le village. Pour leur propre bien. Toujours pour propre bien. Ils leur font traverser toute l'Anatolie. En chemin, ils violent les femmes. Rien à manger, pas d'eau. Beaucoup meurent dans les fossés, la peau comme du papier sur les côtes.

Raz ébarba ensuite la clef. De nouveau des étincelles jaillirent, créant dans l'échoppe obscure un arc de lumière qui éclairait son visage, ses joues charnues. Il ne portait pas de lunettes protectrices. Il passa rapidement un doigt sur les dents de la nouvelle clef et, mécontent, secoua la tête, jeta la clef à la poubelle et recommença avec une autre ébauche.

— Tu connais l'histoire, reprit-il. Toujours pareil. Les croisades, les guerres mondiales, la Croatie, le Soudan, l'Irak. C'est l'humanité.

De nouveau l'ébarbeuse et les étincelles faisant rougeoyer son visage concentré.

— Pendant la marche, une paysanne cache mes grands-parents dans un poulailler. Pourquoi ? Je sais pas. S'ils la prennent, ils la fusillent. Les gens aident les gens, quelquefois. Ils savent pas pourquoi. C'est aussi l'humanité.

Il se rassit sur son tabouret grinçant dont le vinyle fendillé laissait passer la bourre sur les côtés. Il examina la nouvelle clef, fit la grimace.

— Désolé, frère. Je parle et je parle d'aider mais je peux pas. J'arrive pas à faire clef qui marche avec deux morceaux. Pas avec ébauche de remplacement. Je peux seulement faire venir bonne ébauche du Canada.

— Je n'ai pas le temps d'attendre.

Raz réfléchit, le menton posé sur le roc arrondi de son poing.

— J'ai idée. Moyen d'ouvrir la boîte postale. Une chance seulement. Tu risques ?

— Je risque, répondis-je.

J'inspectai le pâté de maisons du bureau de poste et ne repérai personne, mais avec leurs moyens techniques, s'ils étaient en planque, je serais incapable de les voir. Deux rues plus bas, l'arrêt d'autocar attendait pour m'escamoter de nouveau dans l'oubli. Je retournai près de Homer, assis au bord du trottoir dans le parking d'un supermarché.

— J'y vais, dis-je. On se retrouve à l'arrêt du car dans cinq minutes.

Il me congédia d'un geste dédaigneux.

Je me dirigeai d'un pas hésitant vers le bureau de poste de Sherman Oaks en cherchant à me dissimuler derrière les arbres et les camionnettes garées. Finalement, je franchis les portes et m'adossai au mur. La grande salle où se trouvaient le comptoir et les guichets était fermée mais l'aile gauche, avec les rangées de boîtes, était ouverte comme le promettait la publicité, quoique faiblement éclairée pour décourager les visites nocturnes.

Un mouvement à l'extérieur attira mon attention : Homer descendait le trottoir, intrépide et majestueux. Il entra dans le bureau, me regarda et grommela :

— Quoi ? Je m'emmerdais.

Je relâchai ma respiration avec un sifflement.

Dans la poubelle proche de l'entrée, il trouva un reste de taco à son goût.

— Tu crois vraiment que s'ils surveillent le coin tu leur échapperas en marchant sur la pointe des pieds comme Sylvestre le chat ?

Il s'approcha d'un présentoir, fourra des enveloppes de courrier prioritaire sous son blouson pour se protéger du froid ou simplement parce qu'elles étaient à portée de main.

Je gagnai les rangées de boîtes postales. Accroupi dans la lumière chiche des tubes fluorescents à économie d'énergie, les deux morceaux de clef dans ma main, je regardai longuement le numéro gravé dans le métal : *228*.

Je partais de l'hypothèse que la seconde boîte se trouvait dans le même bureau que la première, mais si les quatre derniers jours m'avaient appris quelque chose, c'était que rien n'allait jamais de soi. Je n'avais qu'un coup à jouer et c'était déjà assez stressant sans me demander en plus si j'étais bien dans le bon bureau.

Je m'assis par terre, le bout de la clef entre le pouce et l'index, mince morceau de laiton tout en dents. J'en glissai l'extrémité dans la serrure et l'enfonçai mais sans la lâcher, comme Raz me l'avait conseillé. Retenant ma respiration, je préparai l'autre morceau dans ma main, le présentai de manière à aligner les deux bords brisés, comptai jusqu'à trois et poussai. La clef entra avec un bourdonnement. Je la tournai lentement en faisant une prière. Miracle : la serrure cliqueta. La porte rectangulaire s'entrouvrit. Je passai un doigt dans la fente, l'élargis.

La boîte paraissait vide. J'introduisis une main à l'intérieur, trouvai l'enveloppe de papier kraft collée à la paroi du haut. Je la détachai, l'ouvris ; une feuille épaisse et raide en tomba.

Un cliché d'échographie.

Je contemplai les gris et les noirs indistincts, la tête d'extraterrestre d'un bébé. Des lettres blanches se détachaient sur la marge noire, en haut : *J. Everett 10:07 12 décembre 1990*.

Sur le côté, sous des informations techniques et médicales, cette précision : *18 semaines, sexe féminin*. Pas de nom d'hôpital, pas de numéro de sécurité sociale.

Je pris dans le sac à dos le morceau de papier déchiré que j'avais trouvé dans la boîte postale voisine deux jours plus tôt. Je ne comprenais toujours pas ce que les chiffres qui y étaient inscrits signifiaient. Je regardai dans l'enveloppe et, comme je m'y attendais, elle contenait elle aussi un autre morceau de papier déchiré dont les bords collaient parfaitement à ceux du premier.

Un rapport de laboratoire. En haut, le nom de la mère, *Jane Everett*. Père : *inconnu*. A droite, *Bébé Everett*. Sous les noms, les titres des colonnes de chiffres en caractères gras, avec notamment : *Allèles de la mère, Allèles de l'enfant, Allèles du père présumé* et, finalement, *Pourcentage de probabilité de paternité*. Mes yeux descendirent jusqu'au nombre inscrit dans la colonne : *99,999*.

Le bras du candidat autour de la taille d'une militante. Une grossesse. Un enfant naturel, fruit des amours clandestines d'Andrew Bilton, Monsieur Valeurs Familiales en personne. Etait-ce assez pour provoquer tout ce qui avait été commis ? L'année où l'on élisait le président de la première puissance mondiale ? Absolument.

Je tirai de ma poche le Polaroid de la jeune femme. Salut, Jane Everett.

Son bébé avait dû naître juste avant le meurtre de Frank. D'une certaine manière, nous étions mêlés à cette histoire depuis le début, elle et moi. Comme moi, elle portait depuis dix-sept ans le poids écrasant d'un secret.

J'éprouvai ce que Frank avait dû ressentir : l'impression qu'on venait de me jeter sur les cuisses une grenade dégoupillée. Mais, sous la stupeur, une considération nouvelle se faisait jour. L'enfant.

En 1991, j'étais assez âgé pour faire mon choix, quitter la maison et me jeter dans la gueule des conséquences. Elle, elle n'était qu'un nouveau-né. Je voulais qu'elle ait une vie différente de celle qu'on m'avait imposée.

Bilton respirerait mieux lorsqu'elle serait sous terre. Et il ne manquait pas d'amis prêts à faire le nécessaire pour ça.

Se cachait-elle ? Charlie m'avait-il fait comprendre, à sa manière énigmatique, que je devais la sauver ? Etait-ce la lourde responsabilité dont il m'avait chargé ?

Assis sur le sol, je fixai l'échographie en attendant que la clarté se fasse dans ma tête. Je songeai à l'autocar, à tous les endroits où il pourrait m'emmener. Après avoir rangé l'échographie et les deux morceaux de papier dans le sac à dos, je me relevai et passai devant Homer.

Je sortis dans le froid mordant de la nuit. Je distinguai au loin à droite l'arrêt d'autocar, les parois de verre et le banc bleu. Je les fixai un moment puis tournai à gauche et trouvai une cabine téléphonique. D'une main étonnamment ferme, je composai le numéro.

Lorsque j'eus révélé à Induma ce que je venais de découvrir, elle me demanda, après un long silence :

— Qu'est-ce que tu vas faire ?

— Tu penses bien qu'ils vont chercher à détruire toutes les preuves. Je dois trouver cette fille. Bébé Everett. Avant eux.

— Bébé Everett, répéta Induma, comme pour s'habituer à ce qui n'était pas vraiment un nom.

— Elle ne sait peut-être même pas qu'elle est en danger.

— Comment retrouver quelqu'un dont on ne connaît pas l'identité ?

— Commence par sa mère. Tu es toujours d'accord pour m'aider ?

— Bien sûr, mais on n'a quasiment rien, comme point de départ. Il doit y avoir des quantités de Jane Everett dans cette tranche d'âge et on ne peut même pas limiter les recherches à une ville. Pour Charlie, je savais au moins qu'il fallait chercher dans les forces de l'ordre californiennes...

— Qu'est-ce qu'il nous faut ?

— Quelqu'un avec un puissant logiciel analytique, une méga largeur de bande, un moteur de recherche et un accès à des fichiers médicaux non consultables.

— Le dossier de la maternité ?

— Exact. L'accouchement, la durée du séjour. Il nous faut quelqu'un qui a les autorisations officielles et le matos pour ce genre de recherches.

— Tu ne peux pas demander un autre service, au LAPD ?

— Ils ne veulent plus entendre parler de moi. Je crois que les questions que le directeur adjoint a posées ont touché un nerf sensible. Il ne prend plus mes coups de fil. Rien d'inquiétant, mais plus question d'obtenir quoi que ce soit de la police. Pas par moi, en tout cas. Et compte tenu de tes rapports avec les flics, ça ne te laisse pas beaucoup d'options. Du moins, pas beaucoup d'options que tu aurais envie de choisir.

— Il ne s'agit plus seulement de Frank, répondis-je.

— Non, dit Induma. Je suppose que non.

De retour dans le bureau de poste, je trouvai Homer endormi sur le comptoir. Le silence m'arrangeait plutôt. Je m'assis et attendis que des phares balaient la vitre. Le Range Rover. Il passa sans s'arrêter.

Homer se réveilla, posa sur moi des yeux sombres et luisants. Il me suivit docilement dehors, m'emboîta le pas. Je marchai un moment, traversai un parc, escaladai une clôture. La vitre du Range Rover s'abaissa dans un bourdonnement, Induma me regarda.

— Je te présente Homer, dis-je.

— Salut, Homer.

Il s'inclina avec une dignité de reine mère.

— On aura besoin de lui, précisai-je.

32

Induma me déposa deux rues plus haut et attendit dans le Range Rover avec Homer. Le sac sur le dos, je passai par-dessus la clôture arrière de la maison de Callie et traversai le patio.

Je frappai à la porte de derrière, Steve vint ouvrir. Il avait le côté gauche du visage violacé et gonflé comme un ballon là où j'avais cogné. J'ouvris la bouche mais aucun son n'en sortit.

— Super, grogna-t-il. Entre.

De l'autre pièce, Callie cria :

— C'est lui ?

Steve m'entraîna sur le côté.

— Pas un mot devant Em, m'intima-t-il.

Il me laissa passer devant pour me tenir à l'œil. Callie et Emily étaient à table. Ma mère avait nettoyé son assiette avec un morceau de pain – une vieille habitude – mais Emily avait à peine touché à la sienne. Des lasagnes reposaient sur le dessous-de-plat en forme de cochon que j'avais fabriqué en techno au collège.

Callie se leva, ravie ou nerveuse, probablement les deux.

— Super, lâcha Emily comme son père. Je peux aller dans ma chambre, maintenant ?

— Vas-y, dit Steve.

Elle se traîna jusqu'au réfrigérateur, ouvrit une canette de Pepsi, me regarda.

— Quoi ? Vous en voulez un ?

— Oui, merci.

Elle s'approcha de moi avec la canette, la flanqua contre mon épaule.

— Ça fait quinze ans que je te connais, tu m'en as jamais offert un, se plaignit Steve.

— Parce que t'es pas aussi pitoyable, répliqua-t-elle en montant l'escalier.

— Je te l'avais dit : elle t'aime bien, commenta Callie. Assieds-toi. Tu as mangé ?

— C'est ça, fais comme chez toi, ironisa Steve. On a une chambre d'amis en haut, si tu veux t'installer pour un mois ou deux...

Elle lui lança un regard réprobateur mais j'allai dans le sens de Steve :

— Non, il a raison. Je n'ai fait que vous apporter des ennuis.

— Pour une fois, on est d'accord, fit remarquer Steve.

En haut, la porte de la chambre d'Emily se ferma en claquant.

— J'ai quelque chose à te montrer, murmura Callie. Ça pourrait être grave.

— « Pourrait » ? répéta son mari, sarcastique.

Ils me conduisirent dans le séjour, dont les rideaux étaient fermés. Steve tripota vainement quatre télécommandes jusqu'à ce que Callie prenne le relais et appuie sur deux boutons.

L'écran s'alluma et, grâce à TiVo, Callie nous épargna les pubs de l'enregistrement. Elle se tourna vers la cuisine et plissa le front.

— Em !

Une grosse botte noire ornée d'un crâne dépassa légèrement de l'encadrement de la porte puis, un mètre cinquante au-dessus environ, un visage boudeur.

— Heureusement pour vous, je suis trop bête pour comprendre qu'il se passe quelque chose de bizarre.

— Monte tout de suite, ordonna Steve. Va écouter Fall Down Boy ou je ne sais quoi.

— C'est hallucinant ce que t'es nul !

Les bottes gothiques firent résonner les marches de l'escalier.

— Trois... deux... un... compta Callie en se recroquevillant.

La porte claqua si fort que le sol vibra.

Quand Callie pressa de nouveau le bouton de la télécommande, le visage anguleux d'un journaliste local nous fit face.

« Aujourd'hui à West LA, des agents fédéraux ont fait un raid sur un appartement identifié comme le QG du groupe terroriste auteur de l'attentat manqué contre la centrale nucléaire de San Onofre. Un suspect a été tué, un autre a pris la fuite... »

Je reculai d'un pas, m'affalai sur le canapé.

L'écran montrait maintenant des pompiers en train de maîtriser l'incendie.

« Avant de s'enfuir, l'homme a fait exploser les bombes stockées dans l'appartement. Curieusement, les premiers indices relevés suggèrent que l'autre terroriste serait mort avant l'explosion et la police émet l'hypothèse qu'il a été torturé et exécuté par son complice. »

Retour au journaliste solennel :

« Une grande partie des preuves recherchées par les autorités ont été détruites. »

Callie éteignit le téléviseur.

— On n'a communiqué aucune photo du suspect en fuite, dit-elle.

— Pour le moment, ajouta Steve.

— Ce… ce n'est pas tout, bredouillai-je, reconnaissant à peine ma propre voix.

— Tu m'étonnes, marmonna Steve.

Il retourna dans la cuisine et nous le suivîmes. Callie reprit sa place à la table comme pour un banal dîner en famille mais Steve et moi restâmes debout.

— Je vous en prie, écoutez-moi, suppliai-je. J'ai besoin de votre aide.

Steve s'esclaffa.

— De *mon* aide ?

— S'il vous plaît, écoutez-moi. Si vous ne me croyez pas, je m'en vais et vous ne me reverrez jamais.

Callie se raidit.

— Mais si vous me croyez, votre aide me sera précieuse. La vie de quelqu'un d'autre est peut-être en danger.

J'affrontai le regard de Steve jusqu'au malaise, me tournai finalement vers Callie. Elle nous observait sans rien dire, ce qui lui ressemblait tellement peu que Steve finit par craquer. Il tira une chaise à lui, s'assit, désigna de la tête le siège d'en face. Je m'assis à mon tour.

Je leur racontai tout, rajoutant les détails que j'avais omis la première fois, et leur donnai ma version de ce qui s'était passé dans l'appartement de Mack. Je leur montrai l'échographie, le rapport du laboratoire ainsi que le Polaroid de Bilton et de la jeune femme.

— J'ai besoin de retrouver la mère qui a fait faire l'analyse d'ADN, conclus-je à la fin de mon récit. Ou tout au moins de rassembler sur elle et sur sa fille toutes les informations possibles. Je n'ai personne d'autre à qui m'adresser.

— Tu dois te livrer, Nick, déclara Steve. C'est la seule façon de...

— Non, le coupa Callie.

Surpris, nous nous tournâmes vers elle.

— S'il se livre et si cette histoire est vraie, poursuivit-elle, plus personne ne le reverra. Aide-le, Steve. Je t'en supplie.

— Et s'il a vraiment tué ce type ? Et ce fric, d'où il vient ? Je sais, c'est ton fils mais soyons clairs : ça faisait des années que tu ne l'avais pas vu.

— Moi, je le crois, dit-elle d'un ton ferme.

Steve prit une profonde inspiration, la retint, croisa les bras et se tourna vers moi.

— Je suis flic. Alors, je ne t'ai pas aidé, je ne t'ai jamais rencontré. Si je tombe sur toi, je serai probablement obligé de t'arrêter. Tu comprends ?

Je hochai la tête.

Il tira de sa poche revolver un carnet d'inspecteur, nota quelque chose dessus et me le montra, comme les personnages d'un film quand ils font une offre financière mirifique.

— C'est mon portable. Tu m'appelles uniquement si tu risques de te faire tuer.

Je mémorisai les chiffres, Steve rangea son carnet.

— Laisse-moi aussi un numéro, me demanda-t-il. Un portable, de préférence. Si je commence à poser des questions on se méfiera, mais demain je suis de nuit, je pourrai aller sur l'ordinateur quand ce sera calme au bureau. Je vérifierai si tu fais l'objet d'un avis de recherche ou si t'as seulement le Secret Service au train. Je chercherai une Jane Everett dans les fichiers mais là, tu demandes beaucoup. A cause du secret médical, je ne pourrais pas avoir accès à son dossier même si on savait à quel hôpital elle a accouché, ce qui n'est pas le cas. Il faut que je trouve un autre moyen, en bossant à l'ancienne, voir si je peux dénicher une Jane Everett de quarante-cinq, cinquante ans qui a une fille de dix-sept ans. Si elle ressemble à la fille du Polaroid, encore mieux mais elle a dû beaucoup changer avec l'âge. Si je trouve quelque chose – et je dis bien *si* – je t'appelle. Toi, pendant ce temps-là, tu te planques. Et tu n'as jamais mis les pieds ici.

— Jamais, confirmai-je.

— Ça alors, feignit-il de s'étonner. Deux fois de suite qu'on est d'accord.

Induma était assise, les jambes repliées sous elle, sur l'immense canapé. Je savais qu'elle était préoccupée parce qu'elle pressait sur ses cuisses l'un des énormes coussins. Après y avoir jeté un bref coup d'œil, elle avait posé à côté d'elle le test de paternité. D'en haut nous parvenaient le bruit de la douche et la voix rauque de Homer interprétant un air des *Pirates of Penzance*. Alejandro dormait chez lui, un soulagement à de nombreux égards. Des bougies couleur grenadine allumées sur la table basse donnaient à l'air une note odorante agréable.

— On n'aurait pas dû venir ici, dis-je. Ils ont dû commencer à chercher parmi tous les gens que je connais. Ils pourraient frapper à ta porte d'une minute à l'autre.

— S'ils en viennent aux ex d'il y a trois ans – ce qui m'étonnerait –, qu'est-ce qu'ils peuvent faire ? Ils n'obtiendront jamais un mandat de perquisition et s'ils poussent leurs recherches aussi loin, ils sauront qui je suis et à qui je peux téléphoner. Au risque de paraître prétentieuse, je te garantis qu'on n'entre pas ici en enfonçant la porte. On sonne, on pose poliment quelques questions, on s'en va et on ne revient qu'avec un dossier en béton.

— Ces types ne savent même pas ce qu'est un mandat...

— Je suis prête à courir ce risque. Maintenant, il s'agirait de se remuer.

Des volutes de fumée montaient des bougies rouges.

— Mon seul moyen de m'en sortir, c'est de rassembler suffisamment de preuves, dis-je. De les confier à quelqu'un pour me constituer une assurance vie. Et de disparaître avant qu'ils me fassent disparaître.

Induma détourna vivement les yeux.

— De nouveau la fuite ?

— Pas avant d'avoir prévenu Bébé Everett. Plus ça chauffera pour eux, plus ils chercheront à enterrer le passé. En commençant par elle.

— Tu as réussi à leur échapper, dit-elle sans ramener son regard sur moi. Mais rien ne dit que tu pourras le refaire.

— Raison de plus pour garder de l'avance sur eux, arguai-je. Tu peux encore faire appel à tes relations à la police scientifique ? Pour obtenir une analyse d'ADN ?

Elle pressa plus fortement le coussin contre elle, baissa les yeux vers le rapport de laboratoire.

— Au cas où tu t'approcherais suffisamment du Président pour lui arracher un cheveu ? Probablement. C'est moi qui ai configuré tout leur système de stockage. Si je dis qu'il y a un pépin, le directeur me donne libre accès. Mais même si j'accède aux fichiers ADN, je doute que celui de Bilton se trouve avec ceux de tout le monde.

— On doit bien le conserver quelque part, au cas où il faudrait identifier son corps après une explosion, un incendie, ou si quelqu'un abat l'avion présidentiel.

Nouvelle objection d'Induma :

— Même si nous montrons que l'ADN de Bilton correspond à celui du test de paternité, il pourra toujours prétendre que ce rapport a été falsifié. C'est une copie, il nous faudrait l'original.

— Et la photo Polaroid ?

Elle me la réclama d'un geste et je la pris dans le sac à dos. Elle l'inclina vers la lumière.

— Elle est ancienne, elle date d'avant l'arrivée de PhotoShop. Ce qui la rend très convaincante. Supposons qu'elle soit authentique, et que cette fille soit bien Jane Everett. Ça n'est toujours pas une preuve formelle.

— Je ne cherche pas une pièce à conviction à présenter à un tribunal. Je veux juste un moyen de pression. Et la réaction de Bilton prouve que j'en ai un.

— Ce serait quand même pas mal d'avoir quelque chose de concret pour étayer en partie cette histoire.

— Je l'ai.

Elle plissa le front.

— Quoi ?

— Homer était dentiste.

— Et alors ? répliqua-t-elle.

Puis, en clignant des yeux :

— Oh, non. Oh, non.

Engoncé dans un épais peignoir rose, Homer descendait l'escalier sans se presser. Quand ils étaient mouillés, ses cheveux broussailleux lui effleuraient les épaules. La ceinture, tendue à craquer, maintenait difficilement les pans du vêtement sur son ventre gonflé.

— Très seyant, commenta Induma.

— Nous faisons de notre mieux, répondit-il.

— J'ai besoin de ton aide, lui dis-je. Ce truc que j'ai dans la joue, c'est une esquille. Il me la faut. Et je ne peux pas aller à l'hôpital. Je sais que ce n'est pas exactement ton domaine, mais je veux que tu l'extraies de mon visage.

Il me regarda un moment puis haussa les épaules.

— D'accord.

J'allai à la cuisine, revins avec un assortiment de couteaux.

Apparemment, Induma en avait un grand choix.

— Je crois qu'il y a un scalpel en haut, dit-elle à cet instant. Alejandro l'avait acheté pour l'une de ses sculptures.

— Super. Tu as une caméra numérique, hein ? Il faut filmer l'extraction de l'esquille pour avoir une preuve de sa provenance.

Homer examina les couteaux, regarda Induma étendre un drap sur le canapé.

— Tu peux le faire, assurai-je. Je sais que tu t'en crois incapable mais je sais que tu peux.

Il semblait plutôt calme et c'était sans doute moi-même que je cherchais à rassurer.

— On a de l'anesthésique ? s'enquit-il.

— Pour toi ou pour moi ?

Il ne sourit pas. Je me tournai vers Induma.

— On n'en a pas, j'imagine ?

— Un des copains de discothèque d'Alejandro a laissé un gramme de coke dans la boîte à gants de ma Jag. Je ne l'ai pas encore balancé dans les toilettes.

— Tu veux me fourrer de la coke dans les narines ?

— Non. C'est toi qui veux, rectifia-t-elle.

Elle alla chercher la page de magazine pliée en quatre contenant la drogue, mit le scalpel à tremper dans l'alcool et nous nous installâmes. Homer se tenait debout près de moi, dans le peignoir de bain rose sorti tout droit de *Certains l'aiment chaud*, les yeux clos, s'efforçant sans doute de se rappeler les rudiments de la chirurgie faciale.

Etendu sur le drap comme un cadavre, je serrai la main d'Induma et attendis le coup de lame. Le scalpel se rapprocha. La main de Homer tremblait. Il s'essuya le front, recula.

— Y a du scotch dans cette maison ? demanda-t-il. J'ai besoin d'un petit verre pour arrêter ma tremblote.

Tandis qu'Induma se dirigeait vers le bar, je levais les yeux vers le visage blême de Homer.

— Un double, plutôt, corrigeai-je.

33

La lumière de l'après-midi traversant la paroi de verre incurvée du fond de la salle de séjour me réveilla. Immédiatement, la douleur palpita dans ma joue. Sur la table basse, un peu en dessous du niveau de mon visage, des carrés de gaze entouraient des tampons noirs de sang séché. Je découvris également des lames de diverses tailles aux pointes tachées, un saladier rempli d'eau rose, la page de *Vanity Fair* dépliée, avec un reste de poudre blanche sur la robe de Nicole Kidman. Des quantités de serviettes en papier et, dans une boîte de friandises en aluminium, le morceau d'os de Charlie Jackman.

Un mal de crâne épouvantable. La bouche pleine de poussière sèche. Le côté gauche du visage engourdi, comme un poids mort. Un demi-mètre au-dessus de ma tête, suspendu à une tige d'acier recourbée, l'abat-jour d'une lampe braquée sur moi comme dans un cabinet de dentiste. Levant ma tête endolorie, je regardai à droite, à gauche. Induma était nichée entre le dos du canapé et moi, le visage pressé contre ma poitrine nue. Homer dormait dans un coin, sa panse velue soulevant le peignoir pareille à celle d'un mammifère marin. On se serait cru au lendemain d'une rave sadomaso.

Je m'écartai d'Induma qui grogna mais s'appropria aussitôt mon espace. Le contact de son corps avait rougi mon flanc gauche. Ma joue retrouva en partie ses sensations : au moins, son engourdissement ne provenait pas d'un coup de scalpel malheureux.

Je parvins à me lever mais les instruments chirurgicaux de fortune se mirent à tournoyer. Leur tourbillon rouge et argent me remit en mémoire l'interminable extraction de la veille, souvenir aussi vif qu'un goût de vomi au fond de la gorge. Calamiteuse, l'opération, et la cocaïne n'avait pas été non plus à la hauteur. Malgré tous ses efforts, c'est seulement aux premières lueurs de l'aube que Homer avait réussi à sortir de ma joue le morceau d'os de Charlie, et Induma en avait pleuré de soulagement.

La caméra numérique était encore sur son trépied mais son voyant rouge ne brillait plus. A la fin d'une seule prise épuisante digne de Hitchcock, Induma avait tenu l'esquille sanglante avec des pinces devant l'objectif pour prouver que le fragment provenait bien de ma joue. Elle avait codé et chargé le MPEG, ainsi que des copies du cliché d'échographie et du test de paternité, puis les avait envoyés sur un serveur sûr.

Impatient d'avoir des informations sur Bébé Everett, je consultai mon téléphone portable mais je n'avais pas de message de Steve. D'un pas chancelant, je passai devant le trépied pour gagner la salle de bains. Le premier coup d'œil dans la glace fut terrifiant, mais une serviette trempée dans l'eau chaude fit disparaître une grande partie de la croûte noirâtre. La plaie était effrayante par sa profondeur mais demeurait relativement petite, à peine plus grosse que la pointe d'une balle. Après avoir avalé quatre Advil, je trouvai une trousse à pharmacie dans l'armoire. Un sparadrap sur ma blessure redonna à mon visage un aspect à peu près normal, exception faite de l'expression de souffrance qui semblait gravée dessus.

Le bruit du robinet devait avoir réveillé Induma et Homer car lorsque je ressortis de la salle de bains je les trouvai assis ; ils se regardaient en clignant des yeux comme de fraîches connaissances de beuverie qui se demandent s'ils ont couché ensemble pendant la nuit. Au-delà des baies vitrées, des surfeurs passaient à vélo, leur planche sous le bras. Un dimanche après-midi insouciant à LA.

— Quelle heure est-il ? demanda Induma d'une voix éraillée.

— Presque 17 heures.

Homer se mit debout, s'approcha du bar et remplit son verre de Johnnie Walker. Il le but d'un trait, se frotta les yeux et secoua la tête. Le peignoir rose s'était ouvert mais personne n'y prêtait attention.

— Faut que je m'habille, annonça-t-il en passant dans l'autre pièce pour récupérer ses vêtements loqueteux.

J'échangeai un regard avec Induma. Elle avait un petit sourire malicieux qui semblait dire : « Tu te rends compte de ce qu'on a fait cette nuit ? » Nous étions tous deux ravis de notre secret, à la fois serment scellé par le sang et plaisanterie pour initiés. Il devenait plus précieux encore si nous n'en parlions pas, rien que nous deux dans le silence imparfait, comme Callie et moi autrefois derrière la maison de Frank, dans le halo doré de la lumière de la véranda, Callie avec son thé glacé et ses fusains, moi qui la regardais dessiner sans savoir que je ne connaîtrais plus jamais un tel bonheur.

Homer revint, le peignoir rose montrant le bout de son nez sous les couches de vêtements crasseux. Il se l'était approprié mais Induma ne tenait probablement pas tant que ça à le récupérer. J'enfilai un tee-shirt pour le raccompagner et je saisis au passage le sac à dos de Charlie.

Homer engloutit une autre dose de scotch avant de s'incliner pour baiser la main d'Induma. Dehors, il tourna son visage vers le soleil.

— Je te ramènerais bien, mais il vaut mieux que j'évite de me montrer, fis-je valoir. Je vais te donner de l'argent pour le bus.

Je tirai du sac cinq billets de cent et les lui tendis. Il eut un soupir de soulagement, prit les billets et les frotta l'un contre l'autre, comme des pièces d'or.

— Je croyais que tu allais vraiment me filer juste le fric pour le bus.

J'éprouvai pour lui une bouffée d'affection après ce que nous venions de traverser.

— Ecoute, j'ai un aveu à te faire : je suis au courant. Pour ta femme et ton gosse. Désolé.

— Je n'ai jamais été marié, répondit-il, l'air étonné.

— Je l'ai appris par hasard. Une fille qui m'a raconté que tu étais dentiste, que tu t'es mis à boire, que tu as tout plaqué…

— Dentiste ? De quoi tu parles ? J'étais représentant en matériaux isolants.

Il plia les billets, les glissa dans sa poche et s'éloigna, me laissant médusé dans l'allée.

Induma en riait encore.

— Tu t'es fait opérer de la face par un représentant en matériaux isolants !

— Une boulette. Ça arrive aux meilleurs. Ensuite, j'étais shooté à la coke. Je n'avais plus toutes mes facultés...

— Tu tenais l'histoire de la vie de Homer de cette fille qui t'avait aussi servi le message « Le Parrain est avec le Loriot », je te rappelle.

— Tu sais pas ce que ça fait, de se retrouver au cœur d'une conspiration gouvernementale... ça te mine.

— Et la prochaine fois elle te montrera la poignée de main secrète !

— Je m'abstiendrai de toute plaisanterie à ce sujet.

— Oh oh, la galanterie n'est pas morte.

Nous étions dans la cuisine, moi sur un tabouret, Induma appuyée au comptoir. Comme autrefois. Nous nous étions douchés et nous avions rangé le living. Puis elle nous avait préparé du *vadai* que j'avais, à son grand déplaisir, qualifié de falafel indien, et nous buvions maintenant du thé vert.

Elle suivit mon regard jusqu'à l'esquille de Charlie, placée dans un sachet en plastique posé sur le comptoir à côté du chutney.

— Je me demande de quel os elle provient, dis-je.

— Sacro-iliaque, je pense. Je vais me renseigner. C'est tout ce que tu veux savoir ou il te faut aussi une analyse d'ADN ?

Je ne pus m'empêcher de sourire. Nous savourions notre thé dans la pièce inondée de soleil, retardant l'inévitable fin de la parenthèse.

— Tant qu'on y est, répondis-je.

— D'accord. Ça prendra deux jours. Et, non, on ne peut pas faire plus vite.

— Chérie, j'amène la Jag au garage pour la faire réviser, dis-je, convaincu d'imiter plutôt bien Alejandro.

Induma eut un grognement dédaigneux.

— On dirait Ricky Ricardo. Qu'est-ce que tu veux en faire, de la Jag ?

— Je vais essayer d'obliger ceux qui me recherchent à se montrer.

— Ne laisse pas traîner de coke dans la boîte à gants. Ça commence à bien faire. Bon, je dois me préparer, Handro me sort, ce soir.

— Ah, oui, l'anniversaire...

J'entourai la tasse chaude de mes mains, fixai le thé comme s'il avait quelque chose de fascinant.

— Il a de la chance, ajoutai-je.

— Tu sais de quoi tu parles, répondit-elle en montant l'escalier.

34

Avec sa multitude d'étudiants de l'UCLA, Westwood comptait encore plus de cafés par pâté de maisons que le reste de Los Angeles. J'avisai à une terrasse un jeune gars à la peau noire qui alternativement tirait sur un narguilé et sirotait bruyamment un *boba* aux perles de tapioca.

— Tu veux te faire facilement cent dollars ?

— D'ac, mais je suis le meilleur et c'est cinquante de plus pour la totale.

— On recommence. Je vais formuler ma demande différemment.

— Je t'en prie.

— Je te donne ma carte de crédit. Les cent dollars, c'est juste pour traverser la rue et entrer au Starbucks, commander un café, le payer avec la carte et le rapporter.

— D'où elle vient, cette carte ?

— C'est la mienne.

Je lui montrai le nom sur la carte et mon permis de conduire, pris cinq billets de vingt dans mon portefeuille.

— Et si on me demande mes papiers ?

— Pas pour trois dollars cinquante.

Il prit une autre taffe.

— Si tu crois que je peux passer pour un type qui s'appelle Horrigan, tu fumes des trucs plus forts que les miens...

— Je te paie pour essayer.

Il haussa les épaules, se leva, prit les billets, s'éloigna, revint sur ses pas.

— Tu veux quoi, comme jus ?

— Un Mocha Valencia.

— Quoi ?

— Un Espresso Macchiato.

— Hein ?

— Un café, c'est tout.

— Fallait le dire tout de suite.

J'attendis qu'il se faufile dans la circulation et prenne la queue puis je traversai le croisement et entrai dans une petite bijouterie dont les vitrines teintées offraient une bonne vue sur la terrasse. La plaie de ma joue me faisait mal quand je remuais la mâchoire, et je n'avais pas d'Advil sur moi.

Le jeune gars revint avec le café, trouva la table inoccupée. Après avoir regardé autour de lui, il s'assit et se remit à fumer tranquillement. Au bout d'un moment, il se décida à boire mon café.

J'étais resté trop longtemps devant la même vitrine et la vendeuse de la bijouterie s'approcha avec un sourire engageant.

— Je peux vous aider ?

— Oui, je cherche quelque chose pour ma copine.

— Des boucles d'oreilles ?

Je baissai les yeux.

— Des boucles. C'est ça.

— Vous connaissez ses goûts ?

Deux voitures s'arrêtèrent devant le Starbucks, Sever et trois agents que je ne connaissais pas en descendirent et se ruèrent à l'intérieur. Présumant que l'équipe de Bilton avait mis ma carte de crédit sous surveillance, j'avais cherché à voir le visage de quelques-uns des agents qui étaient à ma recherche. A l'origine branche du ministère des Finances jusqu'au remaniement de la Sécurité intérieure, le Service était équipé pour suivre l'argent à la trace. Il poursuivait les faux-monnayeurs depuis la fin de la guerre de Sécession. Et il concentrait maintenant quelques-unes de ses considérables ressources sur ma personne. Pas seulement Sever et quelques collègues. L'équipe de Bilton utilisait le système contre moi. Elle voulait l'échographie et le test de paternité. Peut-être même pensait-elle que je pouvais les conduire à Bébé Everett.

La vendeuse s'éclaircit la voix.

— Elle est brune ou blonde ?

— Oh, excusez-moi. Sa peau est couleur caramel. Un peu plus sombre, peut-être. Avec de magnifiques cheveux noirs. Des yeux marron foncé.

— Les rubis lui iraient bien.

— Oui mais elle a déjà une émeraude dans une narine, j'ai peur que ça fasse déco de Noël.

Les agents ressortirent du Starbucks et inspectèrent la rue. Sever arrêta son regard sur le jeune type assis à la terrasse d'en face qui tenait l'embouchure de son narguilé à quelques centimètres de sa bouche grande ouverte.

— Des perles, alors ? suggéra la vendeuse avec un rien d'impatience.

— Le saphir, c'est sa pierre porte-bonheur. Les boucles, là, avec monture en or, peut-être.

— Oui. Ce sont des éclats, seulement.

Sever traversa la rue. Le jeune lui donna ma carte de crédit, fit de grands gestes. Sever l'écouta un moment puis éclata de rire, dit quelques mots dans sa radio pour regrouper ses agents.

— Je vous fais un paquet cadeau ? Monsieur ?

Les voitures repartirent.

— Monsieur ?

Je lui souris.

— Vous prenez du liquide ?

Je trouvai Induma assise sur le canapé dans l'obscurité quand j'entrai chez elle par la porte de derrière, une heure plus tard. L'horloge du lecteur de cassettes Blu-Ray indiquait 21 h 30 mais j'avais l'impression qu'il était plus tard. En m'approchant, je vis qu'Induma portait un débardeur noir et un caleçon d'homme Calvin Klein. Une nuit, quand nous étions encore ensemble, elle avait enfilé le mien pour aller du lit à la salle de bains et l'avait trouvé si confortable qu'elle avait pris l'habitude d'en mettre un pour dormir. Je ne pus m'empêcher de lorgner ses jambes lisses et sombres.

— Contente de te revoir en un seul morceau, me lança-t-elle.

Malgré son ton enjoué, je sentis que quelque chose n'allait pas.

— Qu'est-ce qui se passe ?

Elle eut un soupir exaspéré.

— Alejandro a beau être peu exigeant, comme copain, il y a des moments où il me rend dingue...

Je posai les clefs de la voiture sur le comptoir, essentiellement pour gagner du temps et être capable de demander d'un ton détaché :

— Les avantages compensent les inconvénients ?

— Dans notre relation ? Tout à fait. Pour commencer, il est superbe.

— Pas tant que ça.

— Il est mieux que toi, m'asséna-t-elle.

Elle sourit de ma feinte indignation.

— Fais pas cette tête, je ne t'apprends rien. En plus, il est gentil, il a un cœur de golden retriever.

— Et un cerveau de poisson rouge, enchaînai-je.

Sous la pression de son regard, je fis machine arrière :

— D'accord, il est facile à vivre.

— Donc, il est superbe...

— Tu l'as déjà dit, ça.

— Oui, mais j'en viens à mon idée, fit-elle avec un sourire. Aussi superbes soient-ils, on finit par ne plus le remarquer. Au bout d'un certain temps, on supporte mal la familiarité des rapports. Les taches de sueur sur les chemises. Le gel pour les cheveux sur le dessus du comptoir. Leur bouche ouverte quand ils dorment. Avec toi, je n'ai jamais éprouvé ça. Rien de toi ne me semblait sale. Est-ce qu'il n'y avait que moi à éprouver ça ?

J'avais serré les poings et j'étais gagné par un froid inexplicable. Je sentis une trace infime de son parfum : fleur d'oranger de Jo Malone.

— Non, il n'y avait pas que toi.

— Mais ça ne t'a pas suffi.

La lumière d'un jardin voisin passant à travers la baie vitrée du fond de la pièce projetait sur son visage une bande jaune pâle. Il y avait tant de choses que j'avais envie de lui dire, mais avant que je puisse les mettre en forme, elle poursuivit :

— Malgré ces problèmes, Alejandro est toujours là quand j'ai besoin de lui. Notre relation… fonctionne pour moi.

— Vraiment ? Dans quel sens ?

— Avec tout mon fric, et tous ces gens qui veulent quelque chose, j'ai besoin de garder à l'abri une partie de moi. Là où personne n'aura accès. Avec Handro, je ne cours jamais ce risque.

Sa voix était douce, presque vulnérable, et son regard plus calme que jamais.

— C'est toi qui m'as appris à me protéger.

Je traversai la pièce. Induma dansa un peu sur le canapé quand je m'assis à côté d'elle.

— Je n'ai jamais voulu servir d'exemple, me défendis-je.

— Tu l'as fait, pourtant. Des centaines de fois.

— Je suis désolé.

— J'ai fait mon choix. Je ne demande pas d'excuses.

— Ça ne veut pas dire que je ne t'en dois pas.

Elle se mordit la lèvre, me fit signe de ne pas insister. Ses yeux s'étaient embués, ou alors, c'était la façon dont ils captaient la lumière.

Je sentais un trou noir, là où mon estomac aurait dû se trouver. J'aurais fait n'importe quoi pour récrire le passé mais nous étions là, elle bouleversée, moi cherchant quelque chose à dire qui l'aiderait.

— Je suis désolé que ton dîner d'anniversaire se soit mal passé.

— Si on peut parler d'un dîner d'anniversaire… Il m'a emmenée au Hooters. Au Hooters, tu te rends compte ? Et tu sais ce que c'était, sa grande surprise ? Des ailes de poulet. Je suis végétarienne, bon sang. Je me fiche qu'il n'ait pas choisi un restaurant chic : tu prépares des sandwichs, tu m'emmènes sur la plage et je suis contente. Façon de montrer qu'on fait au moins vaguement attention à ce que je suis.

Je m'absorbai tout à coup dans la contemplation de mes ongles.

— Je, euh...

— Je lui ai demandé ce qui lui était passé par la tête mais il n'a rien voulu dire... Quoi ? dit-elle, remarquant mon embarras.

— J'y suis peut-être pour quelque chose...

— Explique-toi.

Que pouvais-je dire pour justifier mon rôle dans le fiasco de son dîner d'anniversaire, sans révéler mes sentiments pour elle ? Mais je leur devais la vérité, à elle et à Alejandro. Je m'éclaircis la gorge.

— Il m'a demandé conseil sur ce qui te plairait et je... je lui ai recommandé Hooters. Pour plaisanter. J'aimerais pouvoir dire qu'il a mal compris, mais, en même temps, peut-être... que je ne plaisantais pas vraiment.

Induma me fixa longuement puis éclata de rire. Quand elle eut terminé, elle s'essuya les yeux et me demanda :

— Mais pourquoi t'as fait ça ?

J'avais le visage brûlant. Si j'avais pu me recroqueviller sur moi-même et disparaître, je l'aurais fait depuis longtemps. Penché en avant, les coudes sur les genoux, je regardais l'écran éteint du téléviseur.

— Oh, Nick, soupira-t-elle au bout d'un moment, d'un ton à la fois compréhensif et déçu.

Puis elle se leva et monta se coucher.

35

Je me réveillai sur le canapé d'Induma, entortillé dans un drap en coton égyptien. L'air était étouffant. La veille, j'avais fermé les fenêtres donnant sur le jardin et le canal. Mes terreurs nocturnes m'avaient visité à 2 h 18, mais elles me semblaient à présent aussi lointaines qu'un rêve à demi oublié.

Mon portable, calé devant mon visage, ne signalait aucun message. J'attendais avec impatience que Steve me rappelle avec des infos sur la fille de Jane Everett. Les gars de Bilton avaient toutes les raisons de se donner à fond jusqu'à ce qu'ils la retrouvent. Si ce n'était déjà fait.

Je me douchai dans la salle de bains d'en bas, m'habillai, changeai le sparadrap de ma joue. Assis sur la cuvette, le sac à dos à mes pieds, je pris cinq cents dollars dans mon portefeuille et les glissai sous la bande violette d'une des liasses pour remplacer les billets que j'avais donnés à Homer. Quel que soit le propriétaire de cet argent, je ne voulais pas avoir de dette envers lui.

Je contemplai un moment mon téléphone. Pas de message. Si les hommes de Bilton étaient à la recherche de Bébé Everett, chaque minute qui passait les rapprochait d'elle.

Je composai un numéro.

Lorsque je sortis de la salle de bains, Induma avait préparé des œufs au bacon dans une poêle, des saucisses de soja dans une autre. Sur le comptoir, près d'une bouteille de jus d'orange, s'élevait une pile impressionnante de crêpes.

— Des œufs exotiques ? m'enquis-je.

— Arrivés ce matin par avion de Bangalore.

— Et le bacon ?

— Recette du Mahatma en personne.

— Je croyais qu'il était végétarien.

— Mange ton petit déjeuner, face de craie.

— Je croyais que seuls les Noirs avaient le droit de dire « face de craie ».

— Ils doivent t'appeler comment, les Indiens ?

— Visage pâle ?

— Pas mal, pour un fugitif, répondit-elle en faisant glisser mon assiette sur le comptoir.

Quand nous eûmes terminé, je l'aidai à débarrasser puis je passai les bras dans les bretelles du sac à dos. Induma me regarda d'un air inquiet.

— Je ne peux pas attendre plus longtemps, dis-je. Il faut que je trouve cette fille, que je la prévienne.

— Tu penses que Steve ne la trouvera pas ?

— Pas à temps, peut-être.

Je pris ma respiration avant d'annoncer :

— C'est pour ça que j'ai téléphoné à Caruthers.

— Tu as appelé Caruthers ?

— Son assistant. Alan Lambrose. L'intermédiaire au nœud pap. Caruthers vient de rentrer de Sacramento, il peut me voir dans une heure. Quand je l'ai rencontré, il m'a offert son aide. Si quelqu'un peut retrouver Bébé Everett, c'est lui.

— Pour le moment, rien ne prouve qu'il n'est pas impliqué lui aussi dans cette histoire d'une manière ou d'une autre. Pour mettre la main sur l'échographie avant Bilton, par exemple.

— Justement, ce sera l'épreuve de vérité. Si ses hommes me tombent dessus, je saurai qu'il est mouillé.

— Nick, tu es recherché. Caruthers doit te faire arrêter dans tous les cas de figure.

— Lambrose a vérifié. Il n'y a pas d'avis de recherche me concernant.

Elle me regarda, bouche bée.

— La bande de Bilton cherche à me coincer, c'est sûr, mais pour des raisons tout aussi évidentes, elle ne rend pas l'affaire officielle, expliquai-je.

Sans me quitter des yeux, Induma releva une mèche tombée sur son front.

— Tu es recherché pour un acte terroriste, Nick. S'ils t'arrêtent, tu n'auras aucun droit à faire valoir. Tu es prêt à mettre ta vie dans les mains de Caruthers ?

— C'est le seul moyen que j'aie de retrouver la fille de Jane Everett.

— Et si les gorilles de Caruthers font pression sur toi pour que tu leur livres à eux l'échographie et le test de paternité ?

— Je m'y attends. Ça ne me dérange pas que Caruthers exploite la situation à des fins politiques, tant que ça me permet de retrouver la fille.

Induma joignit les mains sur le sommet de son crâne, me dévisagea en silence.

— Si tu veux me joindre, ne te sers pas de ta ligne, lui recommandai-je.

Je pris dans le sac le portable que j'avais en réserve, le lui tendis.

Elle ne dit toujours rien.

— Je serai prudent, promis-je.

— Très bien, mais tu n'es qu'une petite partie de l'équation.

36

Planté au milieu de la chaussée, suant comme un idiot sous le soleil de midi, je fis un tour complet sur moi-même. Alan Lambrose m'avait indiqué une heure et le nom d'une rue transversale. Pas de numéro de téléphone, pas d'adresse. Je faisais donc le pied de grue dans la rue en pente d'un quartier résidentiel tranquille comme une pute attendant une limousine.

De Santa Monica Canyon me parvenaient le ronronnement de moteurs bien entretenus, le crépitement de pneus sur l'asphalte. Je me tournai pour faire face à la descente, serrant nerveusement dans ma main l'enveloppe de papier kraft. Apparurent d'abord les SUV aux vitres teintées qui tremblaient comme un mirage dans la chaleur montant du goudron, puis deux joggeurs, poitrail de taureau et taille mince, lestés de sacs à la ceinture. Deux flics à moto, déguisés en Poncherello [1], avant-bras bronzés et lunettes de soleil sport. Enfin, peinant à gravir la pente, flanqué de deux autres joggeurs de jeu vidéo,

1. L'un des deux héros de la série télévisée des années 1970 *Chips*. *(N.d.T.)*

Caruthers. Le tee-shirt taché de sueur, il avait l'air éminemment humain dans cette procession mécanisée.

Le joggeur de tête s'approcha de moi, une main dans la banane accrochée à sa ceinture. Il sentait le déodorant. Je reconnus en lui James, l'agent du Secret Service qui montait la garde devant la porte de la salle de réunion de Caruthers. Il lui aurait été facile de me passer les menottes et de me pousser dans un des 4 × 4 qui stationnaient à proximité, mais il se contenta de dire :

— Monsieur, avec votre permission ?

Il attendit patiemment que son collègue me fouille puis il adressa un signe de tête à Caruthers et alla se poster avec l'autre agent à dix mètres de moi, me tournant le dos, prêt à affronter une menace extérieure. Tandis que Caruthers approchait, mâchonnant un chewing-gum, un peu bancal sur ses vénérables vieilles jambes, les SUV redémarrèrent et nous entourèrent d'un cercle protecteur. Penché en avant, Caruthers reprenait haleine.

— Désolé, Nick, dit-il. Vous savez comment ça se passe…

— Ils font leur boulot.

Ses yeux se portèrent sur le sparadrap de ma joue.

— Ils n'y manquent jamais.

— Toujours pas d'avis de recherche sur ma personne ?

— Pas officiellement, du moins d'après nos réseaux d'information, répondit-il. Vous savez que c'est probablement une mauvaise nouvelle ?

J'avais encore des douleurs dans le visage après la petite fiesta chirurgicale de la veille et je lançai un regard nerveux aux agents joggeurs qui nous tournaient délibérément le dos.

— On pourrait parler un peu plus tranquillement ?

— James, dit Caruthers.

James se retourna, hocha la tête et les deux hommes rejoignirent les voitures.

Je me rappelai la voix doucereuse du Président au téléphone, ses mises en garde voilées à l'encontre de Caruthers : « Vous n'avez aucun intérêt à rencontrer ce genre de personne, Nick. En tout cas, pas deux fois. » Qu'est-ce que cette rencontre allait me valoir ? De la main, j'indiquai les agents.

— Ils m'ont vu. Ils nous ont vus, ensemble.

— Ils nous avaient déjà vus il y a quatre jours. Qu'est-ce qu'il y a de changé ?

— Ce que je sais maintenant. A qui ils en parleront.

— Ces hommes assurent ma protection, Nick. J'ai confiance en eux. En plus, je n'arrête pas de rencontrer des gens. Comme tous mes collaborateurs. Personne ne peut savoir qui renseigne qui.

— Ils peuvent deviner.

— Bien sûr. Je ne prétendrai pas qu'il n'y a aucun risque, vous êtes trop intelligent pour le croire. Ecoutez, c'est vous qui m'avez téléphoné. Si vous ne vous sentez pas suffisamment en sécurité pour parler...

Je promenai les yeux sur le déploiement d'hommes et de véhicules autour de nous, imaginai toutes les armes cachées qui pouvaient soudain se braquer sur moi. Je me rappelai les paroles de Frank, buvant son café dans l'obscurité, devant le téléviseur où il se repassait sans cesse les images de l'assassinat de Kennedy. « C'est à son caractère qu'il faut juger l'homme. Pas à ses propos ni à ses promesses, mais à ses actes. C'est ce qu'il fait qui donne sa mesure. »

— Vous me croirez si je vous dis que Bilton est derrière une vaste opération pour étouffer une affaire ?

Je guettai un changement d'expression, un sourire dilatoire, un regard nerveux aux agents. Mais soit Caruthers avait une haute tolérance pour les adeptes de la théorie du complot, soit il avait appris à ne jamais rien exclure. Les poils épais de ses sourcils remuèrent au-dessus de ses iris d'un vert profond.

— C'est en partie le boulot du chef de l'exécutif, souligna-t-il. Tout dépend...

— ... du type d'affaire qu'on couvre.

Il approuva de la tête.

— Bilton est un costume gris et une marque de fabrique, un homme d'entreprise. Il est soumis aux pressions dont nous faisons tous l'objet mais il y cède un peu plus facilement que d'autres, il se laisse emporter par le courant dominant. Il sait qu'il doit son élection à des forces puissantes qui le voulaient à la Maison-Blanche. Alors pourquoi réfléchir, pourquoi résister, a fortiori ? Ses principes sont pratiques et estampillés par les sondages, ce qui signifie qu'on peut le convaincre de n'importe quoi.

— Vous me faites une réponse politique.

— Je suis un homme politique, Nick. Pouvons-nous en venir maintenant à ce qui vous amène ?

— Ce n'est pas Mike Milligan qui est mort dans la centrale, mais un ancien flic de la police de l'Etat de Californie, Charlie Jackman.

Caruthers me tint sous son regard intense jusqu'à ce que je détourne les yeux. Il se tamponna le front avec le bas de son tee-shirt et souffla bruyamment.

— Les rapports de l'unité lieu de crime et l'analyse d'ADN disent le contraire, pourtant, objecta-t-il.

— On leur a fait dire le contraire.

— OK, et qu'est-ce qu'un ancien flic de l'Etat de Californie faisait à San Onofre ?

— Jackman avait assuré la protection de Bilton quand il était gouverneur.

— Continuez.

Je tirai le cliché d'échographie de l'enveloppe, le lui tendis.

— Je crois que vous avez sous les yeux la fille naturelle du président Bilton.

— On dirait un fœtus...

Caruthers tint le cliché devant le soleil pour mieux distinguer la tête bulbeuse, le corps en forme de haricot.

— Nom de Dieu.

Il regarda autour de lui comme s'il cherchait un endroit où s'asseoir, finit par se pencher en avant et poser ses mains sur ses genoux, pliant l'échographie sur le côté.

— Et le test de paternité est concluant ? demanda-t-il, apparemment encore essoufflé par son jogging.

— L'attention dont je fais l'objet en est la preuve. De là à ce qu'il soit concluant pour un tribunal... Je ne suis ni avocat ni agent fédéral, rien qu'un type ordinaire entraîné dans une embrouille qui le dépasse...

Caruthers pencha la tête sur le côté.

— Nous savons tous deux que vous n'êtes pas aussi ordinaire que vous prétendez l'être. Arrêtons les simagrées.

— Charlie avait vendu les documents à Bilton. Il avait touché le premier versement, mais ils ont débarqué chez lui pour tenter de s'emparer de la marchandise. Il a réussi à filer et il a fait monter les enchères à San Onofre. Du coup, ils lui ont fait exploser la tête avec ma complicité involontaire et ils ont même failli me tuer, tant qu'ils y étaient.

Je tapotai l'échographie et ajoutai :

— Avec ça, les sacro-saintes valeurs familiales risquent de se retrouver sur le cul.

Troublé, Caruthers cracha son chewing-gum, qui alla se coller sur le poteau d'une boîte aux lettres.

— Vous avez vu le *Times* de ce matin ? me demanda-t-il. Maintenant, ils se désintéressent de mon divorce pour se concentrer sur celui de June. Fuites délibérées dans la presse. Lettres aux journaux. L'Association de défense des valeurs familiales intervient pour... défendre les valeurs familiales. Bilton me mordille les mollets.

Il me rendit le cliché.

— Quoi ? m'exclamai-je, d'un ton qui fit se retourner la plus proche des sentinelles.

— Qu'est-ce que c'est, cette photo, Nick ?

— Une échographie.

— Exactement. Ce n'est pas un thème de débat, et vous voulez comme moi que dans cette campagne on débatte des vrais sujets. Bilton pourrait s'en servir, ça ne l'empêcherait pas de dormir. Pas nous. Parce que je me fiche totalement qu'Andrew ait fait des galipettes avec une jeune femme il y a près de vingt ans. Si je fais semblant d'être indigné, ou si une fuite permet de remonter jusqu'à mes collaborateurs, les électeurs flaireront des relents d'hypocrisie avant même que Chris Matthews ait le temps d'en parler à la télé.

Il secoua la tête, irrité par l'éventail de ses options.

— Non, reprit-il, cette histoire est précisément le genre de diversion mesquine que je dénonce depuis deux ans.

— Charlie ne la trouverait peut-être pas si mesquine.

— D'après votre description, c'était un maître chanteur qui menaçait de faire sauter une centrale nucléaire. Je ne doute pas que Bilton ait demandé aux agents du Service de semer la pagaille, mais là, on est sur le terrain de la com et ça profite toujours au sortant. Autre élément de transparence : je ne peux pas me servir de quelque chose qui n'est pas sûr à cent pour cent.

Une lueur de calcul, voire d'amusement, s'alluma dans ses yeux verts quand il ajouta :

— Je peux toujours changer d'avis d'ici fin octobre.

Redevenant grave, il conclut :

— Je vous suis reconnaissant du risque que vous avez pris en me mettant au courant. J'espère que je ne vous ai pas donné l'impression du contraire.

D'un geste de la main, je lui fis comprendre que je n'étais pas là pour ça. Ses yeux verts pénétrants me scrutèrent de nouveau.

— D'accord. Vous avez besoin de quelque chose. Vous vouliez faire un échange.

— Oui, mais les sales histoires ne vous intéressent pas. Quel politicien vous faites !

Les lèvres de Caruthers esquissèrent un sourire.

— Je peux vous aider quand même ?

— C'est cette fille, dis-je, agitant le cliché dans un effort pour faire comprendre ma position. Ce n'est qu'une gosse. Se faire traquer à dix-sept ans… Je crois qu'elle est en danger et je n'ai aucun moyen de la retrouver.

— Elle s'appelle… Evers ?

— Everett.

— Et le prénom de sa mère est Jane ? Je ne peux pas vraiment crier sur tous les toits qu'on la recherche, mais j'ai d'autres moyens d'intervenir et je vous le promets, je ferai en sorte de mettre les autorités compétentes sur cette affaire.

J'exprimai mes remerciements d'un hochement de tête.

— C'est tout ce que vous me demandez ? s'étonna-t-il.

— Ouais. C'est tout.

Je vis les agents se raidir, l'un après l'autre. Une Honda qui était parvenue à quelques mètres des SUV garés dans la pente fit demi-tour et le chauffeur, intimidé, s'excusa même de la main.

— Si je m'en sors, je m'inscrirai peut-être sur les listes électorales, dis-je.

— Bilton a besoin de toutes les voix qu'il peut glaner, répondit Caruthers en souriant.

Comme il commençait à s'éloigner, je le rappelai :

— Attendez ! criai-je, plus fort que je ne l'avais voulu. Je…

Il se tourna vers moi.

— Personne… commençai-je.

Je dus m'interrompre et m'éclaircir la voix.

— Personne ne vous avait parlé de cette histoire quand vous étiez vice-président ?

— Non. Ah, vous voulez dire Frank ? Non, jamais.

Mon air effondré lui fit comprendre mon raisonnement.

— La seule raison pour que Frank ne m'ait pas montré cette échographie il y a dix-sept ans, c'est qu'il s'en servait pour faire chanter Bilton, c'est ce que vous pensez ?

Le vent soufflait sur mon visage, ravivant la douleur de ma joue.

— Frank et moi n'avons jamais eu la moindre discussion de ce genre, déclara Caruthers.

— Je dois vous croire ?

— Vous êtes trop intelligent pour croire un homme politique, Nick. Et je suis trop intelligent pour faire confiance à quelqu'un qui voit des complots partout. Pourtant, nous sommes là.

Il se dirigea vers les voitures, fit de nouveau halte.

— Je ne sais pas si c'est ce qu'il faut dire compte tenu de la situation, mais Frank aurait été fier de vous.

Je détournai les yeux pour qu'il ne puisse pas voir ma réaction.

Avec un hochement de tête solennel, il recula en direction des agents. Les joggeurs l'encadrèrent et sautillèrent sur place jusqu'à ce qu'il recommence à courir. Les 4 × 4 démarrèrent et il se remit à gravir la pente, homme solitaire tirant un convoi derrière lui.

37

J'accélérai dans Ocean Avenue et le Pacifique fila à ma droite au-delà des falaises. Je serrais le portable à carte prépayée dans ma main à en avoir des crampes.

— Pourquoi je risquerais ma vie pour une fille de dix-sept ans que je n'ai jamais vue ? J'ai parlé d'elle à Caruthers et à Steve. Qu'ils s'en occupent, maintenant. Je ne suis pas flic.

— Exact, approuva Induma à l'autre bout du fil.

Ayant soudain besoin d'air, je me garai et sortis de la Jaguar, claquai la portière.

— J'ai les hommes de Bilton aux fesses. Si je continue à chercher cette fille, je risque de les mener droit à elle. Je pourrais causer sa mort.

— Argument valable.

— Je me fous de la politique et de Bilton. Je ne dois rien à personne.

— Et personne ne le prétend.

— J'ai fait tout ce que je pouvais, dis-je d'une voix tremblante.

— Nick...

Je traversai la bande de pelouse et m'adossai à la clôture branlante. En bas, au-delà de la route de la côte s'étendaient quatre cents mètres de plage et l'océan infini. Le soleil bas teintait de magenta et de violet les nuages bouffis. Cela me rappela le morceau de ciel que j'avais observé du passage souterrain où Homer m'avait caché. Je baissai les yeux vers le tee-shirt que j'avais pris dans une caisse en carton, derrière l'église, vers cette inscription stupide, *Pardonne-nous nos offenses*.

— Frank connaissait l'existence de la fille de Jane Everett mais il n'en a pas parlé à Caruthers.

Les implications de ce que je venais d'affirmer flottaient entre nous. J'entendis Induma changer de position sur le canapé, se lever peut-être.

— Tu essaies de blanchir Frank, dit-elle. Je le comprends. Mais si tu continues, tu dois savoir que tu pourrais bien confirmer tes pires craintes.

Le téléphone tremblait contre ma joue.

— Il faut que je me tire d'ici.

Je coupai la communication, respirai profondément, retournai à la Jaguar. Je la laisserais quelque part pour qu'Induma la récupère, dans une autre ville. Je regardai le sac à dos sur le siège du passager puis la large bouche d'égout, prête pour toutes les tempêtes de LA. Il me suffisait de faire trois pas pour balancer le sac dedans et en terminer avec cette histoire. Les liasses de billets de cent, je pouvais les laisser sur le trottoir pour les SDF campant sur l'herbe.

Finalement, je fis marche arrière et descendis la pente de Santa Monica pour me fondre dans la circulation de la route de la côte. Je mis cap au nord, fuyant la ville, fuyant Bilton, le cliché d'échographie et les restes calcinés de Mack Jackman. J'étais maintenant dans l'une des voitures que j'avais entendues vrombir au-dessus de ma tête dans le tunnel, j'étais l'un de ces chanceux qui avaient un endroit où aller.

Comme Homer me l'avait fait remarquer, quatre jours plus tôt, une éternité plus tôt j'étais un fuyard, pas un battant. Et comme il l'avait dit aussi, on ne change pas.

J'avais maintenant encore plus de raisons de fuir que jamais. Je fuyais la possibilité que Frank soit un salaud, d'avoir gâché ces dix-sept dernières années pour quelqu'un qui n'en valait pas la peine. Cette seule pensée étouffait en moi toute volonté de me battre et je me résignais lentement à la seule vie que j'avais toujours craint de mériter : les chambres de motel et les boulots temporaires, les souvenirs sombres, les réveils en sursaut à 2 h 18. Si glauque que fût cette perspective, c'était mieux que perdre Frank une seconde fois.

Je traversai rapidement Malibu, passai devant les baraques à tacos au poisson où des surfeurs trempés tiraient de leurs poches en néoprène des pièces de monnaie ensablées, devant le Country Mart où des stars garaient leur Prius pour une balade à pied sur leurs chaussures de luxe, devant la pelouse impeccable et immaculée de Pepperdine. Je continuai à rouler le long de la côte rocheuse, passant devant des camionnettes Volkswagen sorties de films d'horreur des années 1970, des panneaux indiquant des chutes de pierres et même sous des chutes de pierres. Quelque part près de Paradise Cove, mon portable sonna.

Je le tirai de ma poche, lus le nom affiché sur l'écran : *Induma.*

— Ils ont arrêté Homer.

Les mots pénétrèrent en moi comme une lame glacée. Au bout d'un moment, je parvins à demander :

— Où ?

— Ils l'ont embarqué devant le magasin de Hacmed, c'est par lui que je le sais. Il a essayé de t'appeler. Les numéros des portables qu'il vend se suivent, il a fait celui précédant le dernier qui lui restait. Celui que tu m'as laissé. Quand il a sonné, j'ai répondu.

— Laisse-moi me... J'ai besoin d'une minute, d'accord ? Désolé.

Je me garai sur le bas-côté dangereux, les mains exsangues tranchant sur le noir du volant. Les voitures prenant le virage rapidement secouaient la Jaguar sur son opiniâtre châssis anglais. Un ou deux chauffeurs me gratifièrent d'un coup de klaxon perçant pour me signifier d'aller me faire foutre.

Je ne sais pas combien de temps je restai là, mais lorsque je relevai les yeux le soleil n'était plus qu'un souvenir scintillant à l'horizon. Quelques secondes plus tard, les eaux sombres éteignirent ce dernier point de jaune.

J'attendis une brèche dans la succession de phares, mis mon clignotant et fis demi-tour pour aller vers ce qui m'attendait, quoi que ce pût être.

La peur au ventre, je roulai jusqu'au coin du supermarché, m'arrêtai derrière, contemplai les lignes blanches du parking.

Et s'ils avaient déjà tué Homer, rien que pour m'envoyer un message ? J'avais lu ce genre d'histoires dans le journal avec parfois, force m'est de le reconnaître, un intérêt pervers : un corps retrouvé des semaines ou des années après une fin désespérée, réduit à l'état de squelette dans une cheminée, boursouflé dans un puits, pourrissant dans l'air emprisonné d'une chambre de motel louée au mois. Des êtres perdus qui ne pointaient pas au boulot, qui ne dînaient pas en famille le dimanche. Ils ne manquaient à personne. Et personne ne remarquait leur disparition. Jusqu'à ce qu'une odeur dérangeante, un tas d'ossements crayeux ou d'autres restes macabres viennent signaler leur présence.

Au moment où je m'apprêtais à descendre de voiture, j'entendis appeler :

— Psst !

Hacmed me faisait de grands signes de l'encadrement de la porte arrière du supermarché.

— Nicolas. Par ici.

Je me coulai hors de la Jaguar, pénétrai dans la réserve.

Hacmed me posa une main sur la poitrine pour me pousser dans le coin, hors du champ de la caméra de surveillance.

— Ils ont Homer.

— Je sais. Qu'est-ce qui s'est passé ?

Bouleversé, Hacmed se tordait les mains.

— C'est ma faute. J'ai pas le temps de porter la recette à la banque vendredi, alors je vais ce matin. Une heure plus tard, deux hommes entrent dans mon magasin. Secret Service. Ils me demandent d'où il vient, le billet de cent que j'ai déposé à la banque. Ils disent que la caissière a le numéro sur une liste.

Je chancelai, m'appuyai au mur. Jamais je n'aurais dû donner à Homer des billets provenant du magot de Charlie. Surveiller les banques faisait partie des attributions du Service puisqu'il avait été créé à l'origine pour lutter contre les faux-monnayeurs. J'aurais dû me douter que la bande de Bilton noterait les numéros de série des billets avant de les remettre à Charlie.

— Ils me traitent de terroriste, ils m'accusent de comploter pour tuer le Président. Je suis bien forcé de leur dire que c'est Homer qui m'a donné le billet hier. Comme il est dehors, ils le cravatent, ils le poussent dans la voiture...

Hacmed avait les larmes aux yeux, maintenant.

— J'avais peur, Nicolas, je savais pas quoi faire. Qu'est-ce que je pouvais faire ?

— Rien.

— J'aurais pu dire que ce n'était pas son billet de cent mais un autre.

— Ils auraient comparé avec ceux qu'il avait encore sur lui et l'auraient embarqué de toute façon.

— Ils me posent aussi des questions sur toi. Si je te connais. Ils me montrent ta photo, je dis que tu es client du magasin, de temps en temps. Mais rien d'autre. Fais attention à toi, Nicolas.

La sonnette de la porte d'entrée le fit quasiment sauter au plafond. Il me laissa dans la réserve pour aller s'occuper du client. Quand il revint, je n'avais pas bougé d'un pouce, j'avais à peine respiré.

Il me fallut un moment pour me rendre compte que Hacmed me parlait.

— Mon beau-frère, ils l'ont gardé trois mois. Il est ébéniste, il s'occupe que de son boulot. Mais ils l'arrêtent parce qu'il vient du Pakistan. Pas d'avocat, rien. Plus de nouvelles. Je dois faire vivre ma sœur et ses enfants. Trois mois. Et un jour, ils le relâchent. Pas d'explication. Trois mois dans une prison secrète, nourri comme un chien. Il est fort, mon beau-frère. Homer ne supportera pas.

— Ils finiront par se rendre compte que Homer ne sait rien.

— Tu crois que mon beau-frère sait quelque chose ? rétorqua Hacmed, criant presque.

— Non, non. Qu'est-ce qu'ils t'ont dit d'autre ?

— Ils vont inculper Homer de meurtre. De meurtre ! Ils disent qu'il a tué l'homme dans l'appartement et mis le feu. Ils disent que le billet prouve qu'il travaillait avec le mort. Homer répond que c'est quelqu'un d'autre qui lui a donné le billet, ils le croient pas. Il a pas d'argent pour avoir un bon avocat, se faire libérer sous caution. Ils vont le laisser pourrir en prison.

— Par qui tu sais tout ça ?

— Un agent du Secret Service est revenu il y a une heure.

— Un type baraqué, coupe à ras, visage bronzé ?

— Oui. C'est lui.

— Gentil de sa part, de te filer toutes ces infos.

Hacmed me regarda d'un air perplexe.

— Qu'est-ce que tu veux dire ?

— Rien, désolé. Quoi d'autre ?

— Demain, ils mettent Homer en prison. Avec les violeurs et les assassins.

De nouveau au bord des larmes, Hacmed secoua la tête.

Sever s'était décarcassé pour me faire savoir que Homer passerait de sales moments si je ne me livrais pas. C'était lui ou moi, l'un de nous deux allait être accusé du meurtre de Mack Jackman. A moi de choisir.

— Tu dois partir, maintenant, me dit Hacmed en me poussant vers la porte de derrière. Tu dois te cacher.

— Hacmed, écoute-moi. Ce n'est pas de ta faute.

Posant sur moi des yeux tristes, il répondit :

— Non ? La faute à qui, alors ?

La masse de la tour m'écrasait, avec ses fenêtres noires encadrées de béton blanc. J'avais laissé la Jaguar trois rues plus haut sur le parking d'une épicerie, les clefs sous la roue de secours pour Induma. Des bacs à fleurs en béton et des poubelles renforcées entouraient la base de l'édifice, mesures contre les voitures piégées de terroristes peu ingénieux.

Me sentant curieusement nu sans mon sac à dos, je pris le portable dans ma poche pour un dernier appel.

D'une voix brusque, Steve m'asséna d'entrée :

— Je croyais que tu devais téléphoner uniquement si tu risquais de te faire descendre.

— Ben, justement.

— Merde.

Un silence, puis :

— Allô, Nick ?

— Je suis toujours là. Tu as du nouveau ?

— Je vais dans les fichiers chaque fois que j'ai un moment, mais comme je te l'ai dit, je dois opérer discrètement. Jane Everett, c'est un nom pas très courant, pas rare non plus. J'en ai déjà trouvé pas mal, mais aucune qui colle avec ce qu'on sait déjà.

— N'essaie pas de me joindre. N'appelle pas ce numéro, c'est moi qui t'appellerai. Si je peux.

— Ecoute, ta mère…

— Si je ne donne pas signe de vie, dis-lui…

— Quoi ?

— Dis-lui merci de m'avoir cru.

Je refermai le téléphone avant que Steve puisse ajouter quelque chose, le posai sur le sol et l'écrasai du talon de ma chaussure. Puis j'extirpai des débris la plaquette de circuit imprimé, la pliai en deux et la jetai dans une bouche d'égout.

Il y avait de fortes chances pour que je devienne bientôt un ennemi public, avec tous les privilèges afférents. Ou l'un de ces corps anonymes cachés dans un conduit de chauffage, qu'on découvre des semaines plus tard après un brusque changement de temps. J'aurais disparu, mais pour de bon cette fois.

Un autobus passa en sifflant dans Figueroa, ralentit dans une expiration sentant l'essence. Le vent du soir fit tourbillonner des emballages de hot dogs et quelques feuilles tombées précocement. Me balançant sur mes talons tel un péquenaud lâché dans Manhattan, je contemplai le bâtiment imposant qui barrait quasiment le ciel.

Je transpirais dans mon tee-shirt de fan de Jésus.

Avant de perdre ma détermination, j'entrai dans le hall. Même à cette heure, des gens montaient dans les ascenseurs ou en sortaient. Je baissai la tête en passant devant la réception. Je n'avais pas envie qu'on inscrive mon nom sur le registre des visiteurs, même si cela n'avait plus aucune importance désormais. Les vigiles, occupés par les téléphones et une femme à la voix perçante qui avait égaré son manteau, ne m'accordèrent aucune attention.

Je me glissai entre les portes coulissantes d'une cabine d'ascenseur. En pressant le bouton du douzième étage, je me rendis compte que j'avais machinalement tourné le dos au miroir du fond et à la caméra de surveillance qu'il dissimulait probablement. Tant d'automatismes revenant après des années. Mais c'était fini, il était temps de mettre de côté les règles de Liffman et de me jeter dans le ventre de la bête.

Lorsque l'ascenseur s'arrêta, j'avais le cœur battant et des picotements à l'extrémité des doigts. Je me forçai à sortir de la cabine, fus assailli par une lumière vive. Au bout du couloir, près du bureau de la réception, l'aigle et le drapeau étaient accrochés au mur.

La réceptionniste leva les yeux. Derrière elle s'étendait un vaste espace divisé en bureaux par des cloisons montant à hauteur de poitrine. Malgré les cravates desserrées, les vestes de costume défaites, l'endroit était l'image même de la concentration et du zèle. Des agents consultaient des dossiers, tapaient sur des claviers d'ordinateur, tendaient l'index vers des photos anthropométriques.

Les mains moites, je me dirigeai vers la réceptionniste, m'écartai d'un agent venant en sens inverse comme s'il était contagieux. Je sentais les caméras de surveillance au-dessus de moi comme la lampe d'une salle d'interrogatoire sur mon visage. Fuyant leur regard, j'arrivai au bureau. La réceptionniste à la silhouette sexy des années 1950 m'adressa un sourire de bienvenue. Quelques agents levèrent la tête. J'avais du mal à respirer.

— Je...

— Oui ? dit-elle.

Une nausée, comme celle qui accompagnait mes réveils de 2 h 18, mais plus forte sous la lumière crue. Derrière une cloison, je reconnus les larges épaules de Reid Sever. Le dos tourné, il étudiait un document. Mon regard se posa sur la bande de chair blanche de sa nuque, sous les cheveux ras.

— Je m'appelle...

Ma gorge se serra. J'étais incapable de prononcer mon nom.

— Oui, monsieur ?

— Je… je…

Je levai les yeux vers Sever, qui me regardait maintenant, comme tous les autres agents de la salle.

— Nick Horrigan, dit-il.

38

— Libérez Homer maintenant sinon je ne parlerai pas, dis-je à Sever qui me poussait devant lui.

J'avais les bras attachés dans le dos par des menottes. A notre passage, agents et secrétaires levaient la tête de leur ordinateur ou de leur tasse de café.

— Ce n'est pas vous qui fixez les règles, me rappela-t-il avec son léger accent du Sud.

— On s'était mis d'accord.

— Je n'ai rien promis.

— Vous savez que Homer n'a rien à voir là-dedans. Vous l'avez utilisé pour me faire réagir, ça a marché. Maintenant, il ne vous sert plus à rien. Si vous voulez que je parle, relâchez-le.

Sever passa sans ralentir devant quelques portes ouvertes. L'acier des menottes m'entaillait les poignets et j'avais une épaule presque déboîtée. Il tira sur la chaîne pour me faire tourner dans le couloir. Quelques pas encore et nous arrivâmes devant une porte blindée. Derrière une vitre à l'épreuve des balles, un gardien nous regardait.

Sever se pencha vers la grille du micro serti dans le mur et ordonna :

— Amenez l'autre.

Le gardien fit rouler son fauteuil en arrière pour s'éloigner de la vitre et disparut. Bourdonnement de serrures, grondement métallique. Un moment plus tard, Homer franchit la porte, flanqué de deux gardiens qui lui serraient les biceps de leurs mains gantées de caoutchouc. Il frissonnait, montagne de hardes tremblantes. Sa bouche remuait. Lorsqu'il me vit, il pâlit sous sa crasse, tenta de me dire quelque chose, n'y parvint pas. Les gardiens passèrent devant nous, le poussèrent dans l'ascenseur. Les portes se refermèrent et les deux matons repassèrent devant nous en ôtant leurs gants. L'un d'eux adressa un signe à leur collègue à travers la vitre et la porte s'ouvrit.

Sever n'avait pas bougé.

— Qu'est-ce qu'il est, pour vous, ce clodo ? me demanda-t-il.

— Un ami.

— Vous avez de drôles de relations, Horrigan.

Nous repartîmes.

— Où m'emmenez-vous ?

— Salle d'interrogatoire.

— Je veux voir Wydell.

Il eut un claquement de langue irrité et les menottes s'enfoncèrent plus profondément dans ma chair. Autre couloir, autre porte ouverte. Nous passâmes devant une femme dont le regard s'attarda sur Sever. J'étais une merde, je servais de faire-valoir à des hommes admirables, aux tâches et aux intentions admirables. Sever me projeta contre une porte métallique qui s'ouvrit sous mon poids. Il me poussa à l'intérieur, je descendis deux marches en trébuchant et m'affalai sur une chaise en bois placée au centre d'un cube de béton. Le siège bascula sur deux pieds puis revint en avant avec un claquement. Sever ferma la porte. A clef. Pas de caméra. Pas de miroir sans tain. Une ampoule nue au plafond, pour l'effet goulag.

Sever passa sous l'ampoule, se campa devant moi, le visage dans l'ombre. Ma respiration se bloqua mais je me forçai à expirer doucement pour dissimuler ma peur.

— Vous ne pouvez pas me tuer, les gens le sauraient.

— Vous tuer ? Qu'est-ce que vous racontez ?

— Regardez dans ma chaussette.

Il en tira le morceau de papier plié que j'y avais glissé, déchiffra ma mauvaise écriture : *Je m'appelle Nick Horrigan. On m'a amené à la centrale de San Onofre lors de « l'attentat » de la semaine dernière. Je n'ai pas assassiné Mack Jackman. Je ne suis pas un terroriste. Je me suis livré au Secret Service au 725 S Figueroa le soir du 15/9. A mon arrivée, je n'avais aucune blessure et j'étais en bonne santé.*

— A quoi ça vous sert, ce truc ? grommela Sever.

— J'ai loué une chambre de motel. Avec un fax que j'ai programmé. Si je ne suis pas sorti d'ici à minuit, un texte sera envoyé.

— A qui ?

— Au *LA Times*, au *New York Times*, à CNN, MSNBC et Fox News, à...

— Personne ne sait que vous étiez à San Onofre.

— Vous feriez mieux de vous préoccuper de ce qu'il y a dans le texte.

— Qu'est-ce qu'il y a dans le texte ?

— Je veux parler à Wydell.

— Vous feriez mieux de vous confier à moi.

— Pourquoi à vous ?

Il marqua une pause, s'humecta les lèvres.

— Je sais mieux écouter.

— Je préfère tenter ma chance avec Wydell.

— Il n'est pas là.

— Où est-il ?

— Il dirige la préparation du débat à l'UCLA. Croyez-moi, il a autre chose à faire que venir ici.

— Vous avez jusqu'à minuit. Ensuite, ce sera trop tard.

— J'ai bien envie de vous faire examiner par un expert psychiatrique, dit Sever en scrutant mon visage.

Il dut y lire une réelle détermination et capitula :

— Je vais voir ce que je peux faire.

Il s'éloigna, s'arrêta devant la porte.

— Qu'est-ce qui vous fait croire que vous pouvez faire confiance à Wydell ?

— Je ne lui fais pas confiance, je veux seulement le voir.

Sever était déjà sorti et refermait la porte derrière lui. Côté intérieur, elle n'avait pas de poignée, pas même une plaque métallique autour de la serrure. Les murs parfaitement lisses me plongèrent dans un état proche de la panique.

Pendant les quinze premières minutes, je fis le tour de la pièce en frôlant le béton de mon épaule, la joue palpitante de douleur. Au bout d'une demi-heure, je pensai à enjamber les menottes pour ramener mes bras devant moi. Cela soulagea au moins mes épaules.

J'étais assis sur la chaise en bois quand Wydell entra, suivi de Sever.

— Non, dis-je. Vous seulement.

Wydell fit un signe de tête à Sever, qui ressortit. Wydell ferma la porte, se tourna vers moi. La raie de ses cheveux était impeccablement droite, son nœud de cravate d'une symétrie si parfaite qu'elle avait l'air en carton. De la sueur tachait sa chemise au creux de l'estomac. Longue journée étouffante. Quand il s'approcha de moi, l'ampoule projeta l'ombre de son nez mince, à l'arête légèrement tordue par une vieille fracture.

— J'ai vu le texte que vous menacez de faxer, attaqua-t-il. Je croyais que nous avions conclu un marché, à San Onofre.

— La situation a changé.

— Oui, vous devez répondre de pas mal de choses.

— C'est Sever, la fuite ?

— Non. La fuite a été bouchée.

— Qui c'était ?

— Pardon, j'oubliais que vous avez un droit d'accès à toutes nos infos.

— Comment je peux savoir que ce n'est pas vous la taupe ?

— Vous ne pouvez pas.

— Alors, pourquoi je vous ferais confiance ?

— C'est vous qui avez demandé à me voir, Horrigan. Nous pouvons mettre un nom et un visage sur le troisième terroriste quand nous voulons. Vous n'êtes pas en position de faire le difficile.

Il traversa la pièce, ouvrit la porte et lança dans le couloir :

— Il a décidé que nous sommes tous les deux mouillés.

Sever entra, l'air pas plus ravi que moi.

— Mack Jackman était peut-être mouillé lui aussi, c'est peut-être pour ça que vous lui avez tranché la gorge.

— Ou peut-être que Mack Jackman était déjà mort quand je suis arrivé, répliquai-je.

— C'est vrai ?

— A vous de me le dire.

Sever regarda son supérieur.

— Qu'est-ce qu'il a, ce type ?

— Vous croyez vraiment que j'ai égorgé Jackman et que j'ai ensuite essayé de me faire exploser ? dis-je.

— Vous avez mis le feu aux explosifs stockés dans l'appartement avec un fusil à grenade. Pour détruire des indices compromettants.

— Commode, ça.

— Pas pour Mack, rétorqua Wydell.

— Mais où il veut en venir ? demanda Sever à son chef.

Wydell ne me quittait pas des yeux.

— C'est nous qui avons liquidé Jackman, c'est ça ?

Je détournai le regard.

— Vous vous êtes enfui, ce n'est pas la réaction d'un homme innocent, insista-t-il.

— Après l'explosion, je ne me sentais pas le bienvenu.

— Vous pensez que moi, j'ai mis le feu ? s'emporta soudain Sever.

Son indignation, apparemment sincère, renforçait son accent du Sud.

— Vous aviez des contacts avec la victime, Horrigan, argua Wydell.

— Comment vous savez ça ? Encore des photos de Kim Kendall ?

— Qui est-ce, Kim Kendall ? demanda-t-il avec un étonnement qui ne semblait pas feint, lui non plus.

Comme je ne répondais pas, il attaqua par un autre angle :

— Pourquoi étiez-vous, vous et votre copain SDF, en possession de billets marqués ?

— Pourquoi étaient-ils marqués ? repartis-je.

— Nous n'en savons rien. C'était une décision venant d'en haut.

— D'en haut, c'est ça. L'aile Ouest qui surveille les billets.

Sever repartit en régime :

— Qu'est-ce que vous insinuez sur le Président ? Là, vous retrouvez la parole, c'est pas comme dans le couloir, où vous n'arriviez même plus à prononcer votre nom !

Wydell ouvrit la porte, tendit le bras à l'extérieur. Lorsque sa main réapparut, elle tenait un Glock dans un sac en plastique transparent. Sur la crosse, le sang de Frank avait noirci avec le temps.

— Vous avez un passé chargé, Horrigan, je dois le reconnaître.

Je me retrouve soudain inondé de sueur dans cette salle d'interrogatoire. A nouveau. C'était comme si les dix-sept dernières années se réduisaient à une pointe effilée qui s'apprêtait à m'empaler.

Wydell avait les traits crispés de colère.

— On a reçu ça d'en haut et je commence à me sentir comme un pion manœuvré par des politiciens. C'est à ça que vous jouez, vous ?

L'arme qui avait tué Frank oscillait dans le sac et j'avais du mal à en détacher mon regard.

— Il y a une raison pour laquelle mes empreintes se trouvent sur ce pistolet, déclarai-je. Lisez le rapport de la police scientifique.

— Je dois prendre ça pour un oui ?

Wydell rendit le sac à la personne qui attendait dans le couloir, la porte se referma avec un bruit sourd indiquant que la pièce était insonorisée.

— Je ne sais pas comment cette pièce à conviction s'est retrouvée sur mon bureau, poursuivit-il. Disons que c'est de la magie. Il y a beaucoup de magie, dans les hautes sphères. Des preuves apparaissent, disparaissent. Comme vous, il y a dix-sept ans. Vous êtes sûr de vouloir jouer dans ce bac à sable ? Moi pas.

Les yeux de Sever ne m'avaient pas quitté.

— Vous avez été en contact avec Caruthers ?

— Non.

— Nous pensons que si.

— Appelez-le. Dites-lui où vous m'avez emmené.

— Pourquoi on ferait ça ?

— Il a peut-être envie de le savoir.

— On s'en fout ! cracha Sever. Nous n'avons pas de comptes à rendre à un sénateur. Nous le protégeons. Mais notre premier devoir est de protéger le président des Etats-Unis.

— Et ses intérêts, ajouta froidement Wydell.

— Alors, transmettez-lui un message de ma part. Prévenez-le que j'ai la preuve qu'il a utilisé le Service.

— Quelle preuve ? voulut savoir Sever.

— Une preuve qui n'existe pas, répondis-je.

— Tiens donc... Et c'est quoi, cette preuve non existante ? demanda Wydell.

— C'est ce que le fax enverra aux principaux médias dans...

J'inclinai la tête pour voir la montre de Wydell.

— ... deux heures et quinze minutes.

Sever eut un rire moqueur.

— Dommage que le président des Etats-Unis n'ait aucune relation dans les médias. Il est impuissant contre un fax hypothétique envoyé par un fanatique non identifié.

— Si vous n'avez ni tué Jackman ni mis le feu à l'appartement, pourquoi ce chantage au fax ? me demanda Wydell.

— Imaginons que quelqu'un s'avise de m'emmener en hélico dans une prison qui n'existe pas, ou que je me retrouve avec la tête explosée, quelqu'un au moins sera au courant.

— Au courant de quoi ?

Sever poussa Wydell sur le côté – acte d'insubordination sur lequel celui-ci parut fermer les yeux compte tenu des circonstances – et se pencha vers moi, si près que je sentis sa sueur.

— Je vais te faire inculper des meurtres de Mack Jackman et de Frank Durant, avec une caution si élevée que tu resteras au trou jusqu'à ton procès !

— Transmettez le message à Bilton.

Il grimaça et se redressa. Wydell s'approcha à son tour, bloquant la lumière crue de l'ampoule. Ses mains se crispèrent et je pensai : C'est parti. Mais, au lieu de frapper, il me regarda avec curiosité et s'enquit :

— Qu'est-ce que vous voulez, Horrigan ?

— Des réponses.

— Non. Qu'est-ce que vous cherchez, dans cette histoire ?

Je changeai de position sur ma chaise.

— Rien.

— C'est sûrement ce qui vous rend si dangereux.

Ils se dirigèrent vers la porte et j'entendis le pêne de la serrure claquer. J'avais encore dans les narines l'odeur de lessive de la chemise de Sever. Je cognai sur la porte jusqu'à en avoir mal aux mains puis collai mon oreille au métal froid. Aucun bruit, excepté le bourdonnement des fils dans les murs.

Vingt minutes passèrent, ou quarante. J'étais de nouveau assis sur ma chaise quand la porte se rouvrit. Sever entra le premier, plaça une petite table devant moi ; Wydell suivit et posa dessus un téléphone noir désuet dont le fil traversait le seuil et disparaissait dans le couloir.

Adossés au mur, les deux hommes me fixaient. Wydell, costume impeccable épousant sa silhouette mince, chevelure gris terne avec cette raie de baby-boomer. Sever, carrure de joueur de football, confiance en soi imprimée dans chaque ride de son visage aux traits rudes. Le type même de Blancs comme on n'en fait plus, d'une génération qui a raté le rap, la cuisine fusion et les films d'action de Hong Kong, une génération de quarterbacks blancs et de pilotes de ligne plus blancs encore, le blanc des club-houses de golf et des martinis, le blanc du pouvoir, du Secret Service. Wydell avait une dizaine d'années de plus que Sever, il avait probablement déjà fait le premier versement sur l'appartement où il passerait sa retraite, à Sarasota. Leur regard, le regard impénétrable de l'autorité, ne me lâchait pas.

Avec précaution, je soulevai le combiné, le plus lourd que j'aie jamais eu en main. Je dévissai la plaque protectrice du micro puis celle de l'écouteur. Les menottes rendaient la tâche difficile mais j'y parvins. J'examinai l'intérieur. Sever et Wydell semblaient prêts à me passer la camisole de force.

La sonnerie aiguë nous fit tous sursauter. J'approchai le disque de l'écouteur de mon oreille, le micro de ma bouche.

— Allô ?

— Bureau du Président, dit une voix grave que je n'avais jamais entendue.

Monsieur Bipeur ?

— Il est là ?

— Pas pour le moment.

— Comment vous vous appelez ?

— Ne vous souciez pas de ça.

— Je vois qu'il ne tient plus autant à me parler personnellement, fis-je observer.

Il poursuivit, comme si je n'avais rien dit :

— Je crois savoir que vous portez des accusations insensées contre le président des Etats-Unis.

— Pas si insensées que ça puisque vous m'appelez.

— Le président Bilton a demandé que nous vous fassions cette faveur compte tenu de votre rôle dans l'attentat terroriste de San Onofre.

— Ce n'était pas un attentat terroriste.

Un moment, je n'entendis plus que le faible grésillement de la ligne puis la voix reprit :

— Passez-moi le responsable.

Je tendis le combiné démonté à Wydell, qui le prit avec une vive irritation.

— Oui, monsieur... Non, je ne suis pas sûr que ce soit souhaitable, je... Bien, monsieur.

Il reposa les pièces du téléphone sur la table, adressa un signe de tête à Sever qui lui emboîta le pas quand il sortit. Je portai de nouveau l'écouteur à mon oreille et, curieusement, l'homme sut que j'avais récupéré l'appareil.

— Je vous écoute, dit-il.

— Le président Bilton a eu un enfant naturel en 1991.

— Vous délirez.

— Comme Wydell vous l'a sans doute expliqué, j'en ai la preuve. Et cette preuve sera envoyée par fax aux médias dans… à peu près une heure et demie. On me retient pour des crimes que je n'ai pas commis. Si vous ne me faites pas libérer immédiatement, le fax partira.

— Vous me menacez ?

— Je ne sais même pas qui vous êtes. Je vous expose des faits sur lesquels fonder une décision.

— Vous êtes gravement perturbé, vous devriez consulter un psychiatre.

— Encore une fois, si je délire, pourquoi vous donnez-vous la peine de me parler ?

— A cause de votre rôle dans l'affaire délicate de la semaine dernière. Le Président a tenu à ce que nous vous écoutions pour estimer la crédibilité de vos informations. Elles n'en ont aucune. Bonne nuit, monsieur Horrigan.

La communication fut coupée. L'homme avait montré un tel calme, une telle assurance, que mes convictions en furent ébranlées. Avais-je vraiment tout compris de travers ? Avais-je assemblé des fragments sans rapports entre eux pour composer un reflet de ma paranoïa ? Dans un cas comme dans l'autre, tous les jetons étaient sur le tapis et la roulette tournait.

Je n'eus pas à mariner longtemps dans cette sorte de panique au ralenti. La porte s'ouvrit, Wydell entra, les lèvres pincées de fureur. Il tira une clef de sa poche, défis mes menottes et les jeta sur la table avec une expression de dégoût.

— Je ne sais pas quel bobard vous lui avez servi, marmonna-t-il avant de ressortir.

La porte resta ouverte. Avec hésitation, je passai la tête dans le couloir. Quelques employés faisant leur boulot. Une femme devant une photocopieuse, dans un bureau voisin. Je descendis le couloir. Les portes de l'ascenseur étaient ouvertes, elles aussi, pour moi, présumai-je. Dans le fond de la cabine, Sever s'appuyait à la barre métallique. Je ne fus pas surpris.

— Vous avez des amis haut placés, dit-il.

Quand je pénétrai dans l'ascenseur, il pressa le bouton du parking le plus bas.

— Vous avez réussi à obtenir votre libération avec je ne sais quel tour de passe-passe au téléphone, continua-t-il.

— Ma libération ?

J'appuyai sur le bouton du rez-de-chaussée et la cabine commença à descendre.

— Vous avez une voiture ? me demanda Sever.

— Non.

— Je vous emmène.

Trop aimable.

L'ascenseur ralentit à l'approche du rez-de-chaussée. Sever s'avança, appuya l'épaule contre le panneau des boutons.

— Vous ne m'accompagnez pas au parking ?

— J'ai le choix ? répliquai-je.

— On a toujours le choix.

Les portes coulissèrent ; Sever se raidit, s'écarta de la cloison. Je regardai le bureau de la réception et, au-delà, les lourdes portes en verre. En même temps, je comptais dans ma tête. Un... deux... trois... quatre... cinq. Les portes de la cabine se refermèrent sur la liberté entrevue.

— J'ai été chargé de récupérer certains documents, dit Sever dès que l'ascenseur recommença à descendre.

— Quels documents ?

— Ceux que vous aviez l'intention de faxer à minuit.

— Personne ne croit à leur existence, mais ils semblent avoir beaucoup d'efficacité.

— Apparemment, ils sont classés secret.

— J'en doute.

— Secret ou pas, vous allez me dire comment les récupérer, nom de Dieu !

— Je vous enverrai un mot de Ketchikan, Alaska, d'accord ?

Les portes s'ouvrirent avec un tintement. Je m'avançai dans le parking obscur, Sever suivit et me saisit le bras.

— Ça ne sera peut-être pas aussi facile.

Derrière nous, les portes demeuraient ouvertes.

Un... deux...

— Je ne pensais pas... commençai-je.

Trois...

— D'accord, repris-je. Allons-y.

Avec un sourire suffisant, il me lâcha le bras. Il fit un pas en avant, je fis un pas en arrière. Avec ensemble, comme dans un quadrille. J'appuyai de nouveau sur le bouton du rez-de-chaussée, tandis que les portes se refermaient, et j'eus le temps de voir Sever se retourner, abasourdi, le rouge de la rage transparaissant sous son hâle.

L'ascenseur mit une éternité pour remonter du troisième sous-sol. Je sautillais sur place, comme pour l'inciter à aller plus vite. Dès que les portes coulissèrent, je me glissai dans l'intervalle, les rebords de caoutchouc frottant contre mon tee-shirt, et passai d'un pas rapide devant les vigiles. La radio de l'un d'eux grésilla et il la décrocha de sa ceinture mais je me forçai à ne pas courir, pas avant d'avoir franchi les portes de verre. Puis je m'élançai, traversai Figueroa en évitant les phares, dévalai le trottoir, tournai plusieurs coins de rues. Les passants s'écartaient sur mon passage.

J'arrivai au parking de l'épicerie, récupérai les clefs de la Jaguar sous la roue de secours. Je montai précipitamment dans la voiture, démarrai.

Pendant quelques minutes, je ne pus m'empêcher de regarder constamment dans le rétroviseur. Puis mes mains se relâchèrent sur le volant et je m'autorisai un long soupir. Je baissai la vitre pour laisser le vent me fouetter le visage. L'air pur de la nuit, quelques étoiles, même, dans le ciel trouble de LA que j'avais douté de revoir un jour.

Il n'y avait ni fax ni chambre de motel, bien sûr, mais beaucoup de problèmes restaient à régler.

39

Homer était exactement là où je l'avais supposé : devant le supermarché de Hacmed, les lèvres collées au goulot d'une bouteille de Beam. Je regardai autour de moi avant de sortir de la Jaguar, les poignets encore meurtris par les menottes.

Il était à moitié ivre, couché sur le flanc, les yeux roses, la bouche à peine visible dans la broussaille de la barbe. Par terre, près de sa joue, une petite flaque de vomi. Me sentant approcher, il inclina la bouteille pour en faire couler les dernières gouttes, la lança vers la benne à ordures. Elle heurta le rebord, explosa en touchant le sol.

Il recula jusqu'à se trouver le dos au mur et s'en servit pour se mettre plus ou moins en position assise. Je m'accroupis devant lui.

— Tu es venu, me dit-il. Pour moi. Pourquoi une telle sottise ? poursuivit-il en secouant la tête comme s'il n'arrivait pas à y croire.

Je commençai à répondre mais il m'interrompit :

— J'avais peur, Nick. Ils étaient si menaçants. Trop de questions, trop de gens qui me harcelaient. Je t'ai balancé.

Une larme traça une piste sur la saleté de sa joue.

— Je t'ai balancé, répéta-t-il.

— Tu ne leur as rien dit qu'ils ne savaient déjà. Ils se sont servis de toi pour me faire réagir. C'est moi, au contraire, qui t'ai entraîné dans cette histoire.

— Tu ne m'as pas entraîné, je me suis fait entraîner, c'est différent.

Autour de ses yeux, les pattes-d'oie se creusaient : un soupçon d'amusement.

— Je t'ai impliqué, insistai-je. Sans te révéler tous les faits.

— On ne sait jamais ce qu'on fait. Les conséquences. Pas possible.

Ses yeux se voilèrent. Il s'essuya le nez à sa manche déchirée en partant du bas et en remontant vers le haut, dans le style gros crade.

— On ne peut pas vivre sans faire mal aux gens, dit-il.

— Non, c'est vrai.

— Voilà pourquoi je ne le recommande pas.

— Tu ne recommandes pas quoi ?

— De vivre.

Je le revis dans le parc, tombant sur le dos de ce schizo, ou du moins essayant. J'avais toujours cru que cela révélait une réserve cachée de courage mais il se foutait peut-être simplement de vivre ou de mourir. Les yeux mi-clos, il perdit son appui et glissa de quelques centimètres vers le sol.

J'inspectai la rue, m'attendant à moitié à voir débouler Sever dans un crissement de pneus.

— Il faut qu'on te sorte d'ici, décidai-je. Tu peux rester planqué quelques jours ?

— Je t'en prie. Je vis planqué.

— Viens, je te conduis au passage souterrain.

Je le tirai par le bras pour le mettre debout, vacillai sous son poids. Sa puanteur était insupportable. Sa manche, imprégnée d'un liquide que je me refusais à identifier, collait à mes épaules, à la peau nue de mon cou. L'odeur de gnôle qui sortait par ses pores me faisait larmoyer. Ce fut pénible mais je parvins finalement à l'adosser au mur. Le globe bas de son ventre oscillait. Je courus à la voiture.

— Tu me paies une boutanche ? me cria-t-il.

— T'es sûr qu'il t'en faut une autre ?

— Ouais, absolument sûr.

Ecartant les mains pour reconnaître ma défaite, j'entrai dans le supermarché. Derrière son comptoir, Hacmed était drôlement remonté.

— Emmène-le, Nicolas. Sinon, je dois appeler les flics. Il vomit partout, il a fait peur à deux clients. Je peux pas tenir un magasin avec un soûlard à la porte.

— La lune de miel est finie, hein ?

— Je suis content qu'il a rien mais faut être franc, Nicolas, personne a envie d'un type comme lui dans le coin.

Je pointai l'index vers une bouteille de Jim Beam puis pris sur le présentoir le dernier téléphone à carte prépayée. Quand je voulus régler, Hacmed refusa de la main, acte de générosité sans précédent.

— Pour ce que t'as dû faire pour le tirer des mains des flics, expliqua-t-il.

Comme je m'éloignais, il ajouta en agitant un doigt :

— Et pour ce que tu feras pour l'emmener loin d'ici !

Je ressortis avec la bouteille et le portable. Il me fallut un moment pour faire traverser le parking à Homer et l'installer sur le siège passager. Pendant le trajet jusqu'à la plage, il regarda par la vitre en silence. Je dus laisser la mienne baissée pour atténuer son odeur. Un moment, ses épaules tressautèrent et je me demandai s'il pleurait.

Je m'arrêtai près de l'escalier en béton menant au tunnel. Il avait l'air différent : plus banal et tristement municipal. L'air humide sentait l'océan et les fumées d'échappement. Au-dessus de nos têtes, des voitures filaient sur la route de la côte. Homer ramena ses yeux sur le tableau de bord, je lui tendis la bouteille. Comme il ne la prenait pas, je la pressai contre son bras et il finit par refermer une main crasseuse sur le verre.

— Tu es revenu, maugréa-t-il.

Il descendit et claqua la portière, rageusement. Une trace de saleté marquait le siège en cuir. Homer fit le tour de la voiture, s'arrêta de mon côté, les yeux sur la gueule du passage souterrain, en bas. Il avait les yeux embués.

Je savais si peu de choses de lui. Son passé le talonnait comme une meute de chiens mais il n'en révélait jamais rien. Il ne voulait plus vivre que dans le présent. Jim Beam. Parking de petit supermarché. Douche tous les jeudis. Il n'avait jamais été marié, il n'avait jamais été dentiste, c'étaient des mensonges inventés par Kim Kendall. Ou peut-être des vérités que Homer ne voulait plus reconnaître. J'ignorais ce qu'il fuyait et la raison de sa fuite. J'ignorais s'il avait perdu des amis, abandonné une femme, un fils, un parent âgé. Je savais seulement que cela ne me regardait pas.

Il commença à s'éloigner d'un pas traînant, s'immobilisa et ses épaules se soulevèrent comme si la soudaineté de cet arrêt les avait prises par surprise. Il ne se retourna pas mais j'entendis clairement sa voix malgré la circulation et le grondement des vagues lointaines :

— Si ça se reproduit, ne t'occupe pas de moi !

Je le regardai descendre les marches et disparaître dans le tunnel.

Je roulais pour rouler, sans me préoccuper de la direction. Pour quitter la plage, je pris San Vincente, où les flamboyants du terre-plein central gazonné retenaient le brouillard dans leurs branches tordues. Puis je m'engageai dans Sunset et négociai les virages jusqu'à la partie nord de l'UCLA, le campus dont j'avais rêvé pendant mes années de lycée. Je passai ensuite devant les grandes maisons de Bel Air, avec leurs grilles gothiques et leurs pignons Tudor, les allées en grès de Santa Barbara, styles architecturaux mêlés qui reflétaient mes propres pensées fragmentées. J'arrivai à Mulholland, qui apparaissait brièvement dans mes phares au sortir de tournants serrés puis disparaissait soudain, comme si un rideau tombait, laissant la place à une vue stupéfiante de la Valley la nuit, brillante sous son voile de pollution.

La radio rediffusait l'entretien de Sean Hannity avec Caruthers dans l'après-midi.

Caruthers : « On en revient aux valeurs familiales, là, non ? »

Réponse immédiate de l'animateur : « C'est vous qui avez amené la discussion sur ce sujet pendant la campagne. »

Caruthers : « Ça a plutôt bien marché, vous ne trouvez pas ? »

Il joignit son rire à celui de Hannity avant de prendre un ton d'indignation contenue :

« Lorsque le président Bilton parle de valeurs familiales, qu'est-ce que cela signifie ? Nous intéressons-nous aux belles phrases ou à la réalité ? Il y a par exemple ceux d'entre nous qui sont pour le respect de la vie et ceux qui sont pour le libre choix. Mais aucun de nous n'est pour l'avortement. Et il y a eu plus d'avortements pendant les trois ans et demi de présence d'Andrew Bilton à la Maison-Blanche que pendant n'importe quelle autre présidence depuis celle de Reagan. Cherchez la véritable cause de ces chiffres. L'économie. Le Président opte constamment pour l'apparence et l'hypocrisie au détriment de la réalité et de l'efficacité. Il y a un choix à faire. Nous pouvons battre notre coulpe et tenir de beaux discours moralisateurs sur les valeurs familiales, ou cerner les causes profondes et trouver des solutions qui apporteront un vrai changement.

— J'aime battre ma coulpe.

— Je l'ai entendu dire.

— Vous allez où, aujourd'hui ?

— Dans l'Ohio.

— Pourquoi ?

— Parce que c'est un Etat qui peut basculer. Vous ne lisez pas les journaux ? »

Rire de Hannity.

« Autre réponse franche de l'homme à la campagne transparente. Je craignais de vous entendre caresser les gens du Midwest dans le sens du poil, vous répandre en louanges sur l'Ohio et le musée du Rock and Roll de Cincinnati puis nous faire un coup à la Hillary avec une recette de cookies aux pépites de chocolat...

— Le musée du Rock and Roll se trouve à Cleveland. Et à la maison, c'est June qui s'occupe de la cuisine.

— Qu'est-ce qu'elle aime faire ?

— Les réservations. »

C'était une vieille blague, bien sûr, mais elle me fit quand même sourire. Le sénateur touchait toujours la cible et fournissait de la matière aux journalistes sans donner l'impression d'avoir préparé ses réponses. Probablement parce qu'il ne le faisait pas. On avait le sentiment qu'il ne suivait pas les sondages – alors qu'il le faisait, bien sûr – et qu'il ne mettait pas au point la veille quelques petites phrases avec une équipe de spécialistes blasés en buvant du mauvais café. Ce sur quoi les électeurs se prononceraient, c'était sa personnalité et il ne craignait pas de la présenter de manière relativement non déguisée.

Je m'engageai sur la terre battue d'une aire de stationnement, regardai la poussière monter de mes roues et s'éloigner comme un fantôme, comme Homer. Contemplant la vue, je m'étonnai de me retrouver mêlé à une histoire qui pouvait avoir des répercussions sur les sujets dont on débattait à la radio et à la télévision. Je songeai à ma rencontre avec Caruthers dans sa salle de réunion. Il était alors si près de moi que j'aurais pu lui poser une main sur l'épaule. Il était tourné de côté et la lumière du jour passant par la fenêtre éclairait son profil. Je me rappelai une petite coupure sur sa joue faite en se rasant, un grain de beauté sur son avant-bras. Ce n'était qu'un homme, comme Frank. Mais, comme Frank, il donnait l'impression d'être davantage.

Au loin, un point clignotant perçait la brume en direction de Burbank Airport. Je le suivis des yeux jusqu'à ce qu'il se perde dans les petites lumières de la Valley.

Mon portable à deux balles affichait trois barres étonnantes.

J'appelai Induma sur le téléphone que je lui avais laissé. Quand elle répondit, je la rassurai aussitôt :

— Je vais bien.

Elle garda longtemps le silence et je m'interrogeai sur ce qu'elle pouvait penser à cet instant. D'une voix légèrement tendue, elle finit par demander :

— Tu viens ?

Les vieilles peurs me reprirent.

— Bilton sait que je sais, maintenant. C'est devenu trop dangereux, je ne dois pas m'approcher de toi.

— Ce n'est pas à toi seulement d'en décider.

— C'est une question de vie ou de mort, Induma.

— Tout est affaire de vie ou de mort.

— Pas à ce point. Regarde ce qui est arrivé à Homer.

— Exactement. Regarde ce qui est arrivé à Homer, rétorqua-t-elle.

Et elle raccrocha.

Le téléphone sur la cuisse, je tentai de retrouver l'avion, en bas, mais j'avais perdu les points de repère qui m'auraient permis de le localiser. Il ne passait aucune voiture à proximité et j'entendais les grillons affûter leur scie dans la colline. Je repris la route déserte, composai un autre numéro.

Steve répondit à la première sonnerie, reconnut ma voix.

— Nick ?

Je sentis du soulagement dans la façon dont il prononça mon nom.

— Je suis toujours vivant.

— Alors, rapplique en vitesse.

— Pourquoi ?

— J'ai retrouvé Jane Everett. Elle a été assassinée onze jours après le meurtre de Frank. On a retrouvé son corps dans un terrain vague.

Le grésillement de la ligne se mêlait au grondement de mes pneus sur l'asphalte irrégulier de la route. Un moment, je me sentis suspendu en l'air, séparé de la voiture, prenant des virages sombres à deux mètres du sol. D'une voix qui me parut très lointaine, je demandai :

— Et le bébé ?

Steve tarda à répondre. Puis :

— On l'a retrouvé aussi. Il n'avait pas deux semaines.

40

Nous étions assis à la table de la cuisine, Steve, Callie et moi, des photos de Jane Everett devant nous. Jane le jour de la remise des diplômes, à l'université ; Jane huit ans plus tard, tirant un tee-shirt Snoopy sur son gros ventre, souriant à l'objectif. Elle avait de grands yeux expressifs et des lèvres pleines qui la faisaient paraître plus jeune. Sous le bas du vêtement, ses cuisses présentaient de petits bourrelets et elle arquait exagérément le dos pour contrebalancer le poids qui l'entraînait vers l'avant. Elle semblait heureuse.

Une phrase défilait dans ma tête, à la façon des incrustations au bas de l'écran de Fox News : *Le Président a fait assassiner cette femme et son bébé.*

La cuisine n'était qu'à demi éclairée et nous chuchotions. Non parce qu'Emily dormait en haut mais parce que nous étions effrayés, je crois, par ce à quoi nous étions confrontés. Pour le moment, nous étions seuls, unis par ce cercle de lumière tamisée. Si nous parlions trop fort, nous réveillerions peut-être le géant endormi.

Je pris sur la table le tirage sur imprimante du *LA Times* et relus l'article apporté par Steve.

Oxnard, Californie.

Les corps d'une jeune femme de 32 ans et de sa fille de 13 jours ont été retrouvés hier à 23 heures sur un terrain vague d'Oxnard. Jane Everett est morte d'une balle dans la tête ; son bébé, Gracie, est mort étouffé.

Tris Landreth, qui habite une maison proche, a vu deux hommes jeter les corps de l'arrière d'un pick-up et a immédiatement prévenu la police.

Jane Everett vivait et travaillait à Sherman Oaks mais, selon Landreth, elle serait déjà venue dans le quartier : « Je l'ai vue plusieurs fois près des caravanes, le long de la 101, il y a un mois environ. Je me souviens d'elle à cause de son gros ventre. C'est une histoire épouvantable, épouvantable. »

Les suspects seraient d'origine hispanique. La police n'a procédé à aucune arrestation et demande à toute personne pouvant fournir d'autres informations de téléphoner au (805) 385-7600.

Jane Everett laisse une sœur plus âgée, Lydia (43 ans), et sa mère Bernice (66 ans). Ses amis garderont le souvenir d'une femme affectueuse qui s'intéressait à la politique locale et à la musique classique.

Sous l'effet de la fatigue et du stress, Callie faisait son âge : paupières tombantes, coins de la bouche affaissés, peau légèrement relâchée sous la mâchoire. Tandis que Steve refermait la porte et mettait le verrou, elle m'avait serré contre elle, soulagée de me savoir en sûreté pour le moment. Au bout de quelques secondes, cette étreinte trop démonstrative nous avait tous deux gênés. Nous étions à présent des adultes qui ne se connaissaient plus très bien.

— D'abord, je ne trouvais de Jane Everett nulle part, reconnut Steve. Sociétés de crédit, compagnies de gaz ou d'électricité, téléphone, service des cartes grises : les listes habituelles. Alors, je me suis rabattu sur les décès des registres d'état civil.

— On a finalement le nom du bébé, murmurai-je.

Callie et son mari tournèrent légèrement la tête pour échanger un regard, étonnés, sans aucun doute, par ma réaction à l'égard de Gracie Everett. Elle était venue au monde le mois où j'avais été contraint d'entamer une nouvelle vie. Nous étions nés des mêmes circonstances, produits de retombées similaires. Depuis que j'avais vu cette échographie, nous étions ensemble dans cette histoire, elle et moi, du moins dans ma tête. J'avais fait de son sort ma responsabilité et, aussi ridicule que cela puisse paraître, je ne pouvais m'empêcher de penser que, d'une certaine façon, je l'avais trahie.

— Je sais que ça semble idiot, mais je me disais que si je parvenais à la sauver, je pourrais...

Je ne parvins pas à aller jusqu'au bout du cliché. Le visage en feu, je me concentrai de nouveau sur les documents étalés devant nous.

A cause du bébé, le double meurtre avait fait pas mal de bruit, mais comme il était survenu deux semaines après la mort de Frank, ni Callie ni moi ne l'avions remarqué.

Qui avait aidé Bilton à résoudre son problème ? Qui avait tiré une balle dans la tête de Jane, plaqué une main sur la petite bouche et le petit nez de Gracie ? Combien d'autres, au fil des années, avaient gardé pour eux ce qu'ils savaient ? Un secret de ce genre pourrit de l'intérieur jusqu'à ce que quelqu'un s'en préoccupe enfin.

Je voulais que la mort de Frank garde son sens, je regardais les photos et la coupure de presse comme s'ils pouvaient le préserver.

Steve tapota la fin de l'article, en lut un extrait à voix haute :

— ... « s'intéressait à la politique locale »...

— Le salaud, lâcha Callie. Sa propre enfant.

— Pourquoi signaler dans un article aussi court que Jane avait déjà été vue près de l'autoroute ? m'interrogeai-je.

— C'est une insinuation, répondit Steve. Il y a toujours eu des problèmes de drogue, dans les faubourgs d'Oxnard. Les labos sont souvent installés dans des caravanes.

— Alors, le témoin ment quand il déclare l'avoir vue traîner dans le coin ?

— Pas forcément. Les gars de Bilton sont malins, ils ont peut-être eu l'idée de se débarrasser d'Everett dans la partie de la ville où on l'avait vue. Ou alors elle se droguait vraiment, et ils s'en sont servis comme couverture.

— Et les deux suspects d'origine hispanique ajoutent un élément qui va dans ce sens...

— Exact. Judicieusement choisis par l'équipe de Bilton parce qu'ils correspondent bien au profil des dealers de la région. Jouer sur la peur raciale est toujours un bon moyen de détourner l'attention.

— Si la police pensait que le meurtre était lié à la drogue, pourquoi ne pas le dire carrément ? demanda Callie.

— Parce que les inspecteurs ne pouvaient pas se permettre d'accuser ouvertement une gentille Blanche de Sherman Oaks d'aller se ravitailler en speed ou en crack dans un quartier pourri d'Oxnard, répondit

Steve. Ils cherchaient des pistes, bien sûr, mais ils devaient faire attention. Alors, ils se sont arrangés pour diffuser l'info sans tenir de propos irrespectueux.

— Les gars de Bilton ont peut-être même inspiré l'article. Ou supervisé l'enquête.

— Non, ils ne tenaient pas à laisser leurs empreintes sur cette affaire. En plus, ils n'en avaient pas besoin. Ils ont fait mieux…

Steve tapota de nouveau l'article et poursuivit :

— Tout le monde pensait savoir ce qui s'était passé. La moitié des gens ont suivi la mauvaise piste, les autres n'ont pas posé de questions dérangeantes. C'est la façon idéale d'enterrer un cadavre sous des insinuations.

— Deux cadavres, rectifiai-je.

— Fais gaffe à toi, Nick. C'est pas seulement de la com pour faire grimper les sondages. Il s'agit d'accuser de meurtre le président des Etats-Unis.

Je n'avais pas peur. Je ne me sentais pas non plus tomber dans une de mes crises de paranoïa. Je n'étais ni nerveux ni angoissé. J'éprouvais simplement une rage froide.

— La famille habite dans le coin ? demandai-je.

Steve gratta sa chevelure bouclée.

— La mère est morte en 2001. Cancer du poumon. Mais j'ai l'adresse de la sœur au bureau. Je t'appelle demain pour te la filer.

Je me levai, remontai la fermeture éclair de mon blouson sous le regard inquiet de Callie.

— Tu t'en prends au chef de l'Etat, Nicky.

Je posai le doigt sur le nom du témoin, Tris Landreth.

— Tu me donneras aussi son adresse ?

Je les remerciai et sortis par la porte de derrière sans qu'ils me raccompagnent.

Assis dans la Jaguar, à quatre rues de la maison de Callie, je composai le numéro d'Alan Lambrose. Il répondit d'un ton jovial, prononçant son nom comme s'il avait tout lieu d'en être fier.

— C'est Nick Horrigan. J'ai besoin de parler au boss. En tête à tête.

— Vous avez un numéro où on peut vous joindre ?

Je récitai les chiffres inscrits au dos du portable, coupai la communication et attendis en me mordillant l'ongle du pouce. Ce ne fut pas long. La voix que j'avais entendue une heure plus tôt à la radio me demanda :

— Nick ? Ça va ?

Je ne m'habituerais probablement jamais à avoir accès à un candidat à la Maison-Blanche.

— Ça va. Où êtes-vous ?

— Comté de Franklin. C'est dans l'Ohio, m'a-t-on dit.

Le téléphone effleura mon pansement et une décharge de douleur traversa mon visage.

— Il faut que je vous voie, le pressai-je. En privé. Cette affaire a pris des dimensions tout à fait nouvelles.

— De quoi s'agit-il ? demanda-t-il d'un ton circonspect.

— Je ne peux pas en parler au téléphone, mais il m'a suffi de menacer de tout révéler pour forcer le Secret Service à me libérer de prison, il y a quelques heures.

— Vous étiez en prison ? Pourquoi ne m'en avez-vous pas informé ? Nous aurions pu vous aider. Persécuter un peu les persécuteurs.

— Je n'ai pas voulu vous mêler à ça. D'ailleurs, on ne m'a pas proposé de donner le moindre coup de fil.

D'une voix étouffée, sans doute par sa main sur le téléphone, il dit à quelqu'un d'autre :

— Je suis prêt. Une minute.

Puis revint à moi :

— Vous pouvez expliquer l'affaire à Alan ?

— Non, sénateur.

— Je lui fais une confiance absolue. Et il est à Los Angeles en ce moment.

Ne te fie à personne. Je fixais le pare-brise en cherchant une façon de refuser poliment quand Caruthers vint à mon secours :

— Je comprends. Je serai de retour à LA demain après-midi. Pouvons-nous nous retrouver à 15 heures à l'appartement ?

— J'insiste pour que ce soit en privé. Pas d'agents.

— Je ne peux pas vous le promettre, je verrai si je peux m'éclipser avec quelques collaborateurs et peut-être seulement James. Mais nous serons seuls pour parler. Alan vous indiquera l'endroit. Désolé, il faut que j'y aille… Et faites attention à vous, Nick.

41

Induma ouvrit la porte, vêtue d'une simple chemise de nuit dont le vent soulevait le bas et le rabattait sur ses cuisses brunes.

— Il l'a tuée, annonçai-je. Elle avait treize jours. Il a fait jeter son corps dans un terrain vague, avec celui de sa mère.

Sans rien dire, elle m'ouvrit les bras et je me pressai contre elle, tête baissée, respirai l'odeur de lotion Kai de son cou. Un courant d'air froid lui donnait la chair de poule. Je sentais son cœur battre contre ma poitrine. Sa force, sa fragilité aussi. J'aurais voulu ne jamais m'écarter d'elle, mais je finis par le faire.

Elle referma la porte derrière nous, me laissa mettre le verrou. Nous passâmes dans la salle de séjour et je m'assis en tailleur sur le canapé. Induma m'écouta patiemment lui narrer les derniers événements puis me demanda :

— Tu veux quelque chose ? Un thé ?

— Un Bugs Bunny, répondis-je.

Elle ne fut pas longue à le trouver, gonflant son poitrail blanc, une carotte à la main. Les espiègleries animées projetaient leur lumière tremblotante sur mon visage engourdi. Des lapins rusés, des putois français, des souris élastiques, avec leurs zézaiements et leurs plans ingénieux.

Tout était clair au pays des Merrie Melodies. Des canons dont on tirait la ficelle. Des bâtons de dynamite rouges dont la mèche projetait des étincelles. Mettez un chapeau, prenez un accent et vous devenez un tout autre lapin. Ou alors baissez la tête et creusez jusqu'à vous retrouver dans une arène, au pôle Sud ou à Ketchikan, Alaska. Seul problème, vous ne savez plus où vous allez et vous vous perdez. Ou pire, vous vous retrouvez à votre point de départ.

Tandis que le générique de fin défilait sur l'écran, Induma pressa le bouton d'une des quatre télécommandes dispersées sur les coussins et nous nous retrouvâmes dans le monde réel. En prévision du débat de jeudi, C-SPAN rediffusait celui de Harlem, que j'avais regardé le soir où le Secret Service nous avait enfoncés, moi et ma porte.

Induma me coula un regard pour jauger ma réaction mais je supportais Bilton. J'avais envie de revoir Caruthers le tailler en pièces et éparpiller ses morceaux sur l'estrade.

Jim Lehrer se pencha au-dessus du pupitre de l'animateur, tourna vers Caruthers ses yeux de poupée.

« Sénateur, j'ai une question en deux parties pour vous. Au début de votre carrière, vous étiez pour la peine de mort et vous y êtes maintenant opposé. Première partie : si June, votre femme, se faisait violer et assassiner, demanderiez-vous une condamnation à mort irrévocable pour son meurtrier ?

— Ah, le vieux piège tendu à Dukakis...

— Laissez-moi terminer, sénateur. Deuxième partie : pourquoi avez-vous changé d'opinion ? »

Les yeux verts de Caruthers étincelèrent.

« Si ma femme se faisait violer et assassiner, j'aurais envie de traquer son meurtrier et de l'éventrer. Mais dans un pays civilisé on ne laisse pas les proches de la victime choisir le châtiment. Imaginez ce qui se passerait, sinon. Pour répondre à votre deuxième question, avant même d'en venir à une discussion sur la moralité de la peine de mort, nous nous heurtons à la constatation inévitable qu'elle est inefficace, injuste et terriblement coûteuse. C'est de plus en plus évident pour moi. J'ai en effet changé quelques fois d'opinion pendant ma longue carrière. Dieu merci. Combien d'entre vous voudraient d'un homme politique qui n'apprend rien en faisant son boulot ? »

Pause malicieuse, puis :

« Quarante-six pour cent, je suppose. »

Tonnerre de rires, ponctués de quelques sifflets. Changement de plan : Bilton, image même de la maturité et de la retenue, notant quelque chose sur une feuille de papier.

Caruthers inclina la tête à la manière d'un professeur.

« Mon adversaire aimerait tirer parti d'une évolution tout à fait raisonnable pour me peindre en girouette. Ou en bonimenteur. Ou en une autre caricature à la mode ces temps-ci. J'espère que je ne placerai jamais la constance au-dessus de la conscience. Et je ne prétends pas n'avoir jamais commis d'erreurs. A vrai dire, j'en ai peut-être commis suffisamment pour en éviter d'autres à l'avenir. »

Bilton se pencha vers le bourgeon noir de son micro.

« Sénateur, vous donnez plutôt l'impression d'en avoir trop commis pour qu'on puisse en tenir le compte. »

Ses partisans, soulagés, applaudirent frénétiquement.

Induma coupa le son.

— Quelle suffisance ! lâcha-t-elle.

Les lèvres de Bilton continuaient à remuer pour sa réplique silencieuse.

Quel homme fallait-il être pour ordonner la mort de la mère de son propre enfant ? Et celle de la chair de sa chair, étouffée, jetée dans un terrain vague ?

— Je n'arrive pas à croire que cette ordure pourrait gagner, dis-je.

— C'est de la politique ? demanda Induma.

— Non. Ce n'est pas du tout de la politique.

Je me réveillai brusquement. *2:18*, indiquaient des chiffres luisant dans l'obscurité. En émergeant du sommeil, j'avais emporté l'image du pied de Frank battant l'air tandis que le sang coulait de sa blessure au ventre. En tâchant de calmer ma respiration, je pris conscience de ce que j'avais devant les yeux : la baie vitrée, la pelouse, le canal boueux. Le living d'Induma. J'étais dans le living d'Induma.

Je me frottai les yeux. Le sac à dos était à mes pieds, ouvert, et je vis à l'intérieur l'écrin rouge de la bijouterie. Je le pris, en tirai les boucles d'oreilles ornées d'éclats de saphir. Je les tins à la faible lumière et les imaginai sur la peau d'Induma.

Je pensai à Frank et à ses mille et une petites décisions.

L'escalier grinça un peu sous mes pas quand je montai à l'étage. Je fis halte devant la porte de la chambre. L'ouvris doucement.

Elle dormait sur le ventre. Sa tête avait glissé de l'oreiller, ses cheveux dessinaient un net demi-cercle sur sa joue. L'image de la tranquillité. Puis Induma ouvrit les yeux, s'essuya la bouche, se redressa.

De la tête, elle me fit signe d'approcher. Je m'avançai, les jambes flageolantes, m'immobilisai à un mètre du lit, l'écrin dans ma main moite, contre ma cuisse, invisible. Elle se mit sur le dos, se souleva sur les coudes, les yeux sombres et graves, sa chevelure brillante répandue sur ses épaules, les clavicules saillant sous la peau de velours.

— Il n'y a rien en toi que je ne trouve pas magique, dis-je.

Cette fois, je voulais aller jusqu'au bout car je savais que si j'arrêtais je ne pourrais jamais recommencer.

— J'ai tout gâché entre nous, je le sais. Mais ce qui est arrivé a mis ma vie à nu. J'ai été forcé de voir ce qu'elle était. Et ce qu'elle n'est pas. Je ferais n'importe quoi pour être de nouveau avec toi et je suis prêt à ce que ce soit différent.

Les draps chuchotèrent quand elle se mit en position assise.

— Nick, dit-elle.

Au ton de sa voix, mes entrailles se liquéfièrent. La bouche sèche, je restai planté sur le plancher froid, attendant la suite.

— Je t'aimerai toujours, Nick, mais j'ai changé. La vie n'attend pas. On ne peut pas la reprendre là où on l'a laissée.

Dans une des maisons voisines, une télé trop bruyante dégorgeait des rires enregistrés.

— Non, convins-je d'une voix enrouée, mais on peut quelquefois avoir une deuxième chance.

— Ecoute, je sais que tu crois à ce que tu dis en ce moment, mais comment puis-je être sûre que tu ne changeras pas ? Tu en es sûr, toi ? Tu as tellement à réparer, Nick.

Je me tournai à demi, glissai l'écrin rouge dans ma poche revolver.

— Qu'est-ce que je dois faire ? Pour réparer ?

— Tu dois être là, répondit-elle. Jour après jour.

Ma tête devint lourde et tira mon regard vers le sol.

— Je veux que tu saches que tu le méritais, dis-je. Tu méritais tous les efforts du monde. Simplement, je n'ai pas su comment faire.

Une expression passa sur son visage : de la tristesse, mais aussi quelque chose d'autre qu'elle avait longtemps attendu d'éprouver.

Je pris le temps de m'imprégner de cette chambre dans laquelle je m'étais senti chez moi autrefois. La bougie à trois mèches, plus haute que la table de chevet. Les murs caramel brûlé de la salle de bains, en face, les serviettes assorties sur le rebord de la baignoire à pattes de lion dans laquelle nous marinions avant de sombrer dans un sommeil profond.

Puis je me retournai et sortis, descendis l'escalier d'un pas pesant. Dans la salle de bains du bas, j'aspergeai mon visage d'eau froide et m'efforçai de reprendre ma respiration.

A travers le mur, j'entendis la porte d'entrée grincer.

Sans faire de bruit, j'ouvris la boucle de ma ceinture, la dégageai des passants et enroulai ses deux extrémités autour de mes poings.

Bruit de pas étouffés. Approchant.

Le dos plaqué contre le mur de la salle de bains, j'attendis. La poignée s'abaissa, la porte s'ouvrit. J'étais sur le point de bondir quand j'aperçus le reflet d'Alejandro dans le miroir. Je baissai les mains, m'avançai.

— Qu'est-ce que tu fais ici ? dis-je.

— Ce serait pas plutôt moi qui devrais te poser la question, non ? rétorqua Alejandro.

Après un coup d'œil à mon garrot improvisé, il fouilla dans l'armoire à pharmacie.

— Je les retiens, tes conseils pour le dîner d'anniversaire, grommela-t-il. Pour toi, c'était peut-être une plaisanterie, mais maintenant, entre nous, c'est la guerre.

— Handro, écoute. Tu... n'aurais pas dû me voir ici. Ne dis à personne que je suis passé, c'est trop dangereux.

— Tu te prends pour Ethan Hunt ?

Il se mit à fredonner le thème de *Mission impossible.*

— Je déconne pas. On pourrait tous se faire tuer.

Son sourire disparut, remplacé par une expression froide, et je fus surpris par la dureté de son regard.

— Nick, j'ai grandi à Boyacá. Quand j'étais gosse, la Colombie avait le taux de meurtres par habitant le plus élevé au monde. Les cartels, la DEA[1]... Sale époque. Quelqu'un te montre du doigt, tu disparais. Tu connais le coup de la cravate, non ?

Il fit le geste de s'entailler le cou sous le menton et de faire passer sa langue par la plaie.

---

1. Pour « Drug Enforcement Administration », l'agence chargée de lutter contre le trafic et la consommation de drogues aux Etats-Unis. *(N.d.T.)*

— Enfin, la plupart du temps, ils s'embêtent pas avec ça, ajouta-t-il. Ils te décapitent à la machette.

— D'accord, j'ai compris.

— Quand j'allais à l'école et que je passais devant des camions, des ouvriers, je regardais droit devant moi.

N'ayant pas trouvé ce qu'il cherchait dans l'armoire, il jeta un coup d'œil dans l'élément situé sous le lavabo.

— Moi, j'allais à l'école tous les jours. Pas mes copains. Certains soirs, j'aidais à les chercher. Quelquefois on tombait sur un corps, sur une tête.

Il se redressa, l'air exaspéré.

— Qu'est-ce que tu cherches ? demandai-je.

— Mes pilules.

Je soulevai la serviette avec laquelle je venais de m'essuyer le visage, découvris une fiole orange. J'eus le temps de déchiffrer l'étiquette – « En cas de crise d'angoisse » – avant qu'Alejandro m'arrache la fiole des mains et la fourre dans une poche. Je vis de nouveau sur son visage une expression que je ne lui connaissais pas et je m'interrogeai sur ses manières insouciantes habituelles.

Alejandro releva une mèche de cheveux tombée devant ses yeux, saisit le bord de la porte.

— J'ai connu toutes les merdes à la sauce tiers-monde, alors te demande pas si je suis capable de la fermer pour aider un ami, parce que toi, t'es même pas capable de te conduire en ami.

J'entendis ses pas s'éloigner, puis la porte d'entrée s'ouvrit et se referma.

Je me regardai dans le miroir et ce que je vis ne me plut pas trop.

Après m'être assuré qu'Alejandro avait fermé à clef derrière lui, je retournai au canapé. Les jambes allongées sur la table basse, je fixai les fenêtres. Elles avaient des fermetures simples mais solides.

Sur une impulsion, je me levai et les ouvris, l'une après l'autre. De retour sur le canapé, j'entendis mon cœur manifester son désaccord en cognant dans ma poitrine mais je ne bougeai pas.

Je contemplai les fenêtres ouvertes pendant plus d'une heure, peut-être. C'est étonnant ce qu'on entend à travers une moustiquaire la nuit. Bourdonnement des libellules, chant des cigales. Je sentais l'odeur un peu putride du canal, je voyais danser les ombres des banderoles de prière tibétaines clouées à l'avant-toit.

Au prix d'un gros effort, je détachai mon regard des fenêtres, m'étendis sur le canapé, fermai les yeux. Les fenêtres ouvertes quémandaient mon attention mais je les ignorai. Leurs supplications se muèrent en exigences, en une clameur furieuse dans ma tête, mais je ne répondis toujours pas.

La sécurité, c'est important. Mais le confort est peut-être important aussi.

Mille et une petites décisions.

Un peu avant l'aube, je finis par m'endormir.

42

Lorsqu'elle ouvrit la porte, je fus frappé par le manque de ressemblance. Peut-être était-ce à cause des années, peut-être que cela avait toujours été comme ça, mais Lydia Flores ne ressemblait pas du tout à sa sœur Jane. Du moins pas à la Jane Everett de trente-deux ans. J'affichai un grand sourire.

Lydia me dévisagea à travers la moustiquaire tachetée par la lumière matinale.

— Je peux vous aider ?

— Je l'espère. Je m'appelle Nick Horrigan. Désolé de vous déranger, j'aimerais vous poser quelques questions au sujet de votre sœur...

Elle leva le loquet de la porte grillagée, l'ouvrit. Lydia Flores devait avoir une soixantaine d'années à présent, mais elle faisait plus vieille, avec son allure intemporelle de grand-mère : robe d'intérieur, cheveux nettement coiffés en chignon. Elle avait un visage doux et rond que des lunettes démesurées faisaient paraître plus rond encore. Du maquillage, rien d'excessif, mais elle était de la génération qui en faisait vraiment usage. Des bas et des chaussures à talon découvert, d'une hauteur certes raisonnable mais pas vraiment confortables pour traîner seule à la maison. Quelque chose me disait qu'elle était veuve.

— Vous êtes journaliste ? me demanda-t-elle. Parce que tous les deux, trois ans, y en a un qui frappe à la porte. Pour une rétrospective, ou je sais pas quoi. L'année dernière, j'ai même eu quelqu'un qui faisait une étude psychologique sur le chagrin.

— Non, répondis-je. Je ne suis pas journaliste.

Cela ne parut pas l'intriguer. Elle ne me demanda même pas ce que je faisais, alors. Elle me conduisit par un couloir étroit à sa salle de séjour. La maison était propre mais toutes les surfaces étaient encombrées : boîtes en porcelaine ancienne de Limoges sur une desserte, chats en faïence sur un napperon. Des plantes partout, s'élevant d'arrosoirs décoratifs ou suspendues à des crochets, et qui donnaient à l'air une odeur musquée. Des photos encadrées sur le couvercle du clavier et le dessus d'un piano droit : Lydia devant l'autel, Jane en demoiselle d'honneur bien qu'elle ne dût pas avoir plus de treize ans. Impossible de ne pas reconnaître les lèvres de Jane Everett. Le mari de Lydia, un Hispanique à l'air affable qui semblait avoir au moins dix ans de plus que sa femme. Il vieillissait avec dignité d'un bout à l'autre du piano. La dernière photo, qui le montrait en pull jaune, tenant une raquette de tennis, avait jauni comme les autres à la lumière de la fenêtre. Appuyé à une table, il buvait du thé glacé et son sourire découvrait des dents éclatantes sur un hâle de retraité.

Je m'assis sur un canapé recouvert d'une housse en plastique qui me parut tiède. A côté de moi, un magazine de mots croisés était ouvert à une page parsemée de lettres. J'avais pris la place de Lydia mais elle était trop polie pour m'en faire la remarque. De l'autre côté de la pièce, sur un écran plat qui faisait un contraste anachronique avec le reste du mobilier, deux stars de feuilleton frottaient leurs visages l'un contre l'autre d'une manière qui semblait tout sauf agréable.

Lorsque je me rendis compte que Lydia m'observait, une réaction de pruderie me fit détourner les yeux. Le piano dont on ne jouait jamais était trop déprimant et je regardai par la fenêtre. Un jardinet déroulait un mètre cinquante de pelouse jusqu'à une clôture en lattes d'une hauteur agressive.

Lydia suivit la direction de mon regard et commenta :

— Les jeunes d'à côté l'ont installée quand ils ont emménagé. Comme elle est juste sur la ligne de séparation, on n'a rien pu faire.

— Les voisins... compatis-je.

Elle s'assit de biais dans un fauteuil d'un mouvement gracieux, féminin.

— Leur maison n'est même pas tout près, elle est à dix mètres derrière, mais ils ont voulu cette clôture. C'est la loi. Mon mari était furieux. Je l'ai perdu ça fera trois ans en mai. Ernesto. Une crise cardiaque.

Elle avait prononcé son nom avec un léger accent. Une WASP épousant un Latino, ce n'était pas courant à l'époque où ils s'étaient mariés. Je songeai aux deux suspects de type hispanique qui auraient jeté le corps de Jane dans le terrain vague, à la façon dont l'équipe de Bilton avait exploité les préjugés des gens. Je me sentais comme un intrus dans cette petite maison encombrée, comme un voyeur à l'œil collé à un trou de serrure.

— Je pense plus souvent à Janie, dit-elle. Maintenant qu'il n'est plus là.

Je me rendis compte que Lydia se fichait totalement que je sois du *LA Times*, de la CIA ou d'une troupe de boy-scouts. Elle avait seulement envie de parler.

— C'est dur à oublier, une chose pareille.

Elle plissa les lèvres, leva les yeux.

— Ça fait si longtemps, pourtant.

— Très longtemps, confirmai-je.

Son regard demeura un moment au plafond puis elle tourna la tête de côté et me parla du coin de la bouche, comme si nous étions séparés par toute la longueur de la pièce.

— J'aimais tendrement Ernesto, me confia-t-elle. Vous imaginez, quarante-huit ans de mariage. Et il y a encore des matins où... où je...

Elle laissa sa phrase en suspens.

— Mais la violence de la mort de Janie... Je n'arrive pas à m'y faire. Ils disent tout le temps qu'il faut tourner la page. Se reprendre.

— Qui dit ça ?

— A la télé. Se reprendre. Comme si c'était une question de volonté.

Ses doigts remuaient sur son giron, tiraient sur un pli de la robe d'intérieur. J'étais pris au dépourvu par sa franchise. Sa solitude. La profondeur de son sentiment de perte.

— On n'y arrive jamais, dis-je. On a beau essayer.

— Ça vous détruit. Pardon, c'est comment votre nom, déjà ?

— Nick.

— Ça vous détruit, Nick. Ma nièce...

D'une main tremblante, elle tira de sa manche un mouchoir en papier, le roula en boule dans son poing.

— Ernesto et moi, on n'a pas eu d'enfants. Je me suis occupée de Janie, j'avais onze ans de plus qu'elle. C'est beaucoup. Je suppose que je voulais... Je ne sais pas. Janie était comme ma fille, et ma nièce aurait été comme... comme une autre fille, vous comprenez ? Janie avait choisi Grace, comme prénom, mais c'est moi qui ai commencé à l'appeler Gracie. Ça, ça venait de moi. Et quand elles sont mortes...

— Je comprends.

— Vraiment ?

Son ton n'était pas accusateur mais vivement intéressé.

— Je crois que oui.

— On renonce à quelque chose. Pour faire pénitence, peut-être. On renonce à une partie de sa vie. Pour honorer ce qui a été perdu, pas pour le remplacer.

— Ça aussi, je comprends.

Nous laissâmes le silence s'installer. Sur le piano, une autre photo montrait Jane participant à un meeting électoral, un gros plan sur fond de confettis bleu-blanc-rouge.

— Comment elle était ? demandai-je.

— Elle était gentille, dit Lydia, appuyant le dernier mot d'un mouvement de tête. Comme ces gens qui ont simplement bon cœur, vous voyez. Et toujours calme. Avec un rire qui vous prenait par surprise. Elle a fait certains choix qui...

Le mouchoir monta à hauteur de sa poitrine, retomba. Elle ne voulait pas pleurer.

— Jane ne savait pas que l'avenir dure longtemps. Très longtemps.

— Et le père ? hasardai-je.

Ses lèvres se crispèrent.

— Je n'ai jamais su qui c'était. Jane n'en a jamais parlé. Pas même à moi, affirma-t-elle.

Mais son visage ne parvenait pas à cacher la vérité. Je savais qu'elle mentait, et elle savait que je le savais.

Les personnages du feuilleton s'écartèrent l'un de l'autre, la femme résistant mollement, murmurant un non qui voulait dire oui. Et puis, comme une horrible plaisanterie, Bilton apparut sur l'écran. Pull et pantalon kaki, tenue décontractée du commandant en chef entouré de sa progéniture dans le Bureau ovale. Monsieur la Morale, contraste frappant avec son adversaire remarié.

Lydia chercha la télécommande dans la poche en tissu de l'accoudoir tandis que je regardais le visage rasé de près de Bilton.

« Le sénateur Caruthers dit qu'il ne comprend pas les valeurs familiales. Voulez-vous vraiment envoyer à la Maison-Blanche quelqu'un qui est fier de tenir ces propos ? » Une incrustation en cursive élégante précisa : *Publicité payée par la campagne « Bilton Président »*.

Lydia finit par trouver la télécommande et éteignit le téléviseur. Après un silence embarrassant, elle dit avec amertume :

— Janie méritait mieux de la vie. Et Gracie aussi. Elle aurait été aimée, elle aurait eu une famille.

Lydia fixa un moment encore avec dégoût l'écran assombri et se tourna finalement vers moi.

— Vous êtes journaliste, vous m'avez dit ?

La voix rauque d'émotion, je répondis :

— Oui, je suis journaliste.

Elle se leva, lissa sa robe du plat de la main.

— Ecrivez des choses gentilles sur elle, s'il vous plaît. Quand elle est morte, on a insinué des choses…

— Je ferai tout ce que je peux pour elle, assurai-je.

43

Un autre nom, sur mon morceau de papier chiffonné. Tris Landreth, qui avait vu deux hommes jeter les corps dans le terrain vague. L'adresse la plus récente que Steve avait trouvée, d'après un compte de téléphone portable, était celle d'une maison délabrée de Van Nuys. Comme la sonnette ne marchait pas, je frappai à la porte et, quelques secondes plus tard, une femme corpulente en peignoir de bain ouvrit la porte moustiquaire.

— Tris Landreth ? dis-je.

D'un air renfrogné, elle rétorqua :

— J'ai l'air d'une Tris, d'après vous ?

— Désolé, je...

— Elle a décampé il y a six mois, en pleine nuit. Sans prévenir. Et sans régler la pension. Comme elle avait pas déposé de caution, je verrai jamais mon argent.

— Il y a six mois...

— Ouais. Et maintenant, c'est tout le temps Tris, Tris, Tris. C'était une femme tranquille, pourtant. Pourquoi tout le monde la demande, d'un seul coup ?

Mon pouls s'accéléra.

— D'autres personnes sont venues ?

— Les flics, mon gars. Enfin, encore pire : les barbouzes.

— Quand ça ?

— La semaine dernière. Je sais pas : mercredi, jeudi... Eh, je suis pas un calendrier !

— Elle a emporté toutes ses affaires quand elle est partie ?

— Le peu qu'elle avait, ouais. Elle est restée ici près d'un an mais elle s'est jamais vraiment installée, vous voyez ce que je veux dire ? Sa valise lui servait de commode. Comme si elle attendait juste de repartir.

Une voix bourrue appela du fond de la maison et la logeuse répondit :

— J'arrive tout de suite, trésor !

Et s'éloigna aussitôt, en traînant les pieds.

Je demeurai quelques minutes sur le seuil de la porte avant de comprendre qu'elle ne reviendrait pas.

Je traversai la pelouse et m'assis au bord du trottoir, regardai un moment les gamins jouant au foot dans la rue, les voitures surbaissées qui passaient dans une vibration de basses. Ce que Tris Landreth savait, il fallait que je le sache aussi. « Comme si elle attendait juste de repartir... »

Elle avait mené une vie que je ne connaissais que trop. Je me rappelai ma solitude à Ketchikan, le désespoir paralysant d'être coupé de tous ceux que j'aimais, les cartes que j'envoyais deux fois par an à Callie, les nuits sans sommeil passées à craindre qu'elles ne me soient renvoyées parce que ma mère avait déménagé, qu'elle était tombée malade ou qu'elle était morte. Je me demandai pourquoi une femme trop inquiète pour s'installer vraiment quelque part était quand même restée dans la région.

Le marchand de gnôle du coin avait une cabine téléphonique au fond de son magasin. J'appelai le portable que j'avais donné à Induma, il sonna longuement avant qu'elle réponde. J'étais parti de chez elle de bonne heure pour nous épargner un moment pénible et entendre sa voix me fit éprouver un pincement au cœur.

— Désolé pour hier soir, dis-je.

— Tu n'as pas à t'excuser.

— Alors, je peux te demander un autre service ?

— Les amis sont là pour ça.

— Vas-y, remue le couteau dans la plaie.

Elle s'esclaffa.

— Le témoin, Tris Landreth, repris-je. Elle s'est évaporée.

— Et tu veux que je la cherche dans les fichiers habituels ?

— Steve l'a déjà fait. Non, je veux savoir si elle a un gosse ou un parent âgé malade qui vivrait dans le coin.

Je raccrochai après lui avoir donné le numéro de la cabine. Je m'achetai un Coca, allai le boire dehors. Deux jeunes Hispaniques s'embrassaient contre un pick-up dans le parking. La fille avait des bandes sombres de fard sur les paupières de ses yeux clos, le gars lui tenait le visage. Je me souvins de la froideur du parquet sous mes pieds nus quand Induma m'avait expliqué que la vie n'attend pas.

Le téléphone sonna dans le magasin.

Le commerçant me regarda d'un œil perplexe quand je courus vers la cabine.

— Pas de gosse, pas de parent âgé, annonça Induma, mais Landreth a été élevée par une tante qui ne va pas trop bien et qui vit à Northridge.

— Tu as une adresse ? m'enquis-je, un stylo déjà dans la main.

J'entrai dans une résidence bien entretenue, frappai à une porte. Après un long bruit de pas pesants, une vieille femme m'ouvrit. L'appartement sentait le talc et le chat.

— Bonjour, je cherche Harriet Landreth, c'est au sujet de sa nièce, Tris.

— Tris, répéta-t-elle d'un ton condescendant.

Elle avait le dos tellement voûté qu'elle devait tendre le cou pour me regarder.

— Vous êtes Harriet ?

— Non, je suis Glenda, sa sœur aînée. C'est moi qui m'occupe d'elle.

— Tris est venue la voir dernièrement ?

— Tris ? Dernièrement ?

J'aurais aussi bien pu lui demander si Peter O'Toole était passé prendre une vodka-citron.

Elle m'examina d'un air méfiant.

— Qu'est-ce que vous voulez ?

— J'essaie de la retrouver. C'est important.

— Eh ben, elle ne vient même plus voir Harriet. Qui l'a élevée comme sa fille. A un moment où plus personne ne voulait d'elle, je précise. Maintenant que ma sœur est malade, vous pensez que Tris se donnerait la peine de passer ? Ça fait des mois qu'elle n'est pas venue. Et avant ça, c'était une fois par an, maximum.

— Elle a peut-être une raison.

— Oh, elle a toujours des excuses. Les impôts sur le dos, un ex qui l'embête...

— On ne sait jamais pourquoi les gens font ou ne font pas quelque chose, arguai-je. Elle a peut-être peur.

Je me demandai pourquoi je prenais sa défense puis je compris, bien sûr.

— Tout le monde a des problèmes, répondit Glenda. En attendant, elle nous a laissées tomber. Je me fiche de savoir quelle excuse elle aurait, ce coup-ci.

Je revis les traits de Callie durcis par le ressentiment : « Tu n'as pas été là une seule fois en dix-sept ans. »

— Vous avez raison, admis-je. Ça a dû être dur, pour vous.

Le visage de la vieille femme parut rentrer en lui-même, disparaître derrière ses rides.

— Je pourrais peut-être parler à Harriet ? sollicitai-je. Rien qu'un moment ?

— Je vais voir comment elle se sent.

La porte se referma devant moi.

Quelques minutes plus tard, elle se rouvrit et Glenda repartit aussitôt dans l'autre sens. A la télévision, une voix commentait en sourdine des images de vidéos d'amateur : un chat sautant autour d'une pelote de fil sur un fond sonore de musique de cirque. A l'intérieur de l'appartement, ça empestait plus encore, des remugles sous-jacents à l'odeur de talc. Dans le couloir recouvert d'une moquette à poils longs, Glenda me cria par-dessus son épaule :

— Je lui ai mis des larmes artificielles pour qu'elle puisse vous voir !

— Des larmes artificielles ?

Elle poussa une porte, entra dans une grande chambre où une forme féminine émaciée se découpait sur les draps d'un énorme lit à baldaquin. Sous la peau jaunie, parcheminée, les muscles du visage s'étaient atrophiés. Tout autour d'elle, du matériel médical : intraveineuses, supports, moniteurs. Son bras gauche pendait au bord du matelas. La table de chevet disparaissait sous d'innombrables fioles de pilules. Les yeux de Harriet Landreth se tournèrent vers nous sans qu'elle bouge la tête. Sa bouche se releva en un pâle sourire.

Elle était plus forte dans la chambre, l'odeur, celle qui attire les vautours à des kilomètres à la ronde dans le désert.

Glenda s'approcha du lit, souleva la main droite de Harriet – un poids mort – la posa sur un plateau où se trouvait une souris d'ordinateur. Elle guida les doigts de sa sœur jusqu'au bouton de la souris que Harriet pressa deux fois.

— Tu as faim, ma chérie ? demanda Glenda.

Les yeux de Harriet se levèrent vers l'écran d'un ordinateur, son index effectua de minuscules mouvements. Une enceinte émit une voix forte synthétisée qui me fit sursauter :

JE NE VEUX PLUS DE CETTE SOUPE TU METS TROP DE SEL

Glenda balaya d'un geste les protestations de sa sœur.

— Alors, je vais te donner du bouillon de poule et tu arrêteras de me houspiller.

Des mots amplifiés sortirent de nouveau du synthétiseur de la malade :

REMETS MON BRAS GAUCHE SUR LE MATELAS S'IL TE PLAÎT ÇA ME DÉRANGE

— Tu ne le sens plus, ma chérie.

LES DOULEURS ET LES PICOTEMENTS FANTÔMES JE NE LES SUPPORTE PLUS

Glenda fit le tour du lit, saisit le bras qui pendait, le posa sur le drap près du flanc gauche de sa sœur. Tandis qu'elle s'affairait, débarrassant tasse et assiette sales, je tentai de dissimuler mon émotion et mon désarroi. Un fil partant de l'ordinateur serpentait jusqu'à un téléphone numérique posé sur la table de nuit.

— Tu aurais dû voir ce chat courir après la pelote de fil à la télé, dit Glenda. Il sautait, il sautait. Le comique juif, là, il a dit, c'est vraiment la maison du chat qui pelote. Le chat qui pelote, répéta-t-elle en gloussant.

ELLE ME FERA MOURIR CETTE ÉMISSION HA HA C'EST DÉJÀ INSUPPORTABLE À REGARDER SI EN PLUS JE DOIS T'ENTENDRE ME LA DÉCRIRE NON PITIÉ

Glenda eut un geste qui nous envoyait tous les deux paître et sortit, me laissant seul avec sa sœur.

Des pupilles sombres quittèrent l'écran de l'ordinateur, me trouvèrent. Des yeux intelligents, d'un bleu magnifique.

VOUS ÊTES UN AMI DE TRIS

Je présumai que c'était une question et je ne pus me résoudre à mentir :

— Un ami, pas vraiment. J'essaie de la retrouver. Je m'appelle Nick.

POURQUOI ESSAYEZ-VOUS DE LA RETROUVER

Je devinai qu'elle était irritée mais, faute de pouvoir déchiffrer son ton, j'étais désemparé.

— Mon beau-père s'est fait tuer il y a dix-sept ans. Je crois que Tris sait quelque chose sur sa mort.

JE NE L'AI PAS VUE DEPUIS DES ANNÉES

Un mensonge, d'après ce que Glenda m'avait confié. L'idée me vint que Harriet avait uniquement accepté de me recevoir pour découvrir ce que je cherchais et prévenir Tris.

— Savez-vous où elle est ? J'aimerais vraiment lui parler.

Ses muscles eurent une nouvelle série de brèves contractions sous la peau parcheminée.

ON N'A PLUS AUCUN CONTACT

— C'est aussi pour elle, arguai-je. Je dois la prévenir de quelque chose.

Les yeux sans expression me fixèrent longuement puis le doigt pressa de nouveau le bouton de la souris.

VOUS NE POUVEZ PAS COMPRENDRE TRIS

— Je comprends plus de choses que vous ne croyez.

Ses paupières s'abaissèrent, elle avait du mal à garder les yeux ouverts.

— Je peux vous laisser mon numéro de téléphone ? Vous le lui donnerez si elle vous appelle.

Derrière ses lèvres sèches, sa langue remua, sa mâchoire claqua. Un filet de salive coula sur sa chemise de nuit.

FAITES CE QUE VOUS VOULEZ

Ses yeux se fermèrent, ne se rouvrirent pas. Sa main droite lâcha la souris, son buste s'affaissa légèrement, son bras gauche glissa de nouveau hors du lit. Le rythme de sa respiration se fit plus régulier. Je regardai de nouveau le fil reliant l'ordinateur au téléphone, m'approchai du lit.

L'appareil avait évidemment une interface considérablement simplifiée. Je posai la main sur la souris, amenai le curseur sur l'icône du carnet d'adresses. Je fis défiler les noms commençant par *L*. Quelques Landreth, sans le bon prénom. J'étais dégoûté de moi-même, terrifié par l'idée que Harriet allait se réveiller et me transpercer d'un regard accusateur. Je descendis plus loin dans la liste, trouvai un simple *T*. Suivi d'un numéro de téléphone. Je pris un stylo sur la table de chevet, le notai au dos de ma main. Avec l'annuaire inversé, Induma me donnerait une adresse en quelques secondes.

La respiration de Harriet devint légèrement sifflante. Je me dirigeai vers la porte, m'arrêtai après avoir fait quelques pas. Je passai de l'autre côté du lit, soulevai le bras pendant. Il était incroyablement léger, une aile d'oiseau. Je le reposai doucement sur le lit.

Dans la pièce de devant, Glenda, assise dans un gros fauteuil qui la faisait paraître toute petite, regardait un chien à la tête coincée dans un seau de plastique rouge.

— Elle n'en a plus pour longtemps, dit-elle sans quitter des yeux le téléviseur.

— Tris reviendra peut-être la voir.

Soupir dédaigneux.

Dehors, le vent était chaud et chargé d'une odeur de végétation. Je demeurai un instant sur le gazon soigneusement tondu, soulagé de retrouver un espace dégagé, l'horizon lointain, les palmiers qui se balançaient. Pendant quelques minutes, je me sentis oppressé et j'eus du mal à faire pénétrer l'air dans ma poitrine.

44

Le numéro de téléphone correspondait à un appartement au rez-de-chaussée d'un immeuble de San Fernando adossé à une baraque de sandwichs à la viande et à un atelier de mécanique à l'asphalte craquelé, couvert de flaques d'huiles et envahi de mauvaises herbes. Je transpirais, dans le tee-shirt Dri-Fit d'Alejandro que j'avais piqué dans le placard d'Induma, et la chaleur du trottoir passait à travers les semelles de mes baskets.

Les chiffres du numéro de l'immeuble étaient tombés depuis longtemps mais avaient laissé un vestige de leur présence dans la peinture moins décolorée, là où ils avaient été vissés. Un climatiseur dépassant de la fenêtre perdait de l'eau et cognait comme le moteur d'un vieux tacot. Pour lui faire concurrence, un téléviseur beuglait, discussion entre participants à une émission-débat, aux voix déformées par les grésillements. Je frappai à la porte.

Une voix, moins agacée que lasse, répondit :

— Je viens, je viens.

Une femme trapue d'une cinquantaine d'années ouvrit, s'essuya les mains à un tablier taché épousant de manière peu flatteuse les rotondités de son corps.

Elle n'était pas obèse mais lourde, épaissie par l'âge. Ses seins massifs lui retombaient sur l'estomac. Elle leva les yeux vers mon visage et se raidit, l'air stupéfaite.

Une de ses mains tenta vainement de relever les mèches collées à son front. Entre ses cheveux clairsemés, la peau de la couronne de son crâne luisait. Derrière elle, une poêle sale reposait sur une cuisinière et l'endroit puait la graisse de bacon. Un rideau de perles ondulant encore après son passage masquait un encadrement de porte, à sa droite.

— Pardon, dit-elle, j'attendais quelqu'un d'autre.

Une plaque d'eczéma avait investi son coude et remontait le long de son avant-bras. Elle gratta de ses ongles la peau blanche pelée, avec un bruit qui me fit frissonner.

— Désolé de vous avoir fait peur.

— J'ai pas eu peur, répondit-elle avec un rire nerveux.

Il y avait dans ses yeux quelque chose de familier, pas leur forme mais la façon dont ils se plissaient pour accompagner son rire forcé, un peu agressif.

— Madame Landreth ?

— Comment vous m'avez trouvée ?

— Par votre tante.

— Harriet ? Vous avez vu Harriet ?

— Oui. Ecoutez, je comprends que vous soyez effrayée...

— Je ne suis pas effrayée, enfin. Pourquoi vous dites ça ?

— Vous déménagez beaucoup...

— Vous êtes du Service de recensement ? Qu'est-ce que vous voulez ?

Elle regarda derrière moi pour voir si j'étais seul.

— J'ai des questions à vous poser sur Jane et Gracie Everett. Vous vous souvenez d'elles ?

— Bien sûr.

Ses mains saisirent une mèche, la tirèrent vers l'avant. Elle l'examina en louchant, détacha l'extrémité d'un cheveu en une sorte de tic simiesque. La chair molle de ses bras tressautait à chacun de ses mouvements. Je me demandai si elle était droguée.

— On risque pas d'oublier quelque chose d'aussi affreux, ajouta-t-elle.

Je scrutai son visage pour y retrouver ce qui m'avait paru familier, n'y parvins pas.

— Vous étiez là quand on a jeté les corps dans le terrain vague ?

— Ouais, je promenais mon chien. Les types se sont arrêtés plus haut dans la rue. Je les ai vus. Des Mexicains, on aurait dit. Ou d'Amérique centrale, peut-être. Bref, je suis rentrée et j'ai appelé les flics.

La phrase donnait l'impression d'avoir été répétée : toutes les informations requises, dans le bon ordre, comme si elle les ressassait dans sa tête depuis des années.

— Et vous aviez repéré Jane Everett près des caravanes quelques mois plus tôt ?

Elle ne mordit pas à l'appât :

— Un mois plus tôt.

Ses yeux m'effleurèrent, revinrent à ses cheveux. Comme si elle craignait de me regarder franchement.

— Vous êtes qui, vous ? Pourquoi vous m'interrogez ? Vous avez un insigne ou une carte à me montrer ?

— Non.

— Alors, dans ce cas...

Elle referma la porte.

J'entendis le rideau de perles tinter et, l'instant d'après, je perçus un léger mouvement des stores vénitiens fermés de la fenêtre de droite. Mais si je restais planté devant sa porte, elle finirait par appeler quelqu'un. Faute de choix, je commençai à redescendre l'allée en sentant son regard qui me perçait le dos.

J'étais à mi-chemin du trottoir quand la lumière se fit tout à coup dans ma tête. Sa stupeur en découvrant mon visage, sa nervosité, sa façon d'éviter constamment de me regarder en face : elle m'avait reconnu immédiatement. Et je venais de la reconnaître avec terreur.

Isabel McBride. La serveuse du Bob's Big Boy. Qui finissait son service à une heure du matin.

J'inclinai la tête, juste un peu, et je fis un demi-pas sur la droite. L'écheveau de dix-sept années de suppositions se défaisait. Je me retournai.

Les stores bougèrent de nouveau, rideau impénétrable, un enfant qui se couvre les yeux pour se cacher. Je sonnai. Pas de réponse, rien qu'une attente chargée de peur, accompagnée par le grésillement continu du téléviseur. Je sonnai de nouveau. Attendis. Sonnai une troisième fois.

Finalement la porte s'ouvrit. Par à-coups.

— Isabel, dis-je.

Malgré la chaleur écrasante, elle frissonnait.

— Nick.

— Parle, je t'en prie.

Des larmes jaillirent, rien que deux, débordant de ses yeux, coulant en ligne droite sur son visage rougeaud. Elle hocha brusquement la tête.

Je la suivis dans l'air sentant la graisse, franchis derrière elle le rideau de perles bruissant. Sur l'écran du poste qui braillait, Jerry Springer reprenait le micro à un participant trop zélé. Barrant le bas de l'écran, le thème du jour : *ES-TU LE PÈRE DE MON BÉBÉ ?* Isabel – ou Tris – l'éteignit au passage et nous nous installâmes sur des sofas dissemblables rapprochés pour former un canapé d'angle. Le silence d'après Springer avait quelque chose d'impressionnant, voire d'intimidant. Par une porte ouverte, j'aperçus une valise ouverte sur le sol d'une chambre, les vêtements qu'elle avait commencé à y jeter.

— Tu t'appelles Isabel ou Tris ?

— Tris. Enfin, Patricia.

Elle tourmentait de nouveau ses cheveux en louchant sur le côté.

J'avais si souvent revécu dans ma tête cette aventure malsaine depuis la mort de Frank. Combien de fois avais-je réinventé Isabel McBride ? Ajouté cinq ou dix centimètres à son tour de poitrine déjà imposant, imaginé quelque caresse habile de sa langue, donné à ses fesses la fermeté rebondie de celles d'un mannequin… Tout pour la rendre assez séduisante pour justifier que j'aie fait le mur cette nuit-là, laissant Frank à la merci d'un tueur.

Elle parut deviner mes pensées.

— La loi de la gravité prend le dessus, dit-elle, sur la défensive. Quand on se couche, on a les nichons sous les aisselles. Tu verras. Attends d'avoir quarante, cinquante ans. Les hommes le cachent mieux, mais c'est aussi moche.

— Tu es en danger en ce moment.

— Je me doutais que ça finirait comme ça. Les élections. J'ai été prudente, pourtant.

Elle renifla, ajouta en me regardant :

— Pas assez, à ce que je vois.

— Tu me racontes ce qui s'est passé ? La vraie histoire ?

Elle se détourna, le menton tremblant.

— La vraie histoire, il vaut mieux que tu ne la connaisses pas.

Après un silence, je revins à la charge :

— On t'a payée pour me draguer ? M'attirer hors de la maison ?

— Je ne savais pas que c'était pour ça. Je savais pas pour quoi. J'étais fauchée, j'avais une gosse à nourrir. Comme t'étais plutôt pas mal, je me suis dit : Pourquoi pas ? C'était mieux payé que serveuse. Ils m'ont fait faire des choses, je ne savais pas.

— Tu ne posais pas de questions.

— Au début, j'ai pensé que c'était une sorte de rite de passage. Organisé par les copains de ton père, ou quelque chose comme ça.

Une pause puis :

— Non, j'ai pas posé de questions.

Par moments, j'entrevoyais celle qu'elle avait été – la ligne parfaite des dents, le geste désinvolte de la main, la tension d'un muscle du cou –, mais cette vision disparaissait presque aussitôt. Cela me rappelait les autocollants magiques de mon enfance dont l'image changeait quand on les inclinait. Là Superman, ici Clark Kent.

— Comment tu savais que j'irais au Bob's Big Boy ce soir-là ?

— Moi, j'en savais rien. C'est eux qui savaient que t'allais tous les week-ends dans ce bar. Ils m'ont aidée à y trouver du boulot.

— Qui ça, « ils » ?

— Je sais pas.

Elle tremblait toujours. Ses ongles revinrent à la plaque de peau sèche et s'y activèrent, détachant des pellicules blanches qui tombaient sur la moquette.

— Le type qui me payait, je ne l'ai jamais vu. Il m'a trouvée par mon cousin. Mon cousin connaît des gens qui connaissent des gens. On a tous un cousin comme ça, hein ? Le type voulait une fille sexy. Expérimentée, mais pas une pro. Je l'étais. Sexy. A l'époque.

— Tu l'étais, confirmai-je avant de me rendre compte que le compliment était à double tranchant. Comment vous communiquiez ?

— Un vrai roman d'espionnage. Je devais aller en voiture sur une petite route proche de Runyon Canyon...

— ... la nuit, enchaînai-je. Tu devais te garer, arrêter le moteur, éteindre tes phares, modifier l'angle des rétroviseurs et laisser les portières déverrouillées. Il est arrivé en retard, il s'est glissé sur la banquette arrière. Il t'a dit où me trouver, de quoi j'avais l'air, comment m'appâter, où m'emmener. Et tu n'as jamais vu son visage.

— Exactement, répondit-elle, sidérée. Tu connais cette histoire, on dirait.

— En partie.

— Ça fait dix-sept ans. Dix-sept ans que j'attends que quelqu'un frappe à la porte. Toi. Lui. Et je ne sais même pas qui c'est, ce type.

— Tu ne l'as jamais appris ?

— Tu imagines la vie que j'ai menée ? Ne jamais s'installer vraiment. Toujours rester sur le qui-vive, à attendre Dieu sait quoi. T'as une idée de l'effet que ça peut avoir sur quelqu'un ?

— Oui. J'en ai une idée assez claire.

Ses doigts tremblants se portèrent machinalement à son crâne, son autre main les saisit et les ramenèrent sur son giron.

— Je ne me pardonnerai jamais, dit-elle avec une sorte d'horreur tranquille.

— Ce que tu m'as fait ? Ce que tu as fait à Frank Durant ?

— Il y a pire, avoua-t-elle. Il y a pire.

— Quoi ?

— Deux autres voyous. Des brutes. Grands et bruns, avec un accent d'Europe de l'Est, comme au cinéma. Ils ne parlaient pas beaucoup. Une semaine après la soirée avec toi, ils sont venus me voir, ils ont dit que c'était lui qui les envoyait. J'étais bouleversée. J'avais lu dans le journal l'article sur l'agent du Secret Service, avec ton nom. Celui de ta mère. On avait juste quelques années de différence, elle et moi.

Elle se pencha en avant.

— Si j'avais su, je le jure...

Je la ramenai à son récit :

— Les deux voyous...

— Ils m'ont demandé de trouver quelqu'un pour garder ma fille quelques jours. Ils reviendraient dans la soirée et je serais bien payée. Ils ont dit que si je n'étais pas là, ils me retrouveraient. J'ai pas eu le choix. J'avais une petite fille à élever.

Son corps continuait à trembler, violemment à présent, comme s'il allait tomber en pièces, mais elle poursuivit :

— Ils m'ont amenée dans une maison quelque part, je ne savais pas où j'étais. Une maison vide, sans meubles. Un sol en béton. Il y avait une femme avec un nouveau-né. Elle n'était pas encore remise de l'accouchement. Ils la gardaient dans une pièce du fond, sur un matelas sans draps. Je me suis occupée d'elle. Je l'ai nourrie. Lavée. Aidée à aller aux toilettes. Elle ne me laissait pas toucher l'enfant.

— Grace, dis-je. Gracie Everett.

— C'est ça. Gracie.

Ses yeux s'embuèrent de nouveau. Elle cessa de trembler, un calme étrange l'envahit et quand elle recommença à parler, ce fut d'une voix neutre :

— J'ai dormi dans la pièce, avec le bébé et elle. Le lendemain matin, de bonne heure, les deux types sont revenus, ils ont emmené le bébé. La femme criait, criait. Tu peux pas imaginer ce que c'était. J'ai cru qu'elle n'arrêterait jamais. Ça a duré des heures. Je pleurais, je la suppliais d'arrêter…

Tris avait la respiration courte à présent, ce qui donnait à ses phrases un rythme saccadé.

— Ils ont ramené le bébé. Gracie. Jane l'a pris dans ses bras, elle l'a bercé, elle a dit qu'elle ne les laisserait jamais le reprendre. Elle avait la voix cassée d'avoir crié. Les deux types, ils avaient l'air de plus en plus nerveux. Je les ai entendus discuter au téléphone quand je suis revenue d'avoir été faire les courses. Ils avaient emmené le bébé faire une autre analyse d'ADN. Il y en avait déjà eu une, mais ils voulaient être sûrs. Ils devenaient paranos. Une des copies de la première analyse avait disparu. Ça faisait toute une histoire, le Secret Service était dans le coup.

— Comment tu le sais ?

— J'ai entendu l'un des deux hommes parler d'une fuite dans le Service. Je me suis rappelé le mec du Secret Service – pardon, ton beau-père –, descendu la nuit où je t'avais filé un rencard. Pas la peine d'être Einstein pour faire le rapprochement.

Je m'efforçai de la suivre. La fuite venait de Frank, mais qui informait-il ? Ou avaient-ils voulu dire qu'il menaçait de rendre l'affaire publique ?

— Ensuite ?

Tris s'étreignit la poitrine et se mit à se balancer sur le canapé. Elle poussa une plainte basse qui me parut d'autant plus étrange qu'elle ne pleurait plus et ne tremblait plus.

Je n'arrivais pas à la haïr. Elle avait certes choisi son sort, mais elle avait été broyée autant que moi par un mécanisme implacable, acceptant une série de compromis l'un après l'autre. D'une voix d'un calme anormal, elle reprit :

— Les deux brutes attendaient avec inquiétude les résultats de la deuxième analyse. Ils ont pris le bébé à Jane, ils l'ont mis dans l'autre pièce. Elle était trop faible pour se lever et je les ai suppliés de le lui rendre. Un des types m'a frappée. Ils pensaient qu'elle serait... plus docile sans son bébé.

Tris murmurait, maintenant, d'une voix rauque, le visage pétrifié :

— Ils ont séparé Gracie de sa mère pendant deux jours. C'est moi qui devais la nourrir, la prendre dans mes bras quand ils en avaient marre de l'entendre pleurer. Mais je n'arrivais pas à la calmer, c'était épouvantable. Alors, ils ont décidé de la laisser seule dans un berceau. Du coup, j'étais presque tout le temps avec Jane. On entendait le bébé à travers les murs. Il pleurait, il pleurait et le lait de Jane coulait de ses seins, tachait son tee-shirt. Ça durait. Je pouvais rien faire. Jane me suppliait mais je ne pouvais rien faire. Elle avait les seins gonflés, douloureux. Gracie et elle pleuraient toutes les deux dans des pièces différentes. C'est la chose la plus horrible qui me soit jamais arrivée.

Le regard fixe, elle cessa de se balancer.

— Continue. S'il te plaît, dis-je d'une voix dont la faiblesse me surprit.

Tris demeurait parfaitement immobile. Quand elle battit des cils, des larmes roulèrent sur ses joues.

— Un soir, les deux hommes sont revenus. Apparemment, les résultats de l'analyse n'étaient pas bons. Ils ont emmené Jane, ils l'ont aidée à se lever – elle n'avait plus de forces –, à franchir la porte. Par la fenêtre, je les ai vus la faire monter dans une voiture sombre. Ils ont parlé à quelqu'un que je ne pouvais pas voir parce que les vitres étaient teintées. Le bébé pleurait dans l'autre pièce. Quand ils sont rentrés, j'étais assise loin de la fenêtre, comme si je n'avais pas regardé. Ils sont allés dans l'autre pièce. Et le bébé s'est arrêté de pleurer. Ils sont ressortis, ils ont mis quelque chose dans le coffre de la voiture et elle a démarré. J'ai couru dans l'autre pièce, le berceau était vide. Je me suis assise par terre, je les ai entendus entrer derrière moi. J'ai cru qu'ils allaient me tuer, mais ils m'ont dit de retourner chez moi et de ne parler de cette histoire à personne. Quelqu'un prendrait contact avec moi. Effectivement, mon cousin m'a appelée le lendemain. Même rendez-vous, près de Runyon Canyon. J'étais morte de peur mais j'y suis allée quand même parce qu'ils savaient où me trouver et que je devais protéger ma fille. Quand l'homme est monté à l'arrière de ma voiture, j'ai pensé qu'il allait me tirer une balle dans la tête mais il m'a expliqué ce que je devais raconter à la presse. Si je le faisais, si je m'en tenais à cette histoire avec les flics et les journalistes, il ne nous arriverait rien, à ma fille et à moi.

C'est ce que j'ai fait. J'ai répété cette histoire à tout le monde, je n'ai jamais rien dit d'autre. Jusqu'à maintenant.

— Ils te cherchent.

Son visage prit l'expression de défaite totale qu'avait celui de Homer après quelques verres. Avec toutefois une faible lueur de quelque chose d'autre. Du soulagement, peut-être.

— Qu'ils me trouvent. Je m'en fous, maintenant.

— Et ta fille ?

— Elle ne m'a pas adressé la parole depuis sept ans. Aux dernières nouvelles, elle était au Costa Rica.

— Ils t'ont payée ?

Elle regarda longuement l'écran sombre du téléviseur, hocha soudain la tête. Ses ongles retournèrent gratter son eczéma avec le même horrible bruit de râpe.

— Je crois ni au ciel ni à l'enfer, mais j'ai peur de ce qui m'attend.

— Alors, réagis.

— J'ai oublié comment on fait. Ça te contamine, un truc pareil, ça rentre en toi. Tu peux plus revenir à la normale. Je saurais même pas par où commencer.

Elle venait d'exprimer mes craintes les plus sombres et je dus faire un effort pour la regarder.

— Prends contact avec l'homme qui t'a engagée, dis-je.

Ce n'était pas seulement pour moi mais aussi pour elle, pour qu'elle puisse garder quelque chose d'intact au plus profond d'elle-même, là où on ne pourrait pas l'arracher et le réduire en poussière.

— Ses hommes et lui te cherchent, continuai-je. Ça ne devrait pas être difficile de le joindre.

— Non. Pas question.

Incapable de parler, je me contentai de la regarder. Elle serra de nouveau sa poitrine de ses bras, recommença à se balancer.

— Je pourrais appeler mon cousin. Il est peut-être encore en contact avec quelqu'un qui sait à qui téléphoner. Il s'y connaît, pour ça, mon cousin. Mais admettons que j'arrive à joindre cet homme, qu'est-ce que je dis ?

— Que tu as été contactée par quelqu'un qui était déjà au courant de tout. Que tu veux le voir. Pour parler, dresser un plan. C'est lui qui t'a suggéré de me donner rendez-vous au monticule du lanceur, non ?

— Oui. Il a dit que tu jouais au base-ball, que je devais t'emmener là-bas.

— Alors, demande-lui de te retrouver là où il t'avait conseillé de me donner rendez-vous. Mais ne dis pas que c'était au monticule du lanceur : si c'est bien lui, il s'en souviendra. Ce soir à minuit.

— Qu'est-ce que tu feras ?

— J'observerai, de loin. Je verrai qui c'est.

— Et après ?

— Je saurai.

— Ça t'aidera ?

— Probablement pas. Mais je transmettrai l'information à quelqu'un qui saura comment l'utiliser.

— Ces mecs sont dangereux.

— Je disparaîtrai.

— Quand tu sauras à quel point ça peut te ronger, il sera trop tard.

Elle avait de nouveau les larmes aux yeux mais elle les refoula en battant des cils.

— D'accord. J'appelle mon cousin. Ce soir à minuit, là où le type m'avait dit de te filer rencard.

C'est pas sûr qu'il aura le message mais j'essaierai. C'est tout ?

— Il faut que tu déménages encore. Quitte la ville, cette fois. Je paierai le...

— Non. Non. Je ne veux pas que tu paies quoi que ce soit. Mais pour ma tante... Combien de temps je devrai rester partie ?

— Regarde les infos. Tu sauras quand il n'y aura plus de danger.

Je me levai et me dirigeai vers la porte. Tris me suivit.

— Je savais pas, se défendit-elle de nouveau. Je n'avais aucune idée des conséquences possibles. Tu dois penser que je suis complètement pourrie.

— Non, répondis-je.

Parvenue à la porte, elle me pressa le coude, doucement, comme si elle craignait de provoquer ma colère. Elle avait sans doute l'habitude des hommes irascibles.

— Je voulais seulement me faire un peu d'argent, se justifia-t-elle. Où ça mènerait, je ne m'en doutais absolument pas. Et après, j'ai pas eu le choix. J'étais terrifiée. Ils m'ont menacée. J'avais une petite fille à élever.

Jane Everett aussi, pensai-je.

45

Encore secoué par le récit de Tris, je traversai le parking en direction du Brentwood Inn. Derrière moi, la circulation de midi filait bruyamment sur Sunset, mélange assourdissant de grincements de freins, de coups de klaxon et de mesures de rap s'échappant par les fenêtres aux vitres baissées. Alan Lambrose m'avait rappelé pour m'indiquer le lieu pas si discret de mon rendez-vous avec Caruthers, un motel situé à quelques rues à l'ouest de la 405. J'avais laissé la Jaguar plus bas, devant un immeuble en copropriété, pour que les plaques d'immatriculation d'Induma restent hors de vue.

Je trouvai la chambre vers l'arrière du long bâtiment modeste sans étage, frappai. La porte s'ouvrit sur Lambrose – dans toute la gloire de son nœud pap – et un autre type, qui avait le même vernis de collaborateur. Un gars costaud mais qui appartenait au monde politique, pas au Service. James, l'agent que j'avais vu dans la salle de réunion de Caruthers, se tenait au fond de la pièce. Il m'examina un instant, une expression mécontente sur ses traits épais, puis lâcha la crosse de son arme et ramena consciencieusement son regard sur les fenêtres. Assis dans un fauteuil devant une étroite cheminée en pierre, Caruthers concluait une conversation. Il se leva, lança le portable encore ouvert à Lambrose et m'accueillit chaleureusement tandis que son collaborateur débitait une formule de politesse bien sentie dans l'appareil.

Le sénateur avait l'air vanné – j'imaginais l'effet que huit vols par jour peuvent avoir sur l'organisme – et ses dents mastiquaient son chewing-gum à la nicotine avec un mouvement de scie, quasiment d'un côté à l'autre de la mâchoire.

Je jetai à James un coup d'œil nerveux – sa présence ne me plaisait pas –, dont Caruthers saisit aussitôt le sens.

— Vous nous laissez ? dit-il aux autres.

Le collaborateur athlétique sortit par-devant, James alla se planter dans le petit patio de derrière. Un homme à chaque issue visible. La porte en verre coulissante sembla sectionner le bruit de la circulation.

Lambrose s'affaira dans la kitchenette, apporta une tasse de café qu'il posa sur la table basse près du fauteuil de Caruthers.

— Désolé, sénateur. Fred a oublié les Sweet'N Low.

— Pour l'amour du ciel, Alan, n'importe quelle sucrette fera l'affaire.

Lambrose passa dans la chambre en tapotant déjà de l'index le clavier de son BlackBerry. Je me souvins que Frank m'avait raconté que les agents du Service emportaient partout où ils allaient l'essentiel des produits alimentaires que leur « sujet » consommait, et ce pour réduire les risques d'empoisonnement.

Caruthers passa une main dans ses cheveux rebelles, qui se remirent comme bon leur semblait.

— Sweet'N Low, ronchonna-t-il. Ils aiment faire croire que vous êtes compliqué et exigeant ; du coup, ils se sentent plus importants. Quelle marque d'édulcorant. Combien de sachets. Quelle chaîne sélectionner sur le téléviseur de la chambre d'hôtel...

— Ça doit fatiguer, à la longue.

Il rit de bon cœur et j'eus l'impression d'avoir réussi quelque chose. Puis son regard redevint sérieux.

— Ça va ?

— Jusqu'ici.

— Vous avez trouvé quelque chose sur la fille de Jane Everett ?

— J'ai une histoire à vous raconter sur votre adversaire.

Il se rassit, m'indiqua le fauteuil placé en face du sien et je le mis au courant de tout ce que j'avais appris depuis notre dernière conversation. Quand j'arrivai au récit de Tris, il serra sa main droite en un poing et le pressa contre sa bouche comme pour retenir sa fureur. Le bébé qui avait soudain cessé de pleurer. Les deux types portant quelque chose dans le coffre de la voiture. Le berceau vide. Je lui fis le même récit que Tris, avec des mots imprégnés de la même horreur. Lorsque j'eus terminé, Caruthers secoua la tête d'un air incrédule, le vert de ses yeux recouvert d'un voile de larmes.

Je contemplai la cheminée, les flammes de propane léchant une bûche en béton.

Il se moucha, but une gorgée de café.

— Je parie que Bilton n'était même pas au courant, dit-il. Tout ce qu'il savait, c'était qu'une bénévole de sa campagne avec qui il avait passé un bon moment commençait peut-être à faire des histoires. Il a demandé à des types de s'en occuper pour lui et ils l'ont fait.

— Ça le rend moins responsable ?

— Certainement pas. Mais réfléchissez, Nick : qui travaillait pour lui ?

— Charlie Jackman.

— Et à qui Charlie a-t-il transmis l'information ?

Je gardai le silence.

— Eh oui. Frank était au courant, pour Jane Everett et sa grossesse, mais il n'est pas venu me voir. Il n'a pas prévenu les autorités, il n'en a pas parlé à la presse. Et vous savez parfaitement pourquoi.

Il marqua une pause pour me laisser ruminer sa remarque.

— C'est vraiment ça que vous voulez ? me demanda-t-il.

— Je veux savoir toute la vérité.

— On ne sait jamais toute la vérité.

— Peut-être. Mais il y a une chose pour laquelle vous pouvez m'aider.

— Bien sûr. Je vous écoute.

— Tris a entendu les malfrats se plaindre qu'il y avait eu une fuite dans le Service, mais ça ne colle pas vraiment. Toute cette histoire commence avec Charlie et la police de l'Etat de Californie. Frank en a eu vent, naturellement, mais dire qu'il y a eu une fuite dans le Service implique qu'elle serait devenue une opération du Secret Service.

Caruthers cligna deux fois des yeux, rapidement, plissa son front haut.

— Manifestement, le Service était plus mouillé que nous n'aimerions le penser, dis-je.

Il prit une longue inspiration, ferma les yeux.

— Bon Dieu, soupira-t-il. Nick...

Coup d'œil vers la porte.

— Je dois vous dire quelque chose qui ne vous fera pas plaisir...

— Allez-y, je commence à avoir l'habitude.

— J'ai mis mes collaborateurs sur cette affaire, reprit Caruthers avec une expression compatissante. Ce matin, ils ont retrouvé l'un des deux hommes qui détenaient Jane Everett. Avec ce que vous venez de m'apprendre, le tableau devient plus clair. Ne croyez pas que ça me réjouisse.

— A cause de Frank ?

— Frank est mort, Nick. Votre beau-père était l'un des rares types bien que j'aie connus dans ma vie. J'ai cherché un moyen de vous épargner mais...

Je le regardai fixement.

— J'avais connu ça avant, je l'ai connu après, poursuivit-il. La bonne occasion se présente à vous...

— Non, dis-je.

— ... ou le bon moyen de pression...

— Pas Frank.

— Jane Everett devenait un problème pour Bilton. Il a chargé Charlie de la contrôler, de la maintenir en dehors du tableau. Mais Charlie s'est rendu compte qu'il y avait de l'argent à gagner avec cette histoire. Il a demandé à Frank de chercher à savoir si je serais intéressé par une échographie et un test de paternité mettant Bilton en cause. Finalement, ils ont estimé que Bilton paierait plus cher pour enterrer l'affaire et Frank a mis d'autres agents du Service dans le coup. Nous en étions là à votre arrivée.

— Qu'est-ce qui s'est passé, ensuite ?

— D'après ce que vous venez de me dire, Frank a vu où tout ça menait et il ne l'a pas supporté. C'était lui, la fuite dans le Service dont parlaient les malfrats.

Charlie a paniqué, mais il a eu l'intelligence de cacher les documents là où on ne les trouverait pas s'il lui arrivait quelque chose. Et il a disparu pour laisser les hommes de Bilton faire le ménage. Ils ont commencé par Frank et fini par Jane et Grace.

— Frank n'aurait jamais trempé dans un chantage, jamais. Pas même contre un politicien qu'il méprisait. Et il n'aurait jamais utilisé le Service pour extorquer de l'argent.

Caruthers se pencha en avant, me pressa l'avant-bras.

— Je comprends que vous vous accrochiez à cette idée.

Il se leva, marcha nerveusement autour de son fauteuil. Son nez prononcé et la couleur que ses cheveux blond cuivré prenaient à la lumière lui avaient valu le nom de code de *Loriot*.

— J'allais dire que je n'arrive pas à imaginer combien ce doit être douloureux pour vous, Nick... Mais je peux : c'est aussi douloureux pour moi.

Il secoua la tête, se rassit, posa de nouveau la main sur mon bras.

— C'est la seule explication qui tienne.

Ma stupeur se dissipait lentement, tel un brouillard qui se lève, faisant place à une méfiance absolue. Caruthers était si proche que je sentais l'odeur de Nicorette de son haleine. Je dégageai mon bras.

— C'est une histoire de meurtre, maintenant, Nick. Cinq meurtres. Il ne s'agit plus de politique et de com mais de crimes. Même si Bilton ne s'est pas occupé des détails, il est responsable. On ne peut pas laisser un tel homme occuper le Bureau ovale.

— Non, répondis-je. On ne peut pas.

— Vous avez ma parole, je lui ferai payer ce qu'il a fait, promit Caruthers.

Il adressa un signe de la main à James à travers la vitre et l'agent rentra aussitôt dans la pièce.

— J'ai dû révéler à Nick les détails de l'entretien de ce matin.

James hésita un instant avant de répondre :

— Cela aurait dû rester confidentiel, sénateur.

— Frank était son beau-père, Nick a le droit de savoir. Et il a des informations que nous devons l'aider à remettre en bonnes mains.

— Tout ce qu'il nous confiera demeurera secret. Même pour le Service.

— Merci, agent Brown, dit Caruthers.

Un caillou ricocha à la surface de ma mémoire – James, agent Brown, James Brown, Parrain de la Soul – et termina sa trajectoire sur la phrase que Kim Kendall avait entendue par hasard en appelant Monsieur Bipeur : « Le Parrain est avec le Loriot, tout va bien. »

Un tonnerre rugissait dans ma tête, mais mon visage ne devait rien montrer. Je m'étais jeté dans la fosse aux lions, comment en sortir vivant ? Une excuse boiteuse, un départ précipité révéleraient mon jeu. Devais-je tenter une sortie en force ? Le collaborateur musclé gardait la porte de devant. La baie vitrée coulissante était à moins de cinq pas, mais la haute clôture entourant le patio me retarderait trop si j'avais Brown sur mes talons.

Je me rongeai l'ongle du pouce, cessai quand je vis Caruthers m'observer. Si je restais plus longtemps, ils me perceraient à jour.

— Je... je crois que je vais vomir, bredouillai-je.

Quand je me levai, James Brown ne recula pas pour me faire de la place. Une goutte de sueur était accrochée au bout de la patte de sa joue gauche, mais son visage demeurait impassible. J'espérais que le mien l'était autant.

En descendant le couloir, j'entendis un semiremorque passer à toute allure sur l'autoroute en klaxonnant pour dégager sa voie. Derrière moi, Caruthers et Brown échangeaient des murmures d'une voix pressante. J'entrai dans les toilettes, fermai le verrou, ouvris la petite fenêtre, grimaçai quand elle grinça. Je montai sur la cuvette et me glissai dehors.

Je me trouvais du côté est du motel : quelques mètres de béton puis la clôture. Lambrose se trouvait dans la chambre, James avec Caruthers, et l'autre collaborateur derrière le coin du bâtiment : je l'entendais faire les cent pas et parler dans son portable. J'escaladai la clôture aussi silencieusement que je pus, courus vers la voiture.

Je roulai aussi vite qu'il m'était possible de le faire sans courir le risque de me faire arrêter. Si j'avais eu un numéro à appeler, j'aurais peut-être annoncé ma venue, mais de toute façon je voulais obtenir une confirmation de vive voix. Je disposais de trois quarts d'heure pour me remettre de mon choc.

Lorsque je me garai enfin devant la maison, je m'accordai cependant un moment encore. Les yeux clos, je revis Frank le jour où j'avais fait sa connaissance, dans notre cuisine. Sa main sur le genou de ma mère. La ridicule horloge Garfield avec sa queue et ses yeux clignotants. L'odeur d'English Leather et de Maxwell House. « Il y aura toujours une place pour ton père dans cette maison. »

Je sortis de la voiture, montai l'allée d'un pas lourd.

Non.

Sonnai.

Pas Frank.

Un instant plus tard, la porte s'ouvrit en grinçant, Lydia Flores me regarda. Son visage s'éclaira : ça la changeait des mots croisés, des feuilletons ringards, des chats en porcelaine, du piano inutilisé et de la clôture trop haute qui entourait le tout, ultime insulte à une vie d'affronts.

— Nick, dit-elle. Bonjour.

Son expression vacilla quand elle vit mon visage.

— D'autres questions pour votre article ?

— C'était quelle campagne ?

— Pardon ?

Mes propos étaient confus, je n'arrivais pas à m'exprimer clairement.

— La campagne électorale... Pour qui Jane militait-elle ?

Lydia secoua la tête d'un air surpris.

— Pour Jasper Caruthers, bien sûr.

46

Je fonçais sur l'autoroute quand j'entendis sonner mon portable au rabais. Ma main le chercha sur le siège passager et je répondis.

— Nick.

La voix de Caruthers me fit couler un filet de sueur entre les épaules. Le sang au visage, je sentis à nouveau la douleur dans ma joue.

— Qu'est-ce qu'on fait, maintenant ? dit-il.

Comme je ne répondais pas, il poursuivit :

— J'imagine que ce n'est pas de l'argent que tu veux.

— Je veux connaître la vérité.

— Pour la révéler ? Pense aux conséquences. Tu veux faire réélire Andrew Bilton ? Le monde va à vau-l'eau et Bilton a passé ces quatre dernières années à se plier aux volontés de groupes d'intérêt.

— Oui, mais de ses crimes je n'ai aucune preuve.

— Allons. Nous en avons plus qu'il n'en faut.

— Il n'a pas tué Jane et Gracie Everett. Ni Charlie ni Mack Jackman. Ni mon beau-père. Contrairement à vous.

— Allégations sans fondement.

— Alors, pourquoi vous me téléphonez ?

— Je veux que tu reprennes une vie normale, Nick. En paix, cette fois. Sans menace suspendue au-dessus de toi. Laisse-moi au moins essayer de te raisonner.

— Vous avez assassiné votre propre enfant et vous voulez me raisonner ?

— Crois-moi, Nick, tu n'es pas de taille pour ce jeu.

— Ne m'appelez pas Nick, sénateur.

— Je ne veux pas en arriver là, mais je saperai totalement ta crédibilité. Pense à ton passé. On t'a soupçonné d'être mêlé à la mort de Frank. Un obsédé de la théorie du complot qui a un compte à régler avec le Secret Service. Je te ferai arrêter, et une fois que tu seras dans les mâchoires du système il te broiera avant que tu aies le temps de dire un mot. Et moi, je voguerai tranquillement vers deux mandats de président…

— J'ai des preuves.

— Nous avons déjà eu affaire à des faux. Cette affaire sera réduite à rien sans que tu puisses réagir. Regarde ce qui est arrivé à Dan Rather, et tu es loin de le valoir. Mon équipe ne laissera pas un homme recherché par la police salir ma réputation avec une histoire inventée de toutes pièces. On ne résout rien avec des fax envoyés à minuit, plus maintenant, c'est fini. Le chemin de la une est long pour un document douteux, et j'ai des contacts dans tous les journaux. Dans tous les conglomérats. J'ai des équipes pour répondre aux situations de crise, des démineurs, des boucliers anti-missiles. J'ai des fonds secrets pour les cas d'urgence. Lâche ta souris dans le labyrinthe, tu verras qui sait jouer à ce jeu.

— OK, dis-je.

— L'important ce n'est pas l'info, c'est *qui* la détient. Personne ne croira ce que tu as à dire. Tu n'es pas quelqu'un qu'on écoutera.

— Au temps pour la campagne transparente, hein ?

— Nick, c'est compliqué, dit-il d'une voix lasse.

— Pas quand on est un moins que rien, répliquai-je.

Je baissai ma vitre et jetai le téléphone. Dans mon rétroviseur, je vis des morceaux rebondir le long du pare-chocs arrière.

A Santa Monica, je m'arrêtai dans une station-service, fis le plein, pris un autre téléphone à carte prépayée sur un présentoir à côté de la caisse et réglai en liquide. Mes portables duraient moins longtemps que les mariages hollywoodiens. J'ajoutai à mes achats une boîte de sachets en plastique que je posai sur le comptoir.

De retour dans la voiture, j'appelai Callie et lui demandai d'organiser une téléconférence avec Steve, qui était à son bureau. Après quelques hésitations et une fausse manœuvre, nous fûmes tous les trois en ligne.

— C'est l'autre candidat, annonçai-je.

— Caruthers ? s'exclama Callie.

— Jane Everett participait à sa campagne, il l'a mise enceinte. Il les a fait exécuter, elle et l'enfant.

— Par qui ? demanda Steve.

— Des gens qui bossaient pour lui.

Qu'aurais-je pu répondre d'autre ? Monsieur Bipeur ? Deux malfrats d'Europe de l'Est ? L'assassin se trouvait probablement dans la voiture sombre qui avait emporté Jane Everett, mais je n'avais pas le temps d'expliquer tout ça. Si Tris parvenait à délivrer son message, je saurais qui à minuit. Sur le monticule de Glendale High.

— On vient de lancer un avis de recherche dans toute la ville, dit Steve à voix basse. Ta tête est partout, et maintenant les gens sont prêts à croire toutes les accusations de terrorisme.

— Qu'est-ce que tu vas faire ? demanda Callie.

— Je ne sais pas encore.

— Je te reverrai ?

— J'espère.

— Tu ne vas pas t'enfuir ?

— Pas cette fois, assurai-je.

Je leur dis au revoir et raccrochai.

Quelques minutes plus tard, je remontais lentement la pente de Santa Monica Canyon, près de l'endroit où j'avais rencontré Caruthers alors qu'il faisait son jogging. Je me garai juste à côté, je pris un sachet en plastique et un stylo dans la boîte à gants. Je descendis de voiture et le bruit sourd de ma portière se refermant fut renvoyé par les hautes façades des maisons.

Je m'approchai du caniveau, m'accroupis. La chose était là, comme je l'avais espéré. Une petite boule beige, collée au poteau de la boîte aux lettres. Le chewing-gum à la nicotine de Caruthers, là où il l'avait jeté. Avec le stylo, je le détachai, le fis tomber dans le sachet, que je refermai.

En retournant chez Induma, j'essayai d'écouter la radio mais on ne parlait que de politique. Un médiocre sénateur s'indignait de ce que son adversaire ait appelé une journaliste « chérie ». Un député nous suppliait de « voter pour le changement », quoi que cela puisse signifier. Quelqu'un proposait de taxer les cigarettes pour payer l'essence, ou l'essence pour payer des digues.

J'optai finalement pour le silence. Après m'être arrêté à quelques rues de la maison d'Induma, je passai la Jaguar au détecteur mais ne trouvai pas de micros. Le crépuscule touchait à son terme quand j'escaladai la clôture du voisin et traversai à la hâte le jardin derrière chez Induma. J'aimais cet endroit comme j'aimais la cuisine de Callie, le passage souterrain de Homer et toutes les autres petites niches de chaleur que j'avais réussi à me ménager dans la folie de la semaine écoulée. Sept jours plus tôt, on m'avait traîné sur le sol de mon appartement et fourré dans un hélicoptère. J'avais l'impression d'avoir vécu une troisième vie.

Lorsque Induma ouvrit la porte de derrière, j'agitai le sachet en plastique devant ses yeux pour y faire danser la boulette de chewing-gum.

— Il y a des gars qui apportent des fleurs, tu sais, fit-elle remarquer.

— C'est à Caruthers.

Je regardai les rouages tourner derrière ses grands yeux intelligents puis elle battit lentement des cils et lâcha :

— Echantillon d'ADN.

— On peut l'obtenir à partir d'un chewing-gum, non ?

— Il paraît.

Elle s'écarta, j'entrai dans la maison, qui sentait l'oignon caramélisé. Nous restâmes un moment immobiles à nous observer comme deux lycéens nerveux au bal de fin d'année.

— Je viens juste de recevoir l'analyse de l'esquille tirée de ta joue, dit-elle. Elle provient bien de Charlie Jackman, j'ai le rapport là-haut.

— Tu peux obtenir une autre analyse ?

— Pour voir si l'ADN du chewing-gum correspond à celui du père du test de paternité ?

— Le père inconnu, confirmai-je.

— Je vois que tu n'es pas resté inactif.

— Lui non plus.

— Oui, je peux obtenir une analyse. Qui déterminera si la personne qui a mâché ce chewing-gum est aussi le père du bébé.

Elle alla s'asseoir sur le canapé et je la suivis. Le coussin sur les cuisses, elle attendit que je lui raconte ce que je venais de vivre.

Quand j'eus fini, elle passa une main dans ses cheveux noirs, prit une inspiration, leva la tête vers le plafond en soupirant.

— Caruthers est le meilleur candidat pour la présidence. Nous le savons tous les deux. Et tu détiens une information qui l'empêchera à coup sûr d'y accéder.

Nous pesâmes un moment cette donnée et, finalement, il n'y avait pas vraiment de choix. Le pragmatisme d'Induma prit le dessus :

— Comment tu comptes faire pour révéler cette histoire aux électeurs ?

— Tu peux m'avoir les résultats de l'analyse pour jeudi matin ?

— Pourquoi jeudi ma… Oh, non, Nick. Le débat ? Tu ne songes quand même pas à…

— Il aura lieu à l'UCLA, tu te souviens ?

— Ce débat est une farce, comme tout le reste. Les questions sont toutes soumises à l'avance et ceux qui les posent sont fouillés six fois avant d'accéder à la salle. On ne laisse entrer que des personnalités et un échantillon représentatif de la population. Sans compter que le Secret Service, qui assurera la sécurité, s'intéressera particulièrement à tout individu te ressemblant de près ou de loin. Tu n'arriveras jamais à introduire l'échographie dans Royce Hall sans te faire repérer.

— Il y a un moyen, assurai-je.

Elle me dévisagea, un sourcil levé, mais ne me demanda pas lequel.

— Je croyais que tu voulais disparaître, expédier les preuves par la poste, laisser quelqu'un d'autre s'en occuper ?

Je tournai les yeux vers le bouddha en bois de santal qui riait toujours dans l'alcôve.

— Il n'y a plus personne pour s'en charger, répondis-je, la gorge sèche.

Le défi était énorme, effrayant, mais je discutai de mon plan point par point avec Induma. Elle rapporta de son garage-atelier le matériel dont j'avais besoin, le monta. La nuit tombait rapidement mais aucun de nous ne bougea pour allumer une lampe. Nous étions peut-être trop absorbés par notre projet ou, plus probablement, une partie de nous-mêmes préférait l'obscurité. Nos idées étaient dangereuses, il valait mieux les exprimer à voix basse dans une pièce non éclairée où elles n'étaient que des mots sans propriétaire, où nous n'étions que des ombres sans visage sur un canapé.

Soudain, Induma sursauta. Alarmé, je regardai par-dessus mon épaule et, à travers la vitre d'une des fenêtres de devant, je vis le bas de l'allée qui venait de s'éclairer. Quelque chose avait déclenché le détecteur de mouvement près du trottoir. Des moucherons voletaient entre les bambous qui bordaient l'allée de ciment.

Deux hommes en costume émergèrent de l'obscurité de la rue, s'avancèrent dans la lumière blanche et froide.

Des agents du Service. Ceux que j'avais repérés lorsque j'avais demandé au jeune Noir d'utiliser ma carte de crédit au Starbucks.

L'éclairage high-tech de l'allée s'alluma progressivement devant eux, annonçant leur approche.

Induma se leva à demi, un genou sur le canapé. Nous étions paralysés. Leurs voix devinrent audibles quand ils furent sur la véranda.

La sonnette retentit, mettant fin à notre stupeur.

— File, me murmura Induma.

— Je ne veux pas te laiss...

— Ils sont venus sans se cacher, ils veulent seulement fouiner dans la maison et me mettre la pression. Crois-moi, je saurai me débrouiller. Mais il faut que tu disparaisses maintenant, sinon nous serons tous les deux à court d'options.

Je fis un pas vers la porte de derrière, m'arrêtai.

— S'ils te prennent ici, c'est fini, chuchota-t-elle d'une voix pressante.

On sonna de nouveau.

Je sortis. Quelqu'un – un autre agent – tentait d'ouvrir la porte latérale du jardin. Je traversai la pelouse en courant, sautai par-dessus la haie de buis, me laissai glisser sur la rive en pente du canal.

Aussi silencieusement que je pus, je passai en pataugeant devant quatre maisons, évitai des canards endormis à la tête appuyée contre le dos, me faufilai sous des passerelles. Le faisceau d'une torche électrique balaya brièvement le jardin d'Induma, mais personne ne franchit la haie pour inspecter le canal. Estimant mal la distance qui me séparait d'un groupe de colverts, je les fis s'enfuir dans une gerbe d'eau et de plumes qui me flanqua une peur insensée. Je me hissai finalement sur une plate-forme en bois, remontai une allée envahie de vulpin.

Bien que la maison d'Induma ne fût plus visible, j'avançai en traversant des jardins de devant pour ne pas me risquer à découvert. La Jaguar était là où je l'avais laissée, dans l'obscurité entre deux réverbères. Je démarrai, me forçai à rouler lentement. Mes mains tremblaient quand j'appelai ma mère. Ce fut Steve qui répondit.

— Ils resserrent le filet, dis-je. J'ai voulu vous prévenir qu'ils viendront peut-être vous...

— Non, Janice, me coupa-t-il, je ne peux pas te la passer, elle est avec des gens qui lui posent des questions sur son fils.

Il raccrocha.

Je me garai, haletant. Les hommes de Caruthers battaient les environs pour me forcer à me montrer, à commettre une erreur. Il fallait que je trouve un endroit où attendre le moment de tout révéler, mais je n'avais nulle part où aller.

Sauf là où tout avait commencé.

Je me fondais dans le mobilier recouvert de housses, je devenais une partie de cette maison qui avait été une partie de moi. Les murs résonnaient de souvenirs. Assis dans le fauteuil du living, protégé par le bâtiment qui m'avait abrité enfant, je fermai les yeux et dans l'odeur douceâtre de la poussière le passé devint présent, le présent passé. C'était là que

Frank m'avait serré contre lui en parlant de nous comme d'une famille. Là qu'il avait agonisé dans mes bras. Là que j'attendais maintenant l'heure de refaire le chemin parcouru dix-sept ans plus tôt, de la porte de derrière au monticule du lanceur.

Je me levai.

Le moment était venu de rencontrer le meurtrier de Frank.

47

Dans l'obscurité du monticule, je humais les odeurs de mon adolescence. Herbe humide, poudre de colophane, terrain du champ intérieur, vieux mélange de sable et de terre battue. Il me semblait inconcevable que j'aie joué à cet endroit, que j'y aie perdu mon pucelage. Je n'étais pas retourné à Glendale High depuis cette nuit-là.

J'attendais sur ce vaste espace découvert. Comme tout le monde savait quelles cartes j'allais abattre, ma stratégie avait changé. Monsieur Bipeur avait été prévenu depuis longtemps que j'étais l'ennemi. S'il venait pour rencontrer Tris Landreth et me découvrait à sa place, il ne résisterait pas à l'envie de m'affronter, de me faire dire où j'avais dissimulé les preuves et de me tuer. Ou de me tirer simplement dessus de loin. Cela suffirait à rendre mon plan moins efficace.

Dans le champ de droite, un tourniquet arrosait le terrain. Je ne voyais pas les jets, juste les reflets mouillés de l'obscurité. Je me souvins du moment où j'avais aperçu Isabel McBride sur le monticule, sa robe bain de soleil plaquée par le vent sur ses formes pleines. Elle avait tellement changé depuis. Nous avions tous tellement changé.

Mes chaussures et le bas de mon pantalon jusqu'au genou étaient encore humides après ma promenade dans le canal. Je portais un blouson que j'avais acheté un peu plus tôt mais pas uniquement pour me protéger de la fraîcheur de la nuit. Hormis le bruit de fond de la circulation et le staccato du tourniquet, le lycée était silencieux. Désolé, même. Quelques réverbères lointains. Les blocs plats des bâtiments sous un ciel sans lune. L'écran de mon portable indiquait 0 h 18. Fidèle à ses habitudes, Monsieur Bipeur était en retard. Et probablement en train de m'épier, une carabine à lunette braquée sur ma tête. Ou d'appeler deux messieurs d'Europe centrale ayant un penchant pour la traque. Je m'efforçai de rester calme. Dix-sept ans plus tôt, on m'avait attiré sur ce monticule pour que je laisse le champ libre au meurtrier de Frank. Je revenais maintenant l'affronter.

Je détectai un mouvement à la limite de mon champ de vision, une ombre sur l'ombre, puis une forme se détacha. Tournant en rond comme un requin, la tête tournée non vers moi mais vers l'obscurité au-delà du monticule. Je n'étais pas considéré comme une menace. Prudemment, l'homme s'approcha jusqu'à ce que je reconnaisse son allure, et finalement son visage mince et pâle.

Il s'immobilisa à mi-chemin, croquemitaine en costume sombre. Il avait les mains dans les poches et je remarquai le renflement du tissu.

Wydell écarta les bras comme pour dire « Me voilà », remit aussitôt les mains dans les poches.

— Sans preuves, vous n'avez rien. Ce qui nous amène à la question du moment...

— Ou aux questions antérieures, répliquai-je.

— Qui sont ?

— Sever ?

— Sever ne sait rien. C'est juste un bon soldat.

— Les types qui ont détenu Jane Everett ?

— Du personnel extérieur. Des agents bulgares. Des rebuts de la guerre froide cherchant du travail.

— Des agents bulgares ?

— Absolument. Le monde est affreux.

— Et plus affreux chaque jour. Qu'est-ce qu'ils sont devenus ?

— L'un a eu un accident, l'autre s'est acheté un bateau et a disparu. Vous n'arriverez pas à le retrouver. Du moins, moi, je n'ai pas réussi.

— Vous devez avoir reçu l'aide d'autres agents du Service, en plus du Parrain.

— Brown ? Caruthers a encore un petit noyau de fidèles. Cinq, six hommes. Ils vous considèrent comme une menace, ils n'ont pas besoin d'en savoir plus.

Je revis les agents qui avaient remonté l'allée d'Induma quelques heures plus tôt. Leur expression impassible et leur démarche ferme révélaient une confiance dans leur objectif, une absence d'incertitude.

— Mais vous n'avez toujours pas compris, poursuivit Wydell. Il ne s'agit pas uniquement de Caruthers et de quelques agents. C'est tout l'appareil du parti qui est impliqué. Vous savez combien de contrats militaires, combien d'allocations de crédits dépendent de son élection ? Ce qui s'est passé il y a dix-sept ans, tout le monde s'en fout. Personne ne connaît toute l'histoire. Pas même Caruthers.

Je songeai aux larmes qui étaient apparues dans ses yeux quand je lui avais raconté ce qui était arrivé à Jane et à Gracie. Si je ne croyais plus rien du personnage, son chagrin, à cet instant, était indéniablement sincère. Il n'avait jamais su exactement comment cela s'était passé. Les gens qui le protégeaient l'avaient volontairement laissé dans l'ignorance des détails pendant toutes ces années. D'une certaine façon, c'était pire.

— Ça fonctionne comme ça, dit Wydell. Chacun ne détient qu'un morceau de la mosaïque.

— Sauf vous.

Il tira un pistolet de sa poche, le considéra pensivement sans le braquer sur moi.

— Et vous, maintenant, ajouta-t-il.

J'avais concocté une histoire à partir d'un bric-à-brac d'éléments, comme souvent auparavant. Mais cette fois, c'était une histoire vraie.

— Vous faisiez partie à l'époque de l'équipe qui assurait la protection de Caruthers, dis-je. Quand vous avez découvert que j'essayais de parler à Callie de la mort de Frank, vous avez fait venir en avion deux agents d'un secteur paumé, des sortes d'intérimaires qui ne cracheraient pas sur quelques jours de boulot tous frais payés à Los Angeles. Ils étaient prêts à me liquider sans même savoir pourquoi.

— Ils vous ont sauvé la vie, Nick. Pensez à ce qui aurait pu arriver.

— C'est vous qui avez embauché Tris Landreth. Et Kim Kendall, dix-sept ans plus tard. Vous les rencontriez près de Runyon Canyon. C'est vous qui avez laissé dans mon casier à la salle de gym le ticket de Photomat qui m'a conduit à l'adresse de Mack. Puis vous avez envoyé Sever planquer devant l'appartement. Il ignorait que Mack y était déjà, à l'état de cadavre. Posté sur le toit d'en face avec un lance-grenade, vous avez attendu mon arrivée. Dès que vous m'avez vu découvrir le Polaroid de Bilton et Jane...

— Vous savez combien d'autres indices j'avais laissés dans l'appartement pour que vous les trouviez ? Vous avez même marché sur l'un d'eux, dans la chambre.

— Je crois savoir que ce n'est pas facile de falsifier un Polaroid.

— Essayez de trouver une pellicule vieille de dix-huit ans, pour commencer.

— Vous avez posé un micro sur mon pick-up et vous m'en avez ensuite averti pour gagner ma confiance et m'inciter à faire appel à vous, au cas où je serais coincé ou arrêté. C'est vous qui m'avez fait libérer de prison en sachant que je me précipiterais vers Caruthers.

— Et vous vous êtes précipité.

Nous nous tenions dans la bruine projetée par le tourniquet lointain.

— C'est vous qui conduisiez la voiture sombre dans laquelle les Bulgares ont fait monter Jane Everett. Avec Gracie dans le coffre.

Il s'humecta les lèvres et me regarda de ses yeux pensifs.

— Pour le bébé, nous n'avons su que trop tard, dit-il comme pour s'excuser. Si Jane avait prévenu le vice-président Caruthers plus tôt, nous aurions pu faire quelque chose. Mais elle était furieuse qu'il soit passé à autre chose. A quoi elle s'attendait ? Enfin, vous avez vu June. Mais cette Jane Everett...

Il eut une moue exaspérée : un touriste dont la femme achète à tour de bras dans les magasins pour gogos.

— ... cette gamine se faisait des illusions. Les hormones. Vous savez comment elles deviennent, quand elles sont enceintes. Elle a annoncé la chose au père au début de son troisième trimestre de grossesse. Il y a eu une scène à El Encanto, j'ai à peine eu le temps de la faire sortir avant l'arrivée de June...

J'enchaînai :

— Jane est devenue plus furieuse encore. Elle a posé ses exigences. Vous essayiez de régler le problème avec elle mais elle s'impatientait, vous n'arriviez plus à la contrôler. Le camp de Bilton a fini par apprendre qu'il y avait peut-être une occasion à saisir et Charlie a découvert ce que c'était. Jane Everett, maîtresse délaissée, n'a été que trop heureuse de lui donner tout ce qu'elle avait. L'échographie. Le test de paternité. Au lieu d'apporter ça à son patron, Charlie s'est adressé à Frank, pour se faire un peu de fric. Mais Frank n'a pas marché.

Malgré la certitude que j'avais cherché à donner à mon ton, les mots demeuraient suspendus dans l'air comme une question.

— En effet, confirma Wydell. Il est allé voir Caruthers, sans se douter un seul instant que j'essayais déjà de contrôler Jane.

A défaut de remords, il y avait dans sa voix une trace de regret.

— Frank présumait que Caruthers voudrait faire face au problème honorablement.

Ce dernier mot amena sur les lèvres de Wydell un sourire méprisant, mais je poursuivis :

— Comme Frank vous avait parlé de l'échographie et du test de paternité, vous avez compris que Jane Everett rassemblait des preuves. Et que le problème ne disparaîtrait pas de lui-même. Il fallait faire taire cette femme définitivement. Mais Frank vous a clairement fait comprendre qu'il ne jouerait pas le jeu. Et il a refusé de révéler la source de ses informations, parce qu'il savait que vous élimineriez aussi Charlie.

Je revis Frank dans le garage, parlant au téléphone de sa voiture d'une menace pour Caruthers. Une menace politique.

— Alors, vous l'avez abattu, conclus-je.

Wydell me regarda avec un mélange de mépris et de respect.

— Frank n'était pas un saint. Il était simplement moins pourri que nous. Il n'avait l'intention ni de faire du chantage ni de voler au secours de la pauvre Jane Everett. Il voulait que l'affaire se règle d'elle-même. Exactement comme Caruthers.

— Mais Caruthers a fini par prendre une décision.

— Je ne suis pas allé chez Frank pour le tuer, affirma Wydell. Bien sûr, je voulais savoir qui était sa source, mais je suis allé le voir seul, pour tenter une dernière fois de le convaincre qu'il ne pouvait pas rester neutre dans cette affaire. Les enjeux étaient trop élevés.

— Exact. Une fois que vous auriez liquidé Jane et le bébé, Frank aurait tout révélé. Vous deviez protéger vos arrières en l'en dissuadant.

— Il a eu le choix. Jusqu'au bout. Mais Frank était du genre exemplaire, le devoir et tout ça. Il ne replaçait pas le problème dans un cadre plus large.

— Un cadre plus large… répétai-je.

— Oui. Dans lequel ni Jane Everett ni le bébé n'avaient de place.

— Aucune vie ne vaut plus qu'une autre, déclarai-je.

Les mots me parurent familiers et je me rendis compte que je venais de citer Frank.

— Bien sûr, reconnut Wydell. Mais la vie de certains passe en premier.

— Alors vous avez chargé Tris de m'attirer dehors cette nuit-là pour que je débranche le système d'alarme.

— Non, pas du tout. Simplement pour ne pas vous avoir dans les jambes. J'ai frappé à la porte de derrière, Frank m'a ouvert. Mon pauvre, vous avez vécu toutes ces années avec ce sentiment de culpabilité ? me demanda-t-il d'un ton sincèrement compatissant.

Une larme se forma dans mon œil droit mais refusa de couler. A travers ce voile vitreux, j'avais de Wydell une image déformée.

— Vous ne vouliez pas de témoin, c'est ça ?

— Vous n'étiez qu'un gosse. Je ne pouvais pas discuter avec Frank si vous étiez là. Et je ne voulais pas être obligé de vous tuer aussi si on devait en venir là.

— Vous étiez encore dans la maison quand je suis rentré.

— Oui. Petite visite amicale. Quand Frank a vu que c'était moi, il a même posé son arme sur la table basse. Je voulais régler le problème avec lui. Parvenir à un accord. Mais nous n'y sommes pas parvenus.

— Il a refusé de vous dire qui détenait les documents originaux.

Wydell secoua la tête avec une expression de regret.

— Il perdait son sang mais il s'obstinait à protéger sa source. Cela a pris beaucoup plus de temps que prévu.

— Je croyais que le tuer n'était pas dans vos plans.

La bobine repassa dans mon esprit, familière après d'innombrables projections. La porte latérale du garage qui claque contre le mur extérieur. Frank qui montre non la clef du système d'alarme comme je l'avais toujours cru mais la porte ouverte, au-delà. Et ses dernières paroles. Non pas un mot, ni une question. Mais la première syllabe du nom qu'il essayait de prononcer : *Wydell*[1].

— Le temps que vous arriviez à arracher à Jane le nom de Charlie, il avait disparu, poursuivis-je. Et il est réapparu il y a quelques mois seulement pour faire au sénateur une proposition discrète.

Le tourniquet s'arrêta et l'on n'entendit plus dans le silence que le bruit de ma respiration.

— Vous êtes mal barré, Nick, dit Wydell. Tous nos agents vous recherchent. Mais je peux vous offrir une solution. Et nettoyer tout ce gâchis.

— C'est ce que vous savez faire, je suppose.

— Exactement. Je suis le seul bon choix pour vous.

— Non, pas le seul, rectifiai-je.

J'écartai les bras, comme un épouvantail ou un Christ en blouson.

— Et si j'avais un micro sur moi ?

Wydell agita son arme dans ma direction.

— Je peux vous arracher l'appareil, détruire l'enregistrement.

---

1. *Wy*, et non *Why*, « pourquoi ». *(N.d.T.)*

— Pas si c'est un émetteur qui envoie notre conversation à un appareil placé en lieu sûr, comme vous dites dans le métier.

— Je pourrais vous briser quelques os jusqu'à ce que vous donniez des instructions à la personne qui se trouve auprès du récepteur.

Je passai une main sous mon tee-shirt, détachai le fil, le cassai en deux et le lançai vers le champ extérieur.

— Point de non-retour.

Avec une moue amusée, Wydell gratta de l'index son nez tordu.

— Vous êtes resté un gamin stupide, finalement. Vous croyez qu'avec mes années d'expérience je vous aurais laissé une chance de m'enregistrer ?

Il tira de la poche arrière de son pantalon une petite boîte noire.

— Générateur de bruit rose.

J'ouvris mon blouson, révélant mon propre dispositif.

— Filtre de bruit rose.

J'aurais voulu qu'Induma puisse voir la tête de Wydell découvrant l'appareil dont elle m'avait équipé. Il changea totalement d'expression. Son front se plissa, ses joues se mirent à trembler.

Soudain, son bras se détendit, expédiant son poing serré autour de la crosse vers ma bouche. J'esquivai, lui saisis le poignet et lui tordis le bras jusqu'à ce que le coude cède, avec un léger craquement de jeune branche. Je le fis tomber, pressai son visage contre la plaque de caoutchouc du lanceur.

Il avait la respiration sifflante. Je lui arrachai son arme, me redressai. Il ne bougea pas.

— Disparais, lui ordonnai-je. Pour toujours.

Son souffle creusait un sillon dans la terre battue du monticule.

— Tu me laisses partir ?

— Je te laisse fuir, oui. Si tu t'arrêtes, tu sais ce qui t'attend.

— Pourquoi tu ne me livres pas ?

— Demain matin, toutes les forces de l'ordre seront à ta recherche. Il n'y aura plus un seul endroit sûr pour toi dans le pays. Tu ne pourras plus marcher dans une rue, prendre un avion. Tout ce que tu as été, tout ce que tu es maintenant cessera d'exister.

Je me penchai de nouveau vers lui et il se recroquevilla.

— Je ne te livre pas parce que ce sera bien pire encore pour toi.

Mon doigt était passé sous le pontet. Pensant que j'allais tirer, Wydell ferma les yeux, mais je glissai le pistolet dans ma poche et m'éloignai. Parvenu au bout du terrain, je m'arrêtai, me retournai. Wydell était encore allongé sur le ventre, le bras tordu sur le côté comme une aile brisée. J'entendais sa respiration pantelante.

Peut-être pleurait-il. Je repartis sans m'en assurer.

48

L'UCLA était noire de gens – faisant la queue, s'arrêtant aux points de contrôle –, énorme masse humaine qui avait envahi Dickson Terrace. Des pancartes oscillaient au-dessus des têtes, des groupes scandaient des slogans idiots derrière les barrières. Des milliers de personnes étaient assises par terre sur la pelouse, comme à un concert, et tendaient le cou vers les écrans vidéo géants suspendus à des câbles d'acier. Les élus étaient canalisés vers les points de contrôle des larges marches de Royce Hall, où ils montraient un laissez-passer leur donnant le droit d'être fouillés et soumis au détecteur de métal. Sacs et téléphones portables passaient aux rayons X sur des tapis roulants. Des agents aux visages tendus inspectaient les files d'attente, cherchaient du regard une main glissée sous un blouson, une femme qui ne souriait pas, un jeune type au teint bistre vêtu d'un manteau trop épais, des gouttes de sueur sur un front. Les flics étaient équipés de matériel antiémeute, les agents d'oreillettes, et moi je portais à l'épaule le sac à dos de Charlie.

Caché dans la foule, je regardais les écrans vidéo qui montraient le logo de C-SPAN et la tribune. La voix de Katie Couric grondait dans les puissants haut-parleurs. Des applaudissements s'y mêlèrent quand elle présenta chacun des candidats.

L'image était étonnamment nette. Caruthers et Bilton s'installèrent sur des tabourets devant des pupitres en plastique, prenant sans le vouloir des postures similaires : négligemment penchés vers l'extérieur, la tête modestement inclinée, les mains jointes sur un genou. Un luxueux tapis bleu roi frappé du sceau présidentiel s'étendait sous les candidats, marquant les limites à respecter au cas où l'un ou l'autre déciderait de faire quelques pas. Couric continuait d'un ton enjoué :

« Cette réunion-débat permettra aux futurs électeurs de poser directement leurs questions aux candidats. Nous vous demandons de vous mettre sur une file dans chaque allée, de vous présenter et de parler clairement dans le micro quand votre tour viendra. »

Après avoir pris un moment pour me calmer, refouler la peur qui montait dans ma poitrine, je me faufilai à travers la troupe serrée des journalistes et me dirigeai vers le point de contrôle.

Les haut-parleurs transmirent la première question, posée par une femme, la voix aiguë de nervosité :

« Bonsoir, je m'appelle Cynthia McGinty. Ma question est pour le sénateur Caruthers. Vous avez dit qu'il faut changer notre politique au Moyen-Orient. Mais devons-nous laisser les Ben Laden et consorts nous forcer à changer d'opinion ? Devons-nous vraiment repenser notre position à cause des menaces et de la violence ? »

L'aisance du ton de Caruthers contrasta avec la timidité de son interlocutrice :

« La question selon moi, Cynthia, c'est de savoir si nous devons maintenir une politique qui a échoué simplement par peur de montrer que nous sommes prêts à tirer les leçons du passé. »

Des limousines noires étaient garées dans les allées et le patio devant Royce Hall. Leurs vitres teintées faisaient penser aux yeux sombres et sans émotion de prédateurs. On était passé de la lumière vive de la Californie du Sud à une obscurité confuse. Les bâtiments qui étincelaient un quart d'heure plus tôt semblaient maintenant masqués et indistincts.

Caruthers parla un moment encore de l'attitude à avoir envers des cultures différentes et de la nécessité de procéder à des mises à jour, puis le spectateur suivant s'approcha du micro.

« Bonsoir, je m'appelle Bill Little, j'ai une question pour le président Bilton. En tant qu'éducateur, j'ai du mal à comprendre les coupes budgétaires que vous proposez tout en accordant des réductions d'impôts aux grosses entreprises... »

Mes mains tournaient dans un sens puis dans un autre, tapotant mon pantalon de chaque côté. Je me rendis compte que je retenais ma respiration et je poussai une longue expiration. Je m'étais privé d'oxygène pendant une minute. Bravo, Horrigan, très subtil de chanceler dans la foule, le visage cramoisi.

Ajustant le sac à dos, j'approchai des agents, n'en reconnus aucun. Les bras croisés, les cheveux plaqués en arrière, beaux visages de connards murmurant poliment sur un ton monocorde : « Les mains s'il vous plaît. Je peux voir vos mains ? Les mains. » Leurs regards passèrent sur moi sans s'arrêter. L'un d'eux pressa d'un doigt l'oreillette couleur chair qui se fondait dans sa figure et eut un sourire carnassier, le chien dominant de l'Equipe de protection présidentielle montrant ses dents parfaites. Je me rappelai la vieille vanne de Frank sur les types de ce genre : deux holsters. Un pour le flingue, l'autre pour le sèche-cheveux.

Les hommes de Bilton étaient majoritaires, bien sûr, mais Caruthers pouvait compter sur ses fidèles – cinq ou six, selon Wydell –, dont un au moins était probablement posté dehors et me cherchait des yeux dans la foule. S'ils ne connaissaient pas toute l'histoire, ils avaient prouvé qu'ils n'hésitaient pas à enfreindre la loi pour protéger leur « sujet ».

Tandis que Bilton déroulait sa réponse ronronnante, je jetai un coup d'œil aux écrans suspendus. Le bombardement démocrate se poursuivait :

« Je m'appelle Patsy Ryan et en tant que personne âgée, je suis très inquiète de l'augmentation des coûts des soins médicaux. Président Bilton, si vous êtes réélu, est-ce que... »

Je longeai le bâtiment en observant à la dérobée les cordons de police bloquant les entrées latérales. Derrière moi, les spectateurs assis sur le gazon huaient ou applaudissaient tandis que des équipes de tournage chargées de leur équipement passaient entre eux. C'était une année de colère, une année d'élection, et les participants ne craignaient pas de pratiquer un jeu dur. Sur l'écran, ils se succédaient :

« Je m'appelle John Quinn, j'aimerais savoir ce que le Président a à dire sur les contrats de faveur accordés aux fabricants d'armes... »

Une étudiante boulotte s'écarta sur la droite, laissant derrière elle un mur de parfum et dégageant ma vue sur le bâtiment. Près de la dernière entrée latérale, Reid Sever balayait la foule du regard. Il se tenait à une vingtaine de mètres, derrière un alignement de barrières et de policiers. J'eus un moment d'hésitation et de panique, qui s'étira comme une note tremblée.

Je me détournai vivement. L'énorme image de Caruthers était suspendue sur l'écran au-dessus de moi. La tête baissée, une main sur la joue, il observait attentivement Bilton qui continuait à enfiler les formules toutes faites et les slogans. Du coin de l'œil, je vis le visage de Sever se lever et se figer soudain. Les battements de mon cœur s'accélérèrent.

Je tournai la tête, légèrement. Sever parlait à son poignet. Regardait de l'autre côté de la pelouse. Un autre agent du Secret Service – de loin, il ressemblait à Brown – toucha son oreillette. Et transmit ce qu'il entendait à son voisin. Alan Lambrose.

Tous les trois me fixèrent. Je me mis à courir.

Sever sauta par-dessus les barrières, le poignet près des lèvres. Le sac à dos ballottant sur mes épaules, je me jetai dans la foule, écrasai des pieds, bousculai des étudiants. Les gens s'écartèrent mollement en protestant jusqu'au moment où ils virent Sever débouler, le Glock sorti du holster. Il ne fallut pas longtemps aux équipes de télévision pour repérer le mouvement dans la foule. Des caméras se braquèrent dans ma direction, installées sur des camionnettes garées à des endroits stratégiques ou filant en haut d'une grue tel Peter Pan dans une mauvaise production théâtrale.

Je gagnai le centre de la pelouse et pivotai sur moi-même, les bras écartés. L'énergie de la foule se communiquait à moi comme une décharge électrique. Il y avait des caméras partout. Est-ce que mon plan allait marcher ? Brown était dans le sillage de Sever, ainsi que plusieurs autres hommes de Caruthers que j'avais vus pendant le jogging du sénateur ou dans l'allée d'Induma. Ils se déployèrent, se précipitèrent vers moi de toutes les directions, braquant leurs flingues vers ma tête. J'attendis le claquement d'un coup de feu, le baiser d'un morceau de plomb. Les gens se levaient, d'abord les plus proches de moi puis les autres, par vagues, en une ola étonnante. Je pensai, simultanément : Ça peut marcher, et : Tu vas te faire descendre.

— Je m'appelle Nick Horrigan ! braillai-je.

Ma voix n'était ni faible ni tremblante mais claire comme une cloche.

— Je ne suis pas armé ! Je ne suis pas…

Sever me percuta, m'emprisonna de ses bras, puis les autres me tombèrent dessus aussi, me fouillèrent. L'un d'eux m'arracha le sac du dos. La foule s'agita autour de nous, mouvement de recul puis débandade. L'un des agents beugla :

— Il n'a pas d'arme ! Il n'a pas d'arme !

— Qu'est-ce qu'il y a dans le sac ?

— Des billes de polystyrène, répondit un autre type en le vidant.

— Rien d'autre ?

Des chaussures noires remuaient près de mon visage, l'effleuraient, tandis que des renforts prenaient position autour de moi. Je demeurais parfaitement immobile pour ne pas leur fournir le moindre prétexte. La barre de fer d'un avant-bras s'enfonçait dans ma nuque, me plaquait la tête contre l'herbe. A travers les chevilles et les corps en mouvement, j'aperçus le pylône soutenant les haut-parleurs.

Une voix familière, soudain :

« J'adresse ma question au sénateur Caruthers, au nom de quelqu'un qui n'a pas pu venir ici ce soir. Au nom de Gracie Everett. »

Malgré la dureté du sol sous mon visage, j'éprouvai un sentiment de triomphe.

Les agents me mirent brutalement debout, des menottes me pincèrent les poignets. Je tournai la tête vers l'écran géant le plus proche, et Induma était là, haute de quatre mètres, brandissant l'échographie.

« Gracie aurait été en âge de voter l'année prochaine mais elle a été assassinée alors qu'elle n'avait que treize jours. En même temps que sa mère. »

Le silence se fit dans la foule, tous les yeux soudain rivés aux écrans. Autour de moi, les agents se raidirent et se regardèrent, brusquement conscients d'avoir été attirés hors du bâtiment. Le vent souleva les billes de polystyrène comme pour souligner ma ruse : j'avais lancé les hommes de Caruthers à la poursuite d'un sac vide et il n'y avait plus eu personne à l'intérieur de la salle pour faire taire l'interlocutrice-surprise du sénateur.

Caruthers était figé sur son tabouret, un mocassin touchant le sol, l'autre le repose-pied. Ses yeux verts luisaient d'inquiétude. Un calme étrange avait gagné la pelouse, où tout le monde devinait qu'il se passait quelque chose d'imprévu. Les gens tournaient la tête, tendaient le bras, murmuraient.

Tous fixaient le cliché noir et gris, la forme recourbée de Gracie Everett, bébé de dix-huit semaines. Un court instant, elle fut le centre du monde.

« J'ai aussi un test de paternité prouvant que le père de Gracie est Jasper Caruthers, l'ancien vice-président, poursuivait Induma, ainsi qu'un enregistrement qui l'implique dans les deux meurtres. »

Caruthers se tassa sur son siège. Les projecteurs faisaient briller ses yeux, ses cheveux rebelles.

« Vous nous avez sans cesse incité à interroger nos dirigeants. A leur demander des comptes. Aucun homme n'est au-dessus des lois, avez-vous dit. Tout Américain, quels que soient sa position, ses privilèges, peut être appelé à répondre de ses actes, avez-vous dit. Ma question, la question de Gracie, est la suivante : répondrez-vous de vos actes ? »

Les mains des agents demeuraient enfoncées dans la chair de mes bras, de mon cou, mais aucun de nous ne bougeait. Nous formions un groupe immobile, renversant la tête pour regarder le spectacle qui se déroulait à l'intérieur et au-dessus de nous.

Caruthers se leva avec dignité, posa son micro sur le tabouret et quitta la tribune.

49

Je restai deux semaines en détention pour le meurtre de Mack Jackman pendant que, dehors, Induma divulguait nos informations. Policiers et élus de tous bords m'interrogèrent et me malmenèrent jusqu'à ce qu'il devienne évident qu'il n'y avait rien d'autre à tirer de moi. Nous leur remîmes les cent quatre-vingt mille dollars, l'échographie, le test de paternité, l'analyse de l'esquille de Charlie et l'enregistrement de Wydell sur le monticule du lanceur. Je n'avais rien commis d'illégal, du moins rien que les circonstances n'aient exigé. Les flics rouvrirent même le dossier du meurtre de Frank et ne trouvèrent rien contre moi. Avoir un nouvel allié en la personne du président sortant facilita probablement les choses. Les charges furent abandonnées et on me remit en liberté deux jours avant l'élection.

En rentrant, je trouvai l'appartement mis à sac. Moquette arrachée, tuyauterie démontée, cloisons percées. Il aurait été plus simple de déménager, mais je décidai de rester. De tout remettre en place.

Quelques mois se sont écoulés et l'appartement est de nouveau en état de marche, même s'il y aurait encore beaucoup à dire, côté esthétique. Il paraît que cela prend du temps mais j'ai enfin l'impression d'en avoir, du temps.

Inutile de dire que le monde n'est pas devenu meilleur grâce à moi. Caruthers a été battu. Si je ne peux pas prétendre que nous l'avons fait perdre, nous l'avons à coup sûr empêché de gagner. J'ai été sa surprise d'octobre. Ou, plus exactement, Gracie Everett l'a été. Elle n'a vécu que treize jours mais sa vie a compté.

Je n'ai pas voté.

Le soir de son discours de réception, mon nouvel ami Andrew Bilton m'a téléphoné pour m'exprimer sa gratitude et me qualifier de grand patriote. Mais Bilton est toujours un médiocre être humain et un président plus piètre encore. Que vaut-il mieux avoir ? Un dirigeant inconsidérément fidèle à des convictions que vous désapprouvez, ou un menteur qui prétend défendre des opinions que vous soutenez ? Un imbécile ou un hypocrite ? C'est trop souvent, semble-t-il, la seule alternative. Je n'ai pas la réponse. Vu l'état de l'Union, je ne sais même pas si je referais tout cela. Je sais seulement ce que j'ai fait. Et l'on m'a appris que ce qui donne la mesure d'un homme, ce sont ses actes.

Quelques semaines après l'élection, Caruthers a été inculpé. Les éléments qui le lient aux meurtres sont minces, mais ils pourront être étayés par des tests de laboratoire et des analyses. Certaines personnes sont atterrées. Des éditorialistes affligés, des animateurs de débat consternés et des collaborateurs effondrés cachent leur désarroi sous des démentis véhéments. Des cameramen ont même réussi à trouver un homme ou une femme ordinaire en larmes. Je ne dirai pas que cela rappelle l'assassinat de Bobby Kennedy

– c'était une autre époque et Caruthers n'est pas de la même trempe –, mais cela a peut-être souligné que nous n'avons plus de héros. Et c'est peut-être tant mieux.

Les médias ont transformé son arrestation en grand spectacle quand le Sénat a suspendu sa séance. Marches du Capitole et tout le tremblement. L'image est passée et repassée partout, comme la Bronco d'O. J. filant à toute allure sur la 405, ou les Boeing 767 s'écrasant sur le World Trade Center. Caruthers emmené, des menottes luisant sous les manches de son costume à cinq mille dollars. « C'est un scandale, proteste-t-il, et je réfuterai toutes ces charges. Je ne suis pas du tout inquiet. » Mais, dans un reportage diffusé plus tard, on le voit devant le tribunal, menottes aux poignets, portant une cigarette à sa bouche d'une main tremblante. Les charges s'accumulaient contre lui : meurtre, destruction de preuves, conspiration, entrave à la justice et, la dernière en date, parjure. James Brown a passé un accord avec le procureur, deux autres agents ont tout balancé et il paraît que le ministère de la Justice reconstitue le puzzle, pièce par pièce.

June a cessé de venir au procès et le bruit court qu'elle a demandé le divorce.

La semaine dernière, on a retrouvé le cadavre de Wydell à Altamira. Sur les photos en noir et blanc prises à la morgue, il a l'air d'un SDF. Sa coiffure stricte à la mode des années 1950 transformée en tignasse. Une barbe hirsute sur des joues crasseuses. Un rein transpercé par un tournevis pour avoir dormi dans l'abri d'un clochard du port, il s'était traîné jusqu'à un garage délabré et s'y était vidé de son sang.

En plus d'un mandat d'arrêt et d'un avis de recherche sur Interpol, les autorités avaient bloqué tout son argent. Wydell ne pouvait avoir ni compte en banque ni adresse stable. Les premières semaines, il s'était terré avec ses fantômes dans un motel sordide de Vera Cruz, s'imbibant de tequila, collectionnant les maladies vénériennes, claquant le peu de liquide qu'il avait pu emporter. Je sais comment les murs se refermaient sur lui la nuit. Je connais le goût amer de l'angoisse qui l'accueillait à son réveil. Je sais comment il épiait les yeux des gens qu'il croisait dans la rue. Je connais la crainte qu'il avait de se réveiller le lendemain en prison. Et tous les autres jours. De tout ce qui peut vous broyer, le pire, c'est d'être anonyme. Vous renoncez progressivement à vos capacités jusqu'à avoir le sentiment de ne plus être grand-chose.

C'était sidérant qu'un agent fédéral ait pu dégringoler aussi bas en deux mois et demi de cavale, et je dois avouer que j'étais plutôt fier de ce que moi, un jeune rien du tout, j'avais accompli. J'avais été meurtri, abîmé, mais ils n'étaient pas parvenus à me briser.

J'incline à penser que Wydell a choisi la solution la plus facile en mourant. C'est beaucoup plus difficile de soutenir le poids des souvenirs, d'accepter le passé, de se retourner pour affronter ses problèmes. C'est beaucoup plus dur, mais je suis en train de découvrir que cela en vaut la peine.

Je fais de nouveau des nuits complètes. Ne pas avoir de secrets donne un immense pouvoir. Je suis à présent protégé par la divulgation même de mon histoire. Si je venais à mourir, les gens qu'il faut poseraient les questions qu'il faut.

Le portrait de Frank par Callie, fièrement accroché dans ma salle de séjour, recouvre un carré de placoplâtre troué. J'aimerais croire qu'il me regarde, mais je sais qu'il n'en est rien. Comme je l'ai tardivement appris, les gens veulent vivre avec des étoiles dans les yeux. Le problème, c'est qu'elles leur cachent la réalité. Rien d'étonnant à ce que les gens veuillent fuir la réalité. Elle est laide. Violente. Mais elle peut aussi être jolie et offre des agréments que je suis encore en train de découvrir. Elle recèle des surprises qui ne sont pas toutes déplaisantes.

J'aspire à une vie simple. Une vie simple, c'est quand on marche dans la rue sans regarder constamment derrière soi. C'est passer devant des caméras de surveillance sans détourner la tête. Entrer dans un restaurant sans repérer les sorties. Voir approcher une voiture sombre sans avoir aussitôt les mains moites. Je ne prétends pas en être capable tout le temps, mais je sais au moins ce que c'est, à présent. C'est un début. Un nouveau départ. Jour après jour.

Garé dans l'allée d'Induma, la radio en fond sonore, je me demandais comment lui exprimer ma gratitude.

Entre les lattes des stores, je la voyais aller et venir dans sa cuisine, l'air affairée. Je descendis de mon pick-up mais laissai le moteur tourner. Ce n'était pas pour moi qu'elle préparait à manger, je ne voulais pas m'imposer.

La Jaguar s'arrêta derrière moi. Alejandro. Il s'approcha au petit trot, me serra dans ses bras. Il sentait le musc, probablement une eau de Cologne Rodeo Drive qu'Induma avait choisie pour lui.

— Je suis content que vous vous soyez réconciliés, dis-je.

— On fête de nouveau notre anniversaire ce week-end, mais je lui offre son cadeau maintenant, j'arrive pas à attendre.

Il tira de sa ceinture un écrin Tiffany Blue, l'ouvrit. Un collier à breloques en argent. Voyant mon expression, il demanda :

— Quoi ?

— Elle ne peut pas porter de bijoux en argent. Ça lui donne des boutons.

L'écrin se referma avec un claquement. Alejandro jura en espagnol.

— Attends, dis-je.

Le petit écrin rouge de la bijouterie était resté dans ma boîte à gants, là où je l'avais mis, des semaines plus tôt. Le moteur tournait, la radio marchait. Je me glissai derrière le volant, contemplai un moment les boucles d'oreilles ornées d'éclats de saphir puis revins les montrer à Alejandro. Il poussa un sifflement admiratif en les découvrant.

— Elles sont superbes.

— Et le saphir est sa pierre porte-bonheur.

— Nick, c'est toi, le don Juan.

Je refermai l'écrin et le lui glissai dans les mains. Il se mit à sautiller sur place comme un gosse puis me pressa de nouveau contre lui et se dirigea vers la maison.

— Capra ou Howard Hawks ! lui criai-je.

Il s'arrêta, me regarda, interdit.

— Ses films préférés. Cherche dans les reprises de la semaine. Elle adore les séances de fin d'après-midi. Pour le dîner, emmène-la à l'Inn of the Seventh Ray, au bout de Topanga. C'est un restau bio et ils ont plein de plats végétariens. Réserve une table près de la rivière, vous entendrez les grenouilles et vous verrez peut-être même un coyote. Ensuite, allez déguster un chocolat chaud au Shutters. C'est le meilleur de la ville et on le sert dans des tasses géantes. Les canapés sont moelleux, la jetée est à deux pas. Allez vous balader. Le soir, il fait froid, mais achète-lui des gants avant le rencard pour lui faire la surprise.

Quelques rides apparurent sur son front lisse.

— Mais tu l'as déjà emmenée dans tous ces endroits...

— Non, répondis-je. Jamais.

Soulagement. Large sourire. Puis son expression redevint sérieuse : il y avait entre nous une sorte de compréhension. Après m'avoir salué d'un hochement de tête, il entra dans la maison.

Je demeurai sur le béton de l'allée. A la radio, les Stones m'expliquaient qu'on ne peut pas toujours avoir ce qu'on veut, même si je n'avais pas besoin qu'on me le rappelle à cet instant précis.

Alejandro apparut dans l'encadrement de la fenêtre de la cuisine. Il étreignit Induma par-derrière ; elle se retourna, fut surprise par l'écrin. Elle l'ouvrit. Ravissement. Eclat de ses fabuleuses dents blanches. Elle embrassa Alejandro, tint les boucles d'oreilles devant elle, les mit. Même de loin, elles faisaient autant d'effet que je l'avais imaginé sur sa peau brune.

« Mais si tu essaies de temps en temps, chantaient les Stones, tu découvriras peut-être... tu découvriras peut-être... »

Je montai dans mon pick-up et démarrai.

50

J'oblique vers la grande maison blanche et me gare cette fois juste devant, en pleine vue. Sur le siège passager de mon pick-up, un sac en papier marron de Whole Foods débordant d'épicerie. Je ne descends pas tout de suite. Il est 20 heures, il fait noir. Je prends une profonde inspiration, tire sur la poignée de la portière.

Steve vient m'ouvrir, nous nous serrons la main et échangeons avec gêne des banalités. Puis Callie apparaît derrière lui, tout excitée.

— Mon Dieu, tu as apporté tout ça ! s'exclama-t-elle, rayonnante de plaisir.

Deux verres de vin attendent sur le plan de travail de l'îlot de la cuisine, Steve en sert un troisième. Emily, assise à la table, se penche vers un dictionnaire et sa main, cachée sous sa manche, descend la rangée des mots. Elle nous regarde par-dessous sa capuche, monte l'escalier avant que j'aie eu le temps de lui dire bonsoir.

Steve jure entre ses dents. Callie sort les articles du sac en montrant pour chacun d'eux un intérêt excessif. Steve s'adosse au réfrigérateur et boit lentement son vin en fixant le vide. Au passage, Callie lui presse le bras.

— Ce n'est pas grave, assure-t-elle.

— Je devrais monter, répond-il.

— Vous voulez que j'y aille ? proposé-je.

Steve me regarde, hausse les épaules.

— D'accord.

Je monte l'escalier, poursuivi par le bavardage de Callie. Elle paraît heureuse comme à un premier rendez-vous.

Emily a détaché quelques-unes des lettres de Scrabble de sa porte pour qu'on ne lise plus que *Em*. Je remarque les traces de colle durcie laissées par les trois lettres disparues et pense : C'est bien. Je frappe à la porte.

— Laisse-moi tranquille, papa.

— C'est Nick.

— Qu'est-ce que tu veux ?

— Entrer, pour commencer.

— OK, consent-elle en me faisant sentir sa réticence.

Elle est assise sur le lit, le dos au mur, les genoux ramenés contre son menton, un livre ouvert près de ses tibias. Je ne sais pas comment elle arrive à voir la page dans cette position mais elle paraît plongée dans sa lecture. Sa capuche est retombée en arrière, révélant son visage. Des mèches châtain et blond encadrent un visage si pâle qu'il semble terreux. Elle paraît beaucoup plus jeune que ses treize ans. Le téléviseur marche et deux manettes sont branchées sur le poste. Les Envahisseurs de l'Espace traversent l'écran de leur pas mécanique.

Sans quitter son livre des yeux, Em dit lentement :

— La seule chose qui me plaisait en toi, c'est qu'ils ne te plaisaient pas, eux.

Je hoche la tête, ce qui est stupide puisqu'elle ne me regarde pas. J'ai l'impression de m'enfoncer dans le bourbier de la morosité adolescente. Les Envahisseurs de l'Espace ne semblent pas saisir l'intensité du drame qui se joue.

En me demandant comment Frank réagirait, je m'approche du téléviseur, m'assieds par terre et prends une manette. Emily m'observe par-dessus ses genoux. Je clique sur « deux joueurs » et me débrouille comme je peux, mais j'ai toujours été nul aux Envahisseurs. La méduse traverse lentement le ciel, détruisant les bases avec ses lasers jusqu'à ce que mon vaisseau crépite et meure. C'est maintenant le tour du deuxième joueur mais je ne dis rien, je ne tourne pas la tête, je ne tends pas l'autre manette, je la laisse sur la moquette à côté de moi. Emily regarde les lasers descendre son vaisseau. Je joue de nouveau, attends qu'elle laisse une fois de plus passer son tour et finis la partie sans qu'Emily se soit levée du lit. Je lance une nouvelle partie et me débrouille assez bien cette fois avant de succomber sous le tir de barrage des extraterrestres. Les mots *Deuxième joueur* clignotent sur l'écran.

Je songe à Frank venu frapper à ma porte le soir où nous nous étions installés chez lui. La façon dont il était entré dans la chambre et m'avait regardé, la bouche tirée vers le côté. Sans réfléchir, je répète ses paroles :

— Qu'est-ce que je ne dois pas faire ?

Emily baisse de nouveau les yeux vers son livre et le silence se prolonge si longtemps que je me dis qu'elle ne répondra pas, mais je me force à rester, à attendre, à lui laisser le temps. Finalement, elle s'éclaircit la voix.

— Ne pas te forcer à jouer au grand frère quand tu viens. Ne pas prendre parti pour eux contre moi et ne pas me parler comme à une gamine.

Les yeux embués, elle ne lève pas la tête.

Je ramène mon regard sur l'écran et réponds :

— Je dois pouvoir faire ça.

Emily pose son livre, traverse la pièce, s'assied à côté de moi.

Et prend l'autre manette.

Remerciements

Ma gratitude ne cesse de croître pour ceux qui, en coulisse, jouent un rôle capital et me permettent de faire ce que j'aime. Lisa Erbach Vance m'impressionne et me stupéfie chaque fois plus. Aaron Priest continue à m'apporter une aide inestimable. La contribution de Stephen F. Breimer, Mark H. Glick, Rich Green et Jess Taylor a été essentielle, de même que celle de Geoff Baehr, Lucy Childs, Caspain Dennis, le Dr Melissa Hurwitz, Frances Jalet-Miller, Nicole Kenealy et Chetan Nayak.

J'ai la chance d'avoir des éditeurs formidables des deux côtés de l'Atlantique et je remercie tout particulièrement Keith Kahla, de St Martin's Press, et David Shelley, de Little, Brown UK. Toute l'équipe de Sphere a contribué de manière décisive à me faire connaître à l'étranger et je dois beaucoup à leur opiniâtreté et à leur dévouement.

Deux auteurs m'ont plus que généreusement accordé leur temps : Joe Finder, qui m'a prodigué des conseils judicieux à des moments cruciaux, et Gerald Petievich, parfait gentleman, qui a répondu avec une sensibilité de romancier et les connaissances d'un agent du Secret Service à toutes les questions que je lui ai posées.

Tous mes remerciements enfin à mes filles Rosie et Natalie, les Laurel et Hardy de la famille, et à ma femme Delinah, qui donne tellement plus de sens à tout cela.

Cet ouvrage a été imprimé en France par

CPI
BUSSIÈRE

à Saint-Amand-Montrond (Cher)
en juin 2010

Composition et mise en pages : FACOMPO, LISIEUX

N° d'édition : 7394 – N° d'impression : 101669/1
Dépôt légal : juin 2010